Pride and Prejudice

오만과 편견

Pride and Prejudice

오만과 편견

제인 오스틴 지음

김이랑 옮김 * 최경락 그림

시간과공간사

차례

1

재산이 꽤 많은 독신 남자가 결혼 상대를 찾는 것은 당연한 일이다. 또 그런 독신 남자가 이웃에 이사 오게 되면 그 사람의 감정이나 생각과 상관없이 그가 부자라는 이유 하나만으로 동네 처녀들은 관심을 두게 된다.

어느 날, 베넷 부인이 남편에게 말했다.

"네더필드 파크에 누가 이사 온다는데 그 얘기 들었어요?"

베넷은 듣지 못했다고 대답했다.

"정말이지 누가 이사를 오긴 오나 봐요. 방금 롱 부인이 다녀갔는데 그 얘길 하더군요."

부인은 다시 말했으나 베넷은 묵묵부답이었다.

"당신은 어떤 사람이 이사 왔는지 궁금하지도 않아요?"

부인은 조바심이 나서 좀 더 큰 소리로 말했다.

"당신이 그렇게 말하고 싶어 하는데 내가 왜 안 듣고 싶겠소."

"글쎄 롱 부인이 그러는데 네더필드에 이사 온 사람이 북부에서 온 젊은 재력가래요! 월요일에 사두마차(四頭馬車)를 타고 와서 집을 둘러봤는데 집이 아주 마음에 들었는지 그 자리에서 모리스 씨와 계약했대요. 성미카엘 축일(Michaelmas, 9월 29일-옮긴이) 이전에 이사 온다는데, 하인들이 다음 주 말까진 올 거래요."

"이름이 뭔데?"

"빙리래요."

"미혼인가?"

"분명 혼자일 거예요. 미혼의 재력가, 일 년에 4, 5천 파운드는 벌겠죠? 딸애들을 생각하면 정말 솔깃한 얘기예요."

"그건 왜? 그게 애들하고 무슨 상관이 있소?"

"당신도 참."

부인이 답답하다는 듯 말했다.

"왜 그렇게 답답한 소리를 해요? 그 집에 이사 오는 사람이 우리 딸애들 가운데 누구를 골라잡을지 혹시 알아요?"

"그럴 속셈으로 이사를 온답디까?"

"그럴 속셈이냐고요? 답답한 소리 그만해요. 우리 애들 가운데 누구와 연애할지 누가 알아요? 그러니까 당신은 그 청년이 이사 오거든 즉시 찾아가 봐요."

"그럴 이유가 어디 있소? 그렇게 궁금하면 모녀가 함께 가든지.

아니 애들만 보내는 게 더 나을지도 모르겠군. 애들보다 당신의 미모가 월등하니까 말이야. 그 남자가 혹시 당신을 더 좋아하면 큰일이지."

"그만 추켜세워요. 그야 나도 한때는 미인 소리를 들었죠. 하지만 다 큰 딸을 다섯이나 둔 중년 부인한테 그런 소리가 가당키나해요? 하여튼 여보, 빙리 씨가 이사 오거든 꼭 가서 만나 보세요."

"그렇게는 못 하겠소."

"그렇지만 딸자식들 생각을 해야 하지 않아요? 어떤 애라고 못박을 필요는 없지만 누구건 내놓을 만한 자린지 아닌지 그것만이라도 알아봐야죠. 윌리엄 루카스 경(卿) 내외분도 순전히 그것 때문에 가기로 작정했대요. 어디 그분들이 누가 새로 이사 왔다고 해서 찾아가는 양반들인가요? 그러니 당신도 꼭 가서야 해요. 당신이 안 가시면 내가 애들만 데리고 어떻게 가겠어요?"

"당신은 지나치게 슬기로워. 아무튼 여자들끼리 가요. 빙리 씨가 크게 환영할 거요. 아이들 중 마음에 드는 애를 골라잡으면 그결혼을 나도 진심으로 찬성한다고 몇 줄 적어 줄 테니 당신이 갖고 가구려. 음, 그중 리지(엘리자베스의 애칭) 칭찬을 조금 적어 넣어야겠군."

"제발 그런 짓은 그만둬요. 리지가 다른 애들보다 나은 게 뭐가있어요? 사실 제인의 절반만큼 예쁘지도 않고, 리디아의 절반만큼 상냥하지도 못해요. 그런데도 당신은 꼭 리지를 끼고 도는데나는 도통 이해할 수 없어요."

"원, 애들이라고 이렇다 하게 내세울 게 있어야 말이지. 하지만 리지는 자매들 가운데 가장 총명하지."

"아니 여보, 어쩌면 자식들에 대해 그렇게 말해요? 당신은 그렇게 말하는 게 재미있을지 모르지만 나는 아주 괴로워요. 당신은 내 마음을 눈곱만큼도 생각해 주지 않아요."

"그건 그렇지 않아. 내가 당신을 얼마나 생각한다고. 특히 당신 마음은 이십 년 넘게 줄기차게 들어서 아주 잘 알고 있어."

"당신은 내 고통을 몰라요."

"하지만 당신은 아주 잘 극복하고 일 년에 4천 파운드 수입이 있는 청년들이 이웃에 잔뜩 몰려드는 걸 볼 수 있을 거요."

"당신이 도와주지 않으면 그런 사람이 스무 명이 온들 무슨 소용이 있겠어요?"

"걱정하지 말아요. 스무 명이 온다면 다들 하나하나 차례가 돌아가겠지."

베넷은 지혜롭고 분별력이 있으며 신중한 편이었지만 변덕스러운 기질도 있는 인물이었다. 그래서 부인은 이십 년 넘게 결혼생활을 했지만 아직도 남편의 성격을 제대로 파악하지 못했다. 반면 부인은 속에 품은 생각을 쉽게 이야기하고 모두 드러내는 편이었다. 그녀의 평생 사업은 딸들을 좋은 곳에 시집보내는 것이었으며, 이웃들을 방문해 수다 떠는 것이 유일한 낙이었다.

2

베넷은 빙리의 첫 방문객 중에 끼어 있었다. 그는 끝까지 방문
하지 않겠다고 말했지만 속으로는 궁금했다. 그래서 부인은 베넷
이 빙리를 방문했다는 사실을 알지 못했다. 그날 저녁, 다음과 같
은 말이 오고 간 끝에 방문 사실이 탄로 나고 말았다.

둘째 딸이 모자를 손질하는 것을 본 베넷이 말했다.

"리지야, 빙리 씨가 그걸 마음에 들어 했으면 좋겠다."

"빙리 씨가 뭘 좋아하건 상관없어요."

딸의 대답에 베넷 부인이 떨떠름하게 말했다.

"가시기나 하면서 그런 말 하시우?"

"모임에 가면 그분을 만나게 될 거예요. 롱 부인이 소개해 준다
고 약속했어요."

엘리자베스가 말했다.

"롱 부인이 소개해 준다고? 자기 조카딸이 둘이나 있는데? 롱 부인이 얼마나 이기적이고 위선자인 줄 아니? 난 도무지 믿을 수 없어."

"나도 그래."

베넷이 말했다.

"당신이 그 부인 신세를 지지 않은 게 천만다행이오."

베넷 부인은 아무 대답도 하고 싶지 않았으나 참다못해 딸 하나를 나무라기 시작했다.

"키티(캐서린의 애칭)야, 제발 기침 좀 하지 마라. 아주 신경이 곤두선다."

"키티는 생각 없이 기침을 하는구나. 해서는 안 될 때만 기침을 한단 말이야."

아버지가 말했다.

"누가 재미로 기침을 하나요?"

키티가 발끈하며 대답했다.

"리지 언니, 다음 무도회는 언제지?"

"보름 후."

"그래, 그런 데다 롱 부인은 그 전날까지 돌아오지 못할 텐데. 그러니 소개를 어떻게 해주겠니? 롱 부인 자신도 빙리 씨를 모르는데 말이다."

어머니가 대꾸했다.

"그렇다면 여보, 당신이 롱 부인 대신 빙리 씨를 소개하구려."

"당치도 않아요. 나도 안면이 없는 사람인데 내가 어떻게 소개해요? 당신은 왜 그렇게 사람을 못살게 굴어요?"

"글쎄, 보름쯤 사귀어 본다고 해서 대단할 건 없겠지. 그동안에 사람 마음을 속속들이 알 수는 없으니 말이야. 그렇지만 우리가 안 하면 다른 사람이 할 거 아뇨? 그런 데다 결국 롱 부인하고 그 조카딸 둘도 나중에야 어떻든 간에 만날 게 아니겠소? 자, 그러니 당신이 나서면 롱 부인은 더없이 고마워하겠지. 암만해도 내가 나서야겠는걸."

딸들은 모두 아버지를 쳐다보았다. 베넷 부인이 다음과 같이 말했을 뿐이다.

"당치 않아요, 당치 않아!"

"무슨 소리요? 그렇게 말하다니. 너는 어떻게 생각하니, 메리? 너는 생각이 깊고 어려운 책을 읽은 뒤 좋은 대목은 따로 적어 놓기도 하니 말이다."

베넷의 말에 메리는 아주 재치 있는 말을 하고 싶었으나 어떻게 말해야 좋을지 몰랐다.

"빙리 씨 얘기나 더 합시다."

베넷이 다시 말했다.

"빙리 씨 얘긴 싫증 났어요."

부인이 외쳤다.

"유감인데. 진작 그렇다고 말할 것이지. 그럼 왜 아침에 그런 소릴 했소? 그런 줄 알았으면 방문하지 않았을 텐데 말이야."

여자들은 깜짝 놀랐다. 베넷 부인의 놀라움은 딸들보다 더했다. 기쁨에 넘쳐 처음에는 법석을 떨었으나 곧 흥분이 가라앉자 부인은 처음부터 그럴 줄 알았다고 말하기 시작했다.

"결국 나한테 설득당할 줄 알았어요. 딸들을 그렇게 사랑하는데 이런 교제를 소홀히 할 리가 없어. 정말 잘됐어요. 그런데 아침에 찾아보시고는 지금까지 아무런 얘기도 안 하다니 너무하시는구려."

"자, 키티야, 얼마든지 기침해도 좋다."

베넷은 아내가 좋아서 법석을 떠는 통에 정신이 없자 방을 나가 버렸다.

"아버지 사랑을 너희들이 갚게 될지 모르겠다. 이 어미한테도 말이야. 부모 사랑은 마찬가지거든. 우리 나이에 새로운 사람을 만나는 게 그렇게 즐거운 일만은 아니란다. 하지만 이렇게 너희들을 위해서라면 무엇이든지 할 수 있지. 리디아, 너는 가장 어리지만 다음 무도회에서는 빙리 씨가 너하고도 춤을 출 거야."

"아이 참, 문제없어요. 키는 제가 제일 크거든요."

리디아가 말했다.

그녀들은 빙리가 베넷의 방문에 언제 답례할지, 언제 그를 만찬에 초대할지를 이야기하면서 시간 가는 줄 몰랐다.

3

베넷 부인은 다섯 딸의 도움을 받아 그 문제에 대해 물을 만큼 물었으나 남편에게서 빙리에 대한 만족할 만한 대답을 듣지 못했다. 노골적인 질문과 교묘한 가정과 간접적 추측 등 여러 가지 방법으로 베넷을 유도했으나 그는 교묘하게 대답을 피했다. 그래서 결국 이웃에 사는 루카스 경 부인의 얘기를 받아들일 수밖에 없었다. 그녀의 얘기는 매우 희망적이었다. 윌리엄 루카스 경은 빙리가 마음에 든다고 했다. 젊고 잘생긴 데다가 싹싹했으며, 다음 모임에는 친구들을 많이 데리고 오겠다고 했다는 것이다.

베넷 부인은 남편에게 말했다.

"어떤 애건 네더필드에서 행복하게 사는 걸 볼 수만 있다면 더 바랄 게 없겠어요."

2, 3일 후 빙리가 방문의 답례로 찾아왔다. 그는 약 10분 동안 서재에 머물렀다. 빙리는 젊은 아가씨들을 만났으면 하는 마음이 있었다. 베넷 집안 딸들의 미모는 이미 들어서 알고 있었기 때문이다. 하지만 그는 베넷만 만났고, 오히려 무심히 이층에서 창밖을 내다보던 자매들이 파란 웃옷을 입은 그가 검은 말을 타고 가는 모습을 지켜보았다.

　베넷 부인은 곧 빙리에게 파티에 참석해 달라는 초대장을 보냈다. 그녀는 자신의 살림 솜씨를 자랑할 일로 기대에 부풀어 있었다. 그런데 빙리한테서 파티를 연기해 달라는 회답이 왔다. 그는 다음 날 아침에 시내로 가야 한다고 했다. 베넷 부인은 몹시 당황했다. 하트퍼드셔에 도착하자마자 그렇게 급히 시내에 갈 일이 무엇인지 부인은 상상할 수 없었다. 결국 이곳저곳으로 옮겨 다니다가 네더필드에서도 금세 떠나지 않을까 걱정했다. 하지만 루카스 부인이 그녀의 걱정을 덜어 주었다. 빙리가 런던으로 간 것은 무도회에 친구들을 초대하기 위해서라고 한 것이다. 그리고 얼마 후 빙리가 여자 12명과 남자 7명을 모임에 데리고 올 것이라는 소식이 날아들었다. 딸들은 그렇게 많은 여자가 오는 것이 걱정되었다. 그러나 무도회 전날 12명이 아니라 누이 5명과 사촌누이 1명이라는 말을 듣고 안도했다. 또 막상 무도회에는 여자 5명이 아니라 빙리, 그의 누이 2명, 큰매부, 청년 1명 등 모두 5명이 등장했다.

　빙리는 미남인 데다 신사다워 보였으며, 여유 있고 자연스러운 태도가 좋은 인상을 주었다. 그의 자매들은 확실히 상류 계급

의 품위 있는 훌륭한 여자들이었으며, 매부인 허스트는 그저 평범한 신사처럼 보였다. 그리고 다른 한 청년, 즉 빙리의 친구 다아시는 등장하자마자 무도회장 안에 있던 사람들의 시선을 한 몸에 받았다. 날씬하고 큰 키, 잘생긴 얼굴, 고상한 태도에 더해 그가 방 안에 들어선 지 5분도 안 되어 1년에 1만 파운드를 벌어들인다는 이야기가 퍼져 그를 주목하게 만들었다. 신사들은 그를 남성답다고 칭찬했으며, 부인들은 빙리보다 훨씬 멋지다고 말했다.

그러나 이런 찬사는 얼마 가지 않아 사라지고 말았다. 그의 거만한 태도, 사람들과 섞이지 않으려는 오만함이 그의 인기를 떨어뜨렸다.

다아시와 달리 빙리는 곧 연회장 안의 사람들과 가까워졌다. 그는 명랑하고 솔직했으며, 매번 춤을 추었고, 무도회가 너무 빨리 끝나서 아쉽다고 했다. 그리고 자기도 네더필드에서 무도회를 열겠다고 했다. 하지만 그의 친구인 다아시는 허스트 부인, 빙리 양과 한 번씩 춤을 추었을 뿐 다른 여자를 소개받는 것도 사양했다. 그는 이따금 일행과 이야기를 주고받으며 시간을 보냈다. 그래서 사람들은 그의 거만하고 못된 성격을 비난했고 다시는 무도회에 오지 않았으면 좋겠다고 입을 모았다. 그중에서도 가장 강렬한 반감을 품은 사람은 베넷 부인이었다. 부인은 그의 태도가 전반적으로 마음에 들지 않는 데다 자기 딸 중 하나를 모욕했으므로 그에 대한 반감은 곧 울분으로 변했다. 엘리자베스는 신사들의 수가 부족했으므로 두 번이나 춤을 추지 못하고 앉아 있었다. 그런

데 마침 빙리와 다아시가 옆에 있어서 그들의 대화를 엿들을 수 있었다. 빙리는 다아시에게 춤을 권하려고 잠깐 춤을 멈춘 뒤 말했다.

"자, 다아시."

빙리가 말했다.

"자네도 춰야 해. 그렇게 멍하니 혼자서 왔다 갔다 하는 것은 보기 싫어. 춤을 추는 게 좋아."

"그만두겠네. 춤출 상대를 잘 알지도 못하면서 춤을 추는 건 내키지 않아. 이런 곳은 정말 고역이네. 자네 동생들은 이미 파트너가 있으니 어쩔 수 없고, 다른 여자들과 춘다는 것은 벌을 받는 기분이란 말이야."

"그렇게 까다롭게 굴지 말게. 정말이지 오늘처럼 유쾌한 여성들을 많이 만난 적은 한 번도 없었어. 뛰어나게 예쁜 여자들도 있는데 그래."

빙리가 외쳤다.

"이 방 안에서 미인은 단 한 명, 자네하고 춤추는 여자일 거야."

다아시는 베넷 집의 맏딸을 보며 말했다.

"응, 저런 미인은 만나기 쉽지 않지. 하지만 자네 바로 뒤에 있는 그녀의 동생도 얼마나 예쁘다고. 상냥하기도 이루 말할 수 없고 말이야."

"누구 말이야?"

다아시는 잠시 엘리자베스를 보다가 눈길이 부딪히자 얼른 고개를 돌리더니 냉담하게 말했다.

"그만하면 괜찮군. 하지만 나를 유혹할 만큼 아름답진 않은데. 그런 데다 다른 남자들에게 딱지맞은 여자에게 체면을 세워 줄 생각은 없네. 자네나 어서 파트너에게 돌아가서 즐기게. 나하고 같이 있는 건 시간 낭비일 뿐이야."

빙리는 그의 말대로 했고 다아시는 다른 데로 가 버렸다. 그리고 엘리자베스는 그에 대해 그다지 유쾌하지 않은 감정을 품은 채 그 자리에 있었다. 그녀는 곧 친구들과 유쾌하게 어울리며 자신이 들은 두 사람의 대화 내용도 거침없이 말했다. 그도 그럴 것이 엘리자베스는 명랑하고 농담을 잘하는 편이었으니 전혀 신경 쓰지 않고 웃고 떠들 수 있었다.

그날 밤은 온 가족이 대체로 즐겁게 지냈다. 베넷 부인은 네더 필드 일행이 자기 맏딸에게 호감이 있음을 느꼈다. 빙리와 두 번이나 춤을 추었고, 빙리의 동생들로부터 특별한 대우를 받은 것이다. 제인은 이 점에 어머니보다는 좀 덜한 편이었으나 마찬가지로 만족했다. 엘리자베스는 제인이 기뻐하는 것을 알 수 있었다. 메리는 누군가 자기가 이 근방에서 가장 교양 있는 소녀라고 빙리 양에게 이야기하는 것을 들었다. 키티와 리디아는 다행히 상대를 놓치지 않고 춤을 추었는데 사실 무도회에서 그녀들이 바란 것도 그것뿐이었다. 이렇게 그들은 각자 만족한 채 롱본으로 돌아왔다.

베넷은 아직 잠자리에 들지 않았다. 그는 책 한 권만 손에 쥐면 시간 가는 줄 몰랐다. 그런 데다 무도회에 대한 호기심도 있었다.

사실 그는 아내가 새로 이사 온 사람들에게 실망해서 돌아오기를 고대했다. 하지만 그의 기대와 정반대 말을 듣게 되었다.

"여보, 이렇게 재미있는 밤이 어디 있겠어요? 정말 대단한 무도회였어요. 당신도 가실 걸 그랬어요. 모두 제인이 예쁘다고 난리잖아요! 빙리 씨도 제인과 두 번이나 춤을 추었어요. 생각해 보시구려. 정말 그 애하고 두 번이나 춤을 췄다니까요. 그 사람이 두번씩이나 춤을 추자고 청한 건 제인뿐이었어요. 처음에는 루카스 양에게 청하더군요. 난 그 사람이 루카스 양하고 같이 서 있는 것을 보고 조마조마했지만 모두 쓸데없는 걱정이었어요. 제인이 춤추는 것을 보고는 홀딱 반한 것 같습니다. 그러고는 누구냐고 묻더니 소개를 받고 난 다음 춤을 추자고 두 번이나 그 애한테 청하더라고요. 그다음은 킹 양하고 추고, 그다음은 마리아 루카스하고 추고, 그다음은 다시 제인하고 추고……."

베넷 부인은 방에 들어서며 말했다.

"그래그래, 제발 그 파트너 얘기는 그만해요. 아주 정신이 하나도 없소."

베넷은 짜증이 난 듯이 외쳤다.

"여보."

베넷 부인은 계속했다.

"난 그 사람이 마음에 꼭 들어요. 어쩌면 그렇게 잘생겼을까! 그리고 그 누이들도 귀엽고요. 허스트 부인의 옷은 정말이지 그렇게 화려한 옷은 처음 봤어."

베넷이 화려하다는 말에 항의했기 때문에 부인은 다시 또 저지당했다. 그래서 부인은 화제를 바꿀 수밖에 없었다. 그는 신랄한 어조로 다소 과장해서 다아시의 무례함을 털어놓았다.

"하지만 리지가 그런 사람의 마음에 안 들었다고 해서 조금도 신경 쓸 필요는 없어요. 그렇게 기분 나쁜 사람의 마음에 들어봤댔자 반갑지도 않으니까요. 너무 도도하고 잘난 체하니까 참을 수 있어야지. 아주 자기가 세상에서 가장 잘난 것처럼 이리 왔다 저리 갔다 하더군요. 같이 춤출 만큼 예쁘지 않다니! 당신이 같이 가서 한바탕 골탕을 먹여줄 걸 그랬어요. 정말 구역질 나는 사람이에요."

4

제인과 엘리자베스는 단둘이 빙리 이야기를 했다. 제인은 빙리에 대한 호감을 털어놓았다.

"그분은 정말 모범적인 청년이야."

제인이 말했다.

"분별력 있고 시원시원하고 명랑한 데다 어쩌면 그렇게 몸가짐이 얌전할까! 아주 자연스럽고 말이야. 확실히 명문가의 자제는 달라!"

엘리자베스가 대답했다.

"그런 데다 잘생기기까지 했으니 아주 만점이지?"

"두 번째 춤을 추자고 청했을 땐 정말 기뻤어. 그런 인사를 받으리라곤 꿈에도 생각하지 못했거든."

"그래? 난 당연히 그럴 거라고 생각했는데. 언니 미모가 가장 돋보였으니 그 사람한테는 언니가 다른 누구보다 예뻐 보였을 거야. 그러니 그런 정도 친절쯤은 고마울 것도 없지. 하긴 확실히 상냥한 분이야. 그러니까 언니가 그 사람을 좋아해도 나는 찬성이야. 언니는 언니보다 훨씬 모자라는 사람들을 좋아한 일이 종종 있었으니까 말이야."

"얘는!"

"정말 언니는 아무나 금방 좋아한다니까. 남의 결점이 보이지 않는 모양이야. 언니가 보기에는 이 세상이 다 좋고 아름답게만 보이지? 언니가 남을 욕하는 건 한 번도 들어본 적이 없어."

"난 너무 쉽사리 남을 이렇다 저렇다 판단하고 싶지 않거든. 그렇다고 내 생각과 다른 감정을 말하지는 않아."

"그건 나도 알아. 그래서 더 이상하단 말이야. 언니같이 분별력 있는 사람이 어떻게 다른 사람들의 어리석고 못난 짓을 보지 못할까! 아무튼 그분 누이들도 좋아? 그분들의 태도는 빙리 씨만 못한 것 같던데 말이야."

"하긴 그래……. 그렇지만 얘기를 나누어 보면 유쾌한 분들이야. 빙리 양은 오빠를 모시고 살림을 보살펴 드린다고 하더라. 그런 분이 이웃에 오면 얼마나 좋을까!"

엘리자베스는 잠자코 들었지만 수긍하지는 않았다. 파티에서 그들의 태도가 대체로 좋아 보이지 않았기 때문이다. 엘리자베스는 언니보다 관찰력이 뛰어나고 공치사에 판단을 그르치거나 하는 일이 없었으므로 그들을 칭찬할 마음이 없었다. 사실 그들은 훌륭한 상류층 여자들이었지만 대체로 거만하고 잘난 체했다. 미인 축에 들며 도회지에서 교육받고, 재산이 2만 파운드나 있으니 수준이 비슷한 사람이 아니라면 상대를 얕보는 게 당연한 일인지도 모른다.

그들은 영국 북부의 문벌 출신이었다. 빙리는 아버지에게서 거의 10만 파운드에 달하는 재산을 상속받았다. 그의 아버지는 토지를 매입할 생각이었으나 생전에 그 뜻을 이루지 못했다. 빙리도 아버지와 마찬가지로 토지를 매입할 생각이 있었으나 그의 안이한 기질을 잘 아는 주위 사람들은 그가 네더필드에서 마음 편히 여생을 보내고, 토지 매입은 후대에나 이루어질 것이라고 생각했다.

빙리의 여동생인 캐롤라인 빙리와 허스트 부인도 오빠가 토지를 매입했으면 했지만 불만은 없었다. 캐롤라인 빙리는 오빠 살림을 돌봐주며 사는 데 만족해했으며, 재산가라기보다는 상류계급 사람과 결혼한 허스트 부인도 빙리 집을 자기 집처럼 생각하고 자주 드나들며 편하게 지내는 생활에 만족했다.

성격에 큰 대립이 있는 데도 빙리와 다아시는 꾸준히 우정을 유지했다. 빙리의 자연스러운 태도와 개방적이고 솔직한 성격이 다아시에게 친밀감을 주었고, 다아시의 깊은 우정에 빙리는 절대적 신뢰를 보이며 그의 판단력을 존경했다. 이해력에서는 다아시가 우수했다. 그렇다고 해서 빙리에게 결함이 있는 것은 아니었다. 하지만 다아시는 까다로운 편이어서 사람들의 호감을 얻는 데는 빙리가 훨씬 유리했다. 빙리는 어디에 가든 사람들이 좋아했다.

두 사람이 메리튼의 파티를 이야기하는 태도에도 이런 특징이 잘 나타났다. 빙리는 그렇게 유쾌한 사람들과 아름다운 아가씨들을 만나본 일이 없었다. 만나는 사람마다 그에게 친절하고 정중했다. 형식을 차리는 것도 없고 어색함도 없이 금세 모든 사람과 친해졌다. 베넷 양, 즉 제인으로 말한다면 그보다 더 어여쁜 천사를 생각할 수 없을 만큼 그에게는 예뻐 보였다. 하지만 다아시 눈에는 아름답지도 않고 품위도 없는 사람들로 보였다. 그중 누구에게도 흥미를 느끼지 못했고 그들에게서는 친절이라든지 즐거움을 얻지 못했다.

허스트 부인과 그의 동생 빙리 양도 대체로 다아시의 말에 동의했다. 하지만 제인은 칭찬하고 좋아했다. 귀여운 처녀이며 사귀는 데 이의가 없다고 말했다. 그래서 빙리는 베넷 양에 대한 자기 호감에 더욱 자신감을 가졌다.

5

　롱본에서 얼마 멀지 않은 곳에 베넷 집 식구들이 특히 가까이 지내는 집이 있는데, 바로 윌리엄 루카스 경의 집이다. 윌리엄 루카스 경은 예전에 메리튼에서 상업에 종사하면서 상당한 재산을 모았으며, 시장(市長)으로 있는 동안 국왕에게 극진히 한 보답으로 훈작사(勳爵士) 칭호를 얻었다. 그는 이런 데 자부심이 강해서 인지 상점과 시장통에 있는 주택을 팔고 메리튼에서 1.6킬로미터가량 떨어진 집으로 이사했다. 그때부터 그 집을 루카스 로지로 부르게 되었는데, 그곳에서 그는 가업에 얽매이지 않고 오로지 세상 사람들에게 친절을 베푸는 일을 하게 되었다. 그는 누구에게나 정중했다. 선천적으로 악의가 없고 온화한 데다 부드러운 성품이었다. 루카스 부인 역시 아주 좋은 사람으로, 지나치게 약아빠

지지 않은 점이 오히려 베넷 부인에게는 소중한 이웃으로 느껴지게 했다. 루카스 경 부부에게도 아이들이 있었다. 그중 분별력 있고 지혜로운 딸 샬럿은 나이는 조금 많았지만 엘리자베스와 친하게 지냈다. 루카스 집 자제들과 베넷 집 딸들이 무도회 이야기를 하는 것은 아주 자연스러운 일이었다. 그래서 파티 다음 날 아침, 루카스의 아이들이 롱본으로 찾아왔다.

"그날 밤 무도회 참 좋았어. 샬럿이 빙리 씨 눈에 먼저 띄었지."

베넷 부인은 자제하며 상냥하게 루카스 양에게 말했다.

"네, 하지만 두 번째 분을 더 좋아하시는 것 같던데요."

"응, 제인 말이구나. 걔하고 두 번 춤을 추었으니까. 확실히 감탄하시는 것 같았어……. 사실일 거야……. 좀 그런 얘기를 들었거든. 하지만 잘 모르겠어. 로빈슨 씨가 뭐라고 했다던데."

"제가 그분하고 로빈슨 씨 얘기를 들었다는 거 말씀이시죠? 말씀드리지 않았던가요? 로빈슨 씨께서 메리튼 파티가 마음에 드느냐, 회장에 예쁜 여자들이 많지 않느냐, 누가 제일 예쁘다고 생각하느냐고 물으셨어요. 그러니까 빙리 씨가 마지막 질문에 즉시 대답하셨죠. '물론 베넷 댁 큰따님이지. 그 점에는 이의가 있을 리 없지…….' 이러시던데요."

"어쩌면! 의심할 여지가 없군. 하지만 결국 흐지부지될 거야."

"어쨌거나 제가 듣게 돼서 다행이죠. 그분이 어떤 생각을 하는지 말이에요. 그나저나 일라이자(엘리자베스의 애칭), 다아시 씨 말은 귀담아듣지 않아도 돼. 그만하면 괜찮다니……."

"그분의 쌀쌀함 때문에 리지가 상심할 얘기라면 아예 꺼내지 않는 게 좋겠어. 정말 기분 나쁘거든. 그런 분 마음에 든다는 건 반갑지도 않아. 롱 부인이 어젯밤 그러는데 그분이 바로 옆에 반시간이나 앉아 있었으면서도 말 한마디 걸지 않았다지 뭐냐."

"정말요? 어머니, 사실과 좀 다른 것 같은데요?"

제인이 말했다.

"다아시 씨가 롱 부인께 말씀하시는 것을 제가 봤는데요."

"그건…… 롱 부인이 참다못해 네더필드가 마음에 드느냐고 물으니까 어쩔 수 없이 대답한 거지. 그렇지만 말을 거니까 화를 냈다고 하던데."

"빙리 양이 그러던데요. 그분은 여간 친한 사이가 아니면 말을 좀처럼 안 한다고요. 가까운 사이에는 아주 상냥하대요."

제인이 덧붙였다.

"곧이들리지 않는다. 그렇게 상냥한 분이라면 롱 부인한테 말을 못 하는 것처럼 했겠니? 오만하기 이를 데 없다더라. 분명히 롱 부인이 마차가 없어서 무도회에 마차를 빌려서 왔다는 말을 들었을 거야. 그러니까 깔보는 거지."

"롱 부인에게 말을 걸지 않는 것쯤이야 어때요? 하지만 일라이자와 춤을 추셨더라면 좋았을걸."

루카스 양이 말했다.

"내가 너라면 그런 사람하고는 춤을 추지 않겠다."

베넷 부인이 흥분해서 말했다.

"걱정하지 마세요, 어머니. 절대로 그분하고는 춤을 추지 않겠어요."

"하지만 뭐 하나 부족할 것 없는 상류층 자제가 좀 도도했다고 해서 이상할 건 없죠. 자존심이 강할 만도 하니까요."

루카스 양이 말했다.

"그건 그래. 그러니까 내 자존심을 건드리지만 않는다면 그분 자존심도 용서할 수 있어."

엘리자베스가 대답했다.

"자존심이라는 건 아주 흔해 빠진 결점이에요. 책을 읽어서 알게 되었지만 정말 흔한 거예요. 특히 인간의 본성에는 그런 경향이 있죠. 그래서 누구나 자기만족을 하려는 거예요. 물론 허영심과 자존심은 다르죠. 이따금 같은 뜻으로 쓰이기도 하지만요. 자존심은 자기 생각과 관련이 많지만 허영심은 남이 나를 이러이러하게 생각해 줬으면 하는 데 관련성이 많은 거죠."

자신의 사고가 견실함을 자랑하며 메리가 말했다.

"내가 만일 다아시 씨만큼 돈이 있다면."

누이와 같이 온 루카스 군이 말했다.

"자존심쯤 높으면 어때요? 사냥개나 많이 기르고 날마다 포도주 한 병쯤 마시겠어요."

"그러면 과음하게 되지. 나라면 당장에 병을 치워 버릴 거야."

베넷 부인이 말했다.

6

롱본의 여자들은 얼마 안 가서 네더필드의 여자들을 찾아갔
다. 베넷 부인은 참고 견딜 수 없을 정도고, 동생들은 언급할 가치
도 없었지만 제인의 붙임성 있는 태도가 허스트 부인과 빙리 양
의 마음에 들었다.

제인은 이런 우대를 더할 나위 없이 기쁘게 받아들였다. 그러
나 엘리자베스의 눈에는 그들의 태도가 너무 거만해 보였다. 제인
을 대할 때도 마찬가지로 거만했으므로 엘리자베스는 그들을 좋
아할 수 없었다. 제인을 향한 친절도 빙리가 제인에게 호감이 있
는 데서 연유했으니 순수하지 않았다.

빙리가 제인을 사모한다는 것은 쉽게 알 수 있었다. 그리고 제
인도 처음부터 빙리에게 호감이 있다는 것을 엘리자베스는 알고

있었다. 다만 제인은 침착한 기질과 성품으로 자기 호감을 드러내지 않을 뿐이었다. 엘리자베스는 이러한 상황을 친구인 루카스 양에게 말했다.

"재미있을지도 모르지. 자기감정을 속이고 세상을 대한다는 게 말이야. 하지만 그렇게 감쪽같이 남의 눈을 속이면 불리할 때도 있어. 상대에게까지 호감을 표현하지 않으면 그 사람을 놓칠지도 모르는 일이야. 어쨌거나 상대방한테 호감을 어느 정도는 표현해야 해. 그게 자연스러운 일이지. 빙리 씨는 확실히 제인을 좋아해. 그렇지만 빙리 씨에게 호감을 표현하지 않으면 더 발전하지 못할지도 몰라."

"하지만 언니로서는 최선을 다해 그분한테 애정을 표현하는 거야. 언니 성품으로 보면 말이야. 나도 언니가 호감이 있는 것을 알 수 있는데 그분이 모른다면 바보라고 해도 지나친 말이 아니지."

"이보세요, 일라이자. 그분은 당신만큼 제인의 성품을 모르시거든."

"하지만 여자가 어떤 남자에게 마음을 두고 그것을 감추려고 하지 않는다면 남자가 모를 리 없어."

"그야 여자를 아주 자세히 본다면야 알겠지. 그렇지만 빙리 씨와 제인은 자주 만나기는 해도 몇 시간씩 같이 있어 본 적이 없는데다 늘 사람이 많은 데서 보니까 깊게 얘기를 주고받을 수 없거든. 그러니까 무엇보다 중요한 건 제인과 그분이 반 시간만이라도 둘만의 시간을 보내는 거야. 그렇게 되면 틀림없이 서로 마음을 알 수 있을 테니까 말이야."

"좋은 계획이군. 조건 좋은 결혼이 목적이라면 그 방법이 괜찮을 거야. 하지만 언니는 계획에 따라 움직이는 사람이 아니야. 또 언니 자신도 그분에 대한 호감이 어느 정도인지 제대로 몰라. 만난 지 얼마 되지 않았으니까. 춤이라고 해봐야 메리튼에서 네 번 같이 추고, 그분 댁에서 아침에 잠시 만났을 뿐이잖아. 같이 식사했다지만 언니가 그분 성격을 이해하는 데는 아무래도 부족해."

엘리자베스가 대답했다.

"그런 식으로 얘기한다면 그렇지. 하지만 4일 밤이나 같이 지냈다는 걸 잊어서는 안 돼. 남녀 사이는 그 정도로도 충분히 알 수 있어. 진심으로 제인이 잘되었으면 해. 설사 내일 당장 제인과 빙리 씨가 결혼한다고 해도 두 사람은 문제가 없을 거라고 봐. 왜냐하면 두 사람은 그럴 인연인 것처럼 생각되거든. 아무리 상대방 성품을 서로 잘 알고 오래 사귀었다고 해도 그런 것이 두 사람의 행복을 더해 주지 못한다고 생각해. 아무리 오래 만났어도 서서히 어긋나서 곤란한 일이 생기는 경우를 흔히 볼 수 있잖아. 행복한 결혼생활은 인연인가 아닌가에 달렸어."

샬럿이 말하자 엘리자베스가 반박했다.

"샬럿, 그건 옳은 생각이 아니야. 자기도 잘 알지 않아? 자기 일이라면 당장 잘 알지도 못하는 사람과 결혼할 수 있겠어?"

빙리가 언니를 대하는 태도를 관찰하는 데 정신이 없었으므로 엘리자베스는 친구인 루카스 양이 두 사람 문제를 흥미의 대상으로 본다는 것도 느끼지 못했다.

　다아시는 처음에 엘리자베스를 미인이라고 생각하지 않았다. 그는 무도회에서 그다지 감탄하지도 않았다. 그다음에 만났을 때는 결점을 들추어내려고 쳐다보았을 뿐이다. 그러나 그녀가 그다지 뛰어난 미인이 아니라고 친구에게 말함과 동시에 그녀 얼굴이 아름답게 느껴졌고, 까만 눈동자가 유달리 총명해 보였다. 또 그녀의 맵시가 경쾌하고 기분 좋은 것을 인정하지 않을 수 없었다. 여자의 태도가 상류층과 동떨어졌다고 주장했는데도 그 자연스럽고 명랑함에 마음이 끌렸다. 하지만 엘리자베스는 이런 것을 전혀 눈치채지 못했다. 그녀는 다아시가 어디서든 남의 호의를 받아주지 않고, 자기를 단지 춤추기에 어여쁜 상대로 생각하지 않는 남자에 지나지 않는다고 생각했다.

　다아시는 엘리자베스를 좀 더 알고 싶어져 윌리엄 루카스 경의 저택에서 열린 파티에서 그녀가 다른 사람과 하는 이야기를 유심히 들었다. 그리고 엘리자베스는 그의 이런 행동을 눈치챘다.

　"다아시 씨가 왜 그랬을까? 내가 포스터 대령하고 얘기하는 걸 엿듣잖아!"

　엘리자베스가 샬럿에게 말했다.

　"그거야 다아시 씨만 대답할 수 있는 문제지."

　"그렇지만 자꾸 그런다면, 한마디 할 거야. 꼭 빈정대는 시선이었거든. 그러니까 이쪽에서 다소 무례하게 나가도 상관없어."

　얼마 후 다아시가 그녀들 곁으로 다가오자 루카스 양이 이 문제를 다시 언급했다. 아까 말한 것처럼 다아시에게 한마디 할 수 있겠느냐고 묻자 엘리자베스는 대뜸 다아시를 향해 말했다.

"저 다아시 씨, 제 의견이 어때요? 포스터 대령님에게 메리튼에서 무도회를 열어 달라고 했거든요."

"무척 열정적이시더군요. 그 문제는 언제나 여성들에게 최대의 관심거리죠."

"너무 심하게 말씀하시네요."

두 사람의 대화가 심상치 않자 루카스 양이 피아노 근처로 가면서 말했다.

"이번엔 일라이자가 귀찮게 되었어. 내가 피아노 뚜껑을 열게. 그럼 그 뒤엔 어떻게 해야지?"

"참, 덮어놓고 아무 앞에서나 피아노를 치라고 하면 어떻게 해? 만약 내 허영심이 음악으로 흘렀다면 당신은 정말 고마운 사람이었을 거야. 하지만 나는 그렇지 않아. 또 일류 연주가들의 음악을 듣던 분들 앞에서는 정말이지 피아노 앞에 앉고 싶지도 않아."

그러나 루카스 양이 계속 고집을 부리자 엘리자베스는 어쩔 수 없다는 듯 말했다.

"그럼 좋아. 정 해야 한다면 하지."

그녀의 실력은 아주 뛰어나지는 못했지만 듣기에 제법 괜찮았다. 엘리자베스의 연주가 끝나자 몇 사람이 더 청했는데 메리가 잽싸게 피아노 앞에 앉았다. 가족 중에서 평범한 존재로 여겨지는 메리는 교양을 쌓으려고 열심히 공부했으므로 언제고 남 앞에 서지 못해서 안달이었다. 메리의 허영심이 열성을 내게 했지만 그녀의 아는 척하는 태도와 뽐내고 싶어 하는 욕구가 그나마 있는 그녀의 장점까지 손상시켰다. 메리는 긴 협주곡 뒤에 스코틀랜드와 아일랜드의 가곡을 연주해 칭찬과 박수를 받고 기뻐했으나 그 가곡들은 그녀의 동생들이 청한 것이었다.

다아시는 저녁 시간을 말 한마디 하지 않고 무의미하게 보내는 것에 화가 났다. 그는 생각에 빠져 있어서 윌리엄 루카스 경이 옆에서 말을 걸기 전까지 그가 옆에 있다는 사실도 몰랐다.

"젊은 사람들에게 얼마나 즐거운 오락입니까, 다아시 씨! 춤이야말로 사교의 세련된 극치라고 생각합니다."

"그렇습니다. 그런 데다 거의 세련되지 못한 사회에서도 즐길 수 있죠. 야만인도 춤은 출 줄 알거든요."

윌리엄 경은 미소를 지을 뿐이었다. 그리고 빙리가 춤추는 모습을 보고는 한마디 했다.

"친구분께서는 춤을 참 잘 추십니다. 물론 다아시 씨도 그렇겠죠?"

"제가 메리튼에서 추는 걸 보셨을 텐데요."

"네, 참 유쾌했습니다. 세인트 제임스에서는 가끔 추십니까?"

"안 춥니다."

"그런 장소에 어울리는 경의의 표현이라고 생각하지 않나요?"

"피할 수만 있다면, 그러한 경의의 표현 방법은 아무 데서도 쓰지 않겠습니다."

"댁이 시내에 있습니까?"

다아시는 고개를 끄덕였다.

"나도 한때는 시내에 자리 잡아 볼 생각도 했죠. 점잖은 사람들과 교제도 해보고 싶었으니까요. 하지만 런던 공기가 아내 건강에 도움이 되는지 자신할 수 없었죠."

그는 대답을 바라고 말을 중단했다. 그러나 상대편은 대답할 생각이 없었다. 또 마침 엘리자베스가 그들 있는 데로 걸어왔다.

"아니, 일라이자 양. 왜 춤추지 않으시오? 다아시 씨에게 소개해 드려야겠군. 좋은 파트너가 되실 겁니다. 이런 미인이 앞에 계신데 춤을 거절하실 리 있을라고."

루카스 경은 여자의 손을 잡아 다아시에게 넘겨주려고 했다. 다아시는 몹시 놀랐으나 손을 뿌리치지는 않았다. 그러나 엘리자베스가 갑자기 손을 거두고 어리둥절해서 윌리엄 경에게 말했다.

"전 춤추고 싶은 생각이 없는데요. 춤출 상대가 되어 달라고 온 게 아니에요. 그렇게 생각하지 마세요."

다아시는 정중하게 예의를 차려 춤을 추자고 간청했으나 소용없었다. 엘리자베스는 춤을 안 추기로 결심했다. 윌리엄 경이 설득하려고 했지만 그녀의 결심을 흔들어 놓을 수는 없었다.

"일라이자 양, 춤을 그렇게 잘 추시니 일라이자 양의 그 아름다운 모습을 구경하고 싶어서 그러는데 거절하다니 너무하시는군요. 이분은 오락을 좋아하는 편은 아니지만, 반 시간쯤 우리 소원을 들어주시는 데 반대하지는 않을 겁니다."

"그럼요. 다아시 씨가 얼마나 다정하시다고요."

엘리자베스는 미소 지으며 말했다.

"그야 사실이죠. 이렇게 훌륭한 파트너를 거절할 리 있습니까?"

엘리자베스는 능청맞은 표정을 하고 외면했다. 이러한 엘리자베스의 태도는 여자의 품위를 손상하는 일이 아니었으므로 다아시는 다소 흐뭇한 마음으로 엘리자베스를 바라보았다. 이때 빙리 양이 다아시를 발견하고 말을 걸었다.

"무엇을 생각하시는지 알겠어요."

"모르실 텐데요."

"여러 밤을 이렇게 지내는 것은 참을 수 없다고 생각하시죠? 이런 사람들 사이에서 말이에요. 저도 같은 생각이에요. 멋없고 시끄럽고 모두 보잘것없이 허세들만 부리고요. 다아시 씨 생각을 좀 들려주세요!"

"생각을 잘못하셨는데요. 좀 더 기분 좋은 일을 생각하고 있었습니다. 어여쁜 여자의 얼굴 가운데 아름다운 두 눈이 줄 수 있는 아주 유쾌한 일을 생각하고 있었습니다."

빙리 양은 얼른 그의 얼굴을 보며 어떤 여자가 그런 명상의 영예를 얻었는지 말해 주기를 바랐다. 이에 다아시 씨는 대담하게 대답했다.

"엘리자베스 베넷 양."

"엘리자베스 베넷 양이라고요? 정말 놀랍군요. 언제부터 그렇게 마음에 드셨어요? 그럼 축하 말씀은 언제 드릴 수 있을까요?"

빙리 양은 깜짝 놀라 물었다.

"그렇게 물으실 줄 알았습니다. 여자들의 상상력은 아주 빠르니까요. 감탄에서 연애, 연애에서 결혼으로 삽시간에 발전하는군요. 축하 말씀을 해주실 줄 알고 있었습니다."

"아니, 그렇게 심각하게 말씀하신다면 일은 다 결정된 것 같은데요. 장모님 되실 분도 좋은 분이시겠다, 언제고 같이 펨벌리에 가실 수 있을 거예요."

그녀가 흥분해서 떠드는 동안 다아시는 그녀 말을 무심하게 흘려들었다.

7

베넷의 재산은 1년에 겨우 2천 파운드 정도였으나 불행하게도 남자 상속인이 없었으므로 먼 친척에게 양도하게 되어 있었다. 베넷 부인의 재산은 혼자 쓰기에는 충분했지만 남편의 부족분을 보충할 정도는 아니었다. 부인의 아버지는 메리튼에서 변호사로 일했는데 딸에게 4천 파운드를 남겨 주었다. 부인에게는 전에 아버지 밑에서 서기 노릇을 하다가 그 일을 물려받은 필립스라는 사람에게 출가한 여동생과 런던에 자리 잡고 상당히 훌륭한 사업에 종사하는 남동생이 있었다.

롱본 마을과 메리튼 마을과는 1.6킬로미터밖에 떨어져 있지 않았다. 젊은 여자들에게는 아주 알맞은 거리였으며, 그들은 보통 일주일에 서너 번 이상 그곳을 방문했다. 집안에서 제일 어린 키티와 리디아는 다른 식구들보다 더 자주 방문했다. 그녀들은 메리튼의 이모님 댁, 즉 필립스 부인 집을 방문한다는 핑계로 수시로 들락거렸다. 대체로 시골이라는 데는 이렇다 할 세상 소식이 돌지 않는 곳으로 그녀들은 이모에게서 이런저런 이야기를 들었다. 그즈음 의용군 연대가 들어와 있었으므로 그녀들은 더욱 자주 메리튼을 방문했다. 의용군은 겨울 동안 주둔하기로 되어 있다고 했다.

두 딸은 필립스 부인에게 들은 대로 날마다 새로운 장교의 이름과 관계에 대한 소식을 전해 왔고, 마침내 직접 장교들과 인사를 나누게 되었다. 필립스가 장교들을 전부 방문했으므로 이것이 조카딸들에게까지 이어진 것이다.

어느 날 아침 그들이 이를 화제로 떠들어 대는 것을 듣고 난 뒤 베넷은 냉담하게 말했다.

"너희가 이야기하는 걸 들어보니까 세상에서 제일 바보는 너희 둘 같다. 이전부터 그렇게 생각해 왔지만 지금 확신했어."

키티는 어리둥절해서 대답하지 못했다. 그러나 리디아는 조금도 신경 쓰지 않고 카터 대위를 한바탕 칭찬하더니 다음 날 아침 대위가 런던에 가니 그날 중으로 대위를 만나고 싶다고 했다.

"어이가 없군요. 당신은 거침없이 제 자식을 바보라고 생각하시는구려."

"내 자식이라고 해서 어리석은 걸 인정하지 않을 수는 없소."

"그래요. 하지만 우리 애들은 다 똑똑해요."

"아무래도 그 점에서는 우리 의견이 서로 맞지 않는 것 같소. 끝의 두 딸이 바보라는 점은 당신하고 아주 다르다고."

"여보, 아직 애들인데 어른처럼 철들기를 바라면 되겠어요? 애들도 우리 나이가 되면 장교 생각을 안 할 거예요. 나도 전에 빨간색 옷을 좋아하던 때가 있었어요. 아직도 마음속으로는 좋아하죠. 1년 수입이 5, 6천 파운드인 멋있는 젊은 장교가 딸들을 원한다면 거절하지는 않겠어요. 어제 윌리엄 경 댁에서 군복을 입은 포스터 대령을 보았는데 참 늠름하더라고요."

"어머니, 아주머니가 그러시는데 포스터 대령하고 카터 대위는 처음 오셨을 때만큼 윌슨 양을 찾지 않는대요. 요새는 그분들이 클라크 책방에 자주 가신다는군요."

리디아가 외쳤다. 마침 하인이 제인에게 편지를 갖고 와서 그들의 대화는 중단되었다. 그것은 네더필드에서 왔는데 하인은 답장을 기다렸다. 베넷 부인의 눈은 기쁨으로 빛났다. 딸이 편지를 읽는 동안 부인은 열심히 지껄였다.

"제인아, 누구한테서 왔니? 뭐야? 뭐라고 쓰여 있어? 어서 좀 말해 주렴, 어서."

"빙리 양한테서 왔어요."

제인은 그러고는 소리 내어 읽었다.

친애하는 벗에게

만일 나를 친구로 생각해 준다면 이리로 와서 우리와 같이 식사해 주세요.

하루 종일 여자 둘이 마주 보고 있으면 결국 싸움밖에 나지 않아요. 편지 받는 대로 곧 와줘요. 오빠하고 다른 남자분들은 장교들과 식사하게 되어 있어요. 안녕.

캐롤라인 빙리

"장교들하고요? 이모님이 그런 걸 알려주지 않으시다니 이상한데요."

리디아가 외쳤다.

"밖에서 식사하다니."

베넷 부인이 말했다.

"그건 안되었는데."

"마차를 타고 가도 좋아요?"

제인이 말했다.

"아니, 비가 올 것 같으니 말을 타고 가렴. 그렇게 되면 밤을 거기서 지내야 하지 않겠니."

"그게 좋은 생각일까요? 만일 저쪽에서 언니를 돌려보내려고 하면 얼마든지 그럴 수 있는데 말이에요."

엘리자베스가 말했다.

"남자들이 메리튼에 갔으니 빙리 씨 마차는 사용할 수 없을 테고. 그런 데다 허스트 씨는 자기들 마차를 끌 말도 없잖아."

"아예 대형마차로 갈까요?"

"하지만 아버지께서 말을 주지 않으실 거다. 밭에서 써야 하니까. 여보, 안 그래요?"

"사실 밭에서 더 필요하긴 하지."

"정말로 밭에서 필요해서 쓰신다면 어머니 목적은 달성되는 셈이죠."

엘리자베스가 말했다.

결국 베넷 부인 뜻대로 제인은 말 등에 올라앉아 가지 않으면 안 되었다. 날씨가 아주 나빠질 것을 예상하면서 어머니는 문까지 딸을 배웅했다.

어머니의 희망은 이루어졌다. 제인이 떠난 지 얼마 안 되어 비가 막 퍼부었다. 동생들은 언니 걱정을 했지만 어머니는 기뻐했다. 비는 밤새 줄기차게 내렸다. 제인은 확실히 돌아올 수 없었다.

"내 생각이 옳았군."

베넷 부인은 자기 능력으로 비를 오게 한 것처럼 거듭 힘주어 말했다. 그리고 다음 날 아침이 밝자마자 네더필드에서 하인이 엘리자베스에게 편지를 가지고 왔다.

리지에게

어제 비를 많이 맞아서 그런지 오늘 아침에는 몸이 몹시 불편하다. 벗들은 친절하게도 다 나을 때까지 가지 못하게 하는구나. 존스 선생에게 보이자고까지 하거든. 그러니까 그분이 나한테 오신다고 해서 놀라지 마라. 목이 아프고 두통이 나는 것 이외는 대단하지 않으니까.

언니로부터

엘리자베스가 편지를 다 읽자 베넷이 말했다.

"당신 딸이 병이 들어 죽기라도 한다면 무척 속이 시원하겠소. 그게 다 빙리를 쫓아가기 위해서였고 당신 명령에 따라 그리된 것이니까 말이야."

"원, 죽긴 그 애가 왜 죽어요. 감기 좀 들었다고 죽어요? 잘들 돌봐줄 테죠. 거기 있는 동안은 문제없어요. 마차가 준비되는 대로 내가 가서 만나야겠어요."

엘리자베스는 정말 걱정이 되어 언니를 만나러 가려고 결심했다. 그녀는 자기 결심을 말했다.

"어리석은 소리 그만둬. 진흙탕 속을 간단 말이냐? 거기 가서 그 꼴을 누구에게 보이려고."

어머니가 외쳤다.

"언니야 만나 볼 수 있겠죠. 그러면 되지 않아요?"

"리지야, 넌 아비한테 슬쩍 넘겨 치는구나. 말을 끌어오란 말이지?"

아버지가 말했다.

"아니에요. 저는 걸어가는 게 좋아요. 길이 좀 먼 것쯤 아무 문제도 아녜요. 5킬로미터 정도밖에 안 되는데요. 저녁때까지는 돌아올게요."

"언니의 마음 씀씀이에 감탄하겠어. 하지만 모든 감정의 충동은 이성이 좌우해야 해. 내 생각에 노력이라는 건 그것을 필요로 하는 것과 정비례해야 해."

메리가 말했다.

"저희도 메리튼까지 같이 가겠어요."

키티와 리디아가 말했다. 엘리자베스는 그들과의 동행을 승낙했다. 그래서 세 딸은 같이 출발했다.

"빨리 가면, 어쩌면 카터 대위가 떠나기 전에 만날지도 몰라."

리디아는 걸으면서 말했다. 그리고 메리튼에서 그들은 헤어졌다. 둘은 어떤 장교 부인의 숙소로 갔고 엘리자베스는 혼자 계속 걸었다. 빠른 걸음으로 연거푸 밭을 건너며 서둘러서 재빠르게 계단을 뛰어넘고 웅덩이를 건너뛰어 마침내 그 집이 보이는 곳에 이르렀을 때는 발목이 시큰거리고 양말이 더러워졌으며 얼굴은 빨개졌다.

엘리자베스는 아침 식사를 하는 방으로 안내를 받았다. 그곳에는 제인 이외의 모든 사람이 모여 있었는데, 엘리자베스가 나타나자 모두 깜짝 놀랐다. 이렇게 길이 엉망인데 혼자서 5킬로미터 가까이 걸어왔다는 사실이 허스트 부인과 빙리 양에게는 믿어지지 않았다. 그래서 엘리자베스는 그들의 반응이 자신을 경멸하는 것으로 느껴졌다. 하지만 그들은 아주 공손히 그녀를 맞았다. 남자들의 태도에는 단순히 공손한 태도뿐만 아니라 상냥함과 친절함이 있었다. 다아시는 거의 아무 말도 없었지만 엘리자베스의 얼굴이 운동했기 때문에 빛이 난다고 칭찬했다. 반면 허스트는 자기 아침밥 생각만 했다.

엘리자베스는 언니의 증세를 물어보았으나 대답이 시원치 않았다. 제인은 잠을 잘 이루지 못했고, 일어나 있기는 하나 열이 심해 방을 나올 수 없다고 했다. 엘리자베스는 곧바로 언니에게 안내되었다. 제인은 동생이 들어오자 기뻐했다. 다만 놀라고 폐가 될까 두려워 이렇게 찾아주기를 바랐으면서도 편지에는 그런 말을 쓰지 못했다고 했다. 그러나 그녀는 말을 길게 하지는 못했다.

아침 식사가 끝난 다음 그들은 모두 한자리에 모였다. 그들이 제인을 진심으로 걱정하고 염려하자 엘리자베스도 그들이 좋아지기 시작했다.

의사 역할을 하는 약제사가 왔다. 그는 환자가 대단한 감기에 걸렸으니 잘들 간호해서 낫게 하지 않으면 안 된다면서 제인에게 침대로 돌아가라고 말하고 물약을 주겠다고 했다. 열병 증세가 더 해지자 제인은 머리가 몹시 아프다고 했다. 엘리자베스는 잠시도 그 방을 떠나지 않았고 다른 여자들도 빈번히 드나들었다. 남자들이 외출했으므로 다른 방에서 사실 할 일도 없었다.

시계가 3시를 알리자 엘리자베스는 돌아가지 않으면 안 되겠다고 느껴 마지못해 가겠다고 말했다. 빙리 양이 마차를 타고 가라고 했으나 제인이 동생과 헤어지고 싶어 하지 않았으므로 빙리 양은 엘리자베스에게 네더필드에 머물라고 했다. 엘리자베스는 아주 고맙게 수락했다. 그래서 가족에게 이 소식을 알리고 갈아입을 옷을 가지고 오라고 하인을 롱본에 보냈다.

8

엘리자베스는 6시 반에 만찬에 참석했다. 그녀는 빙리가 제인에게 특별히 마음 쓰는 것이 기뻤으나 제인의 병세는 조금도 좋아지지 않았다. 빙리 양과 허스트 부인은 자기들이 얼마나 걱정하는지, 병을 앓는다는 것이 얼마나 힘든지 말했으나 그뿐이었다. 진심으로 제인을 걱정하는 것이 아니었다. 그래서 엘리자베스는 처음과 마찬가지로 그녀들에게 혐오감을 품게 되었다.

그들 가운데서 그녀가 얼마간이고 만족해서 쳐다볼 수 있는 사람은 빙리뿐이었다. 빙리가 제인을 걱정하는 것은 확실했으며, 엘리자베스 자신에게 베푸는 정중함이 무척 기분이 좋았다. 다른 사람들이 엘리자베스를 방해물이라고 생각하고 있음을 그녀도 잘 알았으므로 빙리의 정중함은 더욱 기분 좋게 만들었다. 사

실 빙리를 제외하고는 누구도 엘리자베스를 주의해서 보지 않았
다. 빙리 양은 다아시에게 정신을 팔고 있었다. 허스트 부인도 동
생 못지않게 그러했다. 허스트로 말할 것 같으면 엘리자베스가 자
기 옆에 앉아 있건만 오로지 먹고 마시고 노는 데만 정신이 팔려
있었다.

저녁 식사가 끝나자 엘리자베스는 곧장 제인에게 돌아갔다. 빙
리 양은 엘리자베스가 방을 나가자마자 욕을 퍼붓기 시작했다.
태도가 나쁜 데다 자존심만 세고 오만하다는 것이었다. 품위, 말
솜씨, 취미, 아름다움, 뭐 하나 제대로 갖춘 것이 없다고 비난했다.
허스트 부인도 같은 생각이라며 다음과 같이 덧붙였다.

"그녀는 결국 걸음을 잘 걷는 것 이외엔 볼 게 없어. 오늘 아침
의 그 꼴이 뭐람? 잊어버리려고 해도 잊어버릴 수 없어. 꼭 미치광
이 같지 않았니?"

"정말이에요, 언니. 놀랐어요. 도대체 왜 쫓아오느냐 말이야. 자
기 언니가 감기 좀 걸렸기로서니 그렇게 들판을 뛰어올 게 뭐 있
어? 그 산발을 하고 머리는 빗질도 하지 않고."

"그런 데다 그 속치마 꼴이 뭐니? 속치마 봤지? 완전히 흙투성
이야, 정말. 그걸 가리려고 가운을 내린들 무슨 소용이 있어!"

"정말? 그런데 난 전혀 몰랐어. 오늘 아침 방으로 들어왔을 때
엘리자베스 양은 아주 건강해 보이던데. 더러운 속치마는 눈에
띄지 않았어."

빙리가 말했다.

"보셨겠군요, 다아시 씨는."

빙리 양이 말했다.

"그야 물론."

"5킬로든, 6킬로든, 7킬로든 얼마건 관계없지만 종아리까지 흙투성이가 되어서, 그것도 혼자서 걷다니, 혼자 말이에요! 어떻게 그런 생각을 했을까요? 독립 정신을 보인다는 것이겠지만 속 들여다보이는 수작이거든요. 예의라는 건 건너 마을 불구경하듯 하는 아주 촌스러운 짓이지 뭐예요?"

"언니에 대한 우애가 얼마나 두터운지 잘 보여주는 거지."

빙리가 말했다.

"다아시 씨, 엘리자베스의 눈을 그렇게 칭찬하시더니 이런 꼴을 보시고 생각이 좀 달라지지 않으셨어요?"

빙리 양이 은근히 속삭이듯 말했다.

"아뇨. 운동을 해서 눈이 더 빛나던데요."

그가 대답하자 잠시 침묵이 흘렀다. 허스트 부인이 다시 말했다.

"제인 베넷에게는 호감이 가요. 정말 귀여워요. 가문 좋고 돈도 있는 좋은 데로 시집이라도 갔으면 좋겠어. 하지만 부모도 그렇고 친척들도 천한 사람들이니 가망이 없지."

"사실 지위 있는 남자와 결혼할 가망성은 적지."

다아시가 대답했다.

이 말에 빙리는 아무 대답도 하지 않았다. 그러나 그의 자매들은 진심으로 다아시와 동감이었다. 그러고는 그 친한 친구의 천한 친척들을 놀림감으로 삼아 한참 웃어댔다. 그런 후 두 사람은 제인 방으로 가서 커피를 마시러 오라고 할 때까지 함께 앉아 있었다. 제인은 아직도 병세가 좋지 않았으므로 엘리자베스는 계속 옆에서 간호했다. 그리고 한참 후 제인이 잠들자 아래층으로 내려왔다.

응접실로 들어서자 다른 사람들은 트럼프 놀이를 하고 있었다. 모두 같이하자고 청했으나 그들이 큰돈 내기를 하는 것이 아닌가 해서 언니 핑계를 대고 아래층에 있는 동안 책이나 읽겠다고 말했다.

"카드보다 책이 좋으십니까? 아주 신기한 일인데요."

허스트가 말했다.

"엘리자베스 양은 카드를 경멸하거든요. 대단한 독서가여서 다른 것은 전혀 즐기지를 않아요."

빙리 양이 말했다.

"그렇게 칭찬할 것도 없고 욕할 것도 없어요. 난 대단한 독서가는 못 돼요. 여러 가지를 좋아하는 거죠."

엘리자베스가 말했다.

"언니를 간호하는 게 좋으실 테죠."

빙리 양이 말했다.

엘리자베스는 책이 있는 곳으로 걸어갔다. 빙리는 곧 다른 책을 더 가지고 오겠다고 했다.

"미스 베넷에게 유익하고 난 나대로 체면을 세울 만큼 책을 좀

더 모았으면 좋았을 걸 그랬죠. 하지만 난 게을러서 책이 많지도 못한 데다 그것도 다 읽지 못했답니다."

엘리자베스는 그 방에 있는 것만으로 충분하다고 말했다.

"정말 어이가 없군요. 아버지께서 남겨 놓으신 책이 겨우 요것밖에 없으니까요. 다아시 씨, 펨벌리에는 책도 많으실 테죠."

빙리 양이 말했다.

"그럴 수밖에요. 여러 대에 걸쳐서 수집한 거니까요."

그는 대답했다.

엘리자베스는 그들의 대화에 정신이 팔려서 책에는 거의 마음을 쓰지 못했다. 그리고 금방 책을 치운 뒤 카드 테이블 가까이서 노는 것을 보려고 빙리와 그의 누이 사이에 끼어들었다.

"여동생은 봄 이후 많이 자랐나요?"

빙리 양이 물었다.

"그럴걸요. 지금 엘리자베스 양의 키만 하죠. 아니, 조금 더 클까?"

"한 번 더 만나고 싶어요. 그렇게 기분 좋은 분은 만난 적이 없는걸요. 용모라든지 태도라든지! 그리고 나이에 비해 교양도 있고, 또 피아노도 얼마나 잘 치신다고요."

"난 알 수 없는 일이야. 젊은 여자들은 모두 어떻게 꾹꾹 참으며 그런 걸 다 배워 교양을 쌓을까?"

빙리가 말했다.

"젊은 여자들이 다 교양이 있다고요? 이거 봐요, 오빠. 그건 무슨 뜻이에요?"

"그야 모두를 말하는 거지. 모두 화판에다 칠을 하지 않나, 병풍에 표지를 씌우지 않나, 주머니를 뜨지 않나. 그런 걸 못 하는 여자는 없거든. 그리고 젊은 여자 얘기가 나오는 걸 들으면 으레 그 여자는 교양이 있다고 하지."

"자네가 말하는 정도의 교양 목록은 아주 사실적이야. 주머니를 뜬다든가 병풍에 표지를 씌우는 것 말이야. 하지만 정말 교양 있는 여자는 드물지. 우리가 알고 있는 전체 범위 안에서 정말 교양 있는 여자를 여섯 명 이상 안다고 장담할 수는 없어."

다아시가 말했다.

"저도 그래요."

엘리자베스가 말했다.

"그러니까 교양 있는 여자라는 관념에는 여러 가지를 포함하는군요."

"흔히 볼 수 있는 것을 훨씬 능가하지 못하는 사람은 정말 교양이 있다고 할 수는 없죠. 그 말에 어울리려면 여자는 기악, 성악, 그림, 무용 그리고 현대어의 완전한 지식이 없으면 안 돼요. 그뿐 아니라 걸음걸이, 음성의 억양, 사람을 대하는 태도, 말솜씨에 어딘가 다른 점이 있어야죠. 그렇지 않으면 교양이라는 말은 절반도 어울리지 않죠."

"그건 다 지니고 있어야죠. 그리고 광범위한 독서로 마음을 닦고 거기에 좀 더 본질적인 무엇을 첨가해야 하겠죠."

다아시가 덧붙여 말했다.

"교양 있는 여자를 겨우 여섯 명밖에 모르신다고 해도 전 조금도 놀라지 않아요. 그런 여자를 하나라도 아신다는 게 신기한데요, 뭐."

"자신이 여성이면서 여성에게 너무 가혹하시군요. 그런 여자가 있을 수 없다고 생각하시니 말이에요."

빙리 양이 말했다.

"그런 여자를 못 봤으니까요. 말씀하신 것과 같은 재주와 취미, 근면 등 그런 모든 것을 갖춘 여자를 본 일이 없어요."

허스트 부인과 빙리 양은 이 함축성 있는 의심이 부당하다고 반대하며 둘 다 이 조건에 맞는 여자를 많이 안다고 주장하기 시작했다. 그러자 허스트가 게임이 진행 중이니 목소리를 낮추라고 말했다. 그래서 이야기가 뚝 그쳤으므로 엘리자베스는 얼마 안 있어 방을 나갔다.

그녀가 문을 닫고 나가자 빙리 양이 말했다.

"엘리자베스 베넷은 자기도 여자이면서 여성을 과소평가하고 남성의 환심을 사려는 여자 중 하나예요. 이러한 수단으로 남자들에게 성공은 할 거예요. 하지만 내 생각으로는 천한 방법이고 아주 비열한 술책이에요."

이 말을 받아 다아시가 말했다.

"확실히, 여성들이 이따금 남자를 끄는 방법으로 사용하는 모든 술책에는 비열한 데가 있습니다. 교활함에 가까운 건 모두 경멸해야겠죠."

빙리 양에게 흡족한 대답이 아니었으므로 그 화제는 더 계속되지 않았다.

엘리자베스는 언니의 병세가 악화되어 옆을 떠날 수 없다는 말을 하려고 다시 그들에게 나타났다. 빙리는 의사를 불러오자고 서둘렀지만 자매들은 시골 의사의 진찰 같은 것은 아무 소용도 없다면서 유명한 의사를 모셔오도록 시내로 급히 사람을 보내라고 권했다. 이 호의를 엘리자베스는 들으려고 하지 않았다. 그러나 빙리의 제안에 전혀 응하지 않으려는 것은 아니었다. 그래서 다음 날 아침까지 상태를 보고 결정하자고 했다.

9

다음 날 아침 일찍 빙리는 식모의 아이를 시켜 제인의 병문안을 했다. 이에 엘리자베스는 어머니가 제인을 찾아와 병세를 직접 보고 판단해 주었으면 한다고 롱본에 편지를 보내달라고 청했다. 편지는 즉시 전달되었다. 베넷 부인은 얼마 지나지 않아 리디아, 키티와 함께 네더필드에 도착했다.

제인이 확실히 위험해 보였다면 베넷 부인은 크게 걱정했을 것이다. 하지만 딸을 만나 보니 그렇게 걱정할 정도는 아니어서 부인은 딸이 금세 차도가 있기를 바라지 않았다. 건강이 회복되면 네더필드를 떠나야 하므로 어머니는 집으로 데려다 달라는 딸의 청을 들어주려고 하지 않았다. 거의 같은 시간에 온 약제사도 환자가 움직이는 것은 좋지 않다고 했다.

어머니와 세 딸은 제인 옆에 잠깐 앉아 있다가 빙리 양이 나타나서 초청하자 빙리 양을 따라 식당으로 들어갔다. 빙리는 그들을 만나자 따님의 병이 악화되지 않았으면 좋겠다고 말했다.

"그런데 좋지 않군요. 병세가 좋지 않아서 움직일 수 없어요. 존스 선생님도 아예 움직일 생각을 하지 말라고 그러시더군요. 신세 진 김에 좀 더 폐를 끼쳐야 하겠어요."

부인이 대답했다.

"움직이다니요? 그런 생각을 하셔서는 안 됩니다. 제 누이가 그런 말을 들을 것 같습니까?"

빙리가 외쳤다.

"너무 염려하지 마세요. 따님이 저희 집에 머무를 동안 힘닿는 데까지 보살펴 드리겠습니다."

빙리 양이 냉담하면서도 정중하게 말했다.

"이렇게 좋은 친구들이 계셔서 정말 다행이에요. 얼마나 놀랐는지 몰라요. 사실 참을성이 많은 아이니까 그 정도지 다른 사람 같았으면 아주 대단했을 거예요. 내 자식이긴 하지만 제인은 정말 상냥한 아이랍니다. 다른 딸애들한테 늘 말하죠. 언니의 반만이라도 닮으라고 말이에요. 그나저나 빙리 씨 댁에는 좋은 방도 많고, 저 자갈길을 내다보는 것이 참 좋군요. 네더필드와 겨룰 만한 곳이 있을 것 같지 않은데요. 급히 떠나실 생각은 안 하시겠죠? 단기계약이긴 하지만."

베넷 부인은 길게 감사의 말을 늘어놓았다.

"제가 하는 일은 무엇이든 급하답니다. 그러니까 만일 네더필드를 떠날 결심을 한다면 5분도 못 되어 나갈지도 모릅니다. 하지만 지금은 자리가 잡혔다고 생각합니다."

빙리가 말했다.

"그러시리라고 생각했어요."

엘리자베스가 말했다.

"이제 나를 이해하기 시작하셨군요."

빙리가 여자 쪽을 보며 외쳤다.

"네, 완전히 이해해요."

"아무래도 공치사 같은데요. 그렇게 쉽사리 속이 들여다보인다는 건 좀 우스운 일이죠."

"그냥 그렇다는 거죠. 그렇다고 해서 깊고 복잡한 성격이 빙리 씨의 성격보다 나은지 어떤지는 모르는 일이에요."

"리지야, 여기가 어딘 줄 아니? 집에서나 네 멋대로 하지 여기선 안 돼."

그녀의 어머니가 외쳤다.

"전에는 몰랐는데 성격 연구가이시군요. 재미있는 연구일 거예요."

빙리는 계속했다.

"네, 하지만 재미있다는 점에서는 복잡한 성격이 제일이죠. 그만한 이점이 있으니까요."

"시골에서는 그런 연구에는 일반적으로 극히 소수의 문제밖에 제공하지 않죠. 시골에서는 이웃이래야 아주 제한되고 변화 없는 교제를 하실 테니까요."

다아시가 말했다.

"하지만 사람들은 늘 변하니까 언제고 새로운 걸 관찰할 수 있지요."

"사실이죠. 시골도 도시와 마찬가지로 그런 일이 일어나니까요."

베넷 부인이 시골 이웃이라고 다아시가 말한 것에 화를 내며 큰 소리로 말했다. 다아시는 잠깐 부인 쪽을 보다가 외면했다. 베넷 부인은 완전히 승리한 양 기고만장해서 계속했다.

"런던이래야 시골보다 나을 게 없죠. 기껏해야 상점과 공공장소가 많을 뿐이죠. 시골이 훨씬 즐겁거든요. 안 그래요, 빙리 씨?"

"시골에 있을 때는 시골을 떠날 생각은 없습니다. 도시에 있을 때도 역시 마찬가지지요. 도시나 시골이나 장단점이 있어서 저는 어디서나 즐겁습니다."

"올바른 기질을 타고나셨으니까 그러시죠. 하지만 저분은 시골 같은 건 보잘것없는 것처럼 착각하는 것 같으신데요."

다아시를 보며 말했다. 그러자 어머니 때문에 얼굴이 빨개진 엘리자베스가 말했다.

"아이, 어머니도. 그건 오해예요. 어머니는 다아시 씨 말씀을 오해하셨어요. 이분 말씀은 다만 시골에서 만나는 사람은 도시 사람보다 변화가 없다는 것뿐이에요. 사실은 사실대로 인정해야죠."

"누가 뭐랬니? 하지만 이 근방에서 여러 사람을 만나지 않는다고 하더라도 여기보다 더 큰 이웃이 또 어디 있니? 스물네 가족과 같이 식사하지 않느냐 말이야."

빙리는 엘리자베스를 생각해서 웃음이 터지려는 것을 눌러 참았다. 그의 누이동생은 그다지 마음 쓰는 것이 섬세하지 못해 의미심장한 미소를 띠고 다아시에게 시선을 돌렸다. 엘리자베스는 어머니 생각을 돌릴 수 있는 말을 하려고 자기가 이 집에 온 이후 루카스 양이 롱본에 오지 않았느냐고 어머니에게 물었다.

"응, 어제 부녀가 오셨더라. 윌리엄 경은 참 좋으신 분이에요, 빙리 씨. 안 그래요? 상류 사람이라 점잖고 담백하고 늘 누구에게나 얘기하시고. 그분이야말로 내가 생각하는 것과 같은 교양이 있는 분이에요. 자기가 대단한 인물이라고 뻐기며 말도 안 하는 분은 생각이 틀린 분이거든요."

"샬럿은 집에서 식사했어요?"

"아니, 가야겠다고 하더라. 일이 있다고. 빙리 씨, 나는 말이에요, 일솜씨가 있는 하인을 두고 있거든요. 우리 딸들의 교육은 다르죠. 하지만 누구나 자기가 판단하게 마련이죠. 루카스 댁 따님들은 예쁘지 않은 게 유감이지만 참 좋은 분들이지요. 그렇다고 샬럿이 세련되지 않았다는 건 아녜요. 우리 집의 귀한 친구죠."

"아주 상냥하신 분 같더군요."

빙리 양이 말했다.

"그렇다뿐인가요? 하지만 세련되지 않은 건 아셔야 해요. 루카스 경 부인도 늘 말씀하지만 제인이 예쁘다고 나를 부러워하셨죠. 나는 자식 자랑은 하기 싫어요. 하지만 확실히 제인은…… 그만한 애도 쉽지 않습니다. 모두 그러시거든요. 내가 그 애를 특별히 좋아한다고 해서 그러는 게 아니에요."

엘리자베스는 어머니가 계속 주책을 부리지 않을까 조바심했다. 부인은 이야기를 계속하고 싶었으나 화제가 생각나지 않았다. 잠시 모두 잠자코 있었다. 그러자 베넷 부인은 빙리가 제인에게 베푼 친절에 거듭 감사하고 리지까지 폐를 끼친 데 대해 변명하기 시작했다. 빙리는 정중하게 대답하고 누이에게도 인사를 시켰다. 누이는 언행에 이렇다 할 기품이 있지는 않았으나 베넷 부인은 만족해서 얼마 안 있다가 마차를 불렀다. 이에 막내딸이 앞으로 나왔다. 두 소녀는 이번 방문 중 늘 둘이 소곤소곤 이야기했는데, 그 결과 처음에 빙리가 이 지방에 왔을 때 네더필드에서 무도회를 열겠다고 약속한 것을 리디아가 책망하기로 되어 있었다.

리디아는 건강하고 발육이 좋은 열다섯 살 먹은 소녀로 피부가 곱고 인상이 좋은 얼굴이었다. 어머니는 리디아가 마음에 들어서 어렸을 때부터 남의 앞에 내세우곤 했다. 리디아에게는 왕성한 혈기와 타고난 일종의 자존심이 있었다. 그래서 리디아는 빙리에게 무도회 이야기를 거리낌 없이 할 수 있었다. 불쑥 빙리에게 약속을 상기시키며 만일 그것을 이행하지 않으면 수치스러운 일이라고 덧붙여 말했다. 이 갑작스러운 공격에 빙리가 대답한 말이 베넷 부인을 즐겁게 만들었다.

"물론 약속을 지키죠. 언니가 나으면 무도회 날짜를 댁에서 정해 주시죠. 하지만 언니가 병중에는 춤을 안 추실 테죠."

리디아가 만족스럽다는 듯 말했다.

"그럼요. 언니가 나을 때까지 기다리는 것이 좋다고 생각해요. 그때까지는 카터 대위도 한 번 더 메리튼으로 돌아오시겠죠. 그리고 선생님이 무도회를 열어주신다면, 그분들에게도 열어달라고 해야죠. 포스터 대령이 열지 않으신다면 수치라고 말씀드리겠어요."

리디아는 덧붙여 말했다. 그러고는 베넷 부인과 딸들은 떠났다.

10

그날은 전날과 같이 지나갔다. 허스트 부인과 빙리 양은 오전 중 오랜 시간을 환자 옆에서 지냈다. 환자는 빠르지는 않았지만 점점 회복되고 있었다. 저녁때 엘리자베스는 응접실에서 그들과 함께 시간을 보냈다. 다아시는 편지를 쓰고 있었다. 빙리 양은 옆에 앉아서 편지 쓰는 것을 보고 있었으나 다아시의 누이동생에게 말을 전해 달라고 해서 다아시의 주의를 자꾸 분산시켰다. 허스트와 빙리는 카드놀이를 했으며, 허스트 부인은 구경하고 있었다.

엘리자베스는 뜨개질감을 집어 올리고 다아시와 빙리 양의 대화를 재미있게 들었다. 다아시의 필체, 행 사이 균형 또는 편지 길이 등을 연신 칭찬하는 여자의 말은 듣는 사람의 무관심과 더불어 기이한 조화를 이루었다.

"여동생이 이 편지를 받으면 얼마나 기뻐할까요?"

다아시는 대답하지 않았다.

"참, 빨리도 쓰시네요."

"잘못 보셨습니다. 오히려 느린 편이죠."

"일 년 동안 쓰시는 편지가 많겠군요. 상용(用) 편지도. 그런 편지는 정말 싫으시겠어요."

"그것이 빙리 양이 아니고 내가 해야 할 일이니 다행이군요."

"동생분에게 제가 꼭 좀 만났으면 한다고 써 주세요."

"원하시는 것 같아 벌써 썼습니다."

"그 연필은 쓰기 어렵지 않으세요? 제가 깎아드리죠. 전 연필 깎는 데는 선수예요."

"아니, 괜찮습니다. 늘 직접 깎으니까요."

"어쩌면 그렇게 글씨를 고르게 쓰실까요?"

그는 잠자코 있었다.

"동생에게 전해 주세요. 하프가 늘었다는 이야기를 듣고 제가 기뻐한다고요. 그리고 화판의 예쁜 디자인에 반했다고 알려드리세요. 그랜틀리 양의 것보다 훨씬 훌륭하게 생각한다고요."

"그 기쁨은 다음번 편지 쓸 때까지 연기해 둘 수 없으십니까? 지금은 써넣을 여유가 충분치 않군요."

"그렇게 중대한 건 아니에요. 1월에 만나니까요. 다아시 씨는 동생에게 언제나 이렇게 길고 훌륭한 편지를 쓰세요?"

"대개 길게 씁니다. 하지만 늘 훌륭한지 어떤지는 나로서는 알

수 없군요."

"그런 말을 했다고 다아시가 좋아할 줄 아니, 캐롤라인? 편지 쓰느라고 얼마나 고생한다고. 네 음절짜리 말을 찾느라고 머리를 쓰거든. 안 그런가, 다아시?"

빙리가 외쳤다.

"내 문장은 자네와 아주 다르지."

"오빠는 멋대로 아무렇게나 쓰는걸요. 오빠는 절반은 말을 빼고 나머지는 대충 쓰고요."

빙리 양이 크게 말했다.

"생각이 너무 빨리 흘러나오니까 그래. 그래서 결국 내 편지는 받는 사람한테 아무 생각도 전하지 못하지."

"겸손의 말씀이시죠, 빙리 씨."

엘리자베스가 말했다.

편지를 다 쓴 다아시는 빙리 양과 엘리자베스에게 음악을 좀 들려달라고 청했다. 빙리 양은 재빠르게 피아노 있는 데로 갔다. 그리고 엘리자베스에게 리드하라고 정중하게 청했으나 엘리자베스는 정중히 거절했다. 그래서 허스트 부인이 동생과 노래를 불렀다. 그러는 사이 엘리자베스는 악기 위에 있던 악보를 보았다. 그런데 다아시가 자주 자신을 쳐다보는 것을 느꼈다. 그녀는 다아시처럼 훌륭한 남자의 시선에 가슴이 살짝 두근거렸다. 그러나 이해할 수 없었다. 자기를 싫어해서 쳐다본다는 것은 이상한 일이었다. 그러다가 그녀는 결국 이렇게 생각했다. 자기에게는 거기 있는 누구보다도 그릇되고 괘씸한 무엇이 있어서 주의를 끈 것이라고. 적어도 다아시가 생각하기에는 엘리자베스가 일반적인 교양 있는 여자가 아니었으니 호기심의 눈으로 봐도 이상할 건 없었다. 그리고 이런 생각은 엘리자베스를 오히려 편하게 만들었다. 다아시를 조금도 좋아하지 않았기 때문이다.

빙리 양은 이탈리아 가곡을 조금 친 뒤 생기 있는 스코틀랜드 가곡으로 변화를 주었다. 그러자 다아시는 엘리자베스에게 가까이 와서 말했다.

"베넷 양, 리일(스코틀랜드 사람들이 추는 경쾌한 춤-옮긴이)을 추고 싶은 충동이 들지 않습니까?"

엘리자베스는 미소 지었지만 대답은 하지 않았다. 그러자 다아시가 다소 놀라며 다시 물었다.

"그 질문은 이미 들었어요. 하지만 뭐라고 대답해야 좋을지 얼른 생각이 나지 않았어요. 제 취미를 멸시하고 그것을 즐기려고 하는 말씀이죠? 하지만 저는 그런 식의 술책을 뒤엎고 받아치는 것이 재미있거든요. 그래서 이렇게 대답하기로 했어요. 저는 리일 같은 건 추고 싶지 않아요. 자, 저를 경멸할 수 있으면 경멸하세요."

그녀가 말했다.

"아니, 그건 못하겠는데요."

엘리자베스는 오히려 그를 모욕하려고 이야기했으므로 다아시의 그러한 태도에 어이가 없었다. 그러나 사실 엘리자베스의 태도에는 상냥함이 섞여 있어서 모욕적인 인상을 주지는 않았다. 다아시는 아직까지 어떤 여자한테도 반한 적이 없었다. 그래서 엘리자베스의 가족과 친척의 신분이 떨어지지만 않았다면 사랑에 빠졌을지도 모른다고 느꼈다.

빙리 양은 질투가 날 정도로 쳐다보며 수상히 여겼다. 그래서 사랑하는 친구 제인의 회복을 바라는 마음은 엘리자베스를 쫓아버리고 싶은 마음으로 바뀌었다. 엘리자베스와 다아시의 결혼을 가상하고 그런 연분의 행복을 계획해 보는 이야기를 함으로써 빙리 양은 이따금 다아시가 그의 친구인 엘리자베스를 싫어하도록 했다.

"정말."

다음 날 그들이 관목길을 산책할 때 빙리 양이 말했다.

"이런 경사가 있게 되면 말을 많이 하지 않고 잠자코 있는 것이 유익하다는 데 대해서 장모님께 두어 가지 암시를 드리시겠죠? 만일 그 목적을 수행하거든 처제들이 장교들 뒤를 쫓아다니지 않도록 해드리세요. 그리고 이런 거북한 얘기를 말씀드려도 괜찮을지 모르겠습니다만 부인께서 가지고 계신 오만과 무례의 중간쯤 있는 그 조그만 무엇을 억제하도록 노력하세요."

"우리 가정생활의 행복을 위해 뭐 다른 제안은 없으십니까?"

"있고말고요. 필립스 숙부 내외분의 초상화를 펨벌리의 화랑에 거는 건 어때세요? 판사이신 종조부 옆에 말이에요. 그분들은 직업이 같으시니까요. 분야가 다르실 뿐이죠. 그러나 사랑하는 엘리자베스의 그림을 그리게 해서는 안 될 거예요. 생각해 보세요.

어떤 화가가 그 예쁜 눈을 제대로 그리겠어요?"

"사실 그 표정을 제대로 나타내기는 쉽지 않겠죠. 그러나 눈의 색이라든지 모양, 눈썹 같은 건 눈에 띄게 아름다우니까 그대로 그릴 수 있을 겁니다."

그 순간 다른 산책길에서 허스트 부인과 엘리자베스가 그들 앞에 나타났다.

"두 분께서 산책 중이신 걸 몰랐군요."

빙리 양은 그들이 자기 말을 듣지나 않았을까 당황하며 말했다.

"그런 법이 어디 있어. 나온다는 말도 없이 나오다니."

허스트 부인이 대답했다. 그리고 허스트 부인은 다아시의 다른 한쪽 팔을 잡고 엘리자베스는 혼자 걷게 했다. 길은 세 사람이 걷기에 알맞았다. 다아시는 자신의 무례함을 느끼고 얼른 말했다.

"이 길은 우리 일행에게는 좁군요. 가로수 길로 들어서는 게 좋겠어요."

그러나 엘리자베스는 그들과 같이 있고 싶은 생각이 조금도 없었으므로 웃으면서 말했다.

"아니, 그러실 필요 없어요. 세 분이 같이 가시는 게 여간 좋아 보이지 않는데요. 넷이 되면 아름다운 그림이 사라질 것 같아요. 다녀오세요."

그러고는 유쾌하게 뛰어가 버렸다. 엘리자베스는 하루 이틀 지나면 집에 돌아간다는 희망을 품고 주변을 거닐었고, 제인은 그날 밤 방을 두어 시간쯤 비울 만큼 차도가 있었다.

11

저녁 식사가 끝난 뒤 엘리자베스는 제인에게 갔다. 그리고 제인에게 춥지 않도록 따뜻하게 가운을 덧입힌 다음 제인을 앞장세우고 응접실로 들어갔다. 그러자 그녀의 두 친구는 여러 가지 축하의 말로 제인을 환영했다. 신사들이 나타나기 전까지 같이 보낸 한 시간처럼 엘리자베스는 그들을 기분 좋게 생각한 적은 없었다. 그들의 화술은 대단했다. 그들은 정확하게 어떤 향연을 묘사하고 재미있게 일화를 이야기하며 활기를 불어넣어 사람들을 웃기곤 했다.

그러나 신사들이 등장하자 제인은 관심의 대상이 아니었다. 빙리 양의 시선은 곧바로 다아시 쪽으로 향했다. 다아시는 제인에게 정중하게 축하의 말을 했다. 허스트도 고개를 조금 숙여 인사했다.

"대단히 기쁩니다."

빙리는 기쁨과 친절로 가득 차 있었다. 방이 바뀌어 제인 몸에 지장이 있을까 싶어 처음 반 시간은 방 온도를 높이는 데 할애했으며, 제인을 벽난로 쪽으로 옮겨 앉도록 했다. 그리고 빙리는 제인 옆에 앉아서 다른 사람들에게는 거의 말을 걸지 않았다. 엘리자베스는 건너편 구석에서 뜨개질하면서 그 모습을 아주 즐겁게 보았다.

허스트는 차를 마시고 난 다음 카드 탁자로 처제의 주의를 끌었지만 소용없었다. 빙리 양은 다아시가 카드를 원치 않는다는 것을 알고 카드에는 전혀 관심을 두지 않았다. 다아시는 책을 집어 들었고 빙리 양도 그렇게 했다. 허스트 부인은 연신 자기 팔찌와 반지를 만지작거리며 이따금 동생과 제인의 담화에 한몫 끼었다.

빙리 양은 자기가 책을 읽는 것과 거의 같을 정도로 다아시가 읽어 나가는 것을 유심히 보는 데 주의를 기울였다. 빙리 양은 다아시에게 계속 질문하든가, 다아시가 읽는 페이지를 넘겨다보곤 했으나 그를 이야기에 끌어들이지는 못했다. 그는 다만 질문에 대답만 할 뿐이고 책 읽는 데만 집중했다. 마침내 빙리 양은 책에 집중하지 못하고 크게 하품하며 말했다.

"저녁 시간을 이렇게 보내는 게 참 유쾌하군요. 역시 책 읽는 재미가 제일이에요. 독서 말고는 곧 싫증 나니까요. 아무리 훌륭한 집이라도 집에 책이 없다면 초라할 거예요."

그러나 아무도 대꾸하지 않았다. 그래서 그녀는 또 한 번 하품한 뒤 책을 팽개치고 뭐 재미있는 게 없나 하고 방 안을 둘러보았다. 그러다 빙리가 제인에게 무도회 이야기를 하자 즉시 그쪽을 향해 말했다.

"그런데 오빠, 정말 네더필드에서 무도회를 열 계획인가요? 결정하기 전에 여기 있는 분들의 의견을 물어보세요. 무도회가 재미있다기보다는 벌받는 것같이 고통스러운 분도 계시니까 말이에요."

"다아시 말이냐? 마음대로 하라지. 하지만 무도회는 이미 결정되었어. 니콜스가 화이트 수프를 충분히 만들면 내가 안내장을 내기로 되어 있다고."

"무도회가 좀 색다르게 된다면 좋겠는데요. 하지만 그런 모임은 대개 지루해서요. 춤 대신 낮에처럼 이야기들이나 한다면 훨씬 합리적일 거예요."

빙리 양이 의기양양하게 말했다.

"그야 훨씬 합리적이지. 하지만 그러면 무도회답지 않을 거야."

빙리 양은 대답하지 않는 대신 일어나서 방 안을 거닐었다. 그녀의 모습은 날씬했고 걸음걸이도 좋았다. 물론 자기 맵시를 다아시에게 보여주고 싶어서 일어났지만 다아시는 여전히 책에만 정신이 쏠려 있었다. 빙리 양은 자포자기가 되어 또 다른 재미있는 이야깃거리가 없을까 머리를 짰다.

그래서 엘리자베스를 향해 말했다.

"엘리자베스 베넷 양, 나처럼 방 안을 한 바퀴 도는 게 어떨까요? 같은 자세로 오래 앉아 있다가 이렇게 걸으니까 아주 상쾌해 지는군요."

엘리자베스는 곧 동의했다. 빙리 양은 이와 같은 즉각적 반응에 미소를 지었다. 다아시가 쳐다보았기 때문이다. 엘리자베스가 느 낀 것과 마찬가지로 다아시는 빙리 양의 친절이 이상하다고 생각 되었다. 그래서 무의식적으로 책을 덮었다. 그는 곧바로 그들에게 함께하자는 요청을 받았으나 거절했다. 그리고 두 사람이 같이 방 안을 거닐기로 한 것은 두 가지 동기 때문이라고 생각하는데, 자 신이 함께 거닌다면 그 어떤 동기에도 방해가 될 것이라고 말했다.

빙리 양은 그의 말이 무슨 뜻인지 궁금했다. 그래서 엘리자베 스에게 다아시의 말을 이해할 수 있느냐고 물었다. 결국 빙리 양 은 다아시에게 그 두 가지 동기를 설명해 달라고 요구했다.

"당신들이 저녁을 보내려고 이런 방법을 선택한 이유는 피차 공개하지 못할 비밀이 있거나 그렇지 않으면 자신이 걷는 모습이 보기 좋다고 생각했거나 둘 중 하나겠죠. 만일 첫 번째 경우라면 내가 방해될 테고, 두 번째 경우라면 여기에 앉아 있는 것이 걷는 모습을 보기에는 가장 좋습니다."

"어쩌면 그런 말씀을! 그런 지독한 말은 처음 듣겠군요. 그런 말씀을 하시다니 어떻게 갚아 드리면 좋을까?"

빙리 양이 외쳤다.

"그거야 어렵지 않죠. 그럴 마음만 있다면 말이에요."

엘리자베스가 말했다.

"괴롭히면서 혼내 줄 수 있어요. 약점을 잡아서 비웃는 거죠. 가까운 사이니까 상대방 약점이 무엇인지 잘 아실 텐데요."

"아뇨. 난 모르겠어요. 친하긴 하지만…… 비웃으라고? 그건 안 될 말이죠. 그래 봤자 꿈쩍도 안 하실걸요."

"다아시 씨를 비웃지 못하겠다고요? 그거 아주 잘됐군요. 앞으로도 두 분 사이가 계속 그랬으면 좋겠어요. 약점이 없는 분이라니…… 놀랍군요."

엘리자베스는 큰 소리로 말했다.

"빙리 양, 나를 과분하게 평가해 주셨습니다. 아무리 현명하고 훌륭한 사람도, 아니 아무리 현명하고 훌륭한 행위라도 약점을 잡으려고 한다면 어떻게든 잡을 수 있죠. 그게 목적인 사람에게라면 말이에요."

다아시가 말했다.

"확실히 그런 사람들이 있기는 하지요. 하지만 저는 그런 부류에 속하지 않아요. 저는 현명하고 훌륭한 것을 비웃지는 않으니까요. 아둔과 무분별, 변덕과 모순이라면 몰라도. 하지만 다행히 다아시 씨에게는 이런 점들이 없는 것 같군요."

엘리자베스가 대답했다.

"아니, 사실 저는 결점투성이예요. 그러나 그건 이해력의 결점은 아닐 겁니다. 양보와 배려심이 부족하죠. 그렇기에 다른 사람들에게 좋지 않은 인상을 주죠. 또 누군가의 어리석은 짓과 실수를 쉽게 잊지 못합니다. 나를 화나게 한 일도 오래도록 기억하고요. 남이 아무리 내 기분을 움직여 보려고 해도 좀처럼 흔들리지 않습니다. 아마도 저는 원한을 잘 품는 편일 겁니다. 한번 신의를 잃으면 그 사람은 영원히 그렇게 되는 거죠."

다아시가 말했다.

"정말 그건 결점이네요. 하지만 자기 결점을 잘 알고 인정하시니 다행이에요. 그건 아주 훌륭한 점이죠."

엘리자베스가 외쳤다.

"어떤 기질에도 악의 경향이 있죠. 타고난 결함 말이에요. 그건 교육을 아무리 잘 받아도 극복할 수 없습니다."

"그럼 다아시 씨의 결함은 모든 사람을 미워하는 건가요?"

"그럼 당신의 결함은 일부러 오해하는 것이겠군요."

그는 미소 지으며 대답했다.

"이제 음악을 좀 즐겨 볼까요?"

자신이 끼어들지 못하는 대화에 싫증이 난 빙리 양이 외쳤다. 그리고 그녀는 피아노의 뚜껑을 열었다.

다아시는 엘리자베스와 나눈 대화를 조금도 서운하게 생각하지 않았다. 다만 그는 자신이 엘리자베스에게 지나치게 관심이 있음을 깨닫고 알 수 없는 두려움을 느꼈다.

12

 제인과 의논한 결과 엘리자베스는 다음 날 아침 어머니에게 편지를 써서 그날 중으로 마차를 보내달라고 청했다. 그러나 베넷 부인은 두 딸이 다음 화요일까지 네더필드에 머물러 있을 것으로 생각했고, 그래야 제인의 일주일이 끝나기 때문에 두 딸을 그전에는 맞아들일 생각을 하지 않았다. 이런 이유로 베넷 부인은 두 딸이 화요일 이전에는 마차를 쓰지 못할 것이라고 답장해 왔다. 덧붙인 편지에는 만일 빙리와 그 누이가 좀 더 있으라고 권하거든 돌아오지 않아도 좋다는 내용이 있었다.

 그러나 엘리자베스는 그 이상 체류하지 않기로 굳게 결심했다. 더 있으라는 말을 기대하지도 않았다. 오히려 쓸데없이 오래 폐를 끼치면 그 집 식구들에게 폐가 될까 걱정되어 제인에게 빙리의 마

차를 빌리라고 재촉했다. 그래서 결국 그날 아침 네더필드를 떠나겠다는 계획을 말하고 마차를 부탁하자고 합의를 보았다.

빙리는 그녀들 제안에 여러 번 염려하는 말을 늘어놓으며 만류했다. 다음 날까지라도 있어 달라고 간곡히 부탁했다. 그래서 결국 다음 날 아침까지 그들 집으로 돌아가는 일은 연기되었다. 그러나 빙리 양은 탐탁하게 생각하지 않았다. 엘리자베스를 질투하고 싫어하는 마음이 제인에 대한 애정을 훨씬 넘었기 때문이다.

빙리는 그들이 그렇게 빨리 돌아가려는 것을 아주 유감스럽게 생각했다. 그래서 여러 번 제인에게 아직 완쾌되지 않았다고 말했으나 제인의 생각은 확고했다.

일요일 아침 예배 후 거의 모든 사람에게 기분 좋은 작별이 있었다. 모두 헤어질 때 제인은 롱본이나 네더필드에서 다시 만나면 반가울 것이라고 말하고 아주 부드럽게 포옹하며 악수까지 했다. 엘리자베스는 명랑하게 그들과 작별했다.

어머니는 딸들이 집으로 돌아오는 것을 반갑게 받아들이지 않았다. 그러나 아버지는 아주 기뻐했다. 자기 가족에게 두 딸이 얼마나 소중한 존재인지 다시 한번 실감했기 때문이다. 저녁에 가족이 전부 모였을 때 주고받은 이야기는 제인과 엘리자베스가 없었으므로 생기도 없었고 의미도 없었다.

13

"여보, 오늘 음식 준비는 잘되고 있소? 누구 한 사람이 올 것 같은데."

베넷은 다음 날 아침밥을 먹다가 아내에게 말했다.

"누구 말이에요? 올 사람이라곤 없는데. 혹 샬럿 루카스가 올지는 몰라도. 우리 집 음식이야 샬럿에게 잘 맞죠. 자기 집에서도 그렇게 자주 맛있는 걸 먹진 못할걸요."

"내가 얘기하는 사람은 점잖은 신사인데 우리 집에 처음 오는 손님이오."

베넷 부인의 눈이 빛났다.

"신사고 처음 오는 분이라니! 빙리 씨인가 보군요. 아니 제인아, 넌 왜 한마디도 안 했니? 앙큼스럽긴! 빙리 씨를 만나는 일이야

반갑고말고. 그런데 야단났군. 음식이 제대로 준비되지 않아서."

"빙리는 아냐. 한 번도 만나 보지 못한 사람이오."

베넷의 말에 식구들은 모두 놀랐다. 그래서 그는 아내와 다섯 딸에게서 한꺼번에 질문 공세를 받았다. 잠시 그들의 호기심을 묵묵부답으로 즐기다가 그는 이렇게 설명했다.

"한 달쯤 전에 이 편지를 받았어. 그리고 약 두 주일 전에 회답을 냈지. 좀 까다로운 일이어서 일찌감치 손을 써야 한다고 생각했기 때문이야. 그 편지는 먼 친척인 콜린스에게서 온 건데 그 사람은 내가 죽으면 언제든 우리 식구를 이 집에서 마음대로 내쫓을 수도 있어."

"아니, 여보. 그건 참고 들을 수 없구려. 그 이야기는 지긋지긋해요. 얘기도 꺼내지 말아요. 세상에 이런 가슴 아픈 일이 어디 있어요? 당신 땅을 당신 자식이 물려받지 못하고 다른 사람에게 주다니. 내가 당신이라면 벌써 옛날에 무슨 수를 냈을 거예요."

부인이 외쳤다.

제인과 엘리자베스는 어머니에게 상속인을 따로 정하는 한정상속(限定相續)에 대해 설명했지만 베넷 부인은 용납하지 않았다. 딸이 다섯이나 있는데 엉뚱한 남자에게 토지를 뺏긴다는 것은 억울한 일이라고 부인은 마구 떠들어 댔다.

"확실히 불공평한 일이긴 하지. 하지만 당신도 편지 사연을 보면 그 사람 심정을 이해할 거요."

베넷이 말했다.

"천만에요. 도대체 당신에게 편지를 보내다니, 위선자에 철면피지 뭐예요? 그 아버지도 당신 속을 썩이고 문제를 일으키더니만 아들도 똑같아요."

"일단 들어보구려."

선친과 아저씨의 불화는 늘 제 불안거리였습니다. 그러던 중 불행히도 아버님께서 돌아가셨습니다. 그동안 적조했던 것은 선친께서 늘 멀리하시던 분과 제가 가까이 지낸다는 것이 선친께 죄를 짓는 것 같아서였습니다. 그러나 이 문제에 대해서는 이제 결심한 바 있습니다. 저는 부활절에 안수를 받고 다행히도 루이스 드 버그 경의 미망인 라이트 어너러블(백작 이하 귀족에게 붙이는 경칭-옮긴이) 캐서린 드 버그의 애호를 받아 그분의 너그러우신 은혜로 이곳 교구의 막중한 목사직에 추천받았습니다. 이곳에서 그 부인에게 감사하는 마음으로 처신해 언제나 자진해서 영국 국교회 제정의 제전과 의식을 거행할 수 있도록 열심히 노력할 것입니다. 또 힘 있는 데까지 모든 가정에 화목의 축복을 촉진하고 이를 확립하는 것이 목사인 제 의무라고 생각합니다. 그러니 제 우호적인 인사를 나무라지 마시고 제가 롱본의 한정상속인이 된다는 사정을 너그럽게 승낙해 주셨으면 합니다. 제가 따님들의 권리를 손상하는 존재가 될까 두렵습니다.

하지만 저는 가능한 한 최대한 보상해 드릴 것입니다. 제가 방문하는 데이의가 없으시다면 11월 18일 월요일 네 시에 찾아뵙고 일주일 정도 폐를 끼쳐도 되겠습니까? 부인과 따님들께 안부 전해 주시기 바랍니다.

윌리엄 콜린스

"그러니까 네 시면 화해하러 이 신사께서 오신단 말이야. 아니, 확실히 양심적이고 정중한 청년 같아. 틀림없이 가까이할 수 있을 거야."

베넷이 편지를 접으며 말했다.

"애들을 언급한 것을 보니 다소 생각이 있는 사람 같군요. 애들한테 보상할 마음이 있다면야 구태여 막을 필요가 없죠."

"자세히는 알 수 없지만, 무슨 방법으로 보상하겠다는 걸까요? 그렇게 하겠다면 다행이지만요."

제인이 말했다. 엘리자베스는 콜린스가 레이디 캐서린을 절대적으로 존경하고 사람들을 위해 봉사하겠다는 그 친절한 마음씨에 감동되었다.

"아무튼 괴짜일 거야. 어떤 사람일까요? 분별이 있는 사람이에요, 아버지?"

엘리자베스가 물었다.

"글쎄다. 나도 어서 만나봤으면 좋겠다."

"일단 그 편지에 결점이 있는 것 같지는 않은데요. 표현법이 나무랄 데 없고 정중하게 느껴져요."

키티와 리디아는 편지나 편지를 보낸 사람에게 조금도 흥미가 없었다. 베넷 부인은 편지로 콜린스에 대한 나쁜 감정이 많이 씻겼다. 너무도 태연하게 콜린스를 맞을 준비를 해서 오히려 남편과 딸들이 놀랄 지경이었다.

콜린스는 시간을 어기지 않았다. 식구들은 그를 공손히 맞았다. 베넷은 별로 말이 없었다. 그러나 어머니와 딸들은 기쁘게 이야기하려고 했다. 스물다섯 살인 그는 키가 크고 중후해 보였으며 풍채는 근엄하고 당당했다. 자리에 앉자 얼마 안 있다가 그는 베넷 부인에게 이렇게 훌륭한 딸들을 둔 것에 경의를 표하고, 소문보다 딸들의 미모가 더 뛰어나다고 칭찬했다. 아울러 적당한 시기에 그들이 좋은 인연을 맺어 결혼하는 것을 부인이 틀림없이 볼 것이라고 덧붙였다.

"참 친절도 하셔라. 제발 그렇게 되었으면 좋겠군요. 그렇지 않다면 얼마나 옹색하게 되겠어요? 세상일이란 묘하게 해결되는 법이니까요."

"한정상속을 말씀하시는 것이겠죠?"

"그래요. 애들이 가엾죠. 그것은 아시겠죠. 그렇다고 댁 잘못이라는 건 아녜요. 세상일이라는 게 그런 거니까요."

"그 부분은 저도 같은 생각입니다. 다만 더 말씀드릴 일이 있는데 너무 경솔하게 서두르면 안 될 듯하니 나중으로 미루겠습니다. 따님들을 보고 싶어서 온 건 사실입니다. 우선 그 정도로만 말씀드리죠. 그렇지만 좀 더 사귀면……."

식사하라고 부르는 소리에 그의 이야기는 중단되었다. 딸들은 서로 미소 지었다.

콜린스의 칭찬 대상이 된 것은 사람들뿐이 아니었다. 그는 현관, 식당과 가구 전부를 둘러보고 칭찬했다. 만일 그가 모든 것을 장래의 자기 소유물로 본다는 생각을 하지 않았다면 그 칭찬은 베넷 부인을 감동시켰을 것이다. 음식도 대단히 칭찬받았다. 콜린스는 이렇게 맛있는 음식을 어떤 딸이 만들었느냐고 물었다. 그러자 베넷 부인은 훌륭한 요리사가 있어서 딸들이 구태여 부엌에 들어가는 일은 없다고 쌀쌀맞게 대답했다. 이에 콜린스는 부인 기분을 상하게 한 일에 용서를 구했고 부인은 부드러운 목소리로 조금도 기분 상하지 않았다고 대답했다. 그러나 콜린스는 약 15분 동안이나 계속 사과했다.

14

식사하는 동안 베넷은 거의 말을 하지 않았다. 그러나 식사를
마치고 하인들이 물러나자 콜린스에게 좋은 후원자를 두어 행운
이라고 말했다. 그러자 콜린스는 격조 높은 말로 부인을 칭찬했
다. 이 화제는 콜린스를 고상하게 만들어 흔히 볼 수 없을 정도
로 엄숙한 태도를 보이게 했다. 그는 영향력 있는 고위층 사람이
그렇게까지 다정다감한 것을 한 번도 본 적이 없다고 아주 진지
한 표정으로 확언했다. 부인이 자신을 로징스로 두 번 식사에 청
하고 저녁에 트럼프까지 함께했다고 말했다. 사실 레이디 캐서린
은 그녀의 여러 친지로부터 상당히 거만하다는 소리를 들었으나
콜린스는 그녀의 다정한 태도밖에 보지 못했다. 부인은 그가 근처
의 사교계에 출입하는 것이라든지 친척을 방문하려고 이따금 두

어 주일 교구를 떠나는 데에 조금도 불만을 표시하지 않았다. 콜린스가 신중하게 선택한다면 될 수 있는 대로 빨리 결혼하라고 충고까지 해주었다.

"정말 말할 것도 없이 아주 좋은 분이겠죠? 세상 여자들이 모두 그분 같다면 무슨 걱정일까요. 미망인이시라죠? 자녀가 있으신가요?"

"따님이 한 분 있는데 그분이 로징스하고 그 밖의 막대한 재산의 상속인이랍니다."

"네, 그럼 그 따님은 세상의 다른 딸들보다 행복하시군요. 어떤 분이죠? 예쁘신가요?"

부인은 머리를 끄덕이며 말했다.

"정말 매력 있는 아가씨죠. 레이디 캐서린의 말씀이지만 진정한 아름다움이라는 점에서 드 버그 양은 여성 중 가장 아름다운 사람보다도 훨씬 낫고, 용모에는 명문 출신의 특징이 있습니다. 하지만 불행하게도 병이 있어 여러 가지 교양 습득에 방해받고 있죠. 그렇지 않다면 많은 발전이 있었을 겁니다. 이 얘기는 그분의 교육을 감독하고 지금 그 가정에서 사는 부인에게서 들었습니다. 하지만 그 부인은 아주 상냥하시고 이따금 조그만 말 두 필이 끄는 마차를 타고 제 집 옆을 지나시곤 합니다."

"그분은 벌써 국왕을 배알하셨나요?"

"건강이 좋지 않아서 불행하게도 시내 출입이 어려우십니다. 그래서 요전에는 제가 레이디 캐서린께 말씀드렸습니다만 결국 영국 궁정은 가장 빛나는 광채를 빼앗긴 셈이죠. 이런 얘기를 부인은 좋아하시는 것 같더군요. 언제나 부인께서 좋아하시는 찬사를 저는 기회 있을 때마다 어색하지 않게 말씀드리죠. 따님은 태어나시기를 공작부인이 되려 태어났고, 신분이 가장 높은 남자는 따님에게 거만 떠는 것이 아니라 도리어 따님 덕분에 빛이 날 것이라고 여러 번 레이디 캐서린에게 말씀드렸죠. 이런 대단치 않은 일이 그분 마음을 아주 흡족하게 하거든요. 이런 종류의 친절을 각별하게 베풀지 않으면 안 된다고 생각합니다."

"정당한 판단이지. 자연스럽게 사람 비위를 맞추는 재주가 있는 건 다행한 일이군. 그런데 좀 뭣한 질문이지만 사람 마음에 들게 하는 그런 친절은 임기응변으로 그때그때 생기는 건가? 그렇지 않으면 미리 계획한 결과인가?"

베넷이 물었다.

"주로 그때그때 일어난 일에서 생기죠. 평범한 경우에 알맞도록 멋있는 공치사를 외운다든지 정돈해서 심심풀이로 하는 경우도 있지만 언제나 될 수 있는 대로 계획되지 않은 것처럼 보이려고 합니다."

베넷의 기대는 충분히 채워졌다. 그의 친척은 그가 바랐던 것처럼 어리석고 터무니없었다. 베넷은 기쁘게 손님을 응접실로 데리고 와서 여자들에게 책을 읽어주라고 청했다. 콜린스는 흔쾌히 승낙했다.

그래서 책 한 권을 꺼내 왔는데 그 책을 본 그는 깜짝 놀랐다.

그러고는 용서를 바라며 자기는 절대로 소설을 읽지 않는다고 했다. 키티는 그를 쳐다보았고 리디아는 소리를 질렀다. 그는 잠시 생각한 뒤 다른 책 몇 권을 훑어보고 한 설교집을 선택했다. 그가 그 책을 펴자 리디아가 하품을 했다. 그가 단조롭고 무겁게 세 페이지를 채 읽기도 전에 리디아가 말했다.

"어머니, 필립스 아저씨는 리처드를 내쫓겠다고 그러시는데, 그걸 알고 계세요? 그렇게 된다면 포스터 대령이 채용할걸요. 토요일에 이모님이 직접 저에게 말씀하셨어요. 내일 메리튼에 소풍 가서 그 얘길 더 들어야지. 그리고 데니 씨는 언제 시내에서 돌아오는지 여쭈어봐야지."

리디아는 손위 두 언니에게 잠자코 있으라는 야단을 들었다. 그러나 콜린스는 불쾌한 기색으로 책을 내려놓고 말했다.

"젊은 여성들이 진지한 내용의 책에 얼마나 흥미를 느끼지 않는지는 여러 번 본 적이 있습니다. 자신들에게 유익한 책도 싫어하거든요. 하지만 교훈보다 더 유익한 건 없습니다."

그러고는 베넷 쪽을 향해 주사위 놀이의 상대가 되어 주겠다고 제의했다. 이에 베넷은 그러자고 했으며, 베넷 부인과 딸들은 리디아의 무례를 용서하라고 했다. 콜린스는 친척에게 나쁜 마음을 품지 않을뿐더러 그 행동을 모욕이라고 여긴다든지 불쾌하게 생각하지는 않는다고 말하고 나서 베넷과 함께 또 하나의 테이블에 자리 잡고 주사위 놀이를 준비했다.

15

콜린스는 분별 있는 사람이 아니었으며 타고난 성격은 교육과 교제로도 고쳐지지 않았다. 그동안 그는 생애 대부분을 무식하고 인색한 아버지 밑에서 자랐다. 그는 대학이라고 다니긴 했으나 그저 필수 기간에 학적을 두었을 뿐 자기에게 유익한 수련을 하지 않았다. 아버지가 그를 복종이라는 테두리 안에서 길렀으므로 이것이 아들을 오히려 비굴하게 만들었다.

헌스퍼드의 목사직이 비어 있을 때 우연히 레이디 캐서린 드 버그의 눈에 띄어 운 좋게 목사 자리를 차지했는데 그것이 오히려 그에게 독이 되었다. 그를 오만과 추종, 자존과 비굴의 혼합물로 만든 것이다.

이제 그는 훌륭한 집과 넉넉한 수입이 생겼으므로 결혼할 마음을 먹고 있었다. 그래서 롱본 사람들을 떠올리고 아내 생각을 했다. 만일 이 집 딸들이 소문과 같이 예쁘고 사랑스럽다면 그중 하나를 고를 속셈이었다. 그러면 토지 상속에 대한 보상도 되리라고 생각했다.

콜린스의 계획은 딸들을 직접 본 후에도 변하지 않았다. 제인의 아름다운 얼굴이 그의 생각을 더욱 단단하게 했고, 나이가 가장 많은 사람이 응당 보상받아야 한다고 생각했다.

그런데 다음 날 아침 변화가 생겼다. 베넷 부인과 15분간 마주 앉아 목사관 이야기부터 이런저런 이야기를 하던 그는 목사관의 아씨 될 사람을 롱본에서 발견할지도 모른다고 자연스럽게 말했다. 그러자 부인은 은근히 미소를 짓고 격려하면서도 그가 이미 점찍어 놓은 제인은 안 된다는 경고를 했다.

"다른 딸들에 대해서는 뭐라고 말할 수 없지만 제인에 대해서는 말할 게 있어요. 머지않아 약혼할 것 같거든요."

콜린스에게는 대수롭지 않은 일이었다. 단지 제인을 엘리자베스로 바꾸면 되었다. 베넷 부인은 그 암시를 마음속에 간직하고 머지않아 두 딸을 결혼시킬 수 있으리라고 생각했다. 그 전날까지만 해도 입에 올리기도 싫던 남자가 이제는 부인 마음에 쏙 들게 되었다.

메리튼으로 가자는 리디아의 제안에 메리를 제외하고 모두 찬성했다. 그리고 베넷의 청으로 콜린스가 따라가게 되었다.

사실 베넷은 콜린스를 쫓아버리고 서재에 혼자 있고 싶었다. 그도 그럴 것이 아침 식사 후 콜린스는 주인 뒤를 따라 서재로 쫓아 들어와 거의 쉬지 않고 헌스퍼드의 집과 정원 이야기를 계속했다. 그래서 그는 딸들이 나들이 가는 데 같이 가달라고 콜린스에게 은근히 청했다. 그러자 콜린스는 대단히 기뻐하며 얼른 따라나섰다.

그는 시시한 이야기를 늘어놓고 상대편은 맞장구치면서 메리튼에 도착했다. 키티와 리디아는 메리튼에 도착하자마자 장교들을 찾아보느라 정신없었다. 그리고 얼마 안 가서 그들은 모두 어떤 청년에게 마음을 빼앗겼다. 그는 그들이 그때까지 한 번도 만난 일이 없는 아주 점잖은 풍채를 한 남자로 거리 저편을 데니 장교와 같이 걷고 있었다. 키티와 리디아는 건너편 상점에 볼일이 있다는 평계를 대고는 마차에서 내려 길을 건너갔다. 그리고 두 신사와 우연히 마주친 것처럼 했다. 데니는 얼른 그들에게 인사하고 친구인 위컴을 소개했다. 위컴은 시내에서 그 전날 같이 돌아왔는데 다행히 부대에 장교 임관 사령을 받고 왔다고 했다. 그는 훌륭한 용모와 당당한 체격의 소유자였다. 말투에서도 호감이 묻어나는 사람이었다.

조금 후 말발굽 소리가 그들의 주의를 끌었다. 그리고 다아시와 빙리가 말을 타고 지나가는 것이 보였다. 여자들을 알아본 두 신사는 이내 그들에게 와서 늘 하던 식으로 인사를 했다. 빙리 말로는 마침 제인을 문병하러 롱본으로 가는 중이라고 했다. 다아시는 그렇다는 것을 증명하려 경례했지만 엘리자베스 쪽을 보지 않으려고 애써 고개를 돌렸다. 그런데 갑자기 한 남자를 본 그의 얼굴색이 변했다. 엘리자베스는 이 모습을 놓치지 않고 바라보았다. 다아시는 얼굴색이 하얘졌고 위컴은 벌겋게 변했다. 위컴은 잠시 후 모자에 손을 가져갔고 다아시는 억지로 답례했다. 엘리자베스는 도대체 영문을 알 수 없었다.

그러나 빙리는 그러한 상황을 눈치채지 못한 듯 보였다. 그는 아무렇지 않게 작별인사를 하고는 친구와 함께 말을 몰고 떠났다. 데니와 위컴은 여자들과 함께 필립스의 집까지 걸어갔다. 그리고 같이 들어가자는 리디아의 제안과 필립스 부인의 청으로 그렇게 했다.

필립스 부인은 늘 조카딸을 만나는 것이 기뻤다. 위의 두 조카가 근래에는 오지 않았으므로 특히 더 환영받았다. 그리고 제인이 콜린스를 소개하자 부인은 콜린스에게 예의를 갖추어 인사했다. 부인은 될 수 있는 한 정중하게 그를 맞았다. 콜린스는 안면도 없는데 폐를 끼치게 되는 것을 사과하면서 부인보다 갑절이나 더 정중하게 답례를 했다. 하지만 필립스 부인은 그와 같은 깍듯한 예의범절이 오히려 거북스러웠다.

부인은 장교 몇 사람이 다음 날 자기 집에서 식사할 예정이라며 위컴도 초대했다. 그리고 조카딸들도 함께하자고 해서 그들은 모두 즐거운 마음으로 약속한 뒤 헤어졌다. 콜린스는 방을 나갈 때도 거듭 사과했으나 부인은 그럴 필요 없다고 연신 정중한 태도로 말했다.

롱본으로 돌아온 콜린스는 베넷 부인에게 필립스 부인의 태도와 예의를 칭찬해서 베넷 부인의 기분을 만족시켰다. 콜린스는 레이디 캐서린과 그녀의 딸을 제외하고는 그처럼 우아한 여성은 본 적이 없다고 했다. 사실 부인은 그를 더할 나위 없이 정중하게 맞았을 뿐 아니라 다음 날 식사에 초대했다.

16

다음 날, 필립스 부인의 초대에 응하려고 집을 나설 때 콜린스는 베넷 부부만 남겨두고 간다는 것이 곤란하다는 표정을 했다. 그러나 누구도 콜린스의 걱정에 동의하지 않았다.

그들은 메리튼에 제때 도착했고, 이미 위컴이 와 있다는 말을 들었다. 콜린스는 주위를 천천히 돌아보며 칭찬할 만큼 여유를 찾았다. 그는 방의 크기와 가구에 무척 감동해 로징스의 조그만 여름 식당에 있는 것 같다고 했다. 이 비교는 처음에는 그다지 큰 만족을 주지 못했으나 필립스 부인은 그 이야기를 듣고 로징스가 무엇이며, 그 소유자가 누구인지를 이해하더니 만족했다.

콜린스는 신사들이 합석할 때까지 레이디 캐서린과 그녀 저택의 웅장함을 부인에게 하나하나 즐겁게 들려주며, 이따금 객담으로 수수한 자기 집과 그 집을 아담하게 꾸며놓은 솜씨를 은근히 자랑했다. 필립스 부인은 그의 말에 귀를 기울였으나 아가씨들은 콜린스 말에 아무런 관심 없이 그저 식사가 시작되기를 지루하게 기다렸다.

마침내 신사들이 합석했고, 엘리자베스는 위컴에 대한 첫인상이 조금도 잘못되지 않았다고 생각했다. 위컴은 풍채, 용모, 태도, 걸음걸이가 누구보다도 뛰어났다. 위컴은 거의 모든 여자의 시선을 끌었다. 엘리자베스는 자기 옆에 위컴이 앉은 것에 행복감을 느꼈다. 그리고 위컴 이야기에 상냥한 태도로 귀를 기울였다.

여성의 주의를 끄는 점에서 위컴과 장교들의 적수가 못 되는 콜린스는 헌신짝같이 버려졌다. 그러나 간간이 필립스 부인이 친절하게 그의 이야기를 들어 주었다. 그리고 부인의 넓은 마음씨로 그는 커피와 빵을 잔뜩 얻어먹었다.

카드 테이블이 놓이자 콜린스는 위스트(네 명이 두 명씩 패가 되어 하는 게임-옮긴이)에 한몫 끼어 부인에게 은혜를 갚을 기회를 얻었다.

"지금 당장은 이 게임을 잘 모르지만 곧 익숙해질 겁니다. 저와 같은 환경에서 생활하면 말입니다."

콜린스가 말했다.

위컴은 게임을 하지 않고 다른 테이블에 있는 엘리자베스와 리디아의 청을 받아 기쁘게 그들 사이에 한몫 끼었다. 처음에는 리디아가 그를 독점할 것 같았다. 그러나 리디아는 운수 보기를 좋아했으므로 얼마 안 있어 게임에 흥미를 느끼고 열중했다. 그래서 엘리자베스와 위컴 둘이 이야기하게 되었다. 엘리자베스는 다아시와의 일이 궁금했지만 직접 물을 수는 없었다. 그러나 뜻밖에 위컴이 먼저 그 이야기를 꺼냈다. 그는 네더필드가 메리튼에서 얼마나 떨어져 있는지 묻고는 다아시가 거기에 얼마 동안 머물렀느냐고 했다.

"한 달쯤 됐어요."

엘리자베스가 대답했다. 그리고 그것만으로 화제를 끝내고 싶지 않아서 덧붙였다.

"더비셔에 재산이 많다고 하던데요?"

"네, 거기에 있는 그 사람의 토지는 굉장해요. 일 년 수입이 1만 파운드나 되니까요. 거기에 관해 저만큼 확실한 정보를 줄 수 있는 사람은 만나지 못하실 거예요. 저는 어렸을 때부터 그 집안과 특별한 관계가 있었으니까요."

위컴이 대답했다.

엘리자베스는 놀라지 않을 수 없었다.

"어제 우리가 만났을 때 아주 냉랭해 보였으니 놀라시는 것도 당연합니다. 다아시와는 잘 아는 사이십니까?"

"그분과 한집에서 나흘을 같이 지냈어요. 그런데 썩 유쾌한 분은 아닌 것 같아요."

"제 의견을 말씀드릴 수는 없습니다. 그가 어떤 사람인지요. 워낙 오래전부터 속속들이 알고 있어서 저는 공평한 심판자가 될 수 없기 때문이죠. 하지만 당신 의견을 듣고 아주 놀랐습니다. 다른 데서는 이렇게 직접적으로 말씀하지는 않으시겠죠? 여기서야 가족끼리니까요."

위컴이 말했다.

"아니, 확실히 여기서나 근처의 어떤 집에서나 네더필드 밖이라면 똑같이 말하겠어요. 하트퍼드셔에서는 모두 그분을 싫어하거든요. 누구나 그 자존심 때문에 진저리를 쳐요. 아마 저만큼 호의를 가지고 그분 얘기를 하는 사람도 없을 거예요."

"누구든 자신의 실제 가치보다 낮게 평가되면 억울해하지요. 하지만 다아시에게는 그런 일이 일어나지 않을 겁니다. 세상 사람들은 돈과 지위에 눈이 멀어 공평하게 평가하지 않거든요. 언제나 실제보다 더 높이 평가하기 마련이죠."

"저는 그분을 조금 아는 정도지만 그분은 확실히 까다롭다고 생각해요."

위컴은 다만 머리를 흔들 뿐이었다.

"어떨까요. 그 사람은 이 지방에 오래 있을 것 같습니까?"

"모르겠어요. 하지만 네더필드에 있을 때 다른 데로 가신다는 얘기는 듣지 못했어요. 그분들이 근처에 계신다고 해서 무슨 문제가 있나요? 부디 위컴 씨에게 아무런 지장이 없었으면 좋겠군요."

"무슨 영향이 있겠어요. 제가 다아시에게 내쫓길 것 같습니까? 불편하면 다아시 자신이 나가겠죠. 사실 우리 사이는 그렇게 좋은 편이 아닙니다. 그래서 그 사람을 만나는 것이 늘 고통스럽습니다. 그가 제게 준 고통이 너무 마음에 걸리고, 현재 그의 사람됨을 생각하면 가슴이 아플 따름입니다. 베넷 양, 그 사람 아버지는 돌아가셨습니다만 참 좋은 분이셨죠. 꽤 성실한 분이셨습니다. 그 아들인 다아시와 같이 있으면 많은 추억이 떠올라 슬퍼집니다. 물론 그 사람이 제게 보인 행동을 생각하면 억울하기 짝이 없지만 저는 용서할 수 있습니다. 그 사람이 자기 아버지의 희망을 배반하고 영혼을 욕되게 하지 않는다면 말이죠."

엘리자베스는 흥미가 더해 감을 느끼며 열심히 들었다. 그러나 화제가 미묘해 더 묻지 못했다. 위컴은 좀 더 일반적인 화제, 즉 메리튼과 그 근방 그리고 사교 이야기를 하기 시작했다.

"저는 좀 더 훌륭한 사교를 꿈꾸었습니다. 그래서 부대에 들어가게 되었죠. 존경할 만한 기분 좋은 부대라는 걸 알고 있었습니다. 그런 데다 친구 데니가 현재의 병영과 메리튼이 군인에게 보인 세심한 배려와 훌륭한 인사들을 얘기했기 때문에 더욱 솔깃했죠. 사실…… 실패를 맛보았기 때문에 저에게는 사람들과의 교류가 더욱 소중합니다. 처음부터 군대 생활을 원하지는 않았지만 사교를 하려고, 고독을 이겨 내려고 선택했습니다. 일이 꼬이지만 않았다면 아마도 교회에 들어갔을 겁니다. 그리고 다아시가 일을 망치지만 않았다면 지금쯤 대단한 목사직을 차지하고 있었을 겁니다."

위컴이 진지하게 말했다.

"어쩌면!"

"사실입니다. 그 친구 부친께서는 증여권 내에 있는 가장 훌륭한 교회의 목사직이 비는 대로 저를 추천하겠다고 유언하셨죠. 그분은 제 교부(敎父)이시고, 저를 아주 아껴 주셨거든요. 그 친절에 대해서는 뭐라고 표현하기 어렵습니다. 그런데 그 목사 자리가 비었는데 딴 사람에게 넘어가 버렸죠."

"어떡하면 좋아! 하지만 어떻게 그렇게 됐을까요? 유언이 무시됐을까요? 왜 법률상 보상을 요구하지 않으셨어요?"

엘리자베스가 흥분해 외쳤다.

"유언장 문구에 다소 미흡한 부분이 있어서 소송해도 소용이 없었습니다. 명예로운 사람이라면 유언의 취지를 의심하지 않았겠지만 다아시는 그걸 의심했습니다. 단순한 조건부 추천으로 취급하고 제가 사치스럽고 무분별하다며 그 자리에 맞지 않는다고 몰아붙였습니다. 아무리 생각해도 제가 그 자리를 차지할 수 없을 만한 일은 하지 않았는데 말이죠. 하긴 제 성질이 다소 격하고 앞뒤를 생각하지 않는 것도 사실입니다. 그래서 그 사람 앞에서 제 의견을 거침없이 늘어놓은 일이 있는지도 모르죠. 그게 제가 한 나쁜 일이라면 나쁜 일입니다. 그 이상 나쁜 짓은 아무리 생각해도 하지 않았습니다. 그래서 저는 그를 미워할 수밖에 없습니다."

"어쩌면 그럴 수 있을까요! 그분이야말로 사람들 앞에서 망신당해야 할 분이군요."

"언젠가는 그렇게 되겠죠. 그렇지만 제가 직접 망신을 주고 싶지는 않군요. 그 친구의 부친을 생각하면 그럴 수 없습니다."

엘리자베스는 위컴의 마음에 존경심이 일었다. 그리고 그런 마음을 지닌 그가 한결 더 미남으로 보였다.

"하지만 동기가 무엇이었을까요? 무엇이 그분에게 그런 잔인한 행동을 하게 만들었을까요?"

엘리자베스가 말했다.

"저를 아주 철저히 싫어했기 때문이겠죠. 이건 아마 질투 때문일 거예요. 돌아가신 부친께서 저를 그처럼 좋아하시지 않았다면 아들인 그가 저에게 그렇게 심하게 굴지는 않았을 겁니다. 그의 아버지께서 특별히 저를 사랑해 주셨는데 어려서부터 그것을 아주 못마땅해했죠."

"그분이 그렇게 나쁜 사람이라고는 생각하지 않았어요! 그분을 좋아하지는 않았지만 그렇다고 아주 나쁘게는 생각하지 않았으니까요. 친구들을 경멸하는 것은 얼마간 짐작했어요. 그렇지만 그런 악의에 찬 복수, 그런 몰인정한 짓을 할 정도로 비열할 줄은 몰랐어요."

잠시 숨을 고른 후 그녀는 계속했다.

"생각나는군요. 언젠가 그분이 네더필드에서 자기는 앙심이 깊고 남을 용서하지 않는 기질이 있다고 말했어요. 좋지 않은 기질이죠."

"그 문제는 어떻게 말해야 할지 모르겠군요. 저는 그 친구에게 공평할 수 없을 것 같아요."

위컴이 대답했다.

엘리자베스는 다시 깊은 생각에 잠겼다. 그리고 조금 있다가 외쳤다.

"아무리 생각해도 어떻게 그런 짓을 할 수 있을까요. 자기 아버지가 그렇게 아낀 분한테 말이에요."

그녀는 '그리고 용모가 이렇게 훌륭한 청년을 말이에요'라고 덧붙이고 싶었으나 마음속으로만 속삭였다.

"우리는 같은 교구의 같은 장원에서 태어났습니다. 유년 시절 대부분을 같이 지냈죠. 제 아버지는 필립스 씨와 같은 일을 하셨습니다. 다아시 부친의 재산을 보존하는 데 일생을 바치셨죠. 그리고 다아시 부친은 제 아버님이 관리를 철저히 해주어 그 은혜가 크다고 하셨습니다. 그래서 제게 목사직을 마련해 주겠다고 하신 거고요. 아마도 그게 보답이라고 생각하셨나 봅니다."

"참 이상하군요! 다아시 씨는 자존심 때문에라도 옳지 못한 일은 할 수 없었을 텐데요. 얼마나 옳지 못한 짓이냔 말이에요."

엘리자베스가 말했다.

"신기한 일이죠. 그 친구의 모든 행동은 자존심으로 귀착시킬 수 있고, 자존심이 그의 최고 벗인 경우가 많거든요. 하지만 모순이 없는 사람이 어디 있겠습니까? 그런 데다 그 친구가 저에게 보여준 행동은 자존심보다 훨씬 강한 충동이었죠."

"그분의 그런 자존심이 자기 자신에게 무슨 이익이 되었을까요?"

"되고말고요. 그것 때문에 그 친구는 아끼지 않고 너그럽게 되는 때가 있습니다. 돈을 아낌없이 주며 친절을 베풀고, 소작인들을 도와주고 가난한 사람들을 돕죠. 가문의 자존심, 말하자면 자식으로서 자존심이 그렇게 시킨 거죠. 부친 자랑이 대단하니까요. 가문을 더럽힌다든지 좋은 평판을 떨어뜨리지 않으려는 것이 유력한 동기죠. 또 오빠로서 자존심이 있죠. 그래서 후견인으로 동생 조지아나를 친절하게 돌보고 있습니다. 두고 보세요. 그 친구를 동기간 우애가 극진하다고 모두 추켜세울 겁니다."

"그분 동생은 어떤 분이죠?"

그는 머리를 흔들었다.

"귀엽다고 말하고 싶습니다만, 너무도 오빠를 닮아서 잘난 체하는 건 대단하죠. 어렸을 때는 상냥하고 사람을 잘 따랐죠. 절얼마나 좋아했다고요. 전 그녀를 기쁘게 해주려고 몇 시간씩 시간을 내고는 했으니까요. 그렇지만 지금은 아무 소용이 없습니다. 하기야 교양이 높죠. 아버님이 돌아가신 후 런던의 집에서 어떤 부인으로부터 지도를 받고 있습니다."

이따금 말이 끊기고 또 다른 이야기를 꺼내다가 엘리자베스는 다시 맨 처음 이야기로 돌아가지 않을 수 없었다.

"그분이 빙리 씨와 친하신 건 이상하군요. 빙리 씨는 항상 쾌활하고 무척 상냥한 분이신데 어떻게 그런 분하고 친하실까요? 두분 마음이 맞는다는 게 이상해요. 빙리 씨를 아세요?"

"전혀."

"온순하고 싹싹하고 기분 좋은 분이죠. 그분은 다아시 씨가 실제로 어떤 분인지 모르실 거예요."

"아마도 모를걸요. 하지만 다아시는 상대에 따라 얼마든지 변하는 인물이니까 그 사람한테는 아주 좋은 사람일지도 모릅니다. 그렇게 할 가치가 있다고 생각될 때는 아주 좋은 말동무가 됩니다. 사회적 지위가 대등한 사람들을 대할 때와 그렇지 않은 사람들을 대할 때가 아주 다르죠."

몇몇이 자리를 뜨려고 일어나자 그들의 대화는 잠시 중단되었다. 그리고 카드를 하고 있는 콜린스와 필립스 부인을 보던 위컴이 엘리자베스에게 콜린스가 드 버그 일가와 가까운 사이냐고 낮은 목소리로 물었다.

"레이디 캐서린 드 버그, 최근 그분께서 목사직을 주셨대요. 콜린스 씨가 처음에 어떻게 그 부인 눈에 들게 되었는지 잘 모르겠지만, 아무튼 깊은 관계는 아닐 거예요."

"레이디 캐서린 드 버그와 다아시 어머님인 레이디 앤 다아시가 자매간이라는 건 아시죠?"

"전연 몰랐는데요. 레이디 캐서린의 친척에 관해 아무것도 몰랐어요. 우선 레이디 캐서린이라는 분이 계시다는 것조차 며칠 전에 안 걸요."

"그 따님 드 버그 양은 큰 재산을 물려받으실 겁니다. 그런데 머지않아 다아시와 드 버그 양의 재산이 하나가 될 것이라는 소문이 있더군요."

엘리자베스는 가엾은 빙리 양을 떠올리며 미소를 지었다. 빙리 양의 온갖 친절도 헛수고로 돌아갈 것이 분명했다. 만일 다아시가 이미 누군가의 신랑감으로 정해져 있다면 빙리 양은 얼마나 낙담할까.

"콜린스 씨는 레이디 캐서린과 그 따님을 무척 두둔하더군요. 그리고 그분 말에서 받은 느낌이지만 부인은 무척 교만하고 거만한 것 같아요."

"모녀가 다 그럴 겁니다. 저는 부인을 별로 좋아하지 않았죠. 그 태도가 이기적이고 불손했거든요. 물론 지위와 재산이 그렇게 만들었겠죠. 또 조카의 오만도 한몫했을 겁니다. 다아시는 자기와 관계있는 사람은 누구든 일류에 속해야 한다고 단정하죠."

엘리자베스는 이 설명이 타당한 것이라고 인정했다. 저녁상이 차려지자 두 사람의 대화는 중단되었다.

위컴은 모두에게 호감을 주었다. 그는 무슨 말을 하든 말솜씨가 뛰어났다. 또 무엇을 하든 품위가 있었다. 엘리자베스는 위컴 생각으로 머리가 가득 차서 집을 나왔다. 돌아오는 길에 그녀는 위컴 외에는 아무것도 생각할 수 없었다. 그러나 그의 이름을 입에 올릴 수는 없었다. 리디아와 콜린스가 한 번도 입을 다물지 않고 떠들었기 때문이다. 리디아는 쉴 새 없이 운수 보기와 자기가 잃은 피시와 딴 피시 이야기를 했다. 콜린스는 필립스 부부가 친절하다느니 저녁 만찬의 요리 가짓수가 어떻다느니 하면서 마차가 롱본에 도착할 때까지 쉬지 않고 떠들었다.

17

이튿날 엘리자베스는 제인에게 위컴 이야기를 했다. 제인은 놀라는 표정으로 들었다. 다아시가 빙리의 신의를 받을 자격이 없다는 것을 어떻게 믿어야 할지 몰랐다. 그렇다고 해서 위컴과 같은 상냥한 청년이 거짓말을 한다고 의심한다는 것은 제인의 성격이 용납하지 않았다. 그녀는 위컴이 그런 부당한 대우를 받았을지도 모른다는 것을 상상하는 것만으로도 벅찼다.

"두 분이……."

제인이 말했다.

"어쩌다 서로 오해하신 거겠지. 우리가 자세한 내막을 어떻게 알 수 있겠니? 이해관계가 있는 사람들이 두 사람 사이를 이간질했을지도 모르고."

"그렇기도 해. 하지만 분명 흑백을 가려야 하지 않겠어?"

"뭐라고 말해도 좋아. 하지만 난 그게 진실이라고 믿지는 못하겠어. 분명 다른 무언가가 있을 거야. 생각해 보렴. 자기 아버지가 소중히 여기던 사람을 그렇게 다룰 리가 있겠어? 그럴 리가 없어. 보통 인정이 있고 자기 인격을 조금이라도 존중하는 사람이라면 그러한 짓은 못 할 거야. 그래, 누구라도 그럴 리가 없어."

"위컴 씨가 어젯밤에 나에게 이야기한 것이 모두 꾸며낸 것이라고 생각하기보다는 빙리 씨가 속았다고 생각하는 것이 마음 편해. 이름이나 사실을 다 거침없이 말하던데? 만일 그게 거짓이라면 다아시 씨에게 반박하라고 하면 될 거야. 그뿐 아니라 위컴 씨 표정에는 진실이 담겨 있었어."

"정말 어려운 일이군. 난처한 일이야. 어떻게 생각해야 좋을지 모르겠어."

그러나 제인도 다른 한 가지만은 명백하게 생각할 수 있었다. 만일 빙리가 속았다면 진상이 드러났을 때 몹시 괴로워하지 않으면 안 될 것이라고.

이러한 이야기를 주고받던 두 아가씨는 빙리 남매가 찾아왔다는 소식을 들었다. 네더필드의 무도회에 그들을 초대하려고 직접 왔는데, 그 무도회는 다음 화요일에 열기로 되어 있었다.

네더필드의 무도회를 예상하는 것은 집안의 어떤 여자에게도 유쾌한 일이었다. 베넷 부인은 그것이 맏딸에게 경의를 표하려 열리는 것이라고 자기 멋대로 생각했다. 제인은 두 친구와 같이 저

녁을 지낼 것과 빙리의 친절을 받게 될 하룻밤을 마음속에 그려 보았다. 엘리자베스는 위컴과 실컷 춤을 추며 다아시의 표정과 행동이 어떨지 관찰해 볼 수 있게 되어 기뻤다. 키티와 리디아가 이야기한 즐거움은 유독 어느 한 사건이나 특정한 사람에게 달린 것은 아니었다. 그들은 엘리자베스와 마찬가지로 위컴과 저녁에 춤을 출 예정이었으나 위컴이 만족할 만한 상대는 결코 아니었다.

엘리자베스는 콜린스에게 빙리의 초대를 받아들일지 물었고, 그렇다면 무도회에서 춤을 출 수 있느냐고도 물었다.

"나는 청년이 존경할 만한 사람들을 위해서 여는 이런 무도회에 가서 춤을 추는 것이 결코 나쁜 일이라고 생각하지 않습니다. 엘리자베스 양, 처음 두 번째 춤을 위해 손을 잡게 해주십시오. 제인께서는 제 청에 정당한 이유가 있다고 생각하고, 실례되는 일이라고 생각하지 않으시리라고 믿습니다."

엘리자베스는 꼼짝 못 하게 된 것처럼 느껴졌다. 사실 그 춤은 위컴과 추기로 단단히 마음먹고 있었다. 그런데 콜린스와 추게 되다니. 그러나 할 수 없는 일이었다. 위컴과 춤추는 일은 조금 뒤로 미루고 콜린스의 청을 받아들일 수밖에 없었다. 물론 엘리자베스는 콜린스의 은근한 태도가 무엇을 암시하는지 눈치채고 있었다. 그러나 그것에 대해서는 아무 말도 하지 않았다. 콜린스가 실제로 청혼을 안 할지도 모르고, 또 일이 벌어지기 전에 쓸데없는 논쟁을 일으키고 싶지 않았기 때문이다.

18

엘리자베스는 네더필드의 응접실로 들어가 거기에 모여 있는 붉은 옷의 무리 사이에서 위컴을 찾아보았으나 그는 없었다. 그때까지 그가 오지 않을지도 모른다는 생각은 하지 않았다. 응당 가슴이 서늘해졌을지도 모를 일이었으나 위컴을 만날 거라는 기대감은 줄어들지 않았다. 엘리자베스는 평상시보다 옷을 화사하게 입고 위컴의 마음을 끌 생각으로 한껏 명랑하게 채비했다. 그러나 다아시의 기분을 생각해서 빙리가 장교들에게 보낸 초대장에서 일부러 위컴 이름을 빼지는 않았을까 하는 의문이 불현듯 들었다. 아니나 다를까. 바로 그대로는 아니었으나 위컴이 오지 않는다는 사실을 그의 친구 데니가 말해 주었다. 위컴은 용무가 있어서 그 전날 시내에 들어갔는데, 아직 돌아오지 않았다는 것이다.

그는 의미심장한 미소를 띠며 다음과 같이 덧붙였다.

"그 친구가 여기 있는 어떤 신사를 피하고 싶지 않다면, 일을 핑계로 이 시간에 다른 데로 가지는 않았을 겁니다."

위컴이 오지 않은 것은 다아시에게 책임이 있었다. 엘리자베스는 생각이 여기에 미치자 다아시에게 불쾌한 감정이 일었다. 그래서 그가 다정하게 말을 거는 데도 정중하게 대답하지 못했다. 다아시에게 다정하게 대하는 것은 위컴을 모욕하는 일이었다. 엘리자베스는 다아시와 어떠한 이야기도 하지 않겠다고 결심했다.

그러나 엘리자베스는 기분이 좋지 않은 채 있을 성격이 아니었다. 그날 밤의 기대는 완전히 뒤집어졌지만 끝내 그녀 마음속에 자리 잡고 있지는 않았다. 그녀는 샬럿 루카스에게 실망감을 다 털어놓았다. 그리고 얼마 후 콜린스와 춤을 추었는데 콜린스의 춤 솜씨가 엉망이라 그녀는 빨리 그 순간을 벗어나고 싶었다. 다음에 그녀는 어느 장교와 춤을 추었는데 모두 위컴을 좋아한다는 이야기를 듣고 기분이 한결 가벼워졌다. 춤을 마친 엘리자베스는 샬럿에게 돌아갔다. 그런데 둘이 이야기할 때 불쑥 다아시가 말을 걸어왔다. 엘리자베스에게 춤을 추자고 청했는데 그녀는 얼떨결에 승낙해 버렸다. 샬럿은 친구를 위로하느라고 애썼다.

"틀림없이 기분 좋은 분일 거야."

"큰일 날 소리. 그거야말로 최대의 불행이야. 미워하려고 마음먹은 상대가 기분 좋은 사람이라니 그런 악운을 빌면 안 돼."

그리고 바로 춤이 시작되어 다아시가 청하러 가까이 오자 샬

럿은 귀엣말로 친구에게 충고했다. 위컴이 마음에 들었다고 해서 그보다 열 배나 유능한 남자를 놓치는 실수는 하지 말라고. 그들은 잠시 묵묵히 춤을 추었다. 엘리자베스는 그 침묵이 계속될 것 같아서 먼저 침묵을 깨뜨리지 않기로 마음먹었다. 그러나 갑자기 상대편에게 이야기하지 않으면 안 되게 만드는 것이 오히려 큰 벌을 주는 것이라는 생각이 들었다. 그래서 먼저 무도회에 대한 감상을 말했다. 그러자 다아시는 짧게 대답하고는 이내 침묵을 지켰다. 몇 분이 지나서 엘리자베스가 말을 걸었다.

"이번에는 말씀하실 차례예요, 다아시 씨. 제가 춤 이야기를 했으니까 방의 크기라든지 몇 쌍이 모였다든지 무슨 의견을 말씀하셔야죠."

다아시는 미소를 지었다. 그리고 무엇이든 엘리자베스가 말을 시키고 싶어 하는 대로 이야기를 하겠다고 대답했다.

"좋아요. 우선 그렇게 대답하시면 충분해요. 조금 있으면 저도 개인이 여는 무도회보다는 공개 무도회가 훨씬 유쾌하다고 말씀드릴지 모르겠어요. 하지만 지금은 잠자코 있겠어요."

"그럼 춤을 추는 동안 규정에 따라 얘기하십니까?"

"그럴 때도 있어요. 누구든 조금은 입을 벌려야 하니까요. 반 시간이나 침묵을 지킨다는 것은 이상하거든요."

"지금은 자기감정을 염두에 두고 계십니까 혹은 내 감정을 만족시키고 있다고 생각하십니까?"

"양쪽 다죠."

엘리자베스는 능글맞게 대답했다.

"언제나 다아시 씨와 제 감정이 비슷했던 걸로 기억하는데요. 둘 다 비사교적이고 말이 적은 기질이며, 방 안에 있는 모든 사람을 깜짝 놀라게 할 명언으로 박수갈채를 받을 가망이라도 있기 전에는 입을 열 생각도 하지 않으니까요."

"그건 당신 성격과 같다고 생각되지 않는데요. 그리고 내 성격과 어느 정도 비슷한지도 알 수 없고요."

두 사람은 그 춤이 끝날 때까지 다시 침묵 속을 거닐었다. 그러자 다아시는 엘리자베스 자매가 메리튼에 곧잘 산책하러 가지 않았느냐고 물었다. 그녀는 그렇다고 대답하며 덧붙여 말했다.

"언젠가 거기서 뵈었을 때는 마침 새 친구를 사귀던 참이었어요."

효과 만점이었다. 갑자기 그의 얼굴이 굳었다. 그리고 잠시 후 다아시가 어색하게 말했다.

"위컴은 친구를 사귀는 데 여러 가지 좋은 예절을 갖추고 있죠. 하지만 그 친구들과 마지막까지 사이좋게 지낼는지는 분명하지 않습니다."

"어쩌다 두 분 사이가 나빠지셨나요?"

엘리자베스는 힘을 주어 말했다.

"그분은 일생을 두고 괴로워하실 거예요."

다아시는 대답하지 않았다. 그는 화제를 바꾸고 싶어 하는 것 같았다. 때마침 그들 바로 옆에 윌리엄 루카스 경이 나타났다. 그들 사이를 지나 방 저쪽으로 가려던 참이었다. 그러나 다아시를 보자 발을 멈추고 한결 정중하게 인사하며 그의 춤과 파트너에 대해 찬사를 던졌다.

"이렇게 훌륭한 춤은 좀체 볼 수 없습니다. 확실히 최고이십니다. 이런 즐거움을 종종 맛보도록 청하고 싶군요. 일라이자 양, 특히 어떤 고무적인 사건(그의 언니와 빙리를 힐끔 보면서)이 일어났으면 좋겠군요. 굉장한 축사가 흘러 들어갈 게 아닙니까?"

이 인사의 나중 부분은 거의 다아시 귀에 들어오지 않았다. 그러나 그는 심각한 얼굴로 같이 춤을 추던 빙리와 제인 쪽을 바라보았다.

"윌리엄 경이 방해하는 바람에 우리가 무슨 얘기를 했는지 잊어버렸군요."

"우리가 무슨 얘기나 한 것 같군요. 이 방 안에 저희 둘같이 말이 없는 커플도 없을 거예요. 몇 가지 화제를 꺼내 봤지만 성공하지 못했어요. 다음번엔 무슨 얘기를 해야 좋을지 모르겠군요."

"책은 어떻게 생각하십니까?"

그는 미소를 지으며 말했다.

"책 말씀이신가요? 그것도 좋은 화제는 아닌 것 같군요. 같은 것을 읽지도, 또 같은 느낌으로 읽지도 못했을 거예요."

"그렇게 생각하시는 건 유감인데요. 하지만 그런 사정이라면 적어도 이야깃거리가 부족할 리는 없겠는데요. 서로 반대되는 의견을 비교해 볼 수 있으니까요."

"안 돼요. 무도회장에서 책 이야기는 할 수 없어요. 제 머릿속은 언제나 다른 일로 가득 차 있거든요."

"이런 경우에는 늘 눈앞에 보이는 것이 마음을 점령한다는 말씀이죠?"

그는 의아한 표정으로 말했다.

"네, 항상."

무엇을 말하는지도 모르고 여자는 대답했다. 그의 생각은 걷잡을 수 없이 화제를 훨씬 벗어나 있었던 것이다.

"언젠가 이런 말씀을 하셨죠? 좀처럼 남을 용서하지 않고 원한이 생기면 풀지 않으신다고요. 그렇게 되려면 상당히 조심하시게 되겠죠?"

"그렇습니다."

그는 단호한 음성으로 말했다.

"편견 때문에 무모해지는 것은 인정하시지 않으세요?"

"그런 일은 없었으면 합니다."

"처음에 올바른 판단을 내려 두는 것이 의견을 변경하지 않는 사람들의 의무라고 생각해요."

"그런데 이런 질문은 왜 하시는 거죠?"

"단지 다아시 씨가 어떤 사람인지 알고 싶어서 그러는 거예요."

엘리자베스는 심각한 태도를 없애려고 노력하면서 말했다.

"그래서 얻은 것이 무엇이죠?"

엘리자베스는 머리를 흔들었다.

"진행이 잘 안 되는군요. 여러 가지 다른 얘기를 들었기 때문에 갈피를 못 잡겠어요."

"나도 짐작합니다."

그는 진지하게 대답했다.

"나에 대해 별의별 소문이 다 있을 겁니다. 베넷 양, 다만 지금 이 자리에서만은 나를 평가하지 말아 주셨으면 합니다. 결과에 따라서는 쌍방에 명예롭지 못할지도 모르니까요."

"하지만 지금이 아니면 다시는 이런 기회가 없을지도 몰라요."

"그렇게 생각한다면 굳이 베넷 양의 재미를 뒤로 미룰 수는 없 겠군요."

그는 냉담하게 말했고 엘리자베스는 더 말하지 않았다. 두 사람은 춤을 끝내고 말없이 헤어졌다. 정도는 달랐을망정 두 사람은 모두 실망한 상태였다. 다아시는 엘리자베스에 대한 호감으로 곧 그녀를 용서하고 모든 노여움을 다른 사람에게로 옮겼다.

그들이 헤어진 지 얼마 안 되어 빙리 양이 엘리자베스 쪽으로 왔다. 그리고 새침하게 경멸하는 말투로 이렇게 말을 걸었다.

"저 엘리자베스 양, 조지 위컴을 무척 좋아하신다죠? 언니가 그 사람 얘기를 하시고 여러 가지를 물으시더군요. 그 청년은 다른 얘기를 많이 했지만 자기가 돌아가신 다아시 어른의 청지기 였던 분의 아들이란 것을 잊어버리고 얘기 안 한 모양이에요. 하지만 친구로서 충고하겠어요. 그 사람 얘기를 덮어놓고 믿어서는 안 돼요. 다아시 씨가 그 사람을 억압했다는 건 거짓말이에요. 그러기는커녕 얼마나 친절하게 대하셨다고요. 위컴 씨가 다아시 씨에게 얼마나 못되게 굴었는지 아세요? 자세한 내용은 몰라도 다아시 씨에게는 조금도 흠잡을 것이 없죠. 위컴 씨가 이 지방에 온 것 자체가 실례지. 그따위 짓을 어떻게 감히 했을까? 좋아하는 분의 잘못을 이렇게 드러내서 안됐군요. 하지만 그분의 내력을 생각하면 과히 기대할 것도 없을 거예요."

"다아시 댁 청지기 아들이라는 건 그분이 직접 나에게 알려주셨어요."

엘리자베스는 화를 내며 말했다.

"미안해요. 괜히 참견했군요. 나는 마음을 쓰느라고 한 것인데."

빙리 양은 조소의 빛을 띠고 외면하며 대답했다.

엘리자베스는 언니를 찾았다. 제인은 흡족한 미소를 띠면서 즐거운 표정으로 눈을 빛내며 동생을 만났다. 그날 밤 일어난 일에 얼마나 만족하는지를 충분히 보여주는 것이었다. 엘리자베스는 이내 언니의 기분을 알아차렸다. 엘리자베스는 애써 미소를 지으며 말했다.

"말해 줘. 위컴 씨에 대해 무슨 얘기를 들었어? 하지만 언니는 너무 재미 보느라고 제삼자 생각은 못 했겠지?"

"너도 참, 내가 왜 그분을 잊어버리니. 하지만 시원스레 할 얘기가 없구나. 빙리 씨가 그분 내력을 속속들이 아는 것도 아니고. 그렇지만 친구의 훌륭한 언행이라든지 성실과 명예에 관해서는 증인이 되겠다고 했어. 미안한 얘기지만 빙리 씨 이야기라든지 그분 누이동생 생각으로는 위컴 씨는 존경할 만한 청년이 못 돼. 위컴

128

씨는 경솔해서 다아시 씨 호의를 받을 자격이 없었는지도 몰라."

제인이 대답했다.

"빙리 씨는 위컴 씨를 모르잖아?"

"응, 요 전날 아침 메리튼에서 처음 인사했지."

"그럼 이 얘기는 다아시 씨에게서 들은 거겠지. 그만하면 알았어. 그렇지만 목사직에 대해서는 뭐라고 그래?"

"그 사정은 확실히 기억나지 않는다던데. 여러 번 다아시 씨에게서 듣긴 했다더군. 어쨌든 조건부로 준 것처럼 알고 있던데."

"빙리 씨를 못 믿는 건 아니야. 하지만 믿는다고 해서 그걸 신용할 수는 없어. 빙리 씨가 친구를 옹호한 것은 참 훌륭해. 그렇지만 그분이 이 얘기에 대해 모르는 것도 많고, 그나마 나머지는 그 친구에게서 들은 것이니까 아무래도 두 분을 그전같이 생각해선 안 되겠어."

여기서 그녀는 쌍방을 즐겁게 해줄 수 있고 감정 변화 없이 이야기할 수 있는 화제를 꺼냈다. 엘리자베스는 빙리에 대한 제인의 의견에 열심히 귀를 기울였고, 빙리가 진심으로 호감이 있을 거라고 힘주어 말했다. 그리고 얼마 후 빙리가 끼어들었으므로 엘리자베스는 샬럿 쪽으로 갔다. 두 사람이 이야기를 막 시작하려는 시점에 콜린스가 끼어들어 말했다.

"정말 우연히 발견했습니다. 바로 이 방에 제 보호자의 가까운 친척이 계시더군요. 그 신사가 이 집의 주부 역할을 하는 젊은 부인에게 드 버그 양과 그의 모친 레이디 캐서린의 이름을 들먹이는 걸 우연히 들었습니다. 참 신기한 일이죠. 이런 모임에서 그분을 만나리라고 상상이나 했겠습니까? 제일 먼저 그분에게 경의를 표했어야 했는데, 이제야 경의를 표하는 것을 용서해 주실까요? 물론 지금에서야 그런 관계가 있는 것을 알았다고 하면 사죄의 구실이 되겠죠."

콜린스가 말했다.

"다아시 씨에게 인사하시려고요?"

"해야죠. 진작 인사드리지 못한 것을 용서해 달라고 간청해야 겠습니다. 레이디 캐서린이 일주일 전만 해도 아주 건강하셨다는 것을 그에게 말하는 건 실례가 아니죠."

엘리자베스는 이러한 콜린스의 생각을 단념시키려고 아주 애를 썼다. 그러나 콜린스는 뜻을 굽히지 않고 다아시가 있는 쪽으로 갔다. 엘리자베스는 다아시가 어떻게 그의 인사를 받아들일지 유심히 보았다. 인사를 받고 놀랄 것은 당연한 일이었다. 콜린스는 근엄하게 인사하고 이야기를 시작했다. 그 말은 하나도 들리지 않았지만 다 들을 수 있을 것만 같았다. 입모양을 보니 '사죄, 스퍼드, 레이디 캐서린 드 버그' 등의 말임을 알 수 있었다. 다아시는 예의상 인사를 차리기만 하고 다른 곳으로 가 버렸다. 그래서 콜린스는 엘리자베스에게 돌아왔다.

"사실 인사하는 데 불쾌해하실 이유가 없거든요. 다아시 씨는 아주 정중하게 대답해 주시더군요. 심지어는 이런 찬사까지 말씀하시던데요. 레이디 캐서린의 통찰력을 확신하니까 그분이 격에 떨어지는 총애를 할 리는 없을 것이라고 믿는다는 거죠. 참 훌륭하신 생각이죠."

엘리자베스는 자신이 흥미를 가질 일이 없어졌으므로 언니와 빙리에게 주의를 돌렸다. 차츰 기분 좋은 감상이 생기고 이것이 그녀를 언니와 같은 정도로 행복하게 했다. 엘리자베스는 언니가 참된 애정을 바탕으로 결혼하면서 기쁨에 묻히는 광경을 마음속에 그려보았다. 그런 이유라면 빙리의 두 자매를 좋아하려고 노력하는 것도 쉬운 일일 것만 같았다.

어머니 생각도 같은 방향으로 흐르는 것이 확실해졌다. 베넷 부인은 루카스 경 부인에게 빙리와 제인의 결혼에 대해 열심히 떠들었다. 엘리자베스는 어머니의 말이 너무 조급하고 빨라 남이 듣지 않게 낮은 소리로 말하라고 했으나 소용없었다. 엘리자베스는 부끄럽고 불안스러워 얼굴을 붉혔다. 그녀는 몇 번이고 다아시에게 시선을 보내지 않을 수 없었다. 그의 얼굴 표정은 경멸에서 차츰 침착하고 정중한 모습으로 변해 갔다.

그러다 마침내 베넷 부인은 할 말이 없어졌다. 자기 몫이 있을 것 같지도 않은 기쁨이 반복되는 동안 하품만 하던 루카스 경 부인은 그제야 해방되어 콜드햄과 치킨을 맛보았다.

엘리자베스는 살 것 같았다. 그러나 평온함도 오래 계속되지 못했다. 식사가 끝나자 노래 얘기가 나와서 메리가 몇 사람의 청을 받아 준비하는 것을 보지 않으면 안 되었기 때문이다. 몇 번이나 의미심장한 표정으로 동생을 말렸으나 메리는 노래를 부르기 시작했다. 엘리자베스는 괴로운 마음으로 동생을 바라보았다. 메리의 실력은 보잘것없었다. 괴로워하던 엘리자베스는 언니가 어떻게 참고 있는지 보려고 제인에게 시선을 보냈다. 그러나 제인은 태연하게 빙리와 대화하고 있었다. 엘리자베스는 빙리 자매에게 시선을 돌렸다. 두 사람은 경멸의 시선으로 메리를 바라보았다. 엘리자베스는 아버지에게 시선을 보내 메리가 밤새 노래를 계속하지 않도록 어떻게 해달라고 호소했다. 아버지는 그 암시를 받아들여 메리가 두 번째 노래를 끝내자 큰 소리로 말했다.

"됐다. 아주 즐거웠다. 다른 아가씨에게도 실력을 발휘할 기회를 드리자."

메리는 다소 당황해했다. 엘리자베스는 동생에게도 미안했고 아버지의 말에도 미안했다.

그날 밤 남은 시간은 엘리자베스에게 조금도 즐겁지 않았다. 콜린스가 옆에 딱 붙어서 계속 귀찮게 했다. 엘리자베스는 다른 여자와 춤을 추라고 간청하고 누구든 소개해 주겠다고 했으나 그는 막무가내였다. 콜린스는 춤에는 관심이 없고 주된 목적은 그 여자 마음에 들도록 하는 일이었으므로 밤새 옆에 있겠다고 치근댔다. 엘리자베스가 숨을 돌릴 수 있었던 것은 친구 루카스 양 덕택이었다. 루카스 양은 자주 그들 사이에 끼어 콜린스와 대화했다.

롱본 일행은 손님이 모두 간 뒤에도 남아 있었다. 베넷 부인의 계획에 따라 다른 사람들이 다 돌아간 후 15분간 마차를 기다렸다. 허스트 부인과 빙리 양은 고단한 티를 내며 집에 자기들끼리만 있었으면 했다. 그들은 어떻게든 베넷 부인과 말을 하지 않으려고 했다. 콜린스는 빙리와 그 자매에게 향연이 우아했고 손님을 대하는 그들의 행동이 정중하다며 찬사를 늘어놓았으나 그들은 이 긴 이야기에도 그다지 위안을 얻지 못했다. 다아시는 아무 말도 하지 않았다. 베넷도 묵묵히 그 장면을 보고만 있었다. 빙리와 제인은 다른 사람들한테서 조금 떨어져 단둘이만 이야기하고 있었다. 엘리자베스는 허스트나 빙리 양과 마찬가지로 입을 봉하고 침묵을 지키고 있었다.

리디아까지 지칠 대로 지쳐 이따금 하품하면서 고단하다고 말할 뿐이었다.

드디어 그들이 일어나 작별 인사를 하자 베넷 부인은 머지않아 롱본에서 여러분을 뵙고 싶다는 희망을 정중하게 표시했다. 특히 빙리를 향해 초대장을 예의를 갖추어 보내지 않더라도 가족과 같이 식사를 해준다면 매우 기쁠 거라고 말했다. 빙리는 좋아서 감사의 뜻을 표했다. 그리고 다음 날 며칠 예정으로 런던에 가야 하지만 돌아오는 대로 부인을 방문하겠다고 흔쾌히 약속했다.

베넷 부인은 만족했다. 그리고 3, 4개월 안에는 틀림없이 딸이 네더필드에서 살게 되리라는 기쁜 확신을 품고 그 집을 나왔다. 또 다른 딸이 콜린스와 결혼할지도 모른다는 사실도 꽤 기쁘게 생각했다. 어머니에게는 엘리자베스가 여러 딸 중 제일 귀엽지 않은 딸이었다. 그래서 사람으로 보나 신랑감으로 보나 엘리자베스에게는 콜린스가 딱 알맞다고 생각했다.

19

다음 날 롱본에서는 새로운 일이 벌어졌다. 콜린스가 정식으로 고백한 것이다. 그는 휴가가 얼마 남지 않았으므로 고백을 서둘렀다. 아침 식사를 하고 얼마 안 되어 베넷 부인, 엘리자베스, 키티가 같이 있는 것을 본 그는 부인에게 다음과 같이 말을 걸었다.

"오전 중으로 엘리자베스 양과 단둘이 얘기를 나누고 싶습니다. 좀 도와주시지 않겠습니까?"

엘리자베스가 놀라서 얼굴을 붉히고 어쩔 줄 모를 때 베넷 부인은 즉석에서 대답했다.

"그야 좋고말고요. 엘리자베스도 좋아할 거예요. 반대할 이유가 없거든요. 자, 키티, 이층으로 올라가자."

그러자 엘리자베스가 말했다.

"어머니, 가지 마세요. 제발 가지 마시라니까요. 콜린스 씨가 용서하실 거예요. 아무도 들을 필요가 없는 이야기를 저한테 하실 이유가 없어요. 저도 일어나겠어요."

"아서라, 당치 않은 소리 마라. 그대로 있어."

엘리자베스가 안절부절못하고 달아나려고 하자 부인이 재빨리 덧붙였다.

"리지야, 여기서 콜린스 씨 얘기를 들어라."

엘리자베스는 할 수 없이 다시 앉았다. 콜린스는 베넷 부인과 키티가 나가자마자 청혼했다.

"믿어 주십시오, 엘리자베스 양. 정숙하신 태도는 본인을 위해서 불리하기는커녕 다른 장점을 증가시키는 것이죠. 마음이 내키지 않는 것을 조금이라도 보여주셨기에 당신이 더욱 사랑스럽게 보입니다. 이렇게 구혼하는 것은 자당의 허락을 얻었음이지요. 제가 말씀드리는 진의는 의심할 여지가 없을 겁니다. 원래 섬세하신 기질을 타고나셔서 그저 모르는 체하실지 모르지만 제 마음은 확실합니다. 이 집에 들어서자마자 당신을 장래의 반려자로 택했습니다. 그러나 이 문제에 대해 감정에 사로잡혀 도리에 어긋나기 전에 제가 청혼하는 이유를 말씀드리는 것이 좋겠군요. 이건 사실입니다만 저는 아내를 선택하기 위해서 이곳에 왔습니다."

엄숙하고도 태연한 콜린스가 감정에 사로잡혀 도를 넘는다고 생각하니까 엘리자베스는 곧 웃음이 터질 것 같았다.

"제가 결혼하려는 첫째 이유는 편안한 환경에 있는 저와 같은 목사는 누구나 그 교구에 결혼의 모범을 보이는 것이 옳다고 생각했기 때문입니다. 둘째 이유는 제 행복을 더욱 북돋아 주리라고 믿기 때문입니다. 그리고 셋째로, 이것을 먼저 말씀드렸어야 했을 텐데, 그것은 고귀한 부인의 특별한 충고와 권고입니다. 그분은 두 번 이 문제에 대해 의견을 말씀하셨죠. 바로 제가 헌스퍼드를 떠나기 전 토요일 밤의 일이었습니다. '콜린스 씨, 결혼하지 않으면 안 돼요. 적당한 자리를 골라요. 당신을 위해서는 일도 잘하고 쓸모 있는 여자라야 해요. 사치스럽게 자라지 않아서 적은 수입을 알뜰히 아껴 쓰는 사람이라야 해요. 이게 내 충고예요. 될 수 있는 대로 빨리 그런 여자를 찾아서 헌스퍼드로 데리고 와요.' 그런데 말씀드려야 할 것은 레이디 캐서린 드 버그의 특별한 친절은 제가 제공할 수 있는 이점 중 하나라는 것입니다. 부인의 태도는 제가 말씀드릴 수 없을 정도로 훌륭하니까요. 당신의 재치 있고 쾌활한 점이 부인의 마음에 꼭 드실 겁니다. 또 주변에 아름다운 여성들이 많은데도 롱본으로 온 이유를 말씀드려야 할 것 같습니다. 제가 토지 상속자이기 때문에 이 댁 따님들 가운데 아내를 선택하는 것이 따님들의 손실을 줄이는 일이 되기 때문입니다. 이것이 내 동기였죠. 그리고 그것 때문에 당신 눈에 비친 내 가치가 떨어지지 않으리라고 믿고 있습니다."

"너무 서두르시는군요. 제가 아직 대답하지 않은 것을 잊으셨나 봐요. 저한테 보여주신 호의는 감사해요. 청혼해 주신 영예는 잘 알고 있어요. 그렇지만 안 되겠어요."

엘리자베스가 단호하게 말했다.

"젊은 여자들은 처음에 남자가 청혼할 때 마음속으로는 받아들이고 싶어도 일단 거절하는 것이 보통이지요. 두서너 번 거절할 때도 있습니다. 그러니까 지금 막 하신 말씀에 낙담하지는 않습니다. 머지않아 제 청을 허락할 거라고 생각합니다."

"저는 두 번째 구혼을 받을 행운에 자기 행복을 맡길 정도로 속이 텅 빈 여자는 아니에요. 제가 거절한 것은 진심입니다. 그리고 레이디 캐서린께서 저를 만나신다면 제가 모든 점에서 그런 위치에 놓일 자격이 없다는 것을 아시게 될 거예요."

"레이디 캐서린이 당신한테 불만을 품으시리라고는 생각되지 않는데요. 걱정하지 말아요. 다음에 그분을 뵈면 겸양과 절약, 그 밖의 훌륭한 자격을 구비했다고 극구 찬양하겠습니다."

콜린스가 정색하고 말했다.

"콜린스 씨, 나를 추켜세우는 것은 그만하세요. 부디 행복하고 풍요롭게 사시기를 빌어요. 롱본의 땅은 어느 때고 손에 넣으시는 대로 마음의 가책을 받으실 필요 없이 차지할 수 있으실 거예요. 그러니까 이 일은 이것으로 결말을 지은 것으로 생각하는 것이 좋겠어요."

엘리자베스는 이렇게 말하고 일어나서 나가려고 했으나 콜린스는 다음과 같이 말했다.

"이 문제를 다음에 다시 말씀드리게 될 때는 지금보다 긍정적인 대답을 듣고 싶습니다. 그렇다고 지금 당신을 비난하지는 않습니다. 처음에 남자가 구혼했을 때는 거절하는 것이 여자들의 당연한 습관이라는 것을 잘 알고 있습니다. 그런 데다 지금 당신의 말은 대부분 제 구혼에 용기를 주는 말들이니까요."

"콜린스 씨, 정말 답답하군요. 지금까지 말씀드린 것이 용기를 북돋아 준 것처럼 보인다면 오해하신 거예요. 제가 진심으로 거절하는 것임을 어떻게 해야 믿으실지 모르겠군요."

엘리자베스는 흥분해서 말했다.

"제 구혼을 거절하신 것은 다만 말뿐이라고 생각하게 해주십시오. 제가 그렇게 믿는 이유를 간단히 말한다면 이렇습니다. 왜냐하면 제가 제의한 결혼생활이 그다지 나쁘지 않다고 생각하니까요. 제 지위라든지 드 버그 댁과 관계, 또 댁과 인연 등은 아주 유리한 조건이죠. 그리고 당신은 여러 가지 매력을 지녔지만 이후 다른 청혼이 있을지 확실치도 않죠. 당신의 결혼 비용은 불행하게도 얼마 되지 않고 그것 때문에 당신의 사랑스러움이 평가절하될지도 모릅니다. 그러니까 저를 거절한 것은 진심이 아니라고 생각합니다. 말하자면 품위 있는 여자들의 행동처럼 모호한 태도로 제 사랑을 더 크게 만들고 싶기 때문이라고 생각할 수 있습니다."

"청혼은 거듭 감사해요. 하지만 도저히 받아들일 수 없어요. 아무리 생각해 봐도 마음이 허락하지 않는군요. 좀 더 솔직하게 말씀드려도 될까요? 다시는 제가 예의상 청을 거절하는 점잖은 여자라고는 생각하지 마세요. 진정으로 진실을 얘기할 줄 아는 이성을 지닌 여자라고 생각해 주세요."

"참 훌륭한 말씀입니다. 양친의 허락을 얻는다면 제 신청이 거절되리라고는 생각하지 않습니다."

이렇게 제멋대로인 자기기만에 엘리자베스는 대답하지 않으려고 했다. 여러 번 거절한 것을 그가 여전히 호의로 생각한다면 아버지에게 말씀드려야겠다고 결심하면서 아무 말도 하지 않고 얼른 물러나왔다.

20

콜린스는 자신의 성공적 구혼에 대한 생각에 오래 잠겨 있을 수 없었다. 베넷 부인이 엘리자베스가 나가자마자 얼른 들어와 열렬한 어조로 그들이 지금까지보다 더 가까운 인연을 맺게 될 즐거운 상상을 말했기 때문이다. 콜린스는 이러한 그녀 말에 기쁨을 나타내며 대답했다.

그러나 엘리자베스가 일단 거절의 뜻을 보였다는 콜린스의 말에 베넷 부인을 놀라움을 금치 못했다. 콜린스의 생각과 달리 딸의 성격을 잘 아는 부인은 딸이 진심으로 거절했는지도 모른다고 생각했기 때문이다.

"하지만 안심해요, 콜린스 씨. 리지도 알게 될 거예요. 내가 직접 얘기하죠. 그 애는 고집이 세고 바보스러운 데가 있어서 자기 이익을 모르는 거죠. 하지만 내가 알도록 하겠어요."

"저, 말씀을 가로막아서 실례입니다만, 만일 진짜로 고집이 세고 어리석다면 저와 어울릴지 어떨지 알 수 없죠. 저는 결혼생활에 행복을 걸고 있으니까요. 그러니까 실제로 제 청혼을 거절하겠다고 고집한다면 억지로 승낙하라고도 할 수 없죠. 그런 기질의 결함이 있다면 제 행복에 그다지 도움이 되지 못할 테니까요."

"그건 오해시지. 리지의 고집은 이런 일에 한해서만 그렇죠. 다른 점에서는 얼마나 좋은 애라고요. 그 애 아버지한테 금방 가서 그 애를 이해시키겠어요."

베넷 부인은 당황하며 말했다. 부인은 그에게 대답할 틈을 주지 않으려고 했다. 당장 남편에게 달려가며 소리를 질렀다.

"여보, 야단났어요. 어서 리지를 콜린스 씨하고 결혼시키지 않으면 안 되겠어요. 그 애는 안 가겠다고 고집을 세워요. 서두르지 않으면 그 양반 마음이 변해서 그 애를 안 데려갈 거예요."

베넷은 아내가 들어오자 책에서 눈을 떼고 무관심하게 아내 얼굴을 응시했다. 아내의 이야기에도 그의 태도는 조금도 변화가 없었다.

"당신이 하는 얘기는 종잡을 수 없구려. 무슨 얘기요?"

아내의 말이 끝나자 그가 말했다.

"콜린스 씨하고 리지 얘기예요. 리지는 콜린스 씨에게 안 가겠다고 하고, 콜린스 씨는 리지를 안 데려가겠다는 말까지 꺼냈어요."

"그럼 날더러 어떻게 하라는 거요?"

"당신이 리지에게 말씀하세요. 결혼해야 한다고 말씀하세요."

"내려오라고 해요. 내 생각을 말해 줘야겠군."

베넷 부인이 벨을 누르자 엘리자베스가 서재로 내려왔다.

"어서 오너라."

딸이 나타나자 아버지가 말했다.

"중대한 일로 불렀다. 콜린스 씨가 너한테 청혼한 모양인데 정말이냐?"

엘리자베스는 정말이라고 대답했다.

"좋아. 그래, 넌 그 신청을 거절했니?"

"네."

"그래, 그런데 그게 중요한 점이야. 어머니는 네가 그걸 받아들여야 한다고 하는구나. 여보, 안 그렇소?"

"그럼요. 그렇지 않으면 이 애 얼굴은 다시 보고 싶지 않아요."

"엘리자베스야, 너는 어느 쪽을 택해도 불행한 상황이 되어 버렸구나. 오늘 이후부터 너는 아버지나 어머니 중 어느 쪽하고 남이 돼야겠다. 만약 네가 콜린스 씨하고 결혼하지 않으면 어머니는 너를 안 볼 테고, 결혼한다면 이 아버지 역시 네 얼굴이 보기 싫을 것이고."

엘리자베스는 이러한 결론에 이르자 웃지 않을 수 없었다. 그러나 베넷 부인은 남편이 사건을 자기 마음대로 생각한다고 판단했기 때문에 매우 실망했다.

"여보, 그렇게 말씀하시면 어떻게 해요? 결론짓도록 하겠다고

약속까지 하고서."

"천만에. 조그만 소원이 두 가지 있소. 첫째, 지금의 경우 내 머리를 자유롭게 사용하도록 해줄 것. 둘째, 내 마음을 마음대로 쓰도록 해줄 것. 될 수 있는 대로 빨리 서재에 나 혼자 있도록 해줬으면 좋겠소."

남편에게 실망했는데도 베넷 부인은 딸의 결혼문제를 단념하지 않았다. 그녀는 딸에게 거듭 이야기했다. 달랬다가 위협했다가 했다. 부인은 제인을 자기편으로 끌어들이려고 노력했다. 그러나 제인은 부드럽게 참견을 거절했다. 엘리자베스는 어떤 때는 정색하고, 어떤 때는 조롱조로 어머니의 공격에 응수했다.

그러는 동안 콜린스는 혼자서 생각에 잠겨 있었다. 도대체 엘리자베스가 왜 자기 청혼을 거절했는지 알 수 없었다. 자신만큼 조건이 좋은 사람의 청혼을 거절하는 것이 그에게는 납득이 가지 않았다. 하지만 낙담하지는 않았다. 어차피 사랑에서 기인한 청혼이 아니었기 때문이다.

집안이 이렇게 어수선할 때 샬럿 루카스가 찾아왔다. 현관에서 리디아를 먼저 만났는데 리디아는 샬럿에게 뛰어가 사뭇 속삭이듯이 외쳤다.

"잘 왔어요, 언니. 집안에 재미있는 일이 일어났어요. 오늘 아침에 무슨 일이 있었는지 아세요? 콜린스 씨가 리지 언니에게 결혼하자고 했어요. 그런데 언니는 안 가겠다는 거예요."

샬럿이 대답도 하기 전에 키티가 한몫 끼었다. 키티도 똑같은 소식을 알리러 왔다. 그들이 안으로 들어가자 베넷 부인이 혼자 있다가 역시 그 이야기를 꺼내며 루카스 양의 얼굴을 살폈다. 그리고 리지를 좀 설득해 달라고 했다.

"샬럿, 아무도 내 편을 들어 주지 않고 도와주지도 않는구나. 아무도 내 생각을 해주지 않아."

부인은 침울한 투로 말했다. 그리고 마침 제인과 엘리자베스가 들어왔으므로 샬럿은 대답하지 않아도 됐다.

"옳지, 오는군."

베넷 부인은 말을 계속했다.

"아무 일도 없었던 것처럼 행동하는 걸 보면 우리 같은 건 눈에 보이지도 않는 모양이야. 하지만 내 말을 들어라, 리지. 이런 청혼을 거절하면 평생 결혼하기 어려울지도 모른다. 아버지가 세상을 떠나신다면 누가 널 먹여 살린다지? 난 널 먹여 살릴 힘이 없어. 그러니까 내 말을 들어라. 오늘부터 너와 인연을 끊겠다. 아까도 서재에서 얘기했지만 다시는 너하고 얘기 안 할 테야. 불효하는 자식과는 말하고 싶지 않으니까."

딸들은 설득하거나 위로하는 것이 어머니의 짜증을 더할 뿐이라는 사실을 잘 알았으므로 묵묵히 듣고만 있었다. 그리고 조금 뒤 콜린스가 유난히 위엄을 부리며 안으로 들어왔다.

"자, 모두 나가라. 콜린스 씨하고 둘이 얘기 좀 하게 해다오."

엘리자베스는 가만히 방을 나왔고 제인과 키티가 그 뒤를 따랐다. 리디아는 조금이라도 그들의 대화를 들으려고 천천히 일어섰다. 샬럿은 처음에 콜린스가 인사하자 주춤했으며, 콜린스는 샬럿과 그녀 가족의 안부를 자세히 물었다.

베넷 부인이 애조를 띤 음성으로 말했다.

"아, 콜린스 씨. 이 점에 대해서는 이후 말을 하지 않기로 하죠."

콜린스는 불쾌감을 담은 음성으로 말을 이었다.

"따님의 행동을 원망하지는 않습니다. 전 이미 단념한 것으로 생각하고 있습니다. 다행스럽게 따님이 허락했다고 하더라도 확실히 행복하게 될지 의문이기 때문에 더욱 그렇죠. 거절당한 축복이 우리 눈에 그 가치를 얼마쯤 잃어버리기 시작할 때 느끼는 체념만큼 완전한 것이 없음을 저는 이따금 관찰했습니다. 제가 댁의 딸에게 실례했다고는 생각하지 마십시오. 다만 저는 댁에 이익이 되도록 심사숙고해서 귀여운 짝을 얻고자 한 것이었습니다. 그럼에도 제 태도에 조금이라도 불손한 데가 있었다면 사죄하겠습니다."

21

콜린스의 청혼 이야기는 그렇게 마무리되었다. 엘리자베스는 당연히 이에 따르는 불쾌한 기분과 가끔 어머니가 불평하는 것을 참으면 되었다. 남자는 당황하거나 낙심하지 않았지만 엘리자베스에게는 딱딱한 태도를 보였다. 그는 엘리자베스에게 말을 걸지 않았다. 그리고 그의 관심은 이후 루카스 양에게 향했다. 루카스 양은 정중하게 귀를 기울여 그의 말을 들어 주었으므로 콜린스에게는 좋은 말동무가 되었다.

베넷 부인은 개운치 않은 기분이었다. 엘리자베스는 콜린스의 방문이 길지 않기를 바랐는데 콜린스는 계획을 조금도 수정하지 않았다. 청혼을 거절당했다고 해서 그가 계획을 수정하는 일은 없었다. 그는 전혀 신경 쓰지 않는 것처럼 보였다.

아침 식사 후 아가씨들은 메리튼으로 산책을 갔다. 모두가 시내로 들어가자 위컴이 한몫 끼어 이모님 댁까지 따라왔다. 거기서 그는 무도회에 참석하지 못해 유감스럽다는 이야기를 천천히 주고받았다. 그러나 엘리자베스에게는 자기가 일부러 참석하지 않은 것이라고 스스로 인정했다.

"시간이 다가올수록 다아시를 만나지 않는 것이 좋겠다고 생각했습니다. 그 사람과 오랜 시간 같은 장소에 있는 것을 참을 수 없을 것 같았죠. 또 그 모습이 다른 분들에게도 불쾌한 꼴이 될지도 모를 일이고요."

엘리자베스는 위컴의 넓은 마음을 충분히 인정했다. 그들은 그 점을 충분히 이야기하고 서로 정중하게 칭찬을 나눌 시간 여유가 있었다. 그리고 위컴과 사관 또 한 사람이 그들과 같이 롱본까지 걸어서 돌아왔는데 엘리자베스는 이것이 그의 호감 표시라는 것을 잘 알았다. 또 부모님에게 그를 소개할 수도 있었기에 더없이 좋은 기회라고 생각했다.

그들이 집으로 돌아오고 얼마 안 되어 편지 한 통이 제인에게 배달되었다. 그것은 네더필드에서 왔는데 봉투 안에는 아름다운 필체로 글이 적힌 우아하고 조그만 편지지가 한 장 들어 있었다. 엘리자베스는 편지를 읽는 제인의 표정이 변하는 것을 보았다. 하지만 다른 일행이 있어 바로 물어볼 수 없었다. 두 사람은 위컴 일행이 모두 돌아간 뒤 방으로 들어가 편지 이야기를 나누었다.

"캐롤라인 빙리한테서 온 편지야. 내용을 읽어 보고 정말 놀랐어. 다들 네더필드를 떠나서 시내로 가는 중이래. 그런데 다시 돌아오겠다는 얘기가 없어. 캐롤라인의 말을 들어보렴."

그러고는 처음 구절을 소리 내어 읽었다.

언제 다시 만날지 알 수는 없지만 그렇게 슬프게 생각하지는 않습니다. 왜냐하면 우리의 교제는 미래에 언제든 이어질 수 있으니까요. 다만 다시 만날 때까지는 이렇게 편지로 마음을 주고받았으면 합니다. 편지로 마음속을 털어놓고 이별의 아쉬움을 풀었으면 해요. 꼭 그렇게 해주시리라 생각해요.

이 과장된 표현을 믿지 않았으므로 엘리자베스는 아주 태연하게 들었다. 그들이 갑자기 떠난 것에는 놀랐으나 그다지 낙담할 일은 아니라고 생각했다. 그들이 네더필드에 없다고 해서 빙리도 거기 있지 말라는 법은 없을 것 같았다. 그런 데다 그들과 교제가 틀어진다고 해도 빙리와 교제할 수 있는 일이라고 엘리자베스는 확신했다.

"안됐어."

엘리자베스는 말을 잠깐 끊었다가 말했다.

"친구들이 이곳을 떠나기 전에 만나지 못해서 말이야. 그렇지만 빙리 씨가 동생들 때문에 런던에 오래 머물러 있지는 않을 거야."

"이번 겨울에는 누구도 돌아오지 않을 거라고 캐롤라인은 확실히 말했어. 읽어줄게."

어제 오빠가 떠나실 때, 오빠는 런던에 간 일이 3, 4일 지나면 결말이 날 것으로 아셨어요. 그러나 우리 생각으로는 그렇게 되지 않을 것 같고, 또 오빠가 서둘러서 떠나지 않으리라는 것을 잘 알기에 그리로 뒤쫓아 가기로 결심했어요. 오빠가 쓸쓸한 호텔에서 멍하니 시간을 보내지 않아도 되겠죠. 가까이 지내던 분들이 겨울을 보내려고 벌써 여러 사람이 그쪽으로 가고 있어요. 당신도 그중 한 분이 되고 싶다는 소식을 듣고 싶군요. 하지만 그건 가망이 없겠죠? 부디 그곳에 멋진 분들이 많아서 우리의 빈자리가 크게 느껴지지 않았으면 좋겠어요.

"이걸로 확신하거든. 그분이 이번 겨울에는 돌아오지 않을 거야." 제인이 덧붙였다.

"빙리 양이 그렇게 생각하는 게 확실한 것뿐이지."

"특히 내 마음을 괴롭히는 곳을 읽어주지. 너한테는 감추지 않을게."

다아시 씨는 누이동생을 무척 만나고 싶어 하세요. 사실 저도 동생분을 만나고 싶고요. 조지아나 다아시만큼 우아함과 교양을 두루 갖춘 여자는 좀처럼 보기 힘들거든요. 그리고 그분이 루이자 언니와 나한테 주는 애정은 남다른 데가 있죠. 언제고 올케가 되리라는 희망을 품게 되니까요. 이 문제를 제가 전에 말씀드렸는지 모르겠군요. 모든 조건이 서로 부합하고 행복을 보증하는 관계가 되리라는 희망을 품는 것은 당연한 일이겠죠?

"리지야, 너 이 문장을 어떻게 생각하니? 아주 확실하지 않니? 캐롤라인은 내가 올케가 되리라고는 생각하지도 않고 바라지도 않는다고 분명히 말하는 거야."

제인이 말했다.

"내 생각은 전혀 다르거든. 빙리 양은 자기 오빠가 언니를 사랑하는 걸 알아. 그래서 다아시 씨 여동생하고 결혼시키려는 거야. 오빠를 시내에 머물러 있게 하고 뒤쫓아 가서 설득하려는 거지."

제인은 머리를 흔들었다.

"언니, 내 말을 믿어. 누구든 언니하고 그분이 같이 있는 걸 본 사람은 그분의 애정을 의심하지 않아. 미스 빙리도 그걸 모르는 바보는 아니지. 아마 다아시 씨가 절반만이라도 자기 오빠처럼 한다면 그녀는 당장 웨딩드레스를 준비할 거야. 하지만 불행히도 우리는 그분들에게 어울릴 정도로 부자도 아니고 훌륭하지도 못해. 그래서 다아시 씨 여동생을 올케로 삼으려는 거야. 이 생각은 확실히 교묘해서 성공할지도 몰라. 하지만 동생이 아무리 그런 생각을 한다고 해도 빙리 씨 마음이 그렇게 쉽게 다아시 씨 동생 쪽으로 돌아서지는 않을 거야."

"네 해석대로라면 내 마음이 편해질지도 모르지. 하지만 나는 그 근거가 정확하지 않다는 걸 알아."

"좋아, 내 얘기에서 위로를 얻을 생각은 없군. 하지만 모든 것이 빙리 양 뜻대로 되리란 보장이 없다는 걸 알아야 해."

"하지만 동생들이나 친구들이 모두 그녀와 결혼하기를 바라는

데 다른 사람을 맞아서 행복하게 될 것 같니?"

"그건 언니 자신이 결정할 문제야. 그럼에도 결혼하는 것이 더 행복할 거라고 생각된다면 결혼할 일이고, 아니라면 거절해야겠지."

"그런 소리를 어떻게 하니? 그들이 찬성하지 않는 건 괴로운 일이지만 내가 머뭇거리는 성질이 아니라는 걸 잘 알면서."

제인이 미소 지으며 말했다.

"그야 그럴 테지. 그렇다면 언니 상황을 동정할 이유는 없어."

"하지만 그분이 이번 겨울에 돌아오시지 않는다면 내가 어떻게 하면 좋을까."

빙리가 다시 돌아오지 않을 거라는 생각에 엘리자베스는 동의하지 않았다. 그것은 단순히 빙리 양의 희망에 지나지 않았다.

동생의 희망이 아무리 크다고 해도 빙리가 그것에 좌지우지될 리는 없다고 생각했다. 엘리자베스는 이 문제에 대해 느낀 바를 언니에게 자세하고 강력하게 설명했다. 그리고 마침내 좋은 결과를 즐겁게 보게 되었다. 제인은 쉽게 낙심하는 기질이 아니었다. 그래서 빙리가 얼마 후 네더필드에 돌아오리라는 희망을 차츰 품게 되었다.

베넷 부인은 그들이 떠난 것이 유감이라고 한탄했다. 그러나 잠시 슬퍼하다가 빙리가 얼마 안 되어 또 한 번 이곳에 와서 곧 롱본에서 식사하리라고 생각했다.

22

베넷 집 사람들은 루카스 집에서 식사하기로 되어 있었다. 그리고 그날도 샬럿은 콜린스의 말에 친절하게 귀를 기울였다. 이에 엘리자베스는 샬럿에게 고맙다고 말했다. "네 덕분에 콜린스 씨 기분이 좋아졌어. 정말 고마워."

샬럿은 도움이 되어 기쁘다고 아주 상냥한 말씨로 대답했다. 그러나 샬럿의 친절은 엘리자베스가 눈치채지 못할 정도로 진행되었다. 그녀의 목적은 콜린스의 마음을 사로잡는 것이었고 이런 그녀의 목적은 바로 실현되었다.

다음 날 아침, 콜린스는 베넷 집을 살짝 빠져나가 루카스 로지로 달려갔다. 루카스 양은 이층에서 콜린스가 걸어오는 것을 보았다. 그래서 좁은 길에서 우연히 만나도록 얼른 방을 나섰다.

콜린스는 자기를 가장 행복한 남자로 만들어 달라며 진심으로 간청했다. 이런 간청에는 우선 거절해야 했지만 루카스 양은 그럴 생각이 없었다.

이어 루카스 경과 그의 부인은 두 사람의 소식을 듣고 이내 기쁘게 허락했다. 재산을 거의 나누어 줄 수 없는 딸에게는 콜린스가 아주 적당한 자리였다. 그가 장래에 부유하게 되리라는 예상은 낙관적이었다. 루카스 경 부인은 베넷이 앞으로 얼마나 더 살지를 상상해 보기까지 했다. 콜린스가 롱본의 토지를 소유하게만 된다면 부부에게도 아주 좋은 일이었다.

샬럿은 꽤 침착한 편이었다. 그녀는 목적을 달성했으므로 좀 더 생각해 볼 여유가 있었다. 콜린스는 확실히 뼈대도 없고 기분 좋은 편도 아니었다. 그와 같이 사는 것은 지루하고 그의 애정에 근거가 없는 것이 틀림없었다. 하지만 샬럿은 결혼이 목표였다. 그래서 그녀는 아주 만족했다. 다만 엘리자베스가 마음에 걸렸다. 이 일로 놀랄 엘리자베스를 생각하면 마음이 편치 않았다. 그녀는 엘리자베스와 우정을 무엇보다 소중히 생각했다. 고민하던 샬럿은 차라리 먼저 엘리자베스에게 이 사실을 알리자고 마음먹었다. 그래서 콜린스에게 베넷 식구들에게 이 사실을 먼저 알리지 말라고 당부했다. 콜린스는 비밀로 하겠다고 고분고분 약속했다.

다음 날 아침 콜린스는 일찍 떠날 예정이었다. 그래서 작별 인사는 전날 여자들이 잠들기 전에 미리 했다. 베넷 부인은 다정하고 간곡하게 언제든지 다시 롱본으로 오라고 말했다.

"이렇게 다시 초대해 주시니 정말 감사합니다. 저도 바라고 있었으니까요. 될 수 있는 대로 빨리 청하신 대로 하겠습니다."

그의 대답에 식구들은 모두 놀랐다. 그렇게 빨리 다시 오는 것이 반갑지 않았기 때문이다. 하지만 베넷 부인은 그가 다른 딸에게 청혼할지도 모른다고 생각하고 기뻐했다. 그러나 이런 희망은 완전히 무너져 버리고 말았다. 얼마 후 루카스 양이 찾아왔기 때문이다.

샬럿의 고백에 엘리자베스는 놀라움을 금치 못했다.

"콜린스 씨하고 약혼했다고? 샬럿, 어떻게 그럴 수 있어?"

엘리자베스가 너무 놀랐으므로 루카스 양은 약간 당황했다. 그러나 다시 침착한 태도를 되찾고 조용히 대답했다.

"왜 그렇게 놀라? 콜린스 씨가 운 나쁘게 네게 성공하지 못했다고 해서 다른 여자의 호의를 받을 수 없다고 생각하는 거야?"

엘리자베스는 다시 마음을 진정했다. 그리고 의식적으로 노력하며 이 혼담은 참 기쁜 일이며, 생각할 수 있는 모든 행복을 빈다고 확실한 태도로 말했다.

"네 기분은 알겠어."

샬럿이 대답했다.

"놀랐을 거야, 정말 놀랐을 거야. 콜린스 씨는 최근 너하고 결혼하고 싶어 했으니까. 그렇지만 잘 생각해 보면 내가 한 일에 만족할 수 있을 거야. 알다시피 난 로맨틱한 여자가 아니거든. 또 그래본 일도 없거든. 난 다만 안정된 가정을 구하고 싶을 뿐이야. 콜린스 씨의 성격, 친척, 지위를 생각하면 그분과 행복하게 살 수 있으리라고 생각해."

엘리자베스는 조용히 대답했다.

"그야 그럴 테지."

잠시 어색하게 말을 끊었다가 그들은 다른 식구들이 있는 곳으로 갔다. 샬럿은 오래 머물지 않고 집으로 갔고 엘리자베스는 천천히 그녀 말을 되새겼다. 콜린스의 아내 샬럿, 이것은 아무리 보아도 굴욕적인 모습이었다. 친구가 스스로 자기 품위를 떨어뜨리는 것을 보고 엘리자베스는 마음이 아팠다.

23

엘리자베스는 식구들에게 어떻게 말해야 할지 고민했다. 그런데 윌리엄 경이 딸의 약혼 사실을 알리러 나타났다. 그는 두 가정이 인연을 맺게 된 데 기쁨을 표하며 사정을 털어놓았다.

하지만 베넷 식구들은 도무지 믿어지지 않았다. 베넷 부인은 아마도 잘못 알고 계시는 일일 거라고 딱 잘라서 말했다. 늘 경솔하고 이따금 버릇이 없던 리디아가 시끄럽게 말했다.

"어쩌면, 윌리엄 선생님. 왜 그런 말씀을 하세요. 콜린스 씨는 리지 언니하고 결혼하고 싶어 하시는데요. 그걸 모르세요?"

윌리엄 경은 자기 말이 모두 사실이라며 그들의 말을 모두 꾹 참고 들었다. 다소 예의에 벗어나는 말을 들었음에도 그는 점잖게 말했다. 이에 엘리자베스는 샬럿에게서 직접 들어 알고 있다며 어

머니와 동생들의 떠드는 소리를 중단시키려 애썼다. 그리고 윌리엄 경에게 진심으로 축하를 보냈다. 이어 제인도 콜린스의 훌륭한 성격, 헌스퍼드가 런던에서 알맞은 거리에 있다는 점을 말하며 행복한 결혼이 되길 바란다고 말했다.

베넷 부인은 어이가 없어서 윌리엄 경이 머무는 동안 말을 별로 하지 못했다. 그러나 그가 돌아가자 부인의 감정은 폭발하고 말았다. 먼저 부인은 그 말을 절대 믿지 않았다. 그리고 그들이 결혼해도 결코 행복하지 못할 거라고 말했다. 또 얼마 못 가 이 혼담은 깨질 거라고 했다. 그러다 엘리자베스가 이 모든 화를 자초했다며 원망했다. 부인을 위로하거나 달랠 사람은 아무도 없었다.

베넷 부인이 엘리자베스 얼굴을 다시 보기까지는 일주일이나 걸렸고, 실례되는 태도를 보이지 않고 윌리엄 경 내외에게 말하게 될 때까지는 한 달이 걸렸다. 딸을 용서하게 되기까지는 수개월이 필요했다. 하지만 베넷은 그다지 동요하지 않았다. 그리고 그가 지금 경험한 것과 같은 기분은 꽤 유익한 것이라고 단정했다. 그의 말에 따르면 상당히 분별이 있으리라고 생각했던 샬럿 루카스가 자기 아내와 같이 바보스러우며, 딸보다 어리석다는 사실이 아주 만족스러웠던 것이다.

제인은 이 혼담에 다소 놀랐다고 말했다. 그러나 그녀는 두 사람의 행복을 진심으로 빌었다. 키티와 리디아는 루카스 양을 부러워하지는 않았다. 콜린스는 그저 보통 목사였기 때문이다. 메리튼에서 퍼지는 조그만 소문 이외에는 그 어떤 것에도 관심을 두지 않았다.

루카스 경 부인은 딸을 훌륭하게 결혼시킬 수 있다는 즐거움을 베넷 부인에게 한바탕 쏟아부을 기회를 놓치지 않았다. 그래서 그녀는 얼마나 기뻐하고 있는지를 말하려고 오히려 다른 때보다 롱본에 자주 들렀다. 베넷 부인의 무뚝뚝한 표정과 악의에 찬 말씨가 기쁨을 쫓아버리기에 충분했겠지만 그녀는 신경 쓰지 않았다.

엘리자베스와 샬럿은 이 화제를 되도록 입에 올리지 않았다. 엘리자베스는 샬럿에게 실망했기 때문에 예전보다 부드러운 마음으로 언니를 대했다. 언니만이 자기 진심을 알아주는 친구가 될 거라고 생각했다. 그래서 더욱 언니가 행복해지기를 바랐는데 빙리가 떠나고 일주일이 지나도 돌아온다는 소식이 없자 걱정되기 시작했다.

제인은 캐롤라인에게 서둘러 답장을 보낸 뒤 그녀의 편지가 또 날아들기를 기다렸다. 그러나 기다리는 편지는 오지 않고 화요일에 콜린스로부터 감사 편지가 도착했다. 아버지한테 드리는 편지로 그간 감사했다는 이야기를 늘어놓고, 이웃의 사랑스러운 루카스 양을 신부로 맞게 되었다는 소식을 전했다. 또 2주일 후에 다시 롱본을 방문하겠다고 했는데 그것은 다만 루카스 양을 만나기 위해서라고 했다. 레이디 캐서린은 자신의 결혼을 진심으로 축복하며, 그녀도 가능한 한 빨리 식을 올리기를 원한다고 했다.

콜린스가 하트퍼드셔로 돌아오는 것은 베넷 부인에게 유쾌한 일이 아니었다. 오히려 남편과 마찬가지로 불평하고 싶어 했다. 콜린스가 루카스 로지로 오지 않고 롱본으로 온다는 것은 참 괴이한 일이었으며 몹시 거북하고 곤란했다. 또 건강도 좋지 않은데 손님이 온다는 것이 내키지 않았다.

하지만 무엇보다 부인을 가장 실망시키는 일은 빙리가 계속 보이지 않는 것이었다. 제인과 엘리자베스도 이 문제에 대해서는 기분이 좋지 않았다. 하루하루 지나갔으나 그의 소식은 오리무중이었고, 겨울 동안 네더필드에 돌아오지 않으리라는 소문 이외엔 아무것도 들리지 않았다. 그리고 이러한 소문이야말로 베넷 부인을 몹시 화나게 했다.

엘리자베스도 불안해지기 시작했다. 빙리의 동생들이 그를 제인에게서 떼어놓는 데 성공할지도 모를 일이었다. 제인의 행복이 깨지고 그의 마음이 변할지도 모른다고 생각하니 불안감이 엄습했다. 물론 제인의 고통이 가장 컸다. 그러나 어떻게 느끼건 그것을 감추고자 했다. 그래서 제인과 엘리자베스는 서로 이 화제는 절대로 꺼내지 않았다. 베넷 부인만 수시로 빙리 이름을 입에 올리며 그가 하루속히 왔으면 좋겠다고 말했다. 그가 안 돌아온다면 제인이 큰 굴욕을 당하는 일이라고 말해 제인은 끊임없는 인내심이 필요했다.

콜린스는 어김없이 2주일 후 월요일에 방문했다. 그러나 그는 롱본에 처음 왔을 때만큼 환영받지는 못했다. 하지만 그는 너무도 행복했으므로 그다지 마음을 쓰지 않았다. 그는 대개 루카스

로지에서 지냈다.

베넷 부인은 가련한 꼴이었다. 이 혼담 이야기를 꺼내기만 하면 부인은 불쾌한 내색을 했다. 루카스 양의 모습이 부인에게는 지긋지긋했다. 샬럿이 찾아오는 것이 달갑지 않았고, 그녀가 자기 땅을 차지할 날이 빨리 오기를 바란다고 생각했다. 샬럿이 콜린스에게 낮은 목소리로 말하면 언제나 두 사람은 롱본의 토지 이야기를 나누는 것이며, 자기와 딸들을 집에서 내쫓으려 한다고 생각했다. 부인은 이러한 불평을 남편에게 털어놓았다.

"여보, 정말 입맛이 쓰지 뭐예요. 샬럿 루카스가 이 집 주부가 되지 않느냐 말이에요. 그 꼴을 보고 살아야 하다니……."

"여보, 그런 우울한 생각을 하면 안 돼. 좀 더 그럴듯한 얘기를 합시다. 내가 끝내 살아남는다는 희망을 가져봅시다."

하지만 이 말은 베넷 부인에게 그다지 위로되지 않았다. 그래서 대답하지 않고 조금 전 이야기를 계속했다.

"그 사람들이 이 토지를 모두 수중에 넣는다고 생각하면 참을 수 없어요. 한정상속이라는 게 없다면 걱정 없겠는데요. 땅을 내 딸이 아닌 다른 사람한테 물려주고 어떻게 마음이 편하냔 말이에요? 도대체 무슨 이유로 그 남자가 득을 보느냐고요. 정말 이해할 수 없어요."

24

드디어 빙리 양의 편지가 도착했다. 그들은 겨울 동안 런던에 있을 예정이라고 했다. 그리고 오빠가 하트퍼드셔를 떠나기 전에 그곳 친구들에게 작별 인사도 없이 급히 온 것에 섭섭한 마음을 갖고 있다고 덧붙였다.

희망은 물거품이 되어 완전히 사라졌다. 편지 대부분은 다아시 양에 대한 찬사로 채워졌다. 빙리 양은 자기들의 친근함이 더해 가는 것을 기쁘게 생각하며, 먼젓번 편지에서 얘기한 희망이 머지않아 성취될 거라고 예언까지 했다.

엘리자베스는 제인에게 편지 내용을 듣고 화가 치밀었다. 언니를 위한 걱정은 다른 모든 사람에 대한 분노로 바뀌었다. 빙리가 다아시 양에게 마음을 두고 있다는 캐롤라인의 주장을 믿을 수 없었다. 엘리자베스는 전과 마찬가지로 빙리가 제인을 좋아하는 것은 틀림없는 사실이라고 생각했다. 그리고 늘 빙리를 좋아했지만 그가 이렇게 우유부단하고 결단성이 없다는 것에 실망했다. 빙리는 친구들의 술책에 따라 노예가 되고, 자기 행복을 그 지각없는 생각의 희생으로 바치게 된 것이 아닌가. 그나마 자기 행복만이 희생당하는 것이라면 마음대로 그것을 농락해도 괜찮을 것이다. 그러나 거기에는 제인의 행복까지 포함되어 있었다. 물론 이러한 사실을 남자도 알고 있었을 것이다. 엘리자베스는 다른 생각은 전혀 떠오르지 않았다. 정말 빙리의 관심이 사라져 버렸는지, 아니면 동생의 간섭으로 그런지 확실히 알아야만 했다.

제인은 2, 3일 지나서야 엘리자베스에게 속마음을 털어놓았다.

"어머니가 진정하셨으면 좋겠어. 자꾸 그분 얘기를 하시는데 그게 나한테 얼마나 큰 고통인지 모르시는 거야. 하지만 불평은 안 하겠어. 오래가진 않을 테니까. 곧 그분을 잊어버리게 될 테지. 그렇게 되면 우리는 예전대로 될 거고."

엘리자베스는 불안한 표정으로 언니를 보았으나 아무 말도 하지 않았다.

"너는 나를 의심하는구나."

제인이 약간 얼굴을 붉히며 말했다.

"아니야. 그분이 내 추억 속에 내가 아는 사람 중에서는 가장 기분 좋은 분으로 남아 있을지도 모르지. 하지만 그것뿐이야. 바랄 것도 없고 걱정할 것도 없어. 그분을 원망할 것도 없지. 조금만 참으면 돼. 꼭 체념할게."

제인은 얼마 안 있다가 더욱 높은 음성으로 말했다.

"위안을 받으려면 생각하기 나름이거든. 아주 쉬운 일이지. 내가 괜히 들떠서 그런 거지. 나 이외의 사람에게는 아무에게도 해를 끼치지는 않았다고 생각하면 돼."

"언니, 언니는 사람이 너무 좋아. 언니는 너그럽고 욕심이 없어서 꼭 천사와 같아. 뭐라 말해야 좋을지 모르겠어. 언니를 제대로 위로하지도 못하겠고, 내가 해줄 수 있는 일이 너무 없는 것 같아서 속상해."

제인은 동생이 그렇게 칭찬해 주는 것은 동생이 따뜻한 애정이 있기 때문이라고 말했다.

"아냐, 그건 공평하지 못해. 언니는 덮어놓고 세상을 아름답게 생각하고 싶어 하니까 내가 남 욕을 하면 마음이 언짢은 모양이야. 나는 그저 언니를 나무랄 데가 없다고 생각하고 싶은 것뿐이야. 세상을 살아갈수록 더 크게 실망만 하게 돼. 인간의 성격이란 걷잡을 수 없고 장점이나 분별력같이 보이는 것도 거의 믿을 만한 것이 못 된다는 내 신념은 날이 갈수록 굳어지거든. 최근에 그런 경우가 두 번이나 있었어. 샬럿의 결혼도 그래. 참 알 수 없거든. 아무리 생각해도 알 수 없어."

엘리자베스가 말했다.

"리지야, 그런 감정에 이끌려 가지 않는 게 좋아. 그것 때문에 네 행복이 망쳐지면 어떡하니. 너는 처지와 기질의 차이를 충분히 생각해야 해. 콜린스 씨의 훌륭한 태도와 샬럿의 신중하고 착실한 성격을 생각해 봐. 샬럿이 대가족의 딸이라는 것을 잊어서는 안 돼. 그런 데다 재산으로 말하면 가장 알맞은 혼처지. 여러 사람을 위해서 샬럿이 콜린스 씨한테 경애와 존경 같은 것을 느낄지도 모른다고 생각하란 말이야."

"언니를 위해서라면 뭐든지 믿고 싶어. 하지만 이런 걸 믿었댔자 아무한테도 도움이 될 게 없지 않아? 콜린스 씨는 잘난 체나 하고 속이 텅 빈 바보 같은 사람이야. 언니도 동감일걸. 또 그런 사람하고 결혼하는 여자는 올바른 생각을 하지 않는다는 점에도 동감할 거야. 샬럿 루카스도 그 변명은 못 할걸."

"네 말이 너무 지독한 것 같구나. 두 사람이 행복하게 되는 것을 보고 너도 그렇게 믿게 되면 좋겠다. 하지만 이 얘기는 그만하자. 그리고 아까 두 가지 경우라고 했는데 리지야, 제발 그분을 원망하지는 마. 우리에게 일부러 해를 주었다고 생각해선 안 돼. 혈기왕성한 청년이 언제나 조심성 있고 용의주도하란 법은 없거든. 여자들은 남자의 관심을 실제보다 더 큰 것처럼 착각하는 때가 있잖니."

"물론 남자는 그렇게 착각하도록 마음을 쓰지."

"만약 그것이 계획적인 일이라면 용서할 수 없지. 그렇지만 세상에는 일부 사람들이 상상하는 것처럼 일부러 계획을 꾸미는 일은 그렇게 많지 않을 거야."

"나는 빙리 씨 행동을 다 계획적이라고는 생각하진 않아. 하지

만 생각이 모자라든지 다른 사람에 대한 주의가 부족하다든지 결단성이 모자랄 때는 역시 피해를 주게 되어 있어."

"그러면 그중 하나의 탓이란 말이야?"

"응, 두 번째 경우지. 하지만 얘기를 계속하면 언니가 존경하는 분들에 대한 솔직한 내 의견을 말하게 될 테니까 그만두겠어. 그럼 언니 비위만 상할 거야."

"그럼 그분 동생들이 그분을 움직였다고 생각하니? 하지만 그건 믿을 수 없어. 무엇 때문에 그랬느냐 말이야. 동생들 역시 그분의 행복을 바랄 텐데. 만약에 그분이 나한테 애정을 품고 계시다면 다른 여자는 그 애정을 가질 수 없거든."

"언니의 첫 번째 견해가 틀렸어. 행복 이외의 많은 것을 바랄지도 모르지. 그분의 재산과 지위가 커지는 것을 바랄지도 몰라. 돈, 굉장한 친척, 자존심 같은 관록이 구비된 여자하고 결혼시키고 싶을지도 모른다고."

"물론 다아시 양을 선택하기를 바라지. 하지만 다른 이유 때문일지도 몰라. 그분들은 나보다 다아시 양을 더 오래 알았잖아. 그러니까 나보다 저쪽을 더 사랑한다고 해서 이상할 건 없지. 그러나 그 희망이 어떻건 간에 동생들이 나를 반대했다고는 보이지 않아. 큰 불만이 없다면 남매간에 누가 그런 짓을 하겠니? 빙리 씨가 나한테 애정을 느끼고 있다고 두 분이 생각했다면 우리 둘 사이를 떼어 놓으려고 안 할 거야. 정말로 애정이 있다면 성공 못하지. 그러니 그런 쓸데없는 생각으로 날 괴롭히지 마. 내가 착각한 것을 수치스럽게 생각하지는 않으니까."

엘리자베스는 제인의 말에 반박할 수 없었다. 그래서 이후 빙리라는 이름은 입에 올리지 않았다.

베넷 부인은 여전히 빙리가 돌아오지 않는다며 궁금해하고 투덜거렸다. 엘리자베스가 매일 같이 그 설명을 했건만 부인이 이해할 가능성은 없는 것 같았다. 딸은 자기가 믿지 않는 것을 어머니에게 이해시키려고 노력했다. 빙리가 제인에게 베푼 친절은 흔히 있듯이 일시적 호의의 결과이며, 제인 얼굴을 보지 않게 되자 그것도 사라졌다고. 하지만 베넷 부인 귀에는 아무 말도 들리지 않았고, 부인에게 가장 큰 위로가 되는 것은 빙리가 여름에 또 한번 올지도 모른다는 희망이었다.

베넷은 사건을 다르게 취급했다.

"리지야. 네 언니는 사랑에 실패한 거야. 잘됐어. 여자애들은 이따금 연애에 실패해 보기도 해야 해. 이런 경험은 결혼한 뒤 특별한 추억이 되거든. 그래, 네 차례는 언제지? 아마 제인에게 한참 뒤처지지는 않을 테지? 메리튼에는 이 지방의 젊은 여자들을 모두 실연시키기에 충분할 만큼 장교가 많다. 위컴을 상대로 하렴. 유쾌한 남자지. 멋지게 너를 차버릴 게다."

"아버지, 고맙습니다. 하지만 그렇게 야단스럽게 기분 좋은 사람이 아니라도 저는 좋아요. 제인 언니와 같은 행운을 모두가 기대해서는 안 되니까요."

최근 벌어진 몇몇 일로 우울해진 베넷 집안에 위컴과의 교제는 활기를 불러일으켰다. 그들은 종종 그들을 만났다. 위컴에게는 여러 가지 좋은 점이 있었지만 무엇보다 솔직함이 가장 큰 매력이었다. 엘리자베스가 이미 들은 이야기, 다아시 때문에 겪은 아픔은 이제 공개적으로 거론되었다. 막연히 다아시에게 싫은 감정을 품었던 식구들은 오히려 이 소식을 듣고 좋아했다. 제인만이 혹시 오해가 있을지도 모르니 신중해야 한다고 말했을 뿐 다른 식구들은 다아시를 아주 나쁜 사람으로 평가했다.

25

베넷 부인의 동생네 부부가 오랜만에 롱본을 방문했다. 그들은 늘 그랬던 것처럼 롱본에서 크리스마스를 지내려고 찾아왔다.

가디너는 분별이 있는 신사다운 남자로 성품이 좋은 편에 속했고, 교육도 누이보다 훨씬 많이 받아서 기품이 있는 사람이었다. 가디너 부인은 베넷 부인, 필립스 부인보다 몇 살 아래였다. 그녀는 상냥한 편으로 총명하며 점잖은 성격이어서 롱본의 다섯 조카가 아주 좋아하는 숙모였다. 특히 위의 두 조카딸과 사이에는 특별한 정이 있었다. 제인과 엘리자베스도 삼촌 부부를 특별히 여겼으며, 시내에 가서 종종 삼촌 댁에서 묵기도 하고 그랬다.

가디너 부인이 도착해서 가장 먼저 한 일은 선물을 나누어 주고 최신 유행을 말하는 것이었다. 그리고 부인은 베넷 부인의 별

별 우는 소리를 다 들어야 했다. 주된 이야기는 두 딸이 막 결혼하게 되었는데 허사가 되고 말았다는 내용이었다. 가디너 부인은 이미 제인과 엘리자베스의 편지로 알고 있다고 간단히 대답한 뒤 조카들에게 위로의 말을 건네고 나서 화제를 바꿨다.

나중에 엘리자베스와 단둘이 남자 부인은 이 문제를 더 이야기했다.

"제인에게는 좋은 신랑감이었던 모양이구나. 틀어져서 안됐어. 하지만 그런 일은 흔히 있지. 네가 빙리 씨라는 분의 인품을 말했지만 그런 사람은 2, 3주일간 예쁜 여자하고 쉽사리 연애하고 어쩌다 헤어지면 언제 사랑했냐는 식이란다. 이런 것은 흔히 있는 일이야."

"숙모님 식으로 생각한다면 마음이 편해지죠. 그러나 저희는 달라요. 당사자가 아닌 주변인들 때문에 일어난 일이거든요. 동생들이 간섭했죠. 독립해 재산이 있는 청년에게 애인을 단념하라고 설득하는 예가 그리 흔히 있는 일은 아니에요. 바로 2, 3일 전에만 해도 열렬하게 사랑하던 여자를 말이죠."

"하지만 열렬하게 사랑한다는 그 표현은 케케묵은 말이고 애매하고 확실하지 않아서 알 수 없어. 그 말은 정말 강한 애정에도 쓸 수 있지만 이따금 반 시간쯤 사귄 사람한테서 일어난 일에도 쓰이거든. 그래, 빙리 씨 사랑이 어느 정도로 열렬했니?"

"그 이상 더 좋아할 수 없었죠. 다른 여자들은 거들떠보지도 않고 언니에게 홀딱 반했어요. 두 사람이 만나는 것이 눈에 띨 정도였어요. 자기가 연 무도회에서 춤을 청하지 않아서 두서너 여자가 얼마나 화를 냈다고요. 저도 두 번 말을 걸었지만 대답이 없었어요. 그 이상 확실한 증거가 있겠어요? 다른 사람한테는 무례한 짓을 하는 것이 사랑의 본질 아니에요?"

"응, 그래. 가엾은 제인, 안됐다. 그런 상태로는 이내 마음을 진정하기가 어렵지. 차라리 너한테 그런 일이 있었더라면 더 좋았을걸. 너 같으면 빨리 떨치고 일어섰을 테니까 말이야. 그런데 제인더러 나하고 같이 가자고 하면 따라나설 것 같니? 다른 장소에 있는 것도 도움이 될 텐데. 당분간 집에서 좀 떨어져 있는 것이 좋을 것 같구나."

엘리자베스는 이 제안에 몹시 기뻐했다. 그리고 언니가 순순히 응하리라고 믿었다.

"내 생각 같아서는 이 청년의 일로 제인 마음에 영향을 줄 것은 별로 없을 듯싶다. 시내의 우리 집이래야 전혀 딴 곳이고, 드나드는 사람들도 다르고. 너도 잘 알다시피 우리는 외출도 별로 하지 않으니까 빙리 씨가 일부러 만나러 오기 전에는 둘이 만날 기회는 없을 거야."

가디너 부인이 덧붙였다.

"그야 물론이죠. 그분은 지금 친구한테 감금당하고 있는 셈이거든요. 그런 데다 다아시 씨는 런던에서 숙모님 댁까지 제인을 찾아가 보라고 권하지 않을 테니까요. 또 빙리 씨는 그분하고 동행이 아니면 다니지도 않아요."

"그거 잘됐네, 제인하고 만나지 않는 것이 좋아. 그렇지만 제인은 그 사람 누이하고 편지 왕래가 있잖니?"

"언니는 교제하지 않을 거예요."

제인은 숙모의 초대를 받고 흔쾌히 승낙했다. 캐롤라인은 오빠와 한집에 살고 있지 않으니까 그를 만나는 위험을 무릅쓰지 않고도 캐롤라인과 이따금 오전 중에 만나 함께 지낼 수 있을지도 모른다고 제인은 생각했다.

가디너 부부는 롱본에 일주일 동안 묵었다. 필립스 부처라든지 루카스 집 사람들, 또 장교들 때문에 약속이 매일 있었다. 베넷 부인은 정성껏 동생 내외를 접대했다. 집에서 모이기로 약속할 때는 장교들이 몇 사람씩 끼고는 했는데 위컴은 반드시 끼었다. 가디너 부인은 엘리자베스가 열심히 위컴을 칭찬했으므로 그들 두 사람을 자세히 관찰했다. 두 사람이 심각한 연애를 하지는 않더라도 어느 정도 호감이 있는 것은 분명했다. 가디너 부인에게는 위컴이 그의 전체 재능과 별개로 기쁨을 줄 수 있는 한 가지가 있었다. 십여 년 전 결혼하기 전에 부인은 바로 위컴의 고향인 더비셔에서 얼마 동안 지낸 일이 있었다. 그래서 그들은 피차 공통된 친구들이 있었다. 다아시의 아버지가 세상을 떠난 이후 위컴이 그곳에 거의 가지 않았기 때문에 가디너 부인은 위컴에게 새로운 소식을 전해 줄 수 있었다. 그래서 두 사람은 그것을 화제로 즐거운 시간을 보냈다.

26

가디너 부인이 둘만 있을 기회를 잡아 엘리자베스에게 말했다.

"너는 분별력이 있는 애니까 쉽게 사랑에 빠지지는 않겠지. 그러니까 마음 놓고 얘기하는 거다. 진심으로 주의하기를 바란다. 경솔한 애정에 휩쓸려 들지 않도록 해라. 위컴 씨는 정말 사람의 마음을 끄는 청년이지. 재산만 있다면 그 이상 바랄 것도 없을 거야. 하지만 실제로 그렇지 못하니까 그에게 빠지지 않도록 해. 아버지를 실망시켜 드리면 안 돼."

"숙모님, 이건 정말 진지한 문제예요."

"응, 그러니까 너도 진지하게 행동해 주기 바란다."

"그럼 염려하실 것 없어요. 주의하겠어요. 위컴 씨도 조심하고요. 막을 수 있다면 그분이 저를 사랑하지 못하도록 하겠어요."

"엘리자베스, 지금 네 말은 진심으로 들리지 않는구나."

"죄송해요. 다시 진심으로 말씀드리겠어요. 지금 저는 위컴 씨를 사랑하지 않아요. 확실히 사랑하는 건 아녜요. 하지만 그분은 비교할 수 없을 정도로 지금까지 만난 어떤 사람보다 마음에 들어요. 그래서 그분이 정말 저한테 마음이 있다면, 물론 그러지 않았으면 좋겠군요. 경솔한 짓이라는 건 저도 알아요. 아, 밉살맞은 다아시, 아버지가 저를 믿고 계신 건 잘 알아요. 그렇지만 아버지도 위컴 씨를 좋아하시거든요. 흔히 그렇듯 젊은 사람들은 재산이 없다고 해서 사랑을 주저하지 않아요. 그러니까 저도 그러지말란 보장을 어떻게 하겠어요? 숙모님께 약속할 수 있는 것은 서두르지 않겠다는 것뿐이에요. 제가 그분의 첫째 대상이라고 경솔하게 믿지 않도록 하겠어요. 그분과 같은 자리에 있게 돼도 희망을 걸지 않겠어요. 어쨌든 최선을 다하죠."

"그분이 이곳에 자주 오려는 마음을 꺾어 놓는 것이 좋지 않겠니? 적어도 어머니께서 그분을 초대할 생각을 하시지 않도록 해."

"언젠가 그런 일이 있었지만요."

엘리자베스는 웃으며 말했다.

"정말 그렇게 하지 않도록 하는 것이 저로서는 현명하겠죠? 그렇지만 그분이 자주 오는 것은 아녜요. 이번 주일에 그분이 여러 번 초대받은 것은 숙모님이 오셨기 때문이에요. 친구를 위해서는 계속 손님을 부를 필요가 있다는 어머니의 주장을 잘 아시죠?

하지만 제 명예를 위해서도 가장 현명하다고 생각되는 일을 하도록 노력하겠어요. 그럼 만족하시겠죠."

가디너 부인은 만족한다고 말했다. 엘리자베스는 숙모가 암시해 준 친절에 감사하고 두 사람은 작별했다. 분노를 사지 않고 그런 점에 관해 충고할 수 있는 훌륭한 본보기였다. 가디너 부부와 제인이 떠나고 얼마 안 되어 콜린스가 하트퍼드셔로 돌아왔다. 그러나 그는 루카스 집에 머물렀으므로 그의 방문이 베넷 부인에게 큰 불편을 주지는 않았다. 그의 결혼은 아주 빠르게 진행되었다.

결혼식이 열리기 전날 루카스 양이 작별 인사를 하러 찾아왔다. 행복을 비는 베넷 부인의 말이 무뚝뚝하고 억지스러움이 느껴져 엘리자베스는 부끄러웠다. 그래서 그녀는 진심으로 친구의 행복을 바랐다.

계단에서 배웅하는 엘리자베스에게 샬럿이 말했다.

"종종 소식 전하겠지, 일라이자?"

"응, 그래."

"부탁이 또 하나 있어. 집으로 찾아와 주지 않겠어?"

"하트퍼드셔서 가끔 만나게 되겠지."

"나는 당분간 켄트를 떠날 것 같지 않아. 그러니까 헌스퍼드로 오겠다고 약속해 줘."

엘리자베스는 그 방문이 유쾌하지 못하리라 예측했으나 거절할 수 없었다.

"아버지하고 마리아가 3월에 오실 거야. 그러니 그때 함께 오도록해. 정말이야, 일라이자. 아버지나 마리아와 마찬가지로 환영할게."

샬럿은 덧붙여 말했다.

며칠 후 결혼식이 거행되었다. 신랑·신부는 교회의 문에서 곧장 켄트를 향해 출발했다.

얼마 안 되어 엘리자베스에게 친구로부터 편지가 왔다. 그들의 편지는 전과 같이 자주 왔지만 엘리자베스는 편지를 쓸 때마다 마음을 털어놓는 기쁨이 없어졌다고 느끼지 않을 수 없었다. 그리고 서신을 게을리하지 않기로 마음먹었지만, 그것은 현재보다 과거의 우정 때문이었다. 엘리자베스는 샬럿의 첫 번째 편지를 반가운 마음으로 받았다. 샬럿이 새 가정 이야기를 어떻게 할까, 레이디 캐서린을 좋아하게 되었을까, 자신이 행복하다고 장담할까, 이런 궁금증이 일어나지 않을 수 없었다. 물론 샬럿은 엘리자베스의 예상대로 명랑하게 사연을 적었다. 또 기쁨에 잠겨 있는 것 같으며 칭찬할 수 없는 것은 아예 언급하지 않았다. 집, 가구, 이웃, 길 따위가 모두 그녀 취미에 맞는다고 했으며, 레이디 캐서린의 행동은 친절하고 부드럽다고 했다.

제인은 무사히 런던에 도착했다는 소식을 이미 두서너 줄 동생에게 보내왔다. 엘리자베스는 다음에 언니가 편지를 쓸 때는 빙리 남매 이야기를 썼으면 하고 생각했다.

두 번째 편지를 기다리는 엘리자베스의 마음은 초조했다. 드디어 편지가 도착했는데 제인은 시내로 들어간 지 일주일이 지났건만 캐롤라인을 만나지도 못했고 소식도 못 들었다고 했다. 그러나 제인은 롱본에서 친구에게 부친 마지막 편지가 무슨 사고로 분실

되었을 거라고 예상했다.

> 숙모님께서 내일 그쪽으로 가신단다. 그래서 나도 이 기회에 그로브너 스트리트를 구경하게 됐어.

빙리 양을 방문한 뒤 제인은 또 편지를 썼다.

> 캐롤라인은 원기 왕성한 것 같지는 않아. 그렇지만 나를 만나더니 기뻐서 어쩔 줄 모르며 런던으로 온다는 통지를 하지 않았다고 책망했어. 그러니까 내 짐작이 맞았던 거지. 내 마지막 편지를 못 받은 거야. 물론 빙리 씨 안부를 물었지. 그분은 별고 없으시대. 그런데 다아시 씨와 늘 약속이 있어서 남매간에도 별로 만나지 못한다고 하더라. 다아시 양이 만찬에 초대받아서 오기로 돼 있었어. 나도 만나 봤으면 좋겠다. 캐롤라인과 허스트 부인이 외출하려던 참이어서 오래 있을 수 없었어. 얼마 안 있으면 그분들하고 여기서 다시 만나게 되겠지.

엘리자베스는 이 편지를 보고 머리를 흔들었다. 언니가 시내에 가 있는 것을 빙리에게 알리는 것은 오직 우연으로 돌리는 수밖에 없다고 믿었던 것이다.

4주일이 지나갔다. 그러나 제인은 빙리의 그림자도 보지 못했지만 섭섭할 것은 없다고 스스로 위안하려고 애썼다. 그러다 빙리 양의 소홀한 태도를 눈치채지 않을 수 없었다. 매일 아침 집에서 캐롤라인을 기다렸다. 마침내 보름이 지나서야 나타났는데 그녀는 오자마자 금세 떠났다. 이러한 캐롤라인의 태도로 제인은 현실을 인정하지 않을 수 없었다.

너는 빙리 양이 나한테 보내는 호의에 내가 감빡 속았다고 해도 나를 비웃지는 않겠지. 빙리 양이 왜 나한테 친절을 베풀었는지 나는 그 까닭을 전혀 모르겠어. 그렇지만 같은 일이 또다시 일어나도 나는 똑같이 속을 테지. 어제까지 캐롤라인은 나를 찾아주지 않았어. 그동안 편지 한 통도 받지 못했거든. 그리고 드디어 오늘 그녀가 왔는데 좀 더 일찍 찾아오지 않은 것을 형식적으로 변명하고 다시 만나자는 말 한마디 없이 금세 가 버렸어. 그래서 난 교제를 지속하지 않기로 결심했어. 그녀를 탓하지 않을 수 없지만 안됐어. 자기 잘못을 알고 있을 테고 또 오빠를 생각하는 나머지 그렇게 됐을 테니까 말이야. 이 이상 더 말할 필요는 없을 것 같아. 오빠가 자기한테 소중한 것은 당연한 일이니까. 오빠를 위해서 캐롤라인이 어떤 걱정을 한다고 하더라도 그건 자연스러운 일이지. 그런데 정말 이상해. 빙리 씨는 내가 시내에 들어와 있는 것을 알거든. 빙리 양의 눈치가 틀림없이 그래. 그리고 그녀 말투로는 자기 오빠가 정말 다시 양에게 마음을 쏟고 있다고 했는데 나로서는 이해할 수 없는 일이야. 그럼 왜 나에게 호감을 보이고 친절히 대했느냔 말이야. 그러나 괴로운 생각을 떨쳐 버리고 나를 행복하게 할 것과 네 애정, 외숙과 외숙모의 변함없는 친절만 생각하도록 노력하겠어. 회답을 빨리 해줘. 캐롤라인은 자기 오빠가 두 번 다시 네더필드에는 돌아가지 않는다는 둥 그 집은 내놓는다는 둥 야단이더라. 그렇지만 확실하지는 않아. 이 얘긴 안 하는 게 좋겠지. 그리고 헌스퍼드의 친구들한테서 그런 유쾌한 소식이 있었다니 기쁘다. 부디 윌리엄 경과 마리아하고 같이 그분들을 찾아보도록 해. 거기 가면 재미있을 거야.

이 편지는 엘리자베스에게 다소 고통을 주었다. 그러나 더는 제인이 빙리 양에게 속지 않으리라 생각하자 다시 기운이 났다. 이제는 빙리에게 기대하지 말아야 했다. 엘리자베스는 그의 애정이 되살아나기를 바라지도 않았다. 그의 성격은 아무리 생각해도 좋게 볼 수 없었다. 어쩌면 제인에게 잘된 일인지도 몰랐다. 그리고 차라리 빨리 다아시의 누이동생과 결혼했으면 좋겠다고 엘리자베스는 진정으로 바랐다.

이즈음 가디너 부인은 엘리자베스에게 위컴에 관한 약속을 상기시키면서 소식을 달라고 했다. 엘리자베스가 보낸 소식은 자신보다 오히려 숙모를 만족시킬 것들이었다. 위컴의 호의는 눈에 띄게 식었고, 친절도 없어졌으며, 심지어 다른 여자에게 마음을 쏟았다. 엘리자베스는 이런 것을 확실히 알 정도로 주의해서 보았다. 그러나 뼈아프게 느끼지 않았고, 편지에도 적을 수 있었다. 그녀는 별로 충격을 받지 않았고 그가 재산 때문에 관심을 다른 여자에게 쏟자 그의 허영심에 동정이 갔다. 위컴이 지금 잘 보이려고 애쓰는 젊은 여자에게는 갑자기 재산이 1만 파운드나 생겼다. 그래서 엘리자베스는 위컴이 자신의 진심을 버리고 그 여자를 택하기까지는 괴로웠을 테고, 쌍방을 위해 차라리 그게 현명한 일이라고 생각하며 진심으로 행복을 빌었다. 엘리자베스는 이런 사연을 전부 가디너 부인에게 알렸다. 자초지종을 말한 다음 엘리자베스는 이렇게 계속했다.

숙모님, 저는 그다지 사랑에 빠지지는 않았다고 생각합니다. 만일 그랬다면 그 사람의 이름을 듣는 것도 싫고, 그분에게 여러 가지 재앙이 일어나기를 바랐을 거예요. 그러나 저는 그렇지 않아요. 또 그 여자를 미워할 생각이 안 나는군요. 서슴지 않고 좋은 여자라고 생각할 수 있을 것 같아요. 제가 조심했던 것은 효과가 있었어요. 연애를 하고 미치광이처럼 군다면, 아는 사람들에게 흥미의 대상이 되었겠지만, 제가 그다지 주목의 대상이 되지 않는다고 해서 섭섭하게 생각하지는 않아요. 키티와 리디아는 위컴 씨의 배반을 저보다 더 뼈아프게 생각해요. 동생들이 세상 물정을 잘 몰라 그렇기도 하지만 잘생긴 청년도 평범한 인간과 마찬가지로 세상을 살아가려면 뭔가 더 필요하다는 사실을 인정하기가 힘든가 봅니다.

27

롱본 집에는 그 이상 큰 사건이 일어나지 않았다. 메리튼으로 산책하는 일밖에는 변한 것이라고는 거의 없었다. 3월에는 엘리자베스도 헌스퍼드에 갈 예정이었다. 그녀는 처음에 그곳에 가는 것을 그다지 깊이 생각하지 않았다. 그러나 샬럿은 당연히 그렇게 하리라 생각했고, 엘리자베스도 차츰 유쾌한 마음으로 그렇게 하겠다고 생각했다. 떨어져 있으니까 샬럿을 한번 만나고 싶다는 마음이 자연스럽게 생겨났고, 그 생각이 콜린스를 싫어하는 마음을 밀어냈다. 또 여행 도중에 제인도 만날 수 있어 기쁜 마음으로 떠날 날을 기다렸다. 다만 엘리자베스는 아버지가 마음에 걸렸다. 자기가 없으면 아버지가 쓸쓸해할 것이 분명했기 때문이다.

엘리자베스와 위컴은 다정하게 작별을 고했다. 남자 측이 더 다

정했다. 그가 현재 열중하는 일이 있기는 했지만 엘리자베스에 대한 호감을 잊지는 않았다. 그는 작별 인사를 하며 즐거운 여행이 되기를 바란다고 했다. 더욱이 레이디 캐서린 드 버그가 어떤 여자인지 알아보라고 덧붙였다. 헤어지면서 확실히 느낀 것은 결혼하거나 독신으로 있거나 간에 위컴은 언제나 사랑스럽고 기분 좋은 남자의 표본이 될 것이라는 점이었다.

다음 날 엘리자베스는 루카스 경과 그의 둘째 딸 마리아와 함께 길을 떠났다. 두 사람의 계속되는 수다는 덜커덕거리는 마차 소리를 듣는 것과 같았다. 엘리자베스는 어리석은 짓을 듣고 보는 것을 좋아했다. 그러나 윌리엄 경의 어리석음에는 넌더리가 났다. 누구를 배알했다는 이야기와 훈작사가 훌륭하다는 이야기 외에는 어떤 새로운 말을 하지 못했다. 그런 데다 그의 예의는 이야기와 마찬가지로 따분하기 그지없었다.

여행이래야 38킬로미터 거리였고, 아침 일찍 출발했으므로 정오에 그레이스 처치 스트리트에 도착했다. 일행이 가디너 집 문 앞에 도착했을 때 제인은 그들의 도착을 물끄러미 보면서 응접실 창 앞에 있었다. 복도에 들어서자 제인은 그곳으로 마중 나왔다. 엘리자베스는 열심히 언니 얼굴을 들여다보며 전과 같이 건강하고 아름다운 것을 보고 기뻐했다. 계단 위에 어린 소년과 소녀가 한 무리가 있었다. 내종사촌 언니가 나타나는 것을 보려고 했으나 응접실에서 기다리는 것이 지루했고, 또 1년 동안이나 안 만났으므로 부끄러워 계단에서 내려오지 못한 것이다. 모두 기뻐하고 또 친절했다. 그날은 더할 나위 없이 유쾌하게 지냈다. 오전 중에는 물건을 사느라 법석을 떨고 저녁에는 극장 구경을 갔다.

엘리자베스는 그때 숙모 옆에 앉으려고 궁리했다. 그들의 첫 번째 화제는 제인에 관한 것이었다. 자세한 질문을 하자 제인은 늘 명랑하려고 애쓰지만, 이따금 풀이 죽는다는 대답이 돌아왔다. 엘리자베스는 놀랐다기보다는 안쓰러웠다. 그러나 그것은 오래 계속되지 않을 것이리라. 가디너 부인은 빙리 양이 방문했던 자초지종도 이야기했는데 그들의 대화에 따르면 제인은 교제를 단념한 것이 확실했다.

가디너 부인은 엘리자베스가 위컴에게 버림을 받지 않았느냐고 놀리며 어쩌면 그렇게 잘 참느냐고 농담했다.

"하지만 엘리자베스야. 미스 킹은 어떤 여자니? 위컴 씨가 욕심꾸러기라면 섭섭하니까."

부인이 덧붙였다.

"숙모님, 결혼에서 욕심과 조심성 있는 동기 사이에 무슨 차이가 있죠? 어디서 신중한 행동이 끝나고 욕심이 시작되나요? 지난 크리스마스 때 숙모님은 제가 그분과 결혼할까 걱정하셨죠. 지각없는 짓이라고 말이에요. 그런데 지금은 겨우 1만 파운드를 가진 여자를 손아귀에 넣으려 한다고 욕심꾸러기라고 말씀하실 거예요?"

"미스 킹이 어떤 여자라는 것만 얘기해 주면 어떻게 생각하는 것이 옳은지 알 수 있지."

"아주 좋은 여자예요. 나쁜 소문은 별로 못 들었어요."

"하지만 위컴 씨는 그 여자가 상속받기 전에는 이렇다 할 애정을 보이지 않았지?"

"그랬죠. 뭣 하러 보이겠어요? 별로 마음에도 없고 가난한 여자를 사랑할 필요가 있었겠어요?"

"하지만 이런 일이 있은 뒤 그렇게 서둘러 그 여자에게 애정을 돌린다는 건 비겁한 것 같아."

"곤경에 빠진 남자에게는 그렇지 않은 분들이 지킬지도 모르는 점잖은 예의범절 같은 걸 일일이 지킬 여유가 없거든요. 미스 킹이 좋아한다면 우리가 상관할 바는 아니죠."

"미스 킹이 좋아한다고 해서 위컴의 처지가 떳떳해지지는 않거든. 확실히 미스 킹에게는 결함이 있어. 분별이나 감정, 둘 중 하나야."

"그럼."

엘리자베스가 외쳤다.

"숙모님 좋을 대로 생각하세요. 위컴 씨는 욕심꾸러기고 미스 킹은 바보라고 해두죠."

"안 돼, 리지야. 그건 내 본뜻이 아냐. 더비셔에 그렇게 오래 살던 청년을 나쁘게 치부한다는 건 좋지 않아. 그건 너도 잘 알지 않니?"

"그런 정도라면 전 더비셔에 살고 있는 청년들을 모두 우습게 생각하겠어요. 더비셔에 살고 있는 그 사람들의 친구도 더 나을 게 없죠."

"그건 너무 절망적인 말이야."

연극이 끝나고 헤어지기 전에 그녀는 뜻하지 않은 행복을 느꼈다. 삼촌 내외가 여름에 계획한 여행에 같이 가자는 초대를 받은 것이었다.

"아직 어디로 갈지는 정하지 않았다."

가디너 부인이 말했다.

"그렇지만 아마 호수 지방까지 갈걸."

엘리자베스에게 그보다 더 유쾌한 계획은 없었다. 그녀는 선뜻 감사하면서 그 초대를 수락했다.

"어쩌면 숙모님도."

어쩔 줄 모르며 그녀가 외쳤다.

"아이, 좋아라. 얼마나 즐거울까요? 숙모님 덕분에 싱싱한 생명과 힘이 솟아나오는군요. 실망이나 울화는 씻어 버리겠어요. 바위나 산에 비한다면 사람은 아무것도 아니죠. 정말 황홀한 시간을 보낼 수 있겠죠?"

28

다음 날 여행 중 엘리자베스의 눈에는 모든 것이 새롭고 흥미진진해 보였다. 언니도 건강해 보였고, 또 호수 지방으로 갈 여행을 상상하면 기쁘기 그지없었다.

신작로에서 헌스퍼드로 가는 샛길로 들어서자 모든 사람의 시선이 목사관을 찾으며 모퉁이를 돌 때마다 언제 집이 보일지 궁금해했다. 로징스 정원의 울타리가 한쪽의 경계선이 되고 있었다. 거기에 있는 사람들에 대해 들은 여러 가지 이야기를 회상하며 엘리자베스는 미소를 지었다.

마침내 목사관이 보였다. 길 쪽으로 기울어진 정원, 그 안에 서 있는 집, 푸른 담과 계수나무 울타리……. 콜린스와 샬럿이 기다리고 있었다.

입구부터 집까지 거리는 얼마 안 되지만, 자갈이 깔려 있었는데 일행은 고개를 끄덕이기도 하고 미소를 짓기도 했다. 그들은 마차에서 뛰어내려 서로 바라보며 기뻐했다. 콜린스 부인은 더 말할 수 없이 활발하고 유쾌하게 친구를 환영했고, 애정 어린 환영을 느낀 엘리자베스는 오길 잘했다고 생각했다. 콜린스의 태도는 결혼 후에도 변하지 않았다는 것을 이내 알 수 있었다. 그의 형식적인 정중한 태도는 전과 똑같았다. 그는 엘리자베스의 집안 소식을 묻고 대답을 듣고 하느라고 그녀를 문 앞에 몇 분 동안이나 붙잡아 놓았다. 그러고는 입구가 깨끗하다고 말하면서 이내 일행을 집 안으로 안내했다. 객실로 들어가자마자 또 한 번 형식적 걸치레로 그들의 방문을 환영하면서 다과를 내놓겠다는 아내의 말을 자기도 그대로 되풀이했다.

엘리자베스는 그가 자랑깨나 할 것이라고 예상했다. 방의 균형이라든지 모양과 가구 등을 자랑할 때 콜린스는 유독 엘리자베스에게만 말을 걸어 엘리자베스가 잃어버린 것이 무엇인지를 일깨우려는 듯 보였다. 모든 것이 깨끗하고 기분 좋게 보였지만 엘리자베스가 후회의 빛을 보여 그 뜻을 만족시켜 줄 수는 없었다. 도리어 이러한 남편과 같이 살면서 그렇게 쾌활한 태도를 보일 수 있는 친구를 안타깝게 쳐다보았다.

아내가 당연히 부끄럽게 생각할 말을, 그것도 자주 콜린스가 하자 엘리자베스는 자기도 모르게 샬럿에게 시선을 돌렸다. 한두 번 다소 얼굴이 붉어지는 것을 보았다. 그러나 대체로 샬럿은 현명하게도 듣지 않았다. 한동안 앉아서 찬장에서 벽난로 재받이에 이르기까지 방 안에 있는 모든 가구에 대한 찬사를 늘어놓은 콜린스는 정원을 거닐지 않겠느냐고 했다. 정원은 넓고 손질이 잘되어 있었는데 콜린스 자신이 가꾼 것이었다. 정원에서 일하는 것이 그의 점잖은 즐거움 중 하나였다. 콜린스는 산책길을 일일이 안내하면서 다른 사람이 말할 틈도 주지 않고 모든 경치를 자세히 설명함으로써 아름다움을 완전히 놓쳐 버릴 정도로 말을 계속했다. 그러나 이 정원, 이 지방, 아니 이 나라가 자랑할 수 있는 어떤 풍물 가운데서도 로징스의 경치와 비교될 만한 것은 없었다.

콜린스는 그의 정원에서부터 두 목장을 일주하며 안내하려고 했다. 그러나 여자들은 아직 남아 있는 서리를 밟으며 걸을 만한 구두를 신지 않았기 때문에 되돌아왔다. 윌리엄 경이 그를 따라간 사이에 샬럿은 동생과 친구를 집 안으로 끌고 다녔다. 남편의 도움을 받지 않고 집 구경을 시킬 기회를 얻은 것이 무척 기쁜 듯 보였다. 집은 작은 편이었지만, 편리했다. 모든 것이 깨끗하고 잘 정돈되어 있었다. 확실히 샬럿의 솜씨라고 엘리자베스는 생각했다.

엘리자베스는 레이디 캐서린이 아직 시골에서 산다는 것을 이미 들어서 알고 있었다. 그런데 만찬석상에서 그 이야기가 또 나오자 콜린스가 한몫 거들며 말했다.

"엘리자베스 양, 이번 일요일에 교회에서 레이디 캐서린 드 버그를 만날 예정이에요. 그래서 말씀할 필요도 없겠습니다만 만나보면 기뻐하게 될 겁니다. 부인은 상냥하고 친절하셔서 예배가 끝나면 무슨 말씀이 있을 거예요. 당신이 여기 계실 동안 부인은 반드시 당신과 마리아를 같이 초대할 거예요. 아내에게 보여주는 그분의 태도는 훌륭하죠. 우리는 매주 두 번 로징스에서 식사합니다. 그리고 언제나 돌아올 때는 부인의 마차가 우리를 위해 대기하고 있죠. 아니, 차가 여러 가지 있으니까 부인의 차 중에서 어떤 차인지 말씀드려야 하겠군요."

"레이디 캐서린은 정말 존중할 만한 분별 있는 분이야. 그리고 늘 마음을 써 주시는 이웃이지."

샬럿이 덧붙였다.

"그렇고 말고, 내 생각도 바로 그래. 부인에게는 아무리 존경의 표시를 해도 지나치지 않아."

그날 밤은 주로 하트퍼드셔의 소식과 편지 이야기를 되풀이하는 데 시간을 보냈다. 그것이 끝나자 엘리자베스는 방에 혼자 남아 샬럿의 만족감 정도를 곰곰 생각하면서 남편을 리드하는 솜씨와 남편을 감싸주는 침착성을 인정하지 않을 수 없었다. 그녀는 또 이 방문이 어떻게 진행될지 예상하지 않을 수 없었다. 보통 때와 다름없는 일상의 조용한 진행 그리고 콜린스의 귀찮은 방해, 로징스와 빈번한 교제 등이 그것이었다.

다음 날 점심때쯤 엘리자베스가 방에서 소풍 갈 준비를 하는데 갑자기 아래층에서 요란한 소리가 났다. 잠시 귀를 기울이니 누군지 요란스럽게 급히 계단을 뛰어 올라와서 큰 소리로 자기 이름을 불렀다. 그녀는 문을 열었다. 그러자 계단의 중간쯤에 서 있는 마리아와 마주쳤다. 마리아는 흥분을 감추지 못하고 헐떡거리며 외쳤다.

"어서 식당으로 오세요. 재미있는 구경을 할 수 있어요. 뭔지는 말하지 않겠어요. 빨리 내려와요."

엘리자베스는 여러 가지를 물어보았으나 아무 소용이 없었다. 마리아는 그 이상 말하려고 하지 않았다. 그래서 궁금증을 풀려고 오솔길과 접해 있는 식당으로 내려갔다. 정원의 문 앞에 두 여자가 나지막한 쌍두마차를 세우고 있었다.

"겨우 이거야? 난 또 돼지가 뜰 안으로 들어온 줄 알았지. 레이디 캐서린하고 그 따님이 오셨다는 것뿐이로군."

엘리자베스가 말했다.

"아니, 레이디 캐서린이 아니에요. 나이 드신 분은 젠킨슨 부인이에요. 그 집에 살고 있죠. 또 하나가 드 버그 양이에요. 좀 보세요. 꽤 작은 여자죠. 저렇게 마르고 조그만 줄은 몰랐어요."

충격을 받은 듯 마리아가 말했다.

"이렇게 바람이 부는데 샬럿을 밖에 있게 하다니 무례하지 뭐야. 왜 들어오지 않을까?"

"언니 말이 좀체 안 들어온대요. 드 버그 양이 들어온다는 건 굉장한 영광이래요."

"그분의 외양이 마음에 드는군. 병색이고 골을 잘 내겠어. 그래, 그분에게는 잘됐어. 좋은 부인이 될 거야."

콜린스와 샬럿은 문 옆에 서서 마차 안의 여자들과 이야기를 주고받았다. 윌리엄 경은 문 앞에 자리 잡고 자기 앞에 있는 고귀한 분에게 정중한 경의를 표하며 드 버그 양이 자기 쪽을 볼 때마다 절을 하고는 했다.

드디어 할 말이 없어졌다. 여자들은 마차를 몰고 떠났고, 다른 사람들은 집 안으로 돌아왔다. 콜린스는 두 여자를 보자 그들의 행운을 축하하기 시작했다. 모두 다음 날 로징스의 식사에 초대받은 것이 그 행운이었다.

29

콜린스는 초대에 몹시 의기양양했다.

"확실히 부인께서 일요일에 로즈로 차를 마시러 와서 하룻밤 지내도록 하라고 말씀하셨다 해도 조금도 놀랄 것이 없거든요. 그분의 정다움을 잘 아니까 그렇게 말씀하실 줄 알았죠. 하지만 이러한 친절을 누가 생각할 수 있겠습니까? 여러분이 오신 후 이렇게 빨리 그 댁에서 식사를 나누자는 초대를 받으리라고 누가 예측이나 했겠어요."

"그다지 놀랄 것도 없지. 높은 분들의 예의가 어떤 것인지는 내 지위로 보아 잘 알고 있으니까. 궁정에서는 그러한 품위 있는 예의범절의 예는 드물지 않거든."

윌리엄 경이 대답했다.

그날 온종일 그리고 다음 날 아침까지는 로징스를 방문할 이야기 외에는 거의 하지 않았다. 훌륭한 방, 많은 하인, 맛있는 음식을 보고 모두 주눅 들지 않도록 하라고 콜린스는 조심성 있게 가르쳐주었다.

여자들이 화장하려고 헤어질 때 그는 엘리자베스에게 말했다.

"옷 때문에 신경 쓸 필요는 없어요. 레이디 캐서린은 우리에게 그런 걸 요구하시지는 않거든요. 다만 당신의 옷 가운데서 제일 좋은 것을 입으면 돼요. 그 이상은 필요 없어요. 검소한 옷을 입었다고 해서 레이디 캐서린이 당신을 나쁘게 생각하지는 않으니까요. 그분은 신분 구별을 잘 지키는 것을 좋아하시죠."

그들이 옷을 바꿔 입는 동안 그는 두서너 번씩이나 와서 서두르라고 재촉했다. 레이디 캐서린은 기다리는 것을 몹시 싫어한다며 늦지 말라고 했다.

날씨가 좋아서 공원을 가로질러 약 1킬로미터 가까이 걸어가는 것은 꽤 유쾌한 일이었다. 어느 공원이나 그 공원의 고유한 미와 경치가 있다. 엘리자베스는 기분이 아주 좋았다. 그러나 콜린스가 기대했던 것처럼 아주 열정적으로 좋아하지는 않았다. 또 콜린스는 저택 정면에 있는 유리창 수를 열거하면서 저 유리들을 루이스 드 버그 경이 맨 처음 끼울 때, 얼마나 많은 돈이 들었는지 이야기했지만 엘리자베스는 그다지 감탄하지 않았다.

그들이 계단을 올라가 현관에 다다랐을 때 마리아는 점점 더 겁을 집어먹었고, 윌리엄 경도 아주 침착한 태도를 할 수 없었으나 엘리자베스는 용기를 잃지 않았다. 그녀는 레이디 캐서린이 특별한 재능과 덕을 지녔기에 위엄이 있다는 말을 들은 적이 없으며, 다만 돈과 신분으로 위엄을 나타내는 것이니까 조금도 떨 필요가 없다고 생각했다.

콜린스가 훌륭한 조화를 이루어 장식들도 완벽하다고 그렇게 떠들어 대던 현관에서 그들은 하인들의 안내를 받아 객실을 지나 레이디 캐서린과 그녀의 딸 그리고 젠킨슨 부인이 있는 방으로 들어갔다. 레이디 캐서린은 아주 겸손한 태도로 일어나서 그들을 맞았다.

세인트 제임스에 갔던 적이 있는데도 윌리엄 경은 어마어마한 분위기에 완전히 기가 질리고 말았다. 그래서 그는 코가 땅에 닿도록 절하고 말 한마디도 못 하고 자리에 앉아 버렸다. 그의 딸은 얼빠진 사람처럼 놀라서 의자 한쪽 끝에 걸터앉아서는 눈 둘 곳을 몰라 쩔쩔맸다. 하지만 엘리자베스는 눈앞에 있는 세 여자를 침착하고 태연하게 쳐다볼 수 있었다. 레이디 캐서린은 키가 크고 몸집도 큰 여자로 한때는 아름다웠을지도 모르는 잘생긴 얼굴이었다. 그 여자의 용모는 부드러운 편은 아니었으며, 그들을 맞아들이는 태도 역시 딱딱했으므로 방문객들이 자기들의 낮은 신분을 새삼 실감하게 만들었다. 그 여자는 가만히 있을 때도 만만치 않았다. 더구나 무슨 말을 하든 위엄 있는 투로 거만하게 했으므로 엘리자베스는 곧 위컴 생각이 났다. 모든 것이 위컴이 말한 그대로였다.

용모와 태도가 다아시와 비슷한 레이디 캐서린을 관찰하고 난 엘리자베스는 그 딸에게로 눈을 돌렸다. 그리고 딸이 그렇게도 여위고 왜소한 것을 보고는 마리아처럼 놀랐다. 모녀 사이에는 한 군데도 닮은 데가 없었다. 드 버그 양은 얼굴이 창백해 환자 같았다. 그 얼굴이 밉지는 않았지만 보잘것없었다. 그녀는 젠킨슨 부인에게 낮은 목소리로 속삭이는 것 외에는 말도 없었다. 젠킨슨 부인의 외모 역시 잘생긴 데는 하나도 없었다. 그 여자는 드 버그 양의 말을 귀 기울여 들으며, 그녀가 직접 햇빛을 받지 않도록 열심히 병풍을 옮겨 주었다.

그들은 잠시 앉아 있다가 창가로 가서 바깥 경치를 구경하게 되었다. 콜린스는 그 아름다움을 설명했으며, 레이디 캐서린도 친절하게 여름에는 경치가 좋다는 이야기를 해주었다.

만찬은 참으로 훌륭했다. 콜린스가 말한 하인들과 그릇들이 등장했다. 그가 말한 대로 주인의 요청에 따라 콜린스는 식탁 끝에 자리를 잡았는데, 그는 마치 일생에 이보다 더 좋은 일이 어디 있겠느냐는 표정으로 앉아 있었다. 그는 즐거운 듯이 빠른 손놀림으로 고기를 썰어 먹으며 찬사를 아끼지 않았다. 그리고 나오는 음식마다 칭찬했는데, 윌리엄 경은 그제야 겨우 정신을 차려 사위가 말하는 대로 따라서 자기도 연신 칭찬했다.

엘리자베스는 레이디 캐서린이 이런 꼴을 견뎌낼 수 있을까 하고 생각했다. 그러나 레이디 캐서린은 두 사람의 지나친 찬사에 오히려 만족한 듯한 표정이었고, 그럴 때마다 아주 기분 좋은 미소를 지었다.

엘리자베스는 기회가 있는 대로 망설임 없이 말했다. 샬럿은 주로 레이디 캐서린의 말을 듣는 데 정신이 쏠려 있었고, 드 버그 양은 식사가 끝날 때까지 말을 한마디도 하지 않았다. 젠킨슨 부인은 주로 드 버그 양이 얼마나 조금 먹는지를 지켜보거나 이것저것 먹으라고 권하거나 기분이 좋지 않은지 안색을 살폈다. 마리아는 한마디 말도 하지 않았고, 남자들은 부지런히 먹으며 찬사를 늘어놓았다.

여자들이 응접실에 들어오자 레이디 캐서린의 이야기를 듣는 것 이외에는 할 일이 없었다. 커피가 나올 때까지 그녀는 쉬지 않고 지껄였다. 그리고 모든 문제에 대한 자기 의견을 아주 단호한 태도로 말하는 것으로 보아 그 여자가 남에게 논박당한 적이 거의 없다는 것을 알 수 있었다. 그녀는 샬럿에게 집안 살림에 대한 말을 다정스럽고 자세하게 물어보며 이런저런 충고를 해주었다. 샬럿의 집과 같이 식구가 적은 집안에서 만사를 조정해 나가는 방법은 물론, 소와 닭을 기르는 방법까지 일러 주었다. 레이디 캐서린은 때때로 마리아와 엘리자베스에게 여러 가지 질문을 했는데 특히 엘리자베스에게 많은 질문을 했다. 자매가 몇인가, 언니인가 동생인가, 시집갈 때가 된 자매는 없는가, 아름다운가, 어디서 교육을 받는가, 아버지는 어떤 마차를 가지고 계신가, 어머니의 처녀 때 성이 무엇인가 등을 물었다. 엘리자베스는 이러한 질문이 다 무례하다고 생각했지만 그래도 침착한 태도로 대답해

주었다.

"댁의 아버님 재산은 콜린스 씨에게 상속되겠죠?"

엘리자베스에게 물은 뒤 샬럿을 향해 말했다.

"당신에겐 참 잘된 일이에요. 어쨌든 여자 쪽으로 상속할 아무 근거가 없다고 나는 보아요. 루이스 드 버그 경 집안에서는 그게 필요하지 않다고 생각되지만요. 피아노와 노래를 할 줄 아세요, 베넷 양?"

"조금 합니다."

"아, 그래요? 그럼 언제 좀 들려주실 수 없을까요? 우리 집 피아노는 아주 훌륭한 거예요. 아마 댁의 것보다도 훨씬! 언제든 한번 쳐봐요. 자매들도 다 음악 공부를 했어요?"

"한 사람만 했습니다."

"왜 다 배우지 않았나요? 다들 배워 두면 좋을 텐데. 웨브 씨 수입은 댁의 아버님 수입만 못 하지만 그 집 딸들은 다들 해요. 미술 공부는 했나요?"

"아뇨. 조금도 모릅니다."

"정말 식구 중 아무도 안 했나요?"

"네."

"정말 이상하군요. 아마 기회가 없었던 모양이에요. 댁의 어머님께서는 매년 봄 훌륭한 선생님을 만나려고 도시로 자녀들을 데리고 왔어야 했어요."

"어머니는 별로 이의가 없으실 거예요. 그런데 아버지께서는 런던을 아주 싫어하십니다."

"가정교사는 언제 해고하셨나요?"

"저희는 가정교사를 두어 본 일이 없어요."

"가정교사를 안 뒀다고요? 어떻게 그럴 수 있나요? 딸 다섯이 가정교사도 없이 집에서 자랐다고요! 정말 이런 말은 처음 듣네요. 어머니께서 혼자 따님들을 교육하기에 경황이 없으셨겠어요."

사실은 그렇지 않았다고 생각하면서 엘리자베스는 웃지 않을 수 없었다.

"그럼, 누가 전부 가르쳐주고, 누가 다 시중을 들어 주었어요? 가정교사가 없었다니 아주 소홀한 교육을 받으셨겠군요."

"다른 집안과 비교해 보면 그럴지도 모르죠. 그렇지만 배우고 싶은 걸 못 배운 것은 하나도 없어요. 우리는 항상 책을 읽도록 교육을 받았고, 필요한 선생님은 다 모시고 있었으니까요. 하지만 게으름을 피우고 싶은 애는 얼마든지 피울 수 있었던 것은 사실이에요."

"정말 그랬을 거예요. 하지만 가정교사를 두면 게으름을 못 피우죠. 만약 내가 댁의 어머니와 아는 사이였다면 가정교사를 두도록 충고해 주었을 텐데. 항상 말하지만, 교육은 확실하고, 규칙적으로 해야만 하고 그것은 가정교사만 할 수 있죠. 나는 여러 집안에 좋은 가정교사를 소개해 주었어요. 젊은 사람들에게 좋은 자리를 구해 주는 것도 아주 훌륭한 일이죠. 젠킨슨 부인의 조카 네 명을 다 내가 좋은 자리에 들어가게 해주었죠. 또 어떤 젊은 사람은 우연히 이름만 알게 되었는데, 요전에 내가 소개를 해주었더니 그 집에서 여간 좋아하지 않아요. 콜린스 씨, 어제 메트칼프 부인이 고맙다는 인사를 하러 왔다는 얘길 했던가요? 소개해 준 포프 양을 무슨 보물처럼 생각하더군요. '레이디 캐서린, 당신이 보물을 하나 가져다주었어요'라고 말했어요. 댁의 동생들 중 사교계로 나간 사람이 있으세요, 베넷 양?"

"네, 모두 나갔습니다."

"모두라고! 아니 한꺼번에 다섯이 모두 나갔어요? 참 이상하군요! 또 엘리자베스 양은 둘째 딸이 아닌가요? 언니들이 시집도 가기 전에 동생들이 모두 나가다니! 아주 나이가 어릴 텐데요."

"네, 제일 막냇동생은 아직 열여섯도 안됐어요. 아마 사람들 앞에 나가기엔 너무 어릴 거예요. 하지만 언니들이 아직 결혼하지 않았거나 또 결혼할 의사가 없다고 해서 동생들을 집에만 둘 수는 없죠. 동생들에게는 억울한 일이라고 생각해요. 제일 늦게 태어났다 해도 첫 번째로 태어난 사람과 마찬가지로 젊음을 즐길 권리가 있을 거예요."

"정말 나이에 비하면 참으로 확고한 자기 의견을 가지셨는데 몇이나 되셨죠?"

레이디 캐서린이 물었다.

"다 큰 동생이 셋씩이나 있는 저에게 나이를 말하라고 하지는 않으시겠지요?"

엘리자베스는 미소를 지으며 말했다. 레이디 캐서린은 곧바로 대답을 듣지 못해 몹시 놀란 모양이었다. 엘리자베스는 그렇게도 위세가 당당한 레이디 캐서린의 오만한 질문을 농담조로 받아넘긴 것은 아마도 자기가 처음일지 모른다고 생각했다.

"스물이 넘지는 않았을 거예요. 내가 보기엔…… 그러니까 나이를 숨길 필요는 없지 않아요?"

"아직 스물한 살은 안됐습니다."

얼마 후 카드 테이블이 놓였다. 레이디 캐서린과 윌리엄 경, 콜린스가 카드놀이를 하기 시작했다. 그리고 딸 버그 양이 카지노를 하자고 해서 두 여자가 젠킨슨 부인을 도와서 한 조를 구성했다. 이 패들은 아주 재미가 없었다. 카드놀이와 관계없는 이야기라고는 단 한마디도 하지 않았다. 다만 젠킨슨 부인이 드 버그 양이 너무 덥거나 춥지 않을까 또는 빛이 너무 강하거나 약하지 않을까 염려하는 듯한 표정을 지을 뿐이었다. 저쪽 테이블에서는 여러 가지 일이 일어나고 있었다. 레이디 캐서린이 주로 말을 많이 했다. 다른 세 명의 잘못을 끄집어내고 자기 일화를 말하곤 했다. 콜린스는 그 여자 말에는 다 동의하면서 자기가 딴 점수는 일일이 부인에게 고맙다고 말하고, 자기가 너무 많이 땄다고 생각될 때는 변명을 열심히 늘어놓았다. 윌리엄 경은 별로 말을 하지 않았다.

레이디 캐서린과 그 딸이 실컷 즐기고 났을 때 카드놀이는 끝났고, 콜린스 부인에게 마차를 타고 가라는 제안이 있자 콜린스 부인은 고맙다고 응낙했다. 그리고 곧 마차를 불렀다. 그때 일행

은 난롯가에 모여 앉아 레이디 캐서린이 내일 날씨를 말하는 것을 듣고 있었다. 이런 이야기를 듣고 있는데 마차가 도착해서 그들을 불러냈다. 콜린스는 고맙다는 인사를 했고, 윌리엄 경은 몇 번이나 절을 했다. 그러고 나서 마침내 그들은 그곳을 떠났다.

마차가 출발하자마자 콜린스는 엘리자베스에게 로징스에서 본 모든 것에 대한 의견을 말해 보라고 했다. 샬럿 때문에 엘리자베스는 실제로 느낀 것보다 좋게 말할 수밖에 없었다. 그러나 엘리자베스가 가까스로 꾸며낸 이 찬사는 콜린스를 충분히 만족시키지 못했다. 콜린스는 곧 레이디 캐서린 칭찬을 늘어놓기 시작했다.

30

윌리엄 경은 헌스퍼드에 일주일밖에 머물지 않았다. 그러나 딸
이 편안하고 안정된 생활을 하며, 그만한 남편과 이웃을 두기도
그리 쉽지 않다는 사실을 충분히 알 수 있는 시간이었다. 윌리엄
경이 있는 동안 콜린스는 아침 시간이면 장인을 마차에 태우고
자기 땅을 보여주러 다녔다. 그러나 윌리엄 경이 떠나자 콜린스는
평범한 일상으로 돌아왔다. 엘리자베스는 그가 일상으로 돌아감
에 따라 콜린스를 보는 시간이 적어진 것을 기쁘게 생각했다.

그는 아침과 점심 사이에는 대개 정원에서 일하든가, 서재에서
책을 읽거나 글을 썼다. 여자들이 있는 방은 서재 뒤쪽에 있었다.
그래서 무슨 마차가 지나갔다든지 하는 일에 대해서는 콜린스로
부터 들었다. 특히 드 버그 양의 마차가 지나갈 때면 콜린스는 한

번도 빼놓지 않고 그 소식을 전해 주었다. 드 버그 양은 자주 목사관 앞에 마차를 세우고 샬럿에게 말을 건넸지만, 한 번도 마차에서 내려와 쉬다가라는 권유를 받아들인 적은 없었다.

콜린스는 로징스까지 매일 산책했고, 가끔 레이디 캐서린이 황송하게도 이들을 방문했다. 그리고 그녀는 머무는 동안에 응접실에서 일어나는 일을 한 가지도 빼놓지 않고 주의해서 보았다. 그여자는 그들의 살림을 살펴보고 일하는 것을 들여다보며, 다른 방법으로 하라고 충고했다. 가구 배치가 잘못되었다고 했고, 식모가 소홀히 한 곳을 일일이 찾아내기도 했다. 그리고 음식을 내놓으면 콜린스 부인의 고깃점이 식구에 비해 너무 크다는 이야기를 하려고 맛만 보았다.

이 귀부인은 그 주의 치안 재판권을 가지고 있지는 않았지만, 그 교구에서 가장 활동적인 치안 판사였고, 아주 사소한 사건까지도 콜린스를 거쳐 그 여자에게 넘어간다는 사실을 엘리자베스는 곧 알게 되었다. 또 소작인들이 싸운다든지, 무슨 불만이 있다든지, 돈이 없어 쩔쩔매게 될 때는 이 여자가 마을로 달려가서 그들의 싸움을 말리고 불만을 가라앉히고 야단을 쳐서 화해시켰다.

로징스에서 만찬을 즐기는 것은 일주일에 두 번 정도였다. 그리고 윌리엄 경이 간 뒤, 저녁에 카드 테이블이 하나만 놓인 것 외에는 언제나 먼젓번 만찬 때와 똑같았다. 다른 집과 교제는 그리 많지 않았다. 그러나 이런 일이 엘리자베스에게 그다지 고통을 주지는 않았다. 대체로 엘리자베스는 기분 좋게 지낼 수 있었다. 샬럿

과 약 30분간 즐거운 이야기를 주고받았고 자주 밖에 나가 마음
껏 즐겼다. 다른 사람들이 레이디 캐서린을 방문하러 간 동안 엘
리자베스는 자주 가던 산책길을 걸었다. 그 길은 공원의 한쪽 경
계선을 이룬 탁 트인 숲을 따라 있는데, 기분 좋게 그늘진 길도 있
었다. 이 그늘진 길은 엘리자베스 이외에는 아무도 모르는 듯했
고, 레이디 캐서린의 호기심도 여기까지는 미치지 않았다.

이렇게 2주일이 금세 지나 부활절이 가까워졌다. 부활절 일주
일 전부터 로징스의 가족 수가 늘 것이 확실했으며, 교제 범위가
좁은 사람들에게는 그것이 꽤 중요한 일이었다. 엘리자베스는 이
곳에 도착한 직후 다아시가 2, 3주일 안에 이곳에 올 예정이라는
소식을 들었다. 엘리자베스는 비교적 새로운 구경거리가 생길 것
이 기뻤다. 그리고 다아시가 사촌누이에게 취하는 행동이 어떨지
지켜볼 수 있다는 데 흥미를 느꼈다. 레이디 캐서린은 다아시를 자
기 딸의 배필이라고 결정해 놓고 있었다. 그래서 아주 흡족한 표
정으로 그가 온다는 이야기를 했으며, 그를 많이 칭찬했다. 그러
다 그가 이미 엘리자베스를 자주 만났다는 사실을 안 뒤에는 불
끈 화를 내기도 했다. 그가 도착했다는 사실을 목사관에서도 곧
알게 되었다. 콜린스는 아침 내내 헌스퍼드 길로 향한 문지기 집이
보이는 곳을 왔다 갔다 했다. 마차가 공원 쪽으로 돌아가자 그는
인사를 하고 나서 집으로 달려와 이 굉장한 소식을 전했다.

이튿날 아침, 콜린스는 서둘러 로징스로 문안을 드리러 갔다.
인사를 받을 사람은 레이디 캐서린의 조카들, 즉 다아시와 백부

의 작은 아들 피츠윌리엄 대령이었다. 그리고 이 두 신사가 콜린스를 따라 나왔을 때 거기 모인 사람들은 깜짝 놀랐다. 샬럿은 그들이 길을 건너오는 것을 내다보고는 급히 다른 방으로 뛰어가서 정말로 큰 손님이 온다면서 이렇게 덧붙였다.

"엘리자베스, 저들의 인사를 받게 된 것은 순전히 네 덕택이야. 다아시 씨가 나를 보러 저렇게 서둘러 오지는 않을걸."

엘리자베스가 이런 공치사에 그렇지 않다고 대답하기도 전에 벌써 대문에서 초인종이 울렸다. 그리고 곧 세 신사가 방으로 들어왔다. 앞장서서 들어온 피츠윌리엄 대령은 서른쯤 되어 보였으며, 그다지 잘생기지는 않았지만 용모나 태도가 정말 신사다웠다. 다아시는 하트퍼드셔에 있을 때와 똑같았다. 언제나 그렇듯이 정중한 태도로 콜린스 부인에게 인사했으며, 엘리자베스에게 어떠한 감정이 있는지는 몰라도 아주 침착하게 인사했다. 엘리자베스는 말 한마디 하지 않고 그저 인사했을 뿐이다.

피츠윌리엄 대령은 여유 있는 태도로 말했으며, 아주 즐거운 듯 이야기했다. 그러나 다아시는 콜린스 부인에게 집과 정원에 대해 잠깐 이야기한 다음 누구한테도 말을 걸지 않고 가만히 앉아 있었다. 그러나 드디어 그는 예의를 차리고 엘리자베스에게 집안 식구들의 안부를 물었다. 엘리자베스는 보통 때와 같은 태도로 대답했다. 그리고 잠깐 말을 중단했다가 이렇게 덧붙였다.

"언니는 석 달 동안 런던에 머물러 있어요. 혹시 거기서 못 만나셨나요?"

그가 언니를 만나지 못했다는 사실을 엘리자베스는 잘 알고 있었다. 그러나 일부러 떠보려고 물어본 말이었다. 다아시는 유감스럽게도 만나지 못했다고 말했는데 조금 당황하는 듯 보였다. 하지만 엘리자베스는 더 묻지 않았고 그들은 곧 그곳을 떠났다.

31

목사관에서는 피츠윌리엄의 태도를 칭찬했다. 여자들은 그 대령이 로징스의 만찬에서 분위기를 더욱 즐겁게 만들 것이라고 예상했다. 그러나 영광스러운 초대를 받게 된 것은 손님들이 도착한 지 일주일 만인 부활절 날이었다. 그 일주일 동안에는 레이디 캐서린이나 그 딸을 거의 한 번도 볼 수 없었다. 피츠윌리엄은 그동안 몇 번이나 목사관을 방문했지만 다아시는 오직 교회에서만 만날 수 있었다.

그들은 초대 시간에 맞춰 레이디 캐서린의 응접실에 모여들었다. 레이디 캐서린은 그들을 정중하게 맞이했다. 그러나 손님이 없을 때만큼 반갑게 맞이하지는 않았다. 부인은 자기 조카들에게 열중했고, 그들 중에서도 특히 다아시에게 관심을 기울였다.

피츠윌리엄은 사람들을 만나서 기쁜 모양이었다. 그에게는 로징스에 있는 모든 것이 다 기쁨이며 위안이었다. 더구나 그는 콜린스 부인의 어여쁜 동무 엘리자베스에게 마음을 빼앗기고 있었다. 그는 엘리자베스 옆에 앉아서 켄트와 하트퍼드셔 이야기며, 신간 서적과 음악 이야기 등을 유쾌하게 늘어놓았다. 그들이 아주 신이 나서 거리낌 없이 말을 주고받았으므로 다아시의 주의를 끈 것은 물론 레이디 캐서린의 주목까지 끌게 되었다. 다아시의 두 눈은 곧 호기심에 가득 차서 계속 그들 쪽을 바라보았다. 그리고 잠시 후 레이디 캐서린이 그들에게 말을 걸었다. 레이디 캐서린은 조금도 주저하는 사람이 아니었기 때문이다.

"무슨 말들을 그렇게 재미있게 하니? 베넷 양에게 무슨 이야기를 했는지 나도 좀 들어보자."

"음악 이야기를 하고 있습니다."

"음악 이야기라! 그러면 큰 소리로 말해. 난 어떤 이야기보다도 그 얘기가 듣고 싶다. 음악 이야기를 하는 중이라면 나도 한몫 껴야겠는걸. 이 영국에서 나만큼 음악을 좋아하고 취미가 있는 사람도 없을 거다. 음악 공부를 했더라면 대단한 대가가 되었을 거야. 또 앤도 아프지 않고 공부를 계속했다면 그렇게 되었을 테고. 분명히 앤은 훌륭한 연주를 했을 텐데. 조지아나는 어떻게 하고 있니, 다아시?"

다아시는 자기 누이의 실력이 아주 많이 늘었다고 애정을 담아 칭찬했다.

"그렇게 되었다니 정말 반갑구나. 내가 이렇게 말하더라고 전해라. 여간 연습하지 않고는 잘 칠 생각을 하지 말라고 말이다."

"그런 충고는 필요 없을 것 같은데요. 그 애는 쉬지 않고 연습하니까요."

다아시가 대답했다.

"그렇다면 다행이지. 연습을 너무 많이 해서 손해 보는 법은 없다. 그래도 다음번에 편지를 쓸 때는 무슨 일이 있어도 연습을 게을리해서는 안 된다고 일러 줘야겠어. 베넷 양에게도 몇 번이나 더 연습해야 잘 칠 수 있게 될 것이라는 얘기를 해줬지. 콜린스 씨 댁에는 피아노가 없지만 어느 때고 우리 집에 와서 쳐도 좋지. 매일 여기 로징스에 와서 젠킨슨 부인 방에서 피아노를 쳐도 좋거든. 그쪽에서 치는 것은 누구에게도 방해가 되지 않으니까."

다아시는 부인의 이런 무례한 말에 약간 창피하다는 생각이 들었는지 얼굴을 붉혔다.

커피를 마신 뒤 피츠윌리엄은 엘리자베스에게 피아노를 쳐 주겠다는 약속을 실행에 옮기도록 청했다. 엘리자베스는 곧 피아노 앞에 가서 앉았다. 그는 그녀 옆으로 의자를 끌고 갔다. 레이디 캐서린은 반쯤 듣다가 아까와 마찬가지로 다아시에게 말을 걸었다. 다아시는 부인 곁을 떠나서 언제나 그랬듯이 정중한 태도로 피아노 있는 데로 가서는 연주하는 사람의 아름다운 얼굴이 잘 보이는 곳에 섰다. 엘리자베스는 그의 거동을 다 보고 있었다. 그리고 쉬는 틈을 타서 그에게 심술궂은 미소를 던지며 이렇게 말했다.

"제 솜씨를 평가하러 오셨다고 해도 저는 주눅 들지 않아요. 전 고집불통이라 남이 놀려 주려고 해도 쉽사리 그렇게 되지 않거든요. 남이 나를 위협할수록 저는 더 기운을 내죠."

"오해하고 계신 것은 아니겠죠? 저는 추호도 그런 생각은 없었습니다. 그리고 지금까지 만나 본 당신에게서 느낀 일이지만 당신은 가끔 자기 뜻이 아닌 말을 하는 취미가 있군요."

엘리자베스는 이런 식으로 자기를 놀리는 말을 듣고 크게 웃었다. 그리고 피츠윌리엄에게 말했다.

"다아시 씨가 저를 어떻게 생각하면 좋은지, 또 제가 하는 말을 하나도 믿지 말라고 가르쳐 주실 거예요. 이렇게 제 성격을 잘 알아맞히는 사람을 만나서 큰일 났는데요. 어떻게 여러 사람의 신용을 얻어 볼까 하고 생각했던 이곳에서 만났으니 말이에요. 다아시 씨, 하트퍼드셔에서 알게 된 제 약점을 여기서 이야기하신다는 것은 비겁한 일이에요. 이렇게 말해서 어떨지 모르겠지만 아주 비열한 수단이에요. 그렇게 말씀하시면 저도 대응하고 싶어질 거예요. 친척들이 들으면 깜짝 놀랄 만한 일들을 폭로할까요?"

다아시는 웃으며 말했다.

"조금도 겁나지 않습니다."

"다아시가 잘못한 이야기를 듣고 싶은데요. 낯선 사람들 틈에 끼어서 어떤 태도를 보였는지 듣고 싶습니다."

피츠윌리엄이 말했다.

"그러면 말하겠어요. 그렇지만 놀라지 마세요. 다아시 씨를 처음 만난 것은 하트퍼드셔 무도회에서였어요. 그때 그 무도회에서 어떻게 하셨는지 아세요? 춤이라고는 네 번밖에 안 추셨답니다. 기분을 상하게 해드려서 안됐지만 그게 사실이에요. 남자들이 별로 없었는데도 네 번밖에 안 추셨거든요. 상대가 없어서 춤을 못추고 앉아 있는 여자가 한둘이 아니었는데도 말이죠. 다아시 씨, 그렇지 않았다는 말씀은 못 하시겠죠?"

"거기 모인 여자들을 잘 몰랐기 때문입니다."

"그래요. 그리고 무도회에서는 아무도 소개를 받을 수 없는 법이겠죠. 피츠윌리엄 씨, 어떤 곡을 칠까요? 제 손이 분부를 기다리고 있습니다."

"아마 소개해 달라고 했던 편이 더 옳았을지도 모릅니다. 하지만 저는 낯선 사람들에게 먼저 접근하는 성격이 못 되는가 봅니다."

다아시가 말했다.

"그건 무슨 이유일까요?"

엘리자베스는 여전히 피츠윌리엄에게 말했다.

"지각이 있고 교육을 받은 남자가, 또 넓은 세계에서 살아오신 분이 어째서 모르는 사람들에게 먼저 접근하지 못하는지 물어볼까요?"

"제가 대답할 수도 있습니다. 다아시에게 물어볼 필요도 없어요. 자기가 애써서 그렇게 하고 싶지 않으니까 그렇겠죠."

피츠윌리엄이 말했다.

"다른 사람들이 갖고 있는 재주가 저에게는 확실히 없습니다.

전에 만난 적이 없는 사람하고는 쉽사리 말을 할 수 없어요. 다른 사람의 말에 맞장구를 친다든지, 그들의 화젯거리에 흥미를 느끼는 것 같은 표정을 짓는다든지 하는 짓을 할 수 없어요. 어떤 사람들은 그렇게 잘하지만요."

다아시가 말했다.

"제 손가락도 피아노 위에서 자유롭게 움직여 주지 않는군요. 다른 여자들은 아주 잘 치지만 저는 항상 틀려요. 하지만 저는 그것을 항상 제 잘못이라고 생각하죠. 제가 열심히 연습하지 않은 결과라고 생각하거든요. 단지 제 손이 잘 치는 사람들의 손보다 둔하기 때문이 아니라 연습을 게을리한 결과라고요."

다아시는 미소를 지으며 말했다.

"옳은 말씀입니다. 당신이 훨씬 시간을 유용하게 쓰겠군요. 당신 연주를 들을 기회를 얻을 사람은 누구나 결점이 있다고는 생각하지 않습니다. 우리는 피차 낯선 사람 앞에서는 연주하지 않으니까요."

여기에서 레이디 캐서린 때문에 말이 중단되었다. 그래서 엘리자베스는 곧 다시 피아노를 치기 시작했고, 레이디 캐서린은 가까이 와서 잠시 듣다가 다아시에게 말했다.

"좀 더 연습하고 런던에 있는 선생님한테 지도받으면 베넷 양은 퍽 잘 칠 거다. 손가락 쓰는 법은 잘 알고 있으니까. 취미로는 앤을 못 따르겠지만. 앤이 몸만 건강해서 공부만 할 수 있었다면, 훌륭한 연주가가 됐을 텐데."

엘리자베스는 다아시가 자기 사촌을 칭찬하는 말에 얼마나 동의의 뜻을 표하는지 보고 싶어서 그를 바라보았다. 그러나 그가 사촌누이를 아끼는 마음을 찾아볼 수 없었다. 그리고 드 버그 양에 대한 이런 태도가 빙리 양에게는 꽤 위안이 되겠다는 결론을 내렸다.

레이디 캐서린은 엘리자베스의 연주에 대한 자기 뜻을 계속 말했다. 그리고 솜씨와 취미에 대해 여러 가지 충고까지 해주었다. 엘리자베스는 억지로 정중하게 예의를 차리고 그 말을 받아들였다. 그리고 마차가 모든 사람을 집까지 데려다주려고 준비될 때까지 신사들의 요청으로 피아노 앞에 앉아 있었다.

32

이튿날 아침, 샬럿과 마리아가 외출하고 없을 때 엘리자베스
는 제인에게 편지를 썼다. 그런데 초인종 소리가 나서 흠칫 놀랐
다. 엘리자베스는 레이디 캐서린일 거라고 생각하고 또 주제넘게
자꾸 캐물어 올까 싶어 편지를 숨기고 일어났다. 그런데 문이 열
리더니 다아시가 혼자 방으로 들어와 엘리자베스는 깜짝 놀랐다.
다아시 역시 엘리자베스가 혼자 있는 것을 보고 놀란 눈치였다.
모두 함께 있는 줄로 알았다면서 자신의 방문을 사과했다. 둘이
자리에 앉자 엘리자베스가 로징스의 안부를 물었다. 그러나 그다
음엔 전혀 말이 없어 침묵 속에 빠져 버릴 것만 같았다. 그래서 엘
리자베스는 무엇이든 좀 생각해 내야겠다고 마음먹었다.

엘리자베스는 하트퍼드셔에서 다아시를 마지막으로 보았을 때

의 일을 생각했다. 그들이 급히 떠나간 일을 다아시가 무엇이라고 말할지 듣고 싶어서 엘리자베스는 이렇게 말했다.

"지난 12월에는 모두 왜 그렇게 갑자기 네더필드를 떠나셨어요? 빙리 씨는 다아시 씨가 곧 뒤쫓아 오신 것을 보고 꽤 놀라셨겠어요. 제 기억에 빙리 씨는 다아시 씨보다 꼭 하루 먼저 떠나셨으니까요. 런던을 떠나실 때 빙리 씨와 그 동생께서는 안녕하셨나요?"

"네, 별고 없었죠. 감사합니다."

더는 다른 대답이 나올 것 같지 않았다. 잠시 후 엘리자베스가 말을 이었다.

"빙리 씨는 다시 네더필드로 돌아오실 뜻이 별로 없으시다죠?"

"그렇게 말하는 것을 들어 보지 못했습니다. 그러나 앞으로 그가 네더필드에서 보낼 시간은 많지 않을 것 같습니다. 런던에는 친구들도 많고, 또 지금이 한창 모임이 많아지는 때이니까요."

"만약 빙리 씨가 네더필드에서 지내지 않을 작정이라면 네더필드를 아주 팔아 버리는 것이 이웃 사람들에게 좋을 거예요. 누가 그 집을 사서 정착할 수도 있으니까요."

"누가 적당한 가격에 사겠다고 나선다면 아무 때고 팔지 않을까요?"

엘리자베스는 대답하지 않았다. 빙리 이야기를 더 오래 끄는 것이 두려웠기 때문이다. 그래서 이제는 할 말이 없게 되자 지금부터 이야깃거리를 찾아내는 수고는 다아시에게 넘겨 버리기로 마음먹었다.

다아시도 눈치채고 이내 말을 꺼냈다.

"참 아늑한 집이군요. 콜린스 씨가 처음 헌스퍼드에 오실 때 레이디 캐서린께서 많이 손질하신 모양입니다."

"그런가 봐요. 그 이상의 친절을 다른 곳에서는 베풀어 주실수 없으셨을 거예요."

"콜린스 씨는 루카스 양과 같은 부인을 얻은 것을 아주 요행으로 여기는가 보던데요."

"네, 사실이에요. 그분을 받아들일 만한 또는 받아들인다고 하더라도 행복하게 해줄 만한 지각 있는 여자는 드물거든요. 샬럿은 대단한 이해심을 가지고 있어요. 저는 샬럿이 콜린스 씨와 결혼한 것을 가장 슬기로운 일이었다고는 생각지 않지만요. 아무튼 무척 행복해 보이더군요. 이해관계로 보더라도 샬럿에게는 확실히 유익한 결혼이에요."

"또 친정이나 동무들과 얼마 멀지 않은 거리에 살게 되어 아주 좋겠습니다."

"가까운 거리라고요? 거의 80킬로미터나 되는데요?"

"80킬로미터가 뭐 그리 먼 길인가요? 반나절이면 갈 수 있는 거리인걸요. 가까운 거리고말고요."

"저는 샬럿이 친정과 가까운 곳에 살게 되었다고는 결코 말할 수 없어요."

"이것이 엘리자베스 양이 하트퍼드셔에 집착한다는 증거입니다.

그래서 롱본의 이웃만 조금 벗어나도 멀게 생각하시는 겁니다."

이 말을 할 때 다아시 입가에 미소가 번졌다. 엘리자베스는 그 미소가 무엇을 의미하는지 짐작할 수 있었다. 그는 제인과 네더필드를 염두에 두고 한 말이었다. 엘리자베스는 얼굴을 붉히며 대답했다.

"반드시 친정과 가까운 곳으로 출가해야 한다는 것은 아니에요. 머냐, 가까우냐는 것은 상대적인 문제고 경우에 따라 달라지겠죠. 즉 여행 비용이 대수롭지 않을 만한 재산이 있는 사람에겐 좀 멀다 해서 나쁠 것도 없겠죠. 하지만 이것은 그런 경우가 아니거든요. 콜린스 씨 내외는 충분한 수입이 있기는 하지만 어디 자주 여행할 수 있을 만한 사람들인가요? 그래서 현재 거리의 반 이하가 아니라면 샬럿이 친정과 가까운 데 있다고 말할 수 없다는 거죠."

다아시는 의자를 엘리자베스 쪽으로 조금 가까이하며 말했다.

"그렇게 심한 지방 집착 관념을 이제는 지니실 필요가 없습니다. 계속 롱본에서만 살 거라고 생각하세요?"

엘리자베스는 진지한 그의 말에 놀랐다. 다아시도 어떤 감정의 변화를 느꼈다. 그는 의자를 다시 뒤로 물리고, 책상 위에서 신문을 집어 들고 훑어보면서 조금 더 냉정한 목소리로 이렇게 말했다.

"켄트가 마음에 드십니까?"

그러고는 켄트주 이야기가 잠시 오고 갔으나 그나마도 이내 일을 마치고 돌아온 샬럿과 마리아 때문에 중단되고 말았다. 그들은 두 사람이 이야기하는 모습을 보고 놀랐다. 다아시는 엘리자베스가 혼자 있는 줄 모르고 왔다는 변명을 늘어놓은 다음 몇 분 동안 더 앉아 있다가 나가 버렸다.

다아시가 나가자마자 샬럿이 입을 열었다.

"어떻게 된 거야, 일라이자? 그가 너를 사랑하나 봐. 그렇지 않다면 이렇게 허물없이 우리를 방문할 리 없거든."

그러나 다아시가 침묵만 지키고 있었다고 하자 샬럿도 생각을 바꾸었지만 도통 이유를 알 수 없었고, 그래서 결국 그의 방문은 아무것도 아니라는 결론을 내렸다. 거기다 지금은 일 년 중 가장 재미없는 계절이라는 생각을 해보면 그 추측이 틀리지는 않은 것으로 생각되었다.

이후 로징스의 두 신사는 종종 목사관에 들렀는데 엘리자베스는 피츠윌리엄이 자신에게 호감이 있다는 사실을 확실히 느낄 수 있었다. 그러자 위컴이 떠올랐다. 피츠윌리엄은 위컴보다 매력이 적었다. 하지만 위컴보다 지식이 풍부할 거라고 생각했다.

그러나 다아시가 자주 목사관에 들르는 이유는 좀처럼 이해하기 어려웠다. 입을 열지 않고 10분씩이나 그냥 앉아 있는 것을 보면 교제를 위해서는 아니었다. 어쩌다 그가 말할 때도, 그것은 마음이 내켜서라기보다는 오히려 말해야 할 필요에 따른 것처럼 보였다. 다시 말하면 자기 기쁨을 위해서가 아니라 예의상 희생이었다. 그는 거의 한 번도 생기 있는 모습을 보여주지 않았다.

샬럿은 이러한 다아시를 어떻게 생각하면 좋을지 몰랐다. 피츠윌리엄이 가끔 다아시가 멍하니 있는 모습을 보고 웃어 대는 것으로 보아 그가 보통 때와는 다른 것을 알 수 있었으나 도대체 그가 무슨 이유로 자주 방문하는지 알 수 없었다. 그래서 결국 샬럿은 이 모든 것이 친구인 엘리자베스를 사랑하기 때문이라고 결론 내렸다. 그리고 확실한 증거를 찾으려고 무척 애를 썼다. 그들이 로징스에 있을 때 또는 그가 헌스퍼드에 있을 때 샬럿은 쉬지 않고 그를 눈여겨보았지만 별 소득은 없었다. 그는 엘리자베스 쪽으로 시선을 자주 주긴 했지만 그 안에 흠모의 정이 있는지 어떤지는 확실치가 않았다.

샬럿은 한두 번 엘리자베스에게 다아시가 너를 흠모하는지도 모른다고 귀띔해 주었으나 그때마다 엘리자베스는 웃어넘기고 말았다. 사실 샬럿은 피츠윌리엄이 엘리자베스와 결혼하길 바랐다. 대령은 누구와도 비교할 수 없는 유쾌한 사람이었다. 그는 확실히 엘리자베스를 흠모했고 그의 지위도 엘리자베스에게 적당했다.

그러나 다아시에게는 교회에서 중요한 목사 추천권이 있었으나 피츠윌리엄에게는 아무것도 없었다. 그래서 샬럿은 자신의 바람을 시원스레 표현하지 않았다.

33

엘리자베스는 공원을 산책하다가 몇 번이나 다아시를 우연히 만났다. 아무도 찾지 않는 곳에 다아시가 나타나는 운명을 엘리자베스는 몹시 심술궂다고 생각했다. 그래서 이런 일이 다시는 일어나지 않게 하려고 엘리자베스는 다아시에게 이 길은 자기가 자주 즐겨 다니는 곳이라고 주의를 주었다. 그러나 엘리자베스는 다아시를 또 만났다. 그것도 세 번이나. 그리고 다아시는 그럴 때마다 오던 길을 돌아서서 엘리자베스와 함께 걸었다. 그는 결코 말을 많이 하지 않았고, 엘리자베스도 말을 받아주거나 애써 귀를 기울이지 않았다.

그러던 어느 날, 엘리자베스는 걸으면서 제인의 편지를 다시 읽고 있었다. 제인이 좋은 기분으로 쓰지 않은 구절에 정신을 쏟고 있었는데 피츠윌리엄이 앞에서 오고 있었다.

엘리자베스는 곧 편지를 접어놓고 억지 미소를 지으면서 이렇게 말했다.

"이 길을 산책하실 줄은 몰랐는데요."

"늘 하던 대로 공원을 산책하고 있습니다. 저는 목사관에 들르는 것으로 끝낼 셈이었는데 더 멀리 가시나요?"

"아뇨, 곧 돌아가야죠."

그래서 둘은 목사관을 향해 나란히 걸었다. 엘리자베스가 먼저 말을 꺼냈다.

"토요일에 정말 켄트를 떠나세요?"

"네, 다아시가 또 연기하지 않으면 떠나겠습니다. 저는 다아시가 하자는 대로 합니다."

"자기가 한 일에 만족할 수 없더라도, 적어도 자기 마음 내키는 대로 할 수 있는 힘이 있다는 데서 커다란 기쁨을 느끼겠죠. 저는 다아시 씨처럼 자기 뜻대로 일을 처리하는 사람을 보지 못했어요."

"다아시는 자기 뜻대로 하기를 좋아합니다. 그러나 누구는 그러기를 안 좋아하나요? 다들 마찬가지죠. 다만 다른 사람들은 가난하지만 다아시는 부유해서 다른 사람들보다 자기 마음대로 할 수 있는 범위가 더 넓은 것뿐이죠. 저는 진심으로 말씀드리는 겁니다. 장남이 아닌 차남은 극기와 의존에 익숙해야만 하는 법이죠."

"제 생각에는 백작의 차남이면 극기고 의존이고 그다지 알 수 없을 것 같은데요. 대령님은 극기와 의존을 체험해 보신 때가 있

으신가요? 돈이 없어서 가고 싶은 곳을 못 가셨다거나 마음에 드는 것을 손에 넣지 못한 때가 있으셨어요?"

"따끔한 질문이군요. 그런 성질의 어려움을 체험한 때가 있다고는 말씀드릴 수 없습니다만, 좀 더 중대한 문제에서는 돈 때문에 골치를 앓는 일이 있습니다. 차남은 결혼도 마음대로 못 한답니다."

"재산 많은 여자를 바라지 않는다면 쉽게 할 수 있죠."

"저 같은 신분에 돈에는 그다지 신경을 쓰지 않고 결혼해 줄 만한 마음 넓은 여자도 많지 않을걸요."

'나보고 하는 말일까?'

이런 생각을 하며 엘리자베스는 얼굴을 붉혔으나 다시 침착성을 회복하고 명랑하게 말했다.

"그것은 그렇고 백작의 차남이 받는 공정 가격은 얼마나 되죠? 장남이 중환자가 아니라면 설마 천 파운드야 청구하지 않겠죠?"

엘리자베스의 질문에 피츠윌리엄도 같은 말투로 대답했다. 그러나 이 화제 이후 둘은 침묵을 지켰다. 마침내 엘리자베스가 침묵을 깨고 말했다.

"저는 다아시 씨가 대령님을 모시고 온 것은 주로 그분이 자기 마음대로 할 수 있는 상대를 찾기 위해서라고 생각돼요. 그분은 평생 이 권리를 최대한으로 이용하려고 결혼도 안 하실 거예요. 하지만 다아시 씨 동생은 현재 생활에 아주 만족할 거예요. 든든한 오빠의 보호 밑에 있으니까요. 다아시 씨는 동생에게 해주고 싶은 대로 마음대로 하시겠군요."

"그렇지도 않아요. 그 일은 다아시하고 제가 나누어서 하고 있습니다. 조지아나의 후견인은 다아시하고 나하고 두 사람이죠."

"그러세요? 감당하기에 수고스럽지는 않으세요? 그만한 나이의 젊은 여자들은 때때로 다루기가 좀 힘들 거예요. 거기에다 조지아나 양도 다아시 씨와 같은 성질을 타고났으니, 아마 제 마음대로 하려고 들 테고."

이런 말을 할 때 엘리자베스는 피츠윌리엄이 자기를 뚫어지게 응시하는 것을 보았다. 그리고 그가 왜 조지아나가 그들에게 어떤 불안을 줄지도 모른다고 상상하느냐고 이내 묻는 태도를 보고, 엘리자베스는 자기 추측이 사실에 매우 가까웠다고 확신했다. 엘리자베스는 즉시 이렇게 말했다.

"그렇게 놀라실 것은 없어요. 아무도 다아시 양을 비방하는 것을 들어 보지는 못했으니까요. 아마 세상에서도 가장 순종 잘하는 사람의 하나라고 생각합니다. 제가 잘 아는 허스트 부인과 빙리 양이 매우 사랑하는 사람이죠. 이분들을 아신다고 말씀하시는 것을 들은 듯한데요."

"네, 조금 압니다. 빙리 씨는 유쾌하고 신사다운 사람이죠. 다아시와는 어렸을 때부터 친구죠."

"네, 그래요. 빙리 씨에게 이상할 정도로 친절하시고, 지나칠 만큼 참견하시더군요."

엘리자베스는 냉담하게 말했다.

"참견한다고요? 그래요. 여기 오는 도중에 다아시가 제게 한 말을 생각해 보면, 빙리 씨가 다아시에게 큰 도움을 받았던 모양입니다."

"무슨 말씀이시죠?"

"다아시가 남들에게 알려지는 것을 원하지 않는 일입니다. 여자의 귀에 들어가면 재미없는가 봐요."

"아무한테도 말하지 않을게요."

"다아시가 제게 한 말은 이렇습니다. 최근에 친구 하나가 경솔한 결혼을 할 뻔했는데 구해 준 것을 기쁘게 생각한다고요. 그러나 누구라고 이름도 말하지 않았고 그 이상 자세한 것도 말하지 않았습니다. 저는 단지 빙리 씨가 그런 곤경에 빠질 만한 청년이라고 생각했고, 또 두 사람이 지난여름 내내 같이 있었으니 빙리 씨가 아닌가 하고 의심해 보았을 뿐입니다."

"다아시 씨는 자기가 간섭하는 이유를 말씀하셨습니까?"

"여자에 대해 이의가 있었던 것으로 저는 알고 있습니다."

"두 사람을 떨어지게 하려고 다아시 씨는 어떻게 하셨나요?"

"거기에 대해서는 한마디도 없었습니다. 다아시가 한 말이라고는 단지 아까 말씀드린 것뿐입니다."

피츠윌리엄은 웃으면서 말했다.

엘리자베스는 대꾸도 하지 않고 화가 난 가슴을 진정시키며 걸었다. 피츠윌리엄은 엘리자베스를 잠시 바라본 후 왜 그렇게 심각한 얼굴이냐고 물었다.

"방금 말씀하신 것을 생각하는 중이에요. 다아시 씨 행동이 제 마음에 들지 않아요. 다아시 씨는 재판관 노릇을 하나요?"

"다아시의 간섭을 쓸데없는 참견이라고 생각하시는가 보군요."

"저는 다아시 씨에게 친구가 선택한 것의 옳고 그름을 판단할 권리가 있다고는 생각하지 않아요. 친구의 행복을 단지 자기 자신의 판단으로 결정하고 인도할 권리가 다아시 씨에게 있을까요? 그러나 자세한 것을 모르니 다아시 씨를 비난하는 것은 당치 않겠군요. 하지만 깊은 우정에서 비롯한 것으로 생각되지는 않아요."

흥분을 가라앉히면서 엘리자베스가 말했다.

"부자연스러운 추측입니다만, 다아시의 승리의 영광을 비참하게 줄여 버리는 말씀이신데요."

이것은 농담조로 한 말이었으나 엘리자베스는 대꾸할 마음이 들지 않았다. 그래서 갑자기 화제를 바꾸고 목사관에 이를 때까지 딴 이야기들을 했다.

목사관에 돌아온 엘리자베스는 지금까지 들은 것을 곰곰이 생각해 보았다. 피츠윌리엄의 말이 틀렸다고는 생각되지 않았다. 이 세상에서 다아시가 그렇게 많은 영향을 줄 수 있는 인물은 흔치 않았다. 엘리자베스는 빙리와 제인을 떨어지게 하는 일에 다아시가 관여했으리라는 것을 추호도 의심하지 않았다. 그녀는 모든 것을 빙리 양 탓이라고 생각했다. 그러나 제인이 지금까지 받았고 또 지금도 받고 있는 모든 고난 뒤에 다아시가 있었다. 그는 세상에서 가장 상냥하고 고운 마음씨를 지닌 여인의 행복을 빼앗은 것이다. 그는 한 여인에게 자신이 얼마나 큰 상처를 주었는지 감히 짐작하지 못할 것이다.

'여자에 대해 강한 이의가 있었던 모양입니다'에서 강한 이의는 분명히 제인에게 지방 변호사인 백부와 런던에서 상업을 하는 외숙부가 있다는 사실이었으리라. 엘리자베스는 속으로 뇌까렸다.

'언니에게는 하등의 이의가 있을 수 없어. 얼마나 사랑스럽고 착한 언닌데! 이해심도 많고, 마음씨도 곱고, 몸가짐도 매력이 있거든. 아버지 탓도 없어. 성미가 좀 괴팍하시지만, 다아시도 업신여기지 못할 분별이 있으시고, 다아시가 미치지 못할 만큼 신용도 있으시니까.'

그러나 어머니를 떠올리자 엘리자베스는 기가 꺾였다. 그러면서도 어머니 때문은 아니라고 생각했다. 다아시의 오만은 빙리의 처가가 될 사람들의 신분이 낮다는 데서 기인한 것이라 믿었고, 또 한편으로는 자기 여동생을 위해서였을 거라고 생각했다.

엘리자베스는 이 문제를 생각하다 결국 눈물을 흘리고 말았다. 울었더니 머리가 아팠고, 두통은 저녁 무렵 더 심해져 샬럿을 따라 로징스에 가는 일을 그만두기로 했다. 다아시가 보고 싶지 않은 이유도 포함되어 있었다. 샬럿은 엘리자베스가 정말로 불편한 것을 보고 억지로 가자고 하지는 않았다. 그는 남편에게도 엘리자베스를 조르지 말라고 했으나, 콜린스는 엘리자베스가 집 안에 머물러 있는 것이 레이디 캐서린의 마음에 거슬리지나 않을지 걱정을 감추지 못했다.

34

　콜린스 부부가 나가자 엘리자베스는 켄트에서 받은 제인의 편지들을 모조리 꺼내 다시 읽어 보기 시작했다. 그 편지들에는 사실상의 불안이라든가 지나간 일에 대한 언급, 또 현재의 괴로움을 전하는 사연 등은 없었으나 대체로 명랑함이 없었다. 처음 읽을 때는 거의 주의하지 않았으나 정신을 차려 다시 읽어 보니 문장에서 제인의 불안한 마음이 느껴졌다. 그리고 이 모든 것이 다 아시 때문임을 다시금 생각하니 엘리자베스는 마음이 아팠다. 더는 그곳에 머물고 싶은 마음이 없었다. 그러나 로징스에서 체류하는 것도 2, 3주 후면 끝난다는 생각을 하며 스스로 위로했다. 더욱이 2주 후에는 제인을 만날 수 있다고 생각하니 많이 위로가 되었다.

이런 생각에 빠져 있을 때 문에서 초인종 소리가 나 엘리자베스는 깜짝 놀랐다. 엘리자베스는 피츠윌리엄일 거라고 생각했다. 전에도 저녁 늦게 들른 적이 있었으며, 오늘은 특히 병문안을 왔을 거라고 생각했다.

　그러나 놀랍게도 안으로 들어선 것은 다아시였다. 엘리자베스는 예상했던 것과 전혀 다른 충격을 받았다. 다아시는 엘리자베스의 병이 좀 나아지기를 바라는 마음에서 왔다고 말하면서 조급한 태도로 건강 상태가 어떠냐고 물었다. 엘리자베스는 쌀쌀한 태도로 대답했다. 다아시는 몇 분 동안 앉아 있다가 다시 일어나서 방 안을 거닐었다. 엘리자베스는 놀랐으나 한마디도 하지 않았다. 다시 몇 분간 침묵이 흐른 뒤 다아시는 엘리자베스에게로 다가와서 이렇게 말했다.

　"발버둥 치고 싸워 보았으나 소용없었습니다. 도무지 뜻대로 되지 않았습니다. 감정을 억누르려 애썼으나 마음대로 되지 않는군요. 당신을 얼마나 열렬히 사랑하는지를 말씀드리지 않을 수 없습니다."

　엘리자베스의 놀라움은 이루 표현할 수 없었다. 엘리자베스는 눈을 동그랗게 떴다가, 얼굴을 붉혔다가, 의아심을 품었다가, 다음에는 입을 꾹 닫고 말았다. 다아시는 엘리자베스가 다소 흥분했해서 그러는 것으로 생각하고 오래전부터 느껴 온 감정을 고백하기 시작했다. 다아시는 말을 곧잘 했으나 더 자세히 진술해야 할 감정이 있었음에도 애정에 관한 화제보다 자존심에 관한 화제에 더 집중했다. 그는 엘리자베스가 자기보다 신분이 낮다든가, 그녀와 결혼하는 것이 자기 지체를 떨어뜨리는 일이 된다든가, 좋아하기는 하지만 이성적 판단이 이를 거부하게 만드는 신분 차이 따위를 열심히 말했다. 그러나 결코 엘리자베스의 마음을 움직이지는 못했다.

뿌리 깊은 증오감이 있었음에도 엘리자베스는 이러한 다아시의 청혼에 전혀 무감각할 수 없었다. 한순간이라도 엘리자베스의 마음이 흔들리지는 않았으나 처음에는 다아시가 받았을 고통을 생각하니 미안하기도 했다. 그러나 결국 잇따라 나오는 다아시의 말에 분노가 치밀어 미안한 마음이 사라지고 말았다. 그러면서 엘리자베스는 다아시가 말을 끝내면 대답하려고 참을성 있게 자신을 진정시켰다.

다아시는 노력했지만 억제할 수 없었던 애정을 고백한 뒤 엘리자베스가 자신의 청혼을 승낙해 그의 애정에 보답해 주기를 바란다는 말로 끝을 맺었다. 그의 입은 실패의 염려와 불안을 말했으나 그의 얼굴 표정은 확신을 나타냈다. 그리고 이러한 그의 표정이 엘리자베스를 더 화나게 했다. 그녀의 얼굴은 상기되었다.

"이런 경우 제가 알기로는 상대방이 고백한 애정에 감사하는 마음을 나타내는 것이 우선이 아닌가 생각해요. 하기야 감사하는 마음을 느끼는 게 당연하겠죠. 저도 그런 감정을 느낄 수만 있다면 당장이라도 감사드리고 싶어요. 그러나 저는 다아시 씨의 호의를 바란 적도 없고, 그러기를 꿈꾼 적도 없어요. 다아시 씨는 지금 마지못해 말씀하신 거라고 생각해요. 정말이지 다아시 씨를 괴롭혀 드렸다면 죄송합니다. 하지만 그것은 제 의도와 무관한 것이고 또 그에 따른 다아시 씨의 괴로움은 가벼운 것일 거예요. 조금 전에 말씀하신 대로 다아시 씨의 애정을 오랫동안 억눌러 온 자존심이라면 그런 괴로움쯤 쉽게 극복하실 거예요."

벽난로 선반에 기대서서 엘리자베스의 얼굴을 뚫어지게 쳐다보던 다아시는 엘리자베스의 한마디 한마디에 놀라움이라기보다는 분노를 느끼는 듯했다. 그의 안색은 창백했고, 동요의 빛이 눈에 띄게 나타났다. 그는 태연하게 보이려고 노력했고 자기가 이제는 냉정해졌다고 자신할 때까지는 도무지 입을 열려고 하지 않았다. 엘리자베스는 침묵이 두려웠다. 드디어 다아시가 억지로 가라앉힌 목소리로 이렇게 말했다.

"결국 이것이 제가 모처럼 기대한 회답의 전부군요. 예의상 노력도 기울이지 않고, 어째서 이렇게 거절하시는지 알고 싶은데요. 그러나 별로 대수로운 일은 아닙니다."

이 말에 엘리자베스는 다음과 같이 대답했다.

"그렇다면 저도 물어볼 것이 있어요. 어째서 다아시 씨는 노골적으로 저를 모욕하시고, 제 감정을 해치면서 저에게 사랑한다고 말씀하시나요? 그리고 이것이 설사 제가 무례했다고 하더라도 약간의 변명이 되지 않을까요? 제가 화를 낸 이유는 이것 말고도 또 있습니다. 다아시 씨도 무엇인지 아실 거예요. 제 감정이 설사 다아시 씨를 싫어하지 않았다고 하더라도 또는 한 걸음 더 나아가서 제가 다아시 씨를 좋아하고 있었다 하더라도 제가 가장 사랑하는 언니의 행복을 앗아간 사람의 사랑을 받아들일 것 같나요?"

이 말을 들은 다아시는 정색을 했다. 그러나 그는 엘리자베스의 말을 중단시키지 않고 잠자코 들었다.

"저에게는 다아시 씨를 나쁘게 볼 이유가 얼마든지 있어요. 여하한 동기라 할지라도 다아시 씨께서 언니에게 행하신 부당하고도 비열한 언행을 변명할 수는 없어요. 설사 다아시 씨가 빙리 씨와 언니를 결별시킨 유일한 매개자는 아니었다 할지라도 빙리 씨로 하여금 마음이 변덕스럽고 변하기 쉽다는 세상의 비난을 사게 하고, 언니에게는 희망했던 것이 좌절되었다는 비웃음을 사게 하는 동시에 두 사람을 가장 비참한 불행 속에 빠뜨린 장본인이라는 것을 부인하지는 못하실 거예요."

여기서 엘리자베스는 말을 멈추었다. 그리고 다아시가 전혀 후회하는 기색을 보이지 않자 더욱 큰 분노를 느꼈다. 다아시는 도무지 믿을 수 없다는 듯 미소까지 짓고 엘리자베스를 쳐다보았다.

"어디, 부인할 수 있으세요?"

엘리자베스는 또 물었다.

"나는 엘리자베스 양의 언니로부터 제 친구를 떼어 놓는 일에 최선을 다했다는 것과 또 그것이 성공하자 즐거워했다는 것을 부인하고 싶은 마음은 추호도 없었습니다. 모든 것이 빙리를 위해서 한 일이었으니까요."

다아시가 애써 침착한 척하며 대답했다.

"그러나 제 혐오감이 뿌리박고 있는 것은 이 일 때문만은 아니에요. 이런 일이 일어나기 훨씬 전부터 다아시 씨에 대한 제 감정은 결정되어 있었어요. 다아시 씨의 인격에 대해서는 몇 달 전에 위컴 씨가 자세히 알려주어서 잘 아니까요. 이 점에 대해서 무슨 하실 말씀이 없으세요? 어떤 가상적인 우정의 행위로 자신을 옹호하시겠어요? 혹은 어떻게 해서든 변명해서 다른 사람들을 속이시겠습니까?"

"그 친구에게 관심이 많으신 모양이군요."

다아시는 상기된 얼굴로, 침착성을 잃은 목소리로 말했다.

"그분의 불운을 알고 있는 사람치고 그분에게 관심을 두지 않을 사람이 누가 있겠어요?"

"불운이라고요? 그렇죠. 정말 기구한 불운이었습니다."

다아시는 경멸적으로 말을 받았다.

"다아시 씨가 그렇게 만드신 거예요! 그분을 현재의 비참한 상태로 끌어내린 거죠. 지독한 곤경으로요. 다아시 씨는 위컴 씨의 것으로 마련되었던 이익들을 빼앗아 버리셨고, 위컴 씨 생애에서 가장 행복한 시절로부터 위컴 씨가 받을 가치가 있고, 또 당연히 독립생활을 할 권리를 박탈해 버리셨어요. 이런 모든 일을 하고도 위컴 씨를 멸시하고 비웃을 수 있으신가요?"

빠른 걸음으로 방 안을 가로질러 거닐면서 다아시도 응수했다.

"결국 이것이 저에 대한 엘리자베스 양의 평가로군요. 자세히 말씀해 주셔서 고맙습니다. 이 평가에 따른다면 제 죄는 정말 무

서운데요."

다아시는 걸음을 멈추고 엘리자베스 쪽으로 돌아서면서 말을 이었다.

"제가 주저하고 오랫동안 고민한 것을 고백하지 않았다면 제 죄는 그냥 묵인될 뻔했군요. 그리고 만약 제가 제 이성을 억누르고 오로지 감정에 빠져 한없이 깊은 애정을 고백했더라면 이러한 통렬한 비난은 받지 않았을 것입니다. 그러나 저는 모든 위선을 증오합니다. 그래서 저는 방금 털어놓은 제 감정에 조금도 부끄러움이 없습니다. 당신의 친척이 지위가 낮은 걸 제가 기뻐해야 합니까? 제가 저보다 지체가 낮은 사람과의 결혼을 크게 기뻐해야 한다고 생각하십니까?"

엘리자베스는 순간순간 화가 더 커지는 것을 느꼈으나 침착함을 잃지 않으려고 애쓰면서 다음과 같이 말했다.

"다아시 씨, 다아시 씨의 그런 고백이 제 마음을 감동시켰을 거라고 생각하신다면 그건 절대 오해입니다. 다만 당신의 고백이 조금 더 신사다웠더라면 제가 거절하는 데 미안한 마음을 갖게 되었을 뿐 그 이상의 효과는 없어요."

엘리자베스는 이러한 말에 다아시가 놀라는 것을 보았다. 그러나 다아시는 한마디도 하지 않았다. 엘리자베스는 말을 계속했다.

"모든 수단을 다 쓰셔서 제 마음을 움직여 보려 한다 할지라도, 다아시 씨의 청혼을 수락하게 할 수는 없어요."

다아시는 또 한 번 놀랐다. 그는 불신과 울분이 뒤섞인 표정으로 엘리자베스를 바라보았다. 엘리자베스는 이어서 말했다.

"다아시 씨와 알게 된 처음 순간부터 저는 다아시 씨의 태도에서 다아시 씨가 오만하고, 자존심이 강하고, 다른 사람 감정은 경멸해 버리는 이기주의자라는 인상을 받았습니다. 이러한 것이 비난의 토대를 구축했고, 그 후에 잇따라 일어난 사건들은 그 토대를 더욱 견고히 했습니다. 한 달이 못 가서 저는 누가 무어라고 권하더라도 다아시 씨와는 절대로 결혼하지 않을 것을 결심했습니다."

"엘리자베스 양의 마음은 충분히 이해했습니다. 지금은 제 감정을 부끄러워할 뿐입니다. 이렇게 시간을 많이 소비하게 해서 죄송하군요. 부디 몸조리 잘하시고 안녕히 계십시오."

다아시는 이런 말을 남기고 급히 방을 나갔다. 그리고 엘리자베스는 그가 현관문을 열고 저쪽으로 가는 소리를 들었다. 엘리자베스의 마음은 굉장히 격동했다. 그녀는 몸을 어떻게 가눠야 할지 몰랐고, 사실상 불편하기도 해서 쓰러져 반 시간 동안 울었다. 생각하면 할수록 놀라움은 커졌다. 다아시에게서 청혼을 받다니! 그가 수개월 전부터 자기를 사랑하고 있었다니!

보잘것없는 조건 때문에 결혼을 반대한 여자와 동일한 조건에 있는 여자에게 청혼하다니! 엘리자베스로서는 도저히 믿어지지 않았다. 자기도 모르는 새 그렇게도 강한 애정을 고취한 것은 유쾌한 일이었다. 그러나 그의 오만, 불손, 뻔뻔스러움, 잔혹함을 떠올리고 이내 그런 생각을 지워 버렸다.

35

다음 날 아침, 엘리자베스는 여전히 다른 일은 아무것도 생각할 수 없었다. 그래서 아무 일에도 마음이 내키지 않아 아침 식사를 마친 후 곧 밖으로 나가서 산책을 좀 하려고 했다. 그래서 그녀가 늘 즐겨 다니던 길을 곧장 가고 있었는데, 다아시가 그리로 가끔 온다는 생각에 발길을 멈추었다. 그러고는 공원으로 들어가지 않고 골목길로 접어들어 통행세를 받는 길에서 멀리 떨어져 걸었다. 공원의 울타리는 아직도 한쪽으로 경계를 이루고 있었다. 얼마 안 가서 그녀는 공원으로 통하는 문 앞을 지나갔다. 그 골목길을 두세 번 걷고 나자 기분이 상쾌해졌다. 그녀는 공원 문 앞에 서서 공원 안을 들여다보고 다시 발걸음을 옮겼는데 옆의 작은 숲 안에 한 남자가 서 있는 것을 얼핏 보았다.

그는 이쪽으로 오고 있었다. 그것이 다아시라는 것을 안 엘리자베스는 두려워 곧 되돌아갔다. 그러나 엘리자베스를 알아볼 만큼 다가온 남자는 빠르게 걷다가 엘리자베스의 이름을 불렀다. 그러나 엘리자베스는 공원 문 쪽으로 계속 걸어갔다. 그러다 둘은 같은 시간에 문 앞에 다다랐다. 다아시가 편지를 내밀자 엘리자베스는 자기도 모르게 받았다. 다아시는 좀 거만하면서도 침착한 얼굴로 이렇게 말했다.

"뵙기를 바라면서 숲에서 얼마간 걷고 있었죠. 그 편지를 읽어주시면 고맙겠습니다."

그러더니 가벼운 인사를 하고 공원 안으로 사라져 버렸다. 즐거움을 기대한 것은 아니지만 엘리자베스는 호기심을 잔뜩 가지고 그 편지를 뜯었다. 편지 안에는 빽빽하게 쓴 편지지 두 장이 들어 있었고, 심지어 봉투에까지 가득 적혀 있었다. 엘리자베스는 골목길을 걸어 나오며 그 편지를 읽기 시작했다.

이 편지를 받으시고, 이것이 지난밤 당신을 몹시도 불쾌하게 한 그런 감정을 되풀이한다거나 또는 다시 청혼하리라는 우려 때문에 놀라지 않으시길 바랍니다. 이 글은 두 사람의 행복을 위해서는 한시라도 빨리 잊어버리는 것이 좋은 일들을 자세히 써서 당신을 괴롭힌다거나 또는 저를 스스로 낮추고자 하는 마음으로 쓰는 것이 아닙니다. 제 성질이 이것을 쓰도록 만들었고, 또 당신이 읽어주시기를 바랍니다. 당신의 경청을 요구하는 제 무례를 용서해 주셔야만 하겠습니다. 당신 감정은 마지못해서라도 이것을 보아주실 것으로 알고 있습니다.

질과 양이 전혀 다른 두 가지 죄를 지난밤 당신은 제 책임으로 돌리셨습니다. 하나는 제가 빙리와 제인 양을 두 사람 감정을 무시한 채 떼어 놓았다는 것이었고, 다른 하나는 여러 가지 요구와 도의와 인정을 무시하면서 위컴의 행복을 파멸시키고 그의 복된 앞날을 깨뜨렸다는 것이었습니다. 제 청년기의 친구이며 제 아버지가 인정한 총아로, 우리 가정의 후원 없이는 거의 의지할 데가 없는 청년의 미래를 망친 것은 더없이 악한 소행이라 믿습니다. 이에 비하면 빙리와 제인 양 사이를 결렬시킨 일은 거의 비교가 안 될 것입니다. 그러나 제 행동과 그 행동의 동기에 관한 다음 사연을 읽으신 후 판단해 주시기 바랍니다. 지난밤 가혹하게 하신 비난을 다시 한번 생각해 주시기 바랍니다.

제가 하트퍼드셔에 머문 지 얼마 안 되어 저는 빙리가 롱본의 어떤 여인보다도 당신의 언니를 좋아한다는 것을 다른 사람들과 더불어 알게 되었습니다. 네더필드에서 무도회가 열린 날 밤에는 더욱 확신하게 되었습니다. 저는 그가 이전에도 사랑에 빠진 것을 가끔 보았습니다. 그날 밤, 무도회에서 제가 당신과 춤추는 동안 당신의 언니에 대한 빙리의 정성이 이제는 결혼하기까지에 이르렀다는 사실을 우연히 윌리엄 루카스 경을 통해 알았습니다. 그 사실을 루카스 경은 아주 확정적인 일처럼 말씀했습니다. 그 순간부터 저는 제 친구의 행동을 주의 깊게 관찰했는데, 제인 양에 대한 그의 사랑은 제가 과거에 그에게서 보았던 것 이상임을 알 수 있었습니다. 저는 당신 언니도 주의해서 보았습니다. 그녀의 얼굴과 표정, 행동은 개방적이고 명랑했으며 변함없는 애교가 있었습니다. 그러나 빙리에게 특별한 호감을 느낀 낌새는 없었습니다. 이렇게 하룻밤 동안 자세히 관찰한 끝에 비록 베넷 양이 빙리의 호의를 즐거이 받아주고는 있을지언정, 빙리와 같은 감정을 지니고 받는 것이 아니라는 결론을 내리게 되었습니다. 그러나 이 점은 제 착오가 분명해졌습니다. 당신 언니에 대해서는 당신이 나보다 더 잘 아실 테니까 말입니다. 따라서 제 착오로 당신 언니에게 괴로움을 끼쳤다면, 당신의 울분은 부당한 것이 아닙니다. 그러나 제인 양의 태도는 누구에게 확신을 줄 만한 것이 아니었습니다. 관심을 두고 가장 예민하게 관찰한 사람조차 그녀가 빙리에게 애정이 있다고는 느끼지 못했으니까요. 물론 솔직히 그녀가 빙리에게 무관심하다고 믿고 싶었던 것도 사실입니다. 그러나 제 관찰과 결심은 희망이나 근심으로 좌우되는 것이 아님을 말씀드립니다. 그것은 객관적으로 관찰한 결과입니다. 두 사람의 결혼에 대한 제 의견은 단지 신분 차이에 따른 것만은 아니었습니다. 제인 양에게 훌륭한 친척이 없다는 것은 빙리에게 그렇게 크게 나쁜 조건은 될 수 없습니다.

제가 반감을 지닌 데는 다른 원인이 있었습니다. 그 원인이란 빙리는 물론 저에게도 해당하는 것으로 지금도 존재하고 있고, 앞으로도 존재하는 것입니다. 간단하게나마 이 점을 말씀드려야 하겠습니다. 친척의 지위가 불만이긴 해도 그것은 당신 어머님과 세 동생, 또 때로는 아버님조차 빈번히 저지르는 무례에 비하면 아무것도 아닙니다. 용서하십시오. 이런 말씀을 드려서 당신 감정을 상하게 해드리는 저 역시 괴롭습니다.

그러나 당신과 당신 언니만은 예외입니다. 이 점을 생각하시고 불쾌한 마음에 위로를 얻으시기 바랍니다. 저는 무도회 날 밤에 일어난 일로 말미암아 베넷 댁 사람들에 대한 견해가 확고해졌으며, 불행한 결혼에서 빙리를 보호해야겠다고 생각했습니다. 당신도 기억하겠지만, 그다음 날 빙리는 곧 돌아올 계획으로 네더필드를 떠나 런던으로 출발했습니다.

그럼 제가 한 일을 이제부터 설명하겠습니다. 저와 마찬가지로 빙리의 동생들도 불안했던 모양입니다. 저희 감정이 같다는 것을 곧 알았으니까요. 그래서 빙리를 제인 양으로부터 한시라도 빨리 떼어 놓아야 한다는 데 동의하고 우리는 뒤따라갔습니다. 그리고 제가 빙리에게 그러한 결혼의 불행을 깨우쳐 주는 역할을 맡았습니다. 저는 열심히 설명하고 강조했습니다. 그러나 이러한 충언으로 결혼이 깨졌다고는 생각하지 않습니다. 빙리에 대한 제인 양의 무관심을 그가 확신하지 않고는 있을 수 없는 일이니까요. 물론 빙리는 제 판단력에 더 많이 기대는 천성이 무척 겸손한 사람입니다. 그래서 제인 양의 무관심을 확신시키는 일은 어렵지 않았습니다. 그리고 그러한 확신을 주자 빙리는 하트퍼드셔로 돌아가지 않기로 결심했습니다.

이러한 모든 행동에 대해 저는 저 자신을 비난하지 않습니다. 그러나 한 가지, 제가 비열하게도 제인 양이 런던에 와 있다는 사실을 빙리에게 숨겼다는 것은 마음에 걸립니다. 빙리는 아직도 모릅니다. 저는 빙리의 호감이 아직 식지 않았다고 생각해서 두 사람이 만나지 않는 것이 좋겠다고 판단했습니다. 이것은 제 품위를 떨어뜨리는 행동이겠죠. 하지만 저는 그것이 최선이라고 생각했습니다. 이 문제에 대해선 이 이상 더 말씀드릴 것도, 사과드릴 것도 없습니다. 만약 제가 당신 언니의 감정을 상하게 했다면 그것은 모르는 상황에서 벌어진 일입니다. 또 저를 지배했던 동기가 비록 당신에게 부당한 것으로 보일지라도 저는 지금도 그 동기가 비난받을 것이라고 생각하지 않습니다.

또 위컴의 행복을 빼앗고 그를 불행에 빠뜨렸다는 비난에 대해 저는 그와 관계를 당신에게 모두 털어놓음으로써 반박할 수밖에 없습니다. 그가 특히 저를 무어라고 비난했는지는 모르지만, 지금부터 제가 말씀드리는 것은 사실에서 한 치도 벗어나지 않았음을 맹세하며 이에 대한 증인을 세울 수도 있습니다.

위컴은 오랫동안 펨벌리의 재산 관리인이었던 매우 훌륭한 분의 아들입니다. 그분은 임무를 잘 수행했으므로 아버님은 그분을 돕고 싶어 하셨고, 그래서 조지 위컴에게 친절을 베풀었습니다. 아버님은 그의 학비를 책임지셨고 후에 대학까지 보냈습니다. 이는 낭비벽이 심한 그의 어머님 때문에 늘 가난에 허덕이던 그의 집안을 위해서 행한 일입니다. 위컴에게는 천만다행한 일이지요. 그리고 품행에 언제나 애교가 있던 이 청년을 아버지는 좋아하셨을 뿐만 아니라 무척 신용하셨습니다. 또 장래에 그가 목사가 될 것을 바라고 그에게 목사직을 주기로 작정하셨습니다.

저로 말씀드리면, 저는 여러 해 전부터 전혀 다른 각도로 그를 생각하기 시작했습니다. 그는 악한 성품과 무절제한 성격을 교묘하게 숨겨 왔지만 그를 관찰할 기회가 많았던 저까지 속이지는 못했습니다. 물론 아버지에게는 그럴 기회가 없었습니다. 많은 시간을 함께한 친구가 아니고는 알 수 없는 일이었습니다. 여기서 또 당신을 괴롭혀야겠습니다. 그 괴로움의 깊이가 어느 정도인지 저로서는 알 수 없습니다. 위컴이 당신 마음속에 일으킨 감정이 어떠한 것이든, 저는 그의 본성을 밝혀야만 하겠습니다.

저의 훌륭하신 아버지께선 약 5년 전에 돌아가셨는데 위컴에 대한 애정이 최후까지 어찌나 크셨던지, 그의 출세를 위해서 제가 노력할 것을 유언으로 부탁하셨습니다. 또 그가 성직에 나가면 귀한 목사직 자리가 비는 대로 곧 그에게 주라고 명하셨습니다. 그에게 유산도 천 파운드 남기셨습니다. 그런데 위컴의 부친은 제 아버지가 돌아가신 지 얼마 안 되어 돌아가셨는데 그분이 돌아가시고 얼마 되지 않아 위컴은 자기에게 별 이득이 없는 목사직을 단념하고 좀 더 직접적으로 많은 돈을 벌 길을 택하기로 결심했습니다. 그는 이러한 사실을 제게 알리면서 앞으로 자신은 법학을 공부할 생각인데 그러기에 천 파운드는 매우 부족함을 알아달라고 했습니다. 그의 진실성을 믿었다기보다는 진실이기를 희망한 저는 여하튼 그의 제안에 응했습니다. 저는 그가 목사로는 적합하지 않은 인물이라고 생각했기에 그렇게 했습니다. 그래서 그는 목사직에 대한 모든 권리를 양도하고 그 대신 3천 파운드를 받았습니다.

이렇게 우리 사이의 관계는 정리되는 것처럼 보였습니다. 이후 저는 그를 펨벌리에 초대하지도 않았고, 런던의 저택에 출입하는 것도 허락하지 않았습니다. 그에 대해 워낙 안 좋은 감정이 있었기 때문에 그렇게 했습니다.

그는 주로 런던에서 살았습니다만, 법률을 공부한다는 것은 구실에 불과했습니다. 모든 구속에서 해방된 그는 방탕한 생활에 빠지고 말았습니다. 약 3년간 저는 그의 소식을 듣지 못했는데 그는 목사직이 공석이 되었다는 소식을 어떻게 알아냈는지 느닷없이 저에게 그 자리에 자신을 추천해 달라고 편지로 부탁해 왔습니다. 그는 자기가 무척 곤궁한 생활에 빠졌다는 것을 제게 이해시켰는데, 그 점은 쉽게 믿을 수 있었습니다. 그는 법률이 자신에게 거의 도움이 되지 못하는 학문임을 깨달았다면서 자신을 목사직에 추천해 주면 앞으로 목사로 살아가겠다고 했습니다. 또한 제가 달리 추천할 사람도 없을 테고, 아버님 유언도 있고 하니 자신을 추천해 줄 것을 믿는다고 덧붙였습니다.

이러한 그의 간청에 응하기를 거절했다거나 또는 거듭되는 탄원을 무시했다고 해서 저를 비난하지는 않으실 겁니다. 그의 울분은 자기 처지가 곤궁해질수록 더욱 커졌는데, 남들에게도 제 험담을 무척이나 사납게 했던 모양입니다. 그 후 우리 사이에는 표면상 교제조차 모두 끊어지고 말았습니다. 그가 어떤 생활을 했는지 전 모릅니다. 그러나 지난여름 그는 또다시 저를 날카롭게 만들었습니다.

이젠 떠올리고 싶지도 않고, 또 지금 같은 경우가 아니라면 누구에게도 말하고 싶지 않은 일을 말씀드려야 하겠습니다. 저보다 열 살 아래인 제 여동생 조지아나는 어머니의 조카인 피츠윌리엄 대령과 제 보호를 받게 되었습니다. 동생은 약 1년 전 학교를 그만두고 자신이 상속받은 집이 있는 런던의 램즈게이트로 가게 되었습니다. 그런데 그곳에 위험도 있었습니다. 집을 관리하는 영부인과 위컴이 전부터 아는 사이였던 것으로 보아 분명 미리 계획했던 모양입니다. 여하튼 그 부인 때문에 우리는 비참한 지경에 놓이게 되었습니다. 이 부인의 묵인과 도움으로 그는 조지아나와 가깝게 지내게 되었는데 아직 어린 조지아나는 친절한 위컴에게 마음을 빼앗겼습니다. 그래서 그를 사랑하게 되었다고 믿은 동생은 그와 도망하기로 했습니다. 그때 동생의 나이 겨우 열다섯이었습니다. 다행히 그들이 도망하기로 한 즈음에 우연히도 제가 램즈게이트에 머물게 되었습니다. 동생은 이제 아버지나 다름없는 저를 속인다는 죄책감에 결국 저에게 모든 것을 털어놓았습니다. 그때 제 감정이 어땠고 또 어떻게 행동했을지는 당신 상상에 맡기겠습니다.

동생의 체면과 감정을 존중해서 일절 그 사실을 입에 올리지 않았습니다만, 곧 그곳을 떠나라는 편지를 위컴에게 주고 영부인도 해고했습니다. 위컴의 목적은 물론 조지아나의 재산이었을 것입니다. 또 저에 대한 반감도 작용했을 것입니다. 정말이지 완전한 복수가 될 뻔했습니다. 엘리자베스 양, 이것이 위컴과 제가 얽힌 관계의 전부입니다. 만약 이 모든 것을 거짓이라고 생각하지 않는다면 저에 대한 오해는 나중에 면해 주실 것으로 믿습니다. 그가 어떤 방법으로, 또 어떤 거짓의 탈을 쓰고 당신을 속였는지 저는 모릅니다. 그러나 그의 성공이 그다지 놀랍지도 않습니다. 당신은 그의 과거를 알지 못했을 뿐만 아니라, 현재의 행동도 잘 몰랐기 때문입니다. 당연히 알 수 없는 일이었으며, 또 무작정 사람을 의심한다는 것은 당신 성품이 용납하지 않는 일이니까요.

왜 제가 이러한 모든 사실을 지난밤에 말씀드리지 않았는지 의아하게 생각하실지도 모릅니다. 그러나 저는 그때 감정을 억제할 수 없었습니다. 또 알려야 할지 확신이 서지도 않았습니다. 그러나 모든 것을 당신에게 알리기로 결심했고, 여기에 적은 모든 사항이 사실이라고 증언해 줄 사람을 세울 수도 있습니다. 바로 그 증인은 제 근친이자 친구이며, 아버지 유언의 집행자 중 한 사람으로 이 모든 사실을 알고 있는 피츠윌리엄 대령입니다. 그러나 만약 당신이 저를 증오하시는 나머지 제 주장을 가치 없는 것으로 여기신다면, 같은 이유로 피츠윌리엄 대령도 믿을 수 없을 것입니다. 여하튼 그와 의논할 가능성도 있을 것 같기에 내일 아침 안으로 이 글을 당신에게 전할 길을 찾아보겠습니다.

하나님의 축복이 있으시기를……

36

전혀 예기치 못한 편지였다. 엘리자베스는 편지를 얼마나 열심히 읽었는지 모른다. 편지를 읽어 내려갈 때 그녀의 감정 변화는 표현할 수 없을 정도였다.

엘리자베스는 네더필드에서 일어났던 일에 대한 그의 설명을 읽기 시작했다. 제인이 무관심해 보였다는 다아시의 판단을 엘리자베스는 거짓이라고 단정했고, 두 사람의 결혼에 대한 실제적이며 최악의 반대에 관한 다아시의 변명이 너무도 그녀를 화나게 만들었다. 다아시는 자신이 한 일에 대해 엘리자베스를 이해시킬 만한 사과도 하지 않았다. 그의 문체는 후회하는 빛이 없이 불손했으며, 오만하고 무례하기 짝이 없었다.

그러나 이어지는 위컴 이야기는 마음을 좀 더 차분히 가라앉히고 집중해서 읽었다. 다아시 말이 모두 사실이라면 위컴에게 품었던 자신의 모든 생각을 뒤엎어 버려야 했기 때문에 엘리자베스는 몹시 마음이 아팠다. 놀라움과 두려움, 공포의 전율이 그녀를 압박해 왔다. '거짓말이야! 그럴 리 없어! 너무나 비겁한 모함이야!'라고 거듭 되뇌며 믿지 않으려고 애썼다.

엘리자베스는 편지를 다 읽은 후 급히 편지를 봉투에 집어넣으면서 편지에 마음을 쓰지 말자고, 다시는 이 편지를 보지 않겠다고 마음속으로 다짐했다. 그리고 다시 걸음을 재촉했으나 얼마 가지 않아 다시 편지를 꺼내 들고 될 수 있는 한 마음을 가라앉혀 위컴 부분만 다시 정독하기 시작했다.

위컴과 펨벌리 집의 관계에 대한 다아시의 진술은 위컴이 이야기한 것과 꼭 같았고, 돌아가신 다아시 부친이 친절했다는 사실도 거의 일치했다. 그러나 유언에 관한 것은 전혀 달랐다. 목사직에 관한 위컴의 말은 엘리자베스의 기억에 아직도 생생했다. 그래서 엘리자베스는 어느 쪽이든 한쪽은 비열한 거짓을 일삼는 것이라고 생각했다. 잠시 그녀는 마음속으로 위컴이 옳았다고 믿는 자기 판단이 옳기를 바랐다. 그러나 면밀한 주의력을 가지고 다시 읽어 보고는 불안감을 느꼈다. 위컴이 목사직에 대한 모든 권리를 3천 파운드라는 거액과 맞바꾸었다는 점이 마음에 걸렸다.

그녀는 편지를 내려놓고 각 진술의 타당성을 분석해 보았으나 헛수고였다. 그것을 뒷받침할 증거는 어디에도 없었다. 다아시가 낭비와 방탕의 책임을 서슴없이 위컴에게 돌린 것은 엘리자베스

에게 큰 충격을 주었고, 그러면 그럴수록 그 부당성을 반증할 수 없었다. 위컴에 대해 그녀가 알고 있는 것들은 모두 위컴의 입에서 나온 것들뿐이었다. 오로지 그의 외모와 음성, 태도를 보고 그가 모든 미덕을 겸비한 사람이라고 믿어 버린 것이었다. 엘리자베스는 위컴의 어떤 선행의 실례나 고결하고 자비 많은 특성을 상기해 보려고 애썼다. 그러나 풍채와 태도에 매력이 넘치는 위컴의 모습은 곧 눈앞에 그려볼 수 있었으나, 일반적으로 시인하는 것 이상의 실제적 미덕과 선행은 떠오르지 않았다. 이 점을 한동안 생각한 후 엘리자베스는 다시 읽기를 계속했다. 그러나 다음에는 다아시 양에 대한 위컴의 음모에 관해 적혀 있었다. 그리고 마지막에는 이 모든 일에 대한 증인으로 피츠윌리엄을 추천한다는 말이 있었다. 엘리자베스는 바로 전날 아침, 피츠윌리엄이 종제인 다아시에 관한 일이라면 무엇이든 잘 알고 있다고 한 말을 떠올리며 고개를 저었다. 그간의 교제로 피츠윌리엄이 의심할 만한 인물이 아니라는 것을 알고 있었기 때문이다.

엘리자베스는 위컴과 처음 만나던 날 저녁에 그와의 사이에 있었던 대화 내용을 떠올렸다. 그리고 이제야 초면의 사람과 주고받기에는 온당치 않은 내용이었음을 알게 되었고, 왜 지금까지 그런 생각을 하지 못했는지 자신을 이상하게 여겼다. 위컴이 다아시를 만나는 것을 조금도 두려워하지 않는다고 자랑하던 일, 오히려 다아시가 네더필드를 떠날 것이라고 말했던 일, 그러면서도 네더필드에서 열린 무도회에 나타나지 않았던 일, 또 다아시가 떠난 후에야 그들 사이의 이야기를 모두에게 떠벌린 일 등을 떠올렸다. 그리고 킹 양에 대한 그의 친절도 오로지 돈만 바라는 가증스러운 의도에서 기인한 것임을 상기했다.

위컴에 대한 호의를 유지해 보려는 모든 노력은 점점 약해져 갔다. 모든 것이 다아시의 정당성을 더욱 확실히 입증할 뿐이었다. 오래전에 제인의 질문을 받고 빙리가 그 사건에서 다아시의 결백을 주장하던 것을 인정하지 않을 수 없었다. 또한 비록 다아시의 태도가 오만하고 냉담하긴 했지만 그가 파렴치하다거나 부정한 인물이라고 느끼지 못했으며, 그의 불경하고 부도덕한 습성에 대해 남들이 말하는 것도 들어 본 적이 없었음을 수긍하지 않을 수 없었다. 이뿐 아니었다. 친척들 사이에서 그는 존경받았으며, 위컴도 다아시를 훌륭한 오빠라고 생각했고, 다아시도 여동생을 무척 사랑스러워했다. 만일 다아시의 행위가 위컴이 말한 대로라면 소문이 나지 않을 리 없었다. 빙리와 같이 착한 사람이 그를 신뢰할 리도 없었다.

엘리자베스는 점점 부끄러워졌다. 자기가 우매하고 편파적이었으며, 편협하고 어리석었음을 통감했다. 엘리자베스는 부르짖었다.

'내 행동은 얼마나 비열했던가! 견식과 재능을 뽐내며 언니의 관대한 판단을 무시하지 않았던가. 이 얼마나 창피한 일인가? 사랑에 빠졌다고 해도 그 이상 어리석진 않았으리라. 하지만 사랑이 아닌 허영이 내 과오였다. 한 사람의 편애에 기뻐하고 다른 한 사람의 무시에는 화를 내며 분별력을 잃어버렸다. 이 순간까지 나는

나 자신을 까맣게 몰랐다.'

자기에게서 제인에게로, 제인에게서 빙리에게로 엘리자베스의 생각은 꼬리에 꼬리를 물었다. 이쯤 생각이 미치자 이에 대한 다아시의 설명이 매우 불충분했다는 생각이 나서 엘리자베스는 편지를 다시 한번 읽어 보았다. 다아시는 제인의 무관심을 전혀 의심하지 않았다고 했는데 이 대목에서 엘리자베스는 샬럿의 충고를 떠올렸다. 제인은 비록 열렬하기는 해도 감정을 밖으로 나타내지는 않았다. 샬럿은 좀 더 적극적으로 표현하지 않으면 상대가 모를 거라고 말했다. 결국 제인에 대한 다아시의 판단이 잘못되지 않은 것이다.

다아시가 자기 가족을 비난한 대목에 이르렀을 때, 엘리자베스는 말할 수 없는 수치심을 느꼈다. 인정하고 싶지 않아도 인정할 수밖에 없는 일이었다. 이 비난의 타당성은 누구보다 자신이 가장 잘 알았다. 자신과 언니에 대한 칭찬이 있었지만 위로가 되지 않았다. 결국 제인의 불행은 가족이 초래한 일이었고, 그러한 가족으로 두 사람의 체면이 실제로 얼마나 손상됐느냐 하는 것을 생각했을 때 엘리자베스는 일찍이 느끼지 못한 심한 우울감에 빠졌다. 지금까지 사건의 전말을 다시 생각해 보기도 하고, 그 타당성을 추정해 보기도 하면서 골목길을 무려 두 시간이나 서성거리다가 집으로 돌아오고 말았다. 집으로 들어가면서 엘리자베스는 여느 때와 다름없이 유쾌하게 보이려 했다.

그런데 집에 들어가자마자 엘리자베스는 그사이에 로징스에서 두 사람이 각각 찾아왔다는 말을 들었다. 한 사람은 다아시인데 겨우 몇 분 있다가 가 버렸고, 또 한 사람 피츠윌리엄은 한 시간이나 앉아서 기다리다가 갔다고 했다. 엘리자베스는 그를 만나지 못한 것이 안타깝다고 말했는데 사실 속으로는 기뻤다. 그녀는 누구를 만나고 싶은 마음이 아니었다. 편지 생각만으로도 벅찼다.

37

이튿날 아침 두 신사는 로징스를 떠났다. 콜린스는 그들에게 작별 인사를 한 뒤 레이디 캐서린과 그 따님을 위로했는데 이로써 부인이 무척 우울해서 저녁 초대를 한다는 소식을 가지고 왔다.

엘리자베스는 레이디 캐서린을 대할 때마다 만약 자기가 원하기만 했다면 미래의 질녀로 소개되었을 것이라는 생각을 했고, 또 부인이 어떻게 반응했을지를 생각하고는 웃지 않을 수 없었다.

처음 화제는 로징스 파티의 사람 수가 줄었다는 것이었다. 레이디 캐서린은 이렇게 말했다.

"그 점을 나는 무척 가슴 아프게 생각해요. 친구를 잃는 것을 나만큼 절실하게 느끼는 사람도 아마 없을 거예요. 그 젊은 애들에게는 특별한 애착을 느끼고 있었는데 말이죠. 물론 그 애들도 내게 무척 애착심을 가지고 있죠. 이렇게 떠나고 나니 정말 섭섭하군요. 하지만 그 애들은 늘 그래요. 특히 다아시는 지난해보다 더 뼈아프게 여기는 것 같더군요. 로징스에 대한 애착심이 커졌나 봐요."

이때 콜린스가 맞장구를 치면서 대화에 끼어들었다. 그러자 레이디 캐서린과 그 따님은 친절하게 찬성의 뜻을 표했다. 식사 후 레이디 캐서린은 엘리자베스가 의기소침해 있는 것을 보고 그 이유가 집에 돌아가기 싫어서 그러는 줄 알고는 이렇게 말했다.

"정 그렇다면 좀 더 오래 머무르겠다고 어머님께 편지를 드리는 게 어때요? 콜린스 부인도 꽤 기뻐할 거예요."

"친절하신 초대에는 무한한 감사를 드려요. 하지만 그걸 받아들이는 건 제 권한 밖의 일입니다. 전 다음 토요일에는 런던에 가 있어야 합니다."

"아니 그렇다면, 엘리자베스 양은 이곳에 겨우 6주일간 머무는 거군요. 난 두 달간이라고 생각했는데. 엘리자베스 양이 오기 전에 콜린스 부인께 그렇게 말했죠. 이렇게 일찍 갈 필요가 없을 텐데요. 어머님은 2주일간 더 허락하실 거예요."

"하지만 아버님께선 허락을 안 하십니다. 빨리 돌아오라고 지난주에 편지까지 하신걸요."

"어머님께서 허락하시면, 물론 아버님께서도 허락하시겠죠. 딸들이란 아버지에겐 그리 대단한 존재가 아니에요. 그리고 만약 한 달만 더 머문다면, 두 분 중 한 분은 내가 런던까지 모셔다드리

죠. 6월 초에 한 일주일간 런던에 다녀와야 하니까요. 도슨은 이 마차의 마부석에 앉는 것을 싫어하지 않으니까 한 분쯤 탈 자리가 있을 거예요. 아니, 다행히 날씨가 선선해지면 두 분 다 모시고 가죠. 두 분은 모두 몸집이 작은 편에 속하니까요."

"친절은 고맙습니다만, 아무래도 처음 계획대로 해야 할 것 같습니다."

레이디 캐서린은 단념했다.

"콜린스 부인, 두 분에게 하인을 딸려 보내야겠어요. 젊은 아가씨 둘이 역마차로 여행한다는 건 상상할 수 없어요. 당치 않은 일이에요. 어떻게 해서든 누굴 좀 딸려 보내세요. 안 될 일이지. 젊은 여자들이란 지위에 따라서 언제나 적당히 보호받고 시중을 받아야 해요. 질녀인 조지아나가 지난여름 램즈게이트에 갈 때도 남자 하인 둘을 꼭 데리고 가게 했죠. 난 이런 일에는 마음을 많이 씁니다. 콜린스 부인, 존을 이분들과 함께 보내세요. 마침 생각이 나서 이런 말을 하게 되니 다행이군요. 정말이지 그냥 보냈더라면 망신을 당할 뻔했네요."

"삼촌께서 하인을 보내 주실 거예요."

"아, 이런 일을 생각해 주시는 분이 계시다니 기쁘군요. 어디에서 말을 바꾸겠어요? 참, 물론 부롬리에서겠죠. 벨 여관에 가서 내 이름을 대시면 시중을 잘 들어줄 거예요."

레이디 캐서린은 이 밖에 그들의 여행에 관해 많은 질문을 했다. 그런데 자기가 한 질문에 일일이 대답을 다 원하지는 않았다.

그래서 엘리자베스는 주의해서 듣지 않으면 안 되었다.

이후 엘리자베스는 혼자 있게 되면 언제나 깊은 안도감 속에서 묵상을 했다. 하루라도 혼자 산책하지 않는 날이 없었고, 그럴 때면 종종 불쾌한 회상의 즐거움에 잠기곤 했다. 다아시의 편지는 얼마 안 있으면 다 외어 버릴 정도였다. 엘리자베스는 문장마다 검토해 보았다. 다아시에 대한 감정은 때때로 아주 달라졌다. 그가 구혼했을 때의 말투에 생각이 미치면 격분을 느꼈지만, 자기가 또 얼마나 부당하게 그를 헐뜯고 나무랐는지를 생각하면 그 노여움은 자신에게로 돌아왔다. 오히려 다아시의 낙심한 감정에 동정을 느꼈다. 다아시의 애정은 엘리자베스에게 감사한 마음을 일으켰고, 그의 무던한 성격에는 존경심마저 일었다. 그러나 여전히 다아시를 받아들일 수 없었고, 다아시를 다시 만나고 싶은 마음은 조금도 없었다.

엘리자베스는 자신의 지난 행동을 후회하며 괴로워했고, 가족을 떠올리고는 슬픔을 느꼈다. 거기서 벗어날 어떤 희망도 없다는 것이 그녀를 더욱 슬프게 했다. 무엇보다 제인에 대한 염려가 엘리자베스를 많이 괴롭혔다. 다아시의 변명으로 엘리자베스는 빙리를 전처럼 훌륭한 사람이라고 생각하게 되었기 때문이다. 어리석고 무례한 가족 때문에 제인이 어느 모로 보든 훌륭한 혼처를 잃었다고 생각하니 괴롭고 슬퍼서 견딜 수 없었다.

38

마침내 떠날 날이 되었다. 레이디 캐서린은 즐거운 여행이 되기를 빈다고 말하면서 친절하게도 내년에 다시 헌스퍼드로 오라고 초대했다. 드 버그 양도 두 사람에게 인사하며 손을 내미는 수고를 아끼지 않았다.

트렁크는 매달고 소포는 마차 안에 갖다 놓았다. 이윽고 출발 준비가 다 되었다고 하인이 알려 왔다. 친구와 애정 어린 이별을 나눈 후 마차로 가는데 콜린스는 엘리자베스를 에스코트하며 롱본의 가족 모두에게 인사를 전했다. 그는 지난겨울 롱본에서 자신이 받은 친절에 다시 한번 감사하다는 인사를 정중히 했다. 그리고 잘 모르긴 하지만 가디너 부부에게도 안부를 전해달라고 했다.

이윽고 엘리자베스와 마리아를 태운 마차가 떠났다. 몇 분간

침묵이 흐른 뒤 마리아가 말했다.

"참 이상해! 우리가 여기 온 지 얼마 안 된 것 같은데 얼마나 많은 일이 일어났는지 몰라요!"

"정말 많은 일이 일어났어."

엘리자베스가 한숨을 쉬며 말을 받았다.

"로징스에서 차를 두 번 마시고 또 아홉 번이나 식사했지! 할 말이 얼마나 많은지 모르겠어요!"

"나는 또 숨길 일이 얼마나 많은지……."

이렇게 엘리자베스는 혼잣말로 중얼거렸다.

그들은 헌스퍼드를 떠난 지 네 시간이 못 되어 가디너 집에 도착했다. 여기서 그들은 며칠 동안 묵기로 되어 있었다. 다행히 제인은 건강해 보였지만, 엘리자베스는 다아시의 청혼과 편지 관련 이야기를 하지 않았다. 롱본에 돌아가서 하는 것이 좋겠다고 판단했다. 그러나 롱본으로 돌아갈 때까지 기다리는 것은 여간 힘든 일이 아니었다. 엘리자베스는 모든 것을 터놓고 이야기해 버리고 싶은 강렬한 유혹을 받았다. 다만 제인에게 어느 정도까지 이야기해야 할지 결정하지 못했기 때문에 그 유혹을 참아낼 수 있었다.

39

5월 둘째 주, 세 아가씨는 그레이스 처치가를 출발해 하트퍼드
셔 어떤 곳으로 향했다. 베넷의 마차가 그녀들을 기다리기로 약
속한 장소에 도착하자 캐서린과 리디아가 이층 식당에서 내다보
고 있었다. 이 두 아가씨는 맞은편에 있는 모자 상점에 들러 구경
한 뒤 그곳에서 기다리고 있었다.

언니들을 환영한 다음에 그들은 여관 식료실에서 흔히 주는
냉육으로 차린 식탁을 자랑스러운 듯이 보이면서 소리쳤다.

"근사하지 않아? 놀랄 만큼 맛이 좋을 거야."

리디아가 덧붙였다.

"언니들을 대접할 생각이었는데 저 상점에서 돈을 다 써 버렸
지 뭐야? 그러니 언니들이 돈을 좀 꿔줘야겠어."

그러고는 산 것을 내보이면서 말했다.

"봐, 언니. 이 모자를 샀어. 그리 예쁘지는 않지만 사는 편이 좋을 거라고 생각했지. 이 부분은 집에 가면 뜯어 버릴래. 그리고 근사하게 다시 만들어야지."

언니들이 모자가 보기 싫다고 말해도 리디아는 말을 이었다.

"가게에는 이것보다 훨씬 더 보기 싫은 게 두세 개나 있어. 군대가 메리튼을 떠나고 나면 올여름엔 무슨 모자를 쓰든 그리 문제가 안 되거든. 두 주일만 있으면 떠난대."

"정말 간다니?"

엘리자베스는 기뻐서 소리쳤다.

"브라이튼 근처에서 야영하게 되었나 봐. 난 아버지에게 여름 동안 우리를 브라이튼에 데려다 달라고 막 조를 테야. 참 재미있는 계획이지. 엄마도 다른 일 제쳐놓고 가고 싶어 하실 거야. 그렇게라도 하지 않으면 이번 여름이 얼마나 따분하겠어."

모두 식탁에 둘러앉자 리디아가 또 입을 열었다.

"근데, 언니, 뉴스가 있는데 무엇인지 알아맞혀 봐. 아주 멋지고 근사한 뉴스야. 우리가 모두 좋아하는 어떤 사람에 관한 거야."

제인과 엘리자베스가 바라보자 리디아가 웃으면서 말했다.

"바로 위컴 씨에 관한 거야. 위컴 씨는 킹 양과 결혼하지 않는대. 어때? 킹 양은 리버풀에 있는 아저씨 댁으로 가서 거기서 머문다나 봐. 이제 위컴 씨는 안전하게 됐지?"

"킹 양도 안전하게 됐지. 그런 경솔한 결혼을 면했으니 말이야."

엘리자베스가 덧붙였다.

"위컴 씨를 좋아했으면서 그냥 가다니 킹 양은 정말 어리석어."

"근데, 양쪽 다 깊은 애정은 없었던 것 같아."

제인이 말하자 리디아가 계속 떠들었다.

"물론 위컴 씨 쪽에는 없었지. 확신해. 위컴 씨는 킹 양을 조금
도 걱정하지 않았거든. 그렇게 추하고 주근깨 많은 조그만 여자
를 누군들 상관하겠어?"

식사를 끝내자 언니들이 값을 치르고 곧 마차를 불렀다. 가는
동안 동생들은 파티 이야기로 언니들을 즐겁게 하려고 애썼다. 그
러나 엘리자베스는 될 수 있는 대로 조금만 들으려고 했다.

집에서는 무척 다정스럽게 그들을 맞아 주었다. 베넷 부인은 제
인의 아름다움이 조금도 변하지 않았다며 기뻐했고, 베넷은 식사
하는 동안 몇 번이나 엘리자베스에게 돌아와서 반갑다고 말했다.

루카스 집안 식구들은 마리아를 맞으러 모두 베넷 집에 와 있
었다. 루카스 경 부인은 마리아에게 맏딸이 얼마나 행복하게 사
는지 끊임없이 물었고, 마리아의 대답을 기쁘게 들었다. 베넷 부
인은 제인에게 최근 무엇이 유행하는지 물었다. 리디아는 가장 큰
목소리로 아침나절의 여러 가지 즐거웠던 일을 늘어놓았다.

집에 돌아온 지 몇 시간이 안 되어 엘리자베스는 리디아가 암
시했던 브라이튼 여행에 대해 들을 수 있었다. 아버지는 전혀 허
락할 생각이 없다는 것을 엘리자베스는 곧 알아챘지만 그 대답이
너무 모호해서 어머니는 희망을 포기하지 않았다.

40

엘리자베스는 제인에게 모든 사실을 알리고 싶은 마음을 더 참을 수 없었다. 그래서 제인 관련 사항만 빼고 다아시가 자기에게 구혼하던 날 일어났던 일을 제인에게 이야기했다.

예상했던 대로 제인은 많이 놀랐지만, 언니로서 강한 애정이 다아시의 청혼을 그럴 수도 있는 일이라고 생각하게 만들었다. 다만 다아시의 표현이 부적절했다는 점과 그가 얼마나 낙담했을지를 말하며 슬퍼했다.

"다아시 씨가 성공하리라고 확신했다는 건 잘못이야. 그리고 더욱이 그것을 얼굴에 나타내지는 말았어야 했어. 그러나 그만큼 실망은 또 얼마나 컸겠니."

엘리자베스는 이렇게 대답했다.

"다아시 씨에겐 정말 미안해. 하지만 그분은 나에 대한 호감을 이내 씻어 줄 다른 감정도 지니고 있어. 언니, 그분을 거절했다고 날 욕하진 않겠지?"

"욕을? 전혀."

"하지만 위컴 씨를 너무 좋게 평가한 점은 나무랄걸?"

"네 말이 무슨 뜻인지 잘 모르겠어."

"바로 그다음 날 일어난 일을 말하면 알게 될 거야."

여기서 엘리자베스는 편지 이야기를 하면서 위컴에 관한 사연을 모두 말해 버렸다. 가엾게도 제인은 큰 충격을 받았다. 다아시의 해명으로 조금 반가운 마음이 들기는 했으나 위컴 소식은 너무나 충격적이었다. 아주 진지하게 제인은 거기에 무슨 잘못된 오해라도 있지 않았는지 증명하려 애썼고, 다아시를 끌어들이지 않고 위컴의 결백함을 밝혀 주려고 했다. 엘리자베스가 말했다.

"소용없어, 언니. 언니는 어떻게든 두 사람을 좋게 보려고 하지만 그건 절대로 안 될 거야. 물론 언니 마음대로 해도 좋지만, 한 사람으로 만족해야 해. 두 사람 다 장점은 있어. 그걸 합쳐서 꼭 선인을 한 사람 만들 만큼 말이야. 근데 요즘은 그 장점이 이 사람에게 갔다가 또 저 사람에게 갔다가 해서 도무지 누가 선인인지 알 수 없어. 하지만 나는 다아시 씨가 옳은 것 같아."

얼마 있다가 제인은 억지로 웃으면서 말했다.

"위컴 씨가 그렇게 나쁜 사람이라니 믿어지지 않아. 그리고 다아시 씨도 참 가엾지! 리지, 얼마나 괴로워했을지 한번 생각해 봐.

무척 실망했을 거야. 더구나 네가 자기를 나쁘게 생각하고 있다는 것을 알게 되었으니 말이야. 그러고도 자기 누이동생 얘기를 하지 않을 수 없었으니. 너도 틀림없이 그렇게 생각하겠지?"

"아니, 나도 후회하고 동정했는데 언니가 그러는 걸 보니 그런 감정이 모두 사라지네. 언니가 크게 동정할수록 난 점점 더 무관심해지고 냉담해져. 언니가 동정을 낭비하는 대신 난 좀 절약해야겠어. 언니가 괴로워하면 할수록 내 마음은 새털처럼 가벼워질 거야."

"가엾은 위컴! 잘생긴 용모에 몸가짐도 정중하고 예의 바르더니."

"두 사람의 교육에는 아마도 무슨 큰 잘못이 있었나 봐. 한 사람은 모든 미덕을 가지고 있고, 또 한 사람은 그 간판만 가지고 있으니."

"넌, 다아시 씨가 그 미덕의 간판조차 없는 사람이라고 전에 생각했지만, 난 한 번도 그렇게 여기지 않았어."

"다아시 씨를 혹독하게 말한 것은 내가 그분에게 가지고 있던 편견이 초래한 당연한 결과야. 그런데 한 가지 언니의 충고를 듣고 싶은 게 있어. 다른 사람들에게 위컴의 실체를 알려야 할까, 아니면 그냥 둬야 할까?"

제인은 잠깐 생각에 잠기더니 이렇게 대답했다.

"위컴 씨를 그렇게 무참하게 폭로할 필요는 없지 않을까? 네 의견은 어때?"

"나도 그런 일은 안 하는 게 좋을 것 같아. 다아시 씨도 내게 자기 말을 공표할 권리를 준 것은 아니니까. 또 그분 누이동생과 관련된 사실은 비밀로 하고 싶어. 위컴은 곧 떠나 버릴 사람이니까 이곳 사람들에게 굳이 알리지 않아도 될 것 같고, 언젠가는 모든 것이 밝혀질 때가 오겠지. 하지만 지금은 거기에 대해 아무 말도 하고 싶지 않아."

"네 말이 옳아. 지금 위컴 씨의 비행을 세상에 알린다면 영원히 그분을 망치게 할지도 몰라. 위컴 씨도 지금쯤은 과거에 저지른 일을 후회하면서 명예를 회복하려고 노력할지도 모르지. 그분을 절망시켜서는 안 돼."

이러한 대화로 엘리자베스는 어느 정도 마음의 안정을 찾았다. 지난 2주 동안 자기 마음을 억눌러 왔던 비밀을 털어놓으니 살 것만 같았다. 그러나 마음 한구석에는 아직도 뭔가 도사리고 있는 것이 있었다. 엘리자베스의 분별력은 이것을 드러내놓기를 두려워했다. 엘리자베스는 빙리가 제인을 얼마나 진실하게 사랑했는지 말할 수 없었다. 이것은 결국 두 사람이 풀어야 할 문제였다. 만일 두 사람이 다시 만나게 된다면 빙리가 기쁜 마음으로 해야 할 고백을 자신이 미리 나서서 할 이유는 없다고 생각했다. 물론 그런 일이 일어날 가능성은 희박하다고 생각했지만.

어느 정도 마음이 안정된 후에야 엘리자베스는 제인의 기분을 생각할 여유가 생겼다. 제인은 행복하지 않았다. 그녀는 아직도 빙리에게 애정을 품고 있었다.

하루는 베넷 부인이 엘리자베스에게 다음과 같이 말했다.

"그런데 리지야, 넌 언니 일을 어떻게 생각하니? 나로선 이젠 아무에게도 그 이야기는 하지 않기로 했어. 요 전날 필립스 이모에게도 그렇게 말했지. 하지만 제인이 런던에서 빙리를 만났는지 도대체 알 수 있어야지. 하여튼 그 사람은 아주 쓸모없는 청년이야. 이제 제인이 그와 결혼할 기회가 조금이라도 남아 있다고는 생각하지 않아. 알 만한 사람들에게 모두 물어보았는데, 이번 여름에 그가 네더필드에 또 온다는 말은 전혀 없더라."

"그분이 다시 네더필드에 와서 살지는 않을 거예요."

"그거야 생각 나름이지. 물론 난 그 사람이 내 딸을 망쳤다고 말하겠지만, 만약 내가 제인이라면 그냥 두진 않았을 거야. 제인이 가슴이 터져 죽고, 그래서 그놈이 후회하는 꼴을 봐야 속이 후련하겠어."

엘리자베스가 아무 말도 하지 않자 베넷 부인이 다시 말을 계속했다.

"그래, 리지야, 콜린스 부부는 잘 사니? 나야 계속 행복하게 잘 살기를 바랄 뿐이지. 식탁은 무엇으로 차렸니? 샬럿이야 아주 착실한 살림꾼이지. 자기 어머니의 반만큼만 깜찍하다면 꽤 저축할 거다. 그 사람들의 살림에는 아마 낭비라는 게 없을걸."

"그래요."

"꽤 잘 꾸려 나갈 거야. 틀림없지. 지출이 수입을 넘지 않도록 조심할 테고. 그래서 돈 때문에 걱정하지는 않을 게다. 자신들에게 퍽 유익할 거야. 그런데 너희 아버지가 돌아가시면 롱이 자기들 것이 된다고 가끔 얘기하던? 아버지가 돌아가시기만 하면 완전히 자기들 소유라고 생각할 거야."

"어머니, 그 사람들이 제 앞에서 할 수 없는 얘기예요."

"암, 할 수 없지. 했다면 이상한 일이지. 하지만 자기네끼린 가끔 얘기할걸. 어떻든 법적으로 자기 소유가 아닌 재산을 쉽게 얻을 수 있으니, 땡이지 뭐냐. 나한텐 양도만 돼 있고 정작 내 재산은 아니니 한탄할 일이야."

41

메리튼에 주둔한 부대가 떠날 날이 가까워졌다. 이웃 마을의 젊은 처녀들은 거의 모두 상심하고 있었다. 이런 가운데 제인과 엘리자베스만 무관심했다. 그래서 두 사람은 극도의 비탄에 빠진 키티와 리디아로부터 비난을 받았는데, 이 꼬마 아가씨들은 자기 가족이 그렇게 냉혹한 것을 도무지 이해할 수 없었다.

"이제 우린 무엇이 되지? 어떻게 하면 좋아? 리지 언니, 언니는 어떻게 그렇게 웃을 수 있어?"

쓰라린 슬픔에 겨워 그들은 이렇게 종종 부르짖곤 했다. 사랑이 많은 어머니는 그들과 슬픔을 같이 나누었다. 부인은 25년 전 비슷한 일을 겪어 괴로워했던 상황을 떠올렸다.

"나도 밀러 대령의 부대가 떠날 때 꼬박 이틀 동안 울었단다.

가슴이 터지는 줄만 알았지."

"정말 내 가슴은 터질 것 같아."

리디아가 말했다.

"브라이튼에 갈 수 있으면 좋으련만!"

베넷 부인이 말했다.

"정말, 브라이튼에만 갈 수 있다면 얼마나 좋을까? 하지만 아버지가 반대하실 거야."

"해수욕을 좀 하면 원기가 팍 회복될 텐데."

"이모님이 그러시는데 해수욕이 정말 좋대요."

이렇게 키티가 덧붙였다.

리디아의 우울증은 얼마 안 가서 해소되었다. 연대장인 포스터 대령의 부인이 브라이튼에 같이 가자고 리디아를 초대했기 때문이다. 리디아의 이 소중한 친구는 젊은 여자로 최근에 결혼했다. 두 사람이 다 같이 명랑하고 쾌활했으므로 석 달간 사귀면서 둘도 없는 친한 사이가 되고 말았다.

리디아의 기쁨과 포스터 부인에 대한 칭찬 그리고 베넷 부인의 즐거움은 컸다. 반면에 키티의 울분은 이루 다 말할 수 없었다. 리디아는 키티의 마음은 아랑곳하지 않고 모든 사람에게 축복해 달라고 소리 지르면서 어느 때보다 더 호들갑스럽게 웃고 떠들었다.

불운한 키티는 응접실에서 심술 난 듯 사리에 맞지도 않는 말을 줄곧 지껄여 대고 있었다.

"왜 포스터 부인은 나를 함께 초대하지 않는지 모르겠어. 비록 내가 자기와 친한 친구는 아니래도 말이야. 나도 초대받을 권리가 당당히 있어. 내가 두 살 위니까 오히려 더 많지."

엘리자베스가 알 만큼 일러 주고 제인이 단념하도록 달래보았으나 소용이 없었다. 엘리자베스는 비록 나중에 큰 원망을 듣게 되더라도 아버지에게 리디아를 말려 달라고 말하지 않을 수 없었다. 엘리자베스는 아버지에게 리디아의 행동이 창피할 뿐이라는 것, 포스터 부인과 같은 여자와 관계해서 얻을 것이 별로 없다는 것, 집에서보다 유혹이 더 많은 브라이튼 같은 데서는 지각없는 일을 저지를 가능성이 더욱 많다는 것 등을 이야기했다. 베넷은 주의 깊게 듣다가 이렇게 말했다.

"리디아의 행동은 여러 사람에게 한번 웃음거리가 되어 보기 전에는 바뀌지 않을 거다."

"만약 아버지께서, 리디아의 경망한 행동을 남들이 모두 알게 되고, 우리가 볼 손해가 얼마만큼 크다는 것을 아신다면, 이 일을 달리 처리하실 거예요. 하긴 손해는 이미 보고 있지만요."

"이미 보고 있다고? 아니, 리디아가 네 애인을 쫓아 보내기라도 했단 말이냐? 안됐다, 리지. 그렇다고 낙담은 마라. 그래, 리디아의 어리석은 짓 때문에 떨어져 나간 가엾은 친구는 누구누구니?"

"잘못 아셨어요, 아버지. 제가 그렇게 분개할 만큼 상처를 입은 것은 아니에요. 제가 지금 말씀드리는 건 무슨 특별한 손해가 아니라 보통 있는 손해예요. 리디아의 방종하고 경박한 성격, 염치 없고 제멋대로인 성격 때문에 우리는 피해를 보고 있어요. 이렇게 말하는 걸 용서하세요. 만약 아버지께서 리디아의 이런 기질을 막으시고, 리디아가 현재 추구하는 것이 자기 생애에 중요한 일이 되지 않음을 가르쳐주지 않으신다면, 리디아는 아주 몹쓸 애가 되고 말 거예요. 자기 자신과 가족에게 욕을 먹이는 아주 못된 바람둥이가 될 거예요. 젊음과 반반한 얼굴 이외에는 아무런 매력도 없는, 또 무식하고 속이 텅 비어 있어 남들의 칭찬을 받고 싶어 하는 광적인 열망이 초래할 세상 사람들의 경멸을 조금이나마 막아 낼 도리는 없을 거예요. 이런 위험 속에 키티 역시 끼어 있어요. 개는 리디아가 이끄는 대로 어디든지 따라갈 거예요. 허영에 차고, 무식하고, 게으르고 게다가 당돌하기 짝이 없거든요. 아버지, 개들을 아는 사람이면 누구나 비난하고 멸시해요. 그리고 저와 언니는 그러한 치욕 속에서 자유로울 수 없어요."

베넷은 엘리자베스의 마음이 온통 이 문제로 가득 차 있음을 알아차렸다. 그는 엘리자베스의 손을 정답게 쥐면서 대답했다.

"너무 염려하지 마라. 리지야, 너와 제인은 어딜 가더라도 흠모와 귀여움을 받을 게고, 바보 같은 동생이 두서너 명 있다고 해서 잘못되지는 않을 게다. 리디아가 브라이튼에 가지 않으면 집안이 조용하지 않을 거야. 그러니 가게 내버려 두자. 포스터 대령은 지각이 있는 분이니까 리디아가 사고를 안 내도록 살펴줄 거고, 다행스럽게도 리디아는 볼품이 없어서 누가 잡아먹으려고 하진 않을 거야. 또 브라이튼에서는 여기서보다 더 대수롭지 않은 여자가 될 게고, 장교들도 자기들이 지금까지 생각했던 여자들보다 더 멋진 여자들을 만나게 될 거다. 그러니 리디아가 거기 가서 자기가 얼마나 보잘것없는 존재인지 깨닫기만 바라자. 어쨌든 그래도 잘못을 깨닫지 못한다면, 그때는 리디아를 일생 동안 가둬 둘 수밖에 없겠지."

엘리자베스는 이 말에 만족할 수밖에 없었지만 생각에는 변함이 없었다. 그래서 실망스럽고 섭섭한 마음을 안은 채 물러 나왔다. 그러나 엘리자베스는 천성이 괴로움을 곱씹으면서 빠져 있을 여자는 아니었다. 그녀는 자기 의무를 다했다는 것에 자부심을 느꼈다. 불가피한 재난에 초조하게 애를 태우거나 불안과 걱정에 빠지는 것은 엘리자베스의 기질에 맞지 않았다.

엘리자베스가 아버지와 이런 상의를 했다는 사실을 만약 리디아와 어머니가 알았더라면 그들의 분노는 하늘 끝까지 치솟았을 것이다. 리디아에게는 브라이튼 여행이 지상에서 얻을 수 있는 최대 행복을 의미했다. 리디아는 장교들이 득실대는 즐거운 해수욕장에서 장교 수십 명에게 호의를 받는 환상에 빠져들었다. 천막들이 똑같은 모양으로 줄지어 아름답게 펼쳐져 있었고, 안에는 젊고 유쾌한 장교들이 눈부신 빨간 군복을 입고 있었다. 리디아는 그 천막 바로 밑에 앉아서 한 번에 적어도 장교 여섯 명과 신나게 노는 환상에 빠져들고 있었다.

엘리자베스는 이제 위컴을 마지막으로 보게 되었다. 집에 돌아온 후에도 위컴과 종종 만났기 때문에 마음의 동요는 거의 가라앉은 상태였다. 위컴은 처음 만날 때처럼 엘리자베스에게 친절을 보였는데 이는 엘리자베스를 더욱 불쾌하게 만들 뿐이었다. 엘리자베스는 자신이 쓸모없고 천박한 친절의 대상이라는 것을 알고는 위컴에 대한 모든 흥미를 잃어버렸다. 그러나 엘리자베스는 위컴이 이렇게 자신에게 친절을 베풀면 자기가 언제든 위컴에게 호의를 보여줄 거라고 그가 믿는 것은 전적으로 자기 책임이라고 스스로 나무라지 않을 수 없었다.

부대가 메리튼에 머무는 마지막 날, 위컴은 다른 장교들과 함께 롱본에서 식사했다. 엘리자베스는 위컴을 좋게 대할 기분이 아니었으므로 그가 헌스퍼드에서 지내는 동안 있었던 일을 묻자 피츠윌리엄 대령과 다아시가 로징스에서 3주간이나 보냈다는 말을 하면서 대령을 아느냐고 물어보았다. 이에 위컴은 몹시 당황하고 놀라서 불쾌해 보이기까지 했다. 그러나 이내 생각을 가다듬고 다시 미소를 지으며 전에 종종 그를 만난 일이 있다고 대답했다. 그리고 그는 무척 신사다운 사람이었다고 말한 다음, 엘리자베스에게 그를 얼마나 좋아하느냐고 물었다. 엘리자베스가 아주 좋아한다고 대답하자 위컴은 아무렇지도 않은 듯이 이렇게 덧붙였다.

"그분이 로징스에 얼마나 있었다고 하셨죠?"

"약 3주일 동안이에요."

"자주 만나셨나요?"

"네, 매일 만나다시피 했죠."

"사람됨이 사촌과는 사뭇 다를걸요."

"네, 아주 달라요. 하지만 다아시 씨도 사귀어 보니 점점 나아지더라고요."

"아무렴요!"

위컴이 소리쳤다. 그리고 이 순간 그의 표정을 엘리자베스는 놓치지 않았다.

"그런데 저어……."

위컴은 여기서 잠깐 머뭇거리더니 좀 더 명랑한 말투로 말했다.

"그가 나아진 것은 인사성인가요? 평소보다 좀 더 정중하게 대하던가요? 하지만 전……."

좀 더 낮고 정색한 목소리로 말을 이었다.

"그가 본질적으로 나아졌다곤 생각되지 않는데요."

"그야 물론이죠. 아마 본질적으로는 과거와 조금도 다름없을 거예요."

위컴은 엘리자베스의 말을 어떻게 해석하면 좋을지 몰랐다. 다만 알 수 없는 불안감이 엄습해 왔다.

"사귀어 보니까 다아시 씨가 나아지더란 말은, 그분의 마음이나 태도가 좋아졌다는 뜻이 아니라 그분을 좀 더 알고 보니까 이해가 되더란 말이에요."

위컴은 놀라고 당황해서 안색이 변하고 말았다. 몇 분 동안 침묵이 흐른 뒤 위컴은 당황한 마음을 떨쳐버리고 엘리자베스를 향해 아주 은근한 말투로 말했다.

"그가 그나마 위선적이지 않은 척 행동했나 봅니다. 아주 다행이군요. 그것이 비록 위선적인 가식일망정 다른 누군가가 저처럼 상처받는 일은 없을 테니까요. 다만 제가 염려하는 것은 다아시가 아주머니 앞에서만 특히 그런 척한다는 사실입니다. 그는 아주머니를 아주 조심스럽게 대합니다. 물론 드 버그 양과 관계를 맺고 싶어 하는 이유도 한몫한 것이죠. 이 점은 제가 보증합니다."

이 말에 엘리자베스는 실소를 금치 못했으나 다만 고개를 가볍게 숙임으로써 직접적인 대답을 피했다. 엘리자베스는 위컴이 자신이 받은 상처를 말하고 싶어 하는 것을 알았으나 그것을 전혀 언급하지 않았다. 그리고 위컴은 평소처럼 명랑한 척하며 나머지 저녁 시간을 보냈다. 그는 엘리자베스와 더는 대화하지 않았고, 두 사람은 정중하게 예의를 지키며 헤어졌다.

파티가 끝난 후 리디아는 포스터 부인과 같이 메리튼으로 갔다. 거기서 이튿날 아침 일찍 출발할 예정이었다. 리디아와 가족의 이별은 슬프다기보다는 오히려 떠들썩했다. 키티만 눈물을 흘렸지만 그것은 슬퍼서 우는 것이 아니라 분하고 서러워서 흘리는 눈물이었다. 베넷 부인은 몇 번이나 딸의 행복을 빌면서 될 수 있는 대로 즐거운 기회를 놓치지 말라고 당부했다.

42

베넷은 젊음과 아름다움에 현혹되어 부인과 결혼했다. 부인의 좁은 소견과 이해심 부족으로 베넷의 애정은 결혼 초기에 끝장나 있었다. 존경과 신뢰감은 이내 사라져 버렸고, 가정의 행복에 대한 모든 기대는 무너져 버렸다.

엘리자베스는 남편으로서 아버지의 행동이 온당치 않음을 모르지 않았다. 그러나 아버지 재능을 존경했고, 자신에 대한 깊은 애정에 감사한 나머지 그 부분은 잊으려고 애썼다. 물론 엘리자베스는 잘못된 결혼이 불가피하게 동반하는 피해를 지금처럼 절실히 통감한 적은 없었다. 아버지는 가장으로서 충분히 존경받을 만한 능력이 있는 분이었기에 더욱 그랬다. 잘못된 결혼이 가져오는 파장은 상상할 수 없을 만큼 큰 것이었다.

군대가 이동한 후 파티는 눈에 띄게 줄어들었고 어머니와 동생은 아주 우울해했다. 그래서 집안 분위기는 대체로 침울했다. 엘리자베스는 호수 지방으로 가는 여행이 기다려질 수밖에 없었다. 제인과 함께할 수 있다면 더없이 좋은 여행이 될 거라고 생각했다. 그러나 엘리자베스는 이내 생각을 고쳐먹었다.

'뭔가 부족한 것이 있다는 건 오히려 다행한 일이야. 만약 모든 준비가 완전하다면 반드시 실망하는 일이 생길지도 몰라. 언니가 곁에 없어서 느끼게 되는 섭섭함을 지니고 여행한다면 여행에서 얻는 기쁨을 더욱 크게 느끼게 될 거야. 모든 조건이 충족된 여행은 재미없잖아?'

리디아가 떠나면서 자주 그리고 자세하게 어머니와 키티에게 편지를 쓰겠다고 약속했다. 그러나 편지는 늘 오래 기다려야 했고, 그나마도 짧았다. 어머니에게 보낸 편지에는 방금 도서관에서 돌아오는 길에 어떠어떠한 장교가 따라왔다는 것 그리고 거기서 깜짝 놀랄 만한 아름다운 장식물들을 보았다는 것 또 가운과 파라솔을 새로 샀다는 것을 썼는데 그나마 포스터 부인이 불러서 그만 써야 한다고 적었다. 키티에게 보낸 편지에는 들을 만한 사연이 더 적었다.

리디아가 떠난 지 2, 3주일이 지나자 롱본에 다시 활기가 깃들기 시작했다. 겨울 동안 런던에 가 있던 두 딸이 이미 돌아와 있었고, 여름옷과 파티 이야기가 다시 시작되었다. 베넷 부인은 수다스러우면서도 침착함을 유지했고, 키티도 6월 중순쯤에는 울지 않고 메리튼에 갈 만큼 상당히 회복되었다. 이런 일은 엘리자베스로 하여금 만약 메리튼에 다시 군대가 주둔하지 않는다면 키티가 하루에 한 번 이상 장교 이야기를 꺼내지 않을 거라는 희망을 품게 했다.

북쪽 호수 지방으로 여행을 떠나기로 한 날이 차츰 다가왔다. 그런데 겨우 2주일을 앞두고 있을 때 가디너 부인에게서 편지가 왔다. 출발 일자를 연기하고 여행 일정을 줄이자는 내용이었다. 가디너는 사업상 2주일이 더 늦은 7월까지는 출발할 수 없으며, 한 달 안으로 런던에 가야 한다는 것이었다. 그래서 기간이 매우 짧아진 만큼 멀리 갈 수는 없으며, 애초 계획했던 대로 많은 것을 구경할 수도 없고, 여유를 가지고 즐겁게 구경할 수도 없을 테니 호수 지방은 단념하자고 했다. 지금으로서는 더비셔 이북으로는 더 갈 수 없다는 것이었다. 하지만 그곳에도 꽤 볼 만한 것들이 있으며, 가디너 부인은 특히 그 지역에 매력을 느낀다고 했다.

엘리자베스는 호수 지방에 가고 싶었으므로 무척 실망했다. 그러나 만족하는 것이 엘리자베스의 의무였고, 또 모든 일을 즐거워하는 것이 그녀의 성품이었다. 다만 더비셔라 하면 연상되는 것이 많았는데, 그 말을 들을 때마다 엘리자베스는 펨벌리와 그 소유자 다아시를 떠올리지 않을 수 없었다.

이윽고 시간이 흘러 가디너 부부가 네 아이를 데리고 롱본으로 왔다. 여섯 살과 여덟 살 난 두 여자아이와 두 남동생은 제인이 맡아 돌봐주기로 했다. 제인의 착실하고 상냥한 성품이 그들

을 가르치고 돌보는 데 꼭 알맞았다.

가디너 부부는 롱본에서 하룻밤을 지내고 이튿날 아침 엘리자베스와 함께 출발했다. 한 가지는 확실히 기쁨을 주었다. 여행 동반자로 아주 적당한 사람과 여행을 떠난다는 기쁨이 그것이었다.

더비셔의 주요한 명승지를 모두 구경한 후 일행은 가디너 부인이 이전에 살던 곳으로 아직도 몇몇 친구가 살고 있다는 램튼으로 향했다. 램튼에서 8킬로미터도 채 안 되는 곳에 펨벌리가 있다는 것을 엘리자베스는 가디너 부인에게 들었다. 펨벌리 방문은 그들 계획에 없었으나 가디너 부인이 펨벌리에 가 보고 싶다는 말을 꺼내자 가디너는 기꺼이 찬성했다.

가디너 부인이 엘리자베스에게 말했다.

"얘, 넌 그렇게도 귀가 아프게 들은 데를 가 보고 싶지 않니? 거기는 또 네가 아는 많은 사람과도 인연이 있는 곳이지. 네가 알다시피 위컴이 청년 시절을 보낸 곳이기도 해."

엘리자베스는 괴로웠다. 거대한 호화 주택에는 이제 싫증이 났다고 털어놓으며 훌륭한 융단이라든가, 수놓은 커튼이라든가 하는 것에 흥미가 없다고 했다.

가디너 부인은 엘리자베스의 어리석은 생각을 나무랐다.

"만약 펨벌리가 호화 가구만 즐비한 화려한 집에 그친다면 나도 상관하지 않겠어. 하지만 정원이 아주 매혹적이란 말이야. 그 숲은 전국에서 가장 훌륭할걸."

엘리자베스는 더 말하지 않았다. 그러나 마음만은 순순히 동의할 수 없었다. 그리고 곧이어 펨벌리를 구경하는 동안에 다아시를 만날지도 모른다는 생각이 들었다. 그것은 두려운 일이었다. 엘리자베스는 얼굴을 붉히며 그러한 위험을 무릅쓰기보다는 숙모에게 숨김없이 이야기하는 편이 낫겠다고 생각했다. 그러나 그러기도 쉽지 않은 노릇이었다. 결국 엘리자베스는 펨벌리에 다아시가 있는지 확인한 뒤 그가 집에 있다면 숙모에게 솔직히 털어놓고 방문하지 않으리라 다짐했다.

그래서 밤에 잠자리에 들기 전에 엘리자베스는 하녀에게 펨벌리에 대해 이것저것 물었다. 아름다운 곳인가, 주인 이름은 무엇인가, 또 주인은 여름 동안 돌아와 있는가를 무심한 듯 물어보았다. 하녀는 다행히 주인이 집에 없다고 대답했다. 이에 엘리자베스는 편안한 마음으로 잠자리에 들었다.

43

엘리자베스는 마차를 타고 가며 펨벌리 숲을 불안한 마음으로 바라보았다. 저택이 가까워질수록 가슴이 몹시 뛰었다. 문지기는 그들을 반갑게 맞아주었다. 공원은 매우 넓고 컸으며, 지형은 기복이 심했다. 그들은 가장 낮은 곳으로 들어가서 얼마 동안 이어진 아름다운 숲을 지났다. 엘리자베스는 경치를 두루 보며 감탄했다. 꽤 높은 언덕 꼭대기에 이르렀는데, 숲이 끝나고 길이 좀 험하게 돌아 들어간 골짜기 건너편에 솟은 펨벌리 저택이 한눈에 보였다. 높은 지대에 세운 크고 아름다운 대저택이었다. 뒤로는 높고 울창한 산마루가 둘러싸고, 앞으로는 큰 개울이 흘렀다. 조금도 부자연한 꾸밈이 없었고, 모든 것이 자연스러운 아름다움을 자아내고 있었다.

엘리자베스는 즐거웠다. 그녀가 지금껏 보아 온 그 어떤 곳보다 펨벌리는 훌륭했다. 모두 펨벌리의 장관을 크게 칭찬했다. 그리고 한순간 엘리자베스는 이 아름다운 곳의 안주인이 되는 것은 대단한 일이라고 생각했다.

그들은 언덕을 내려가 다리를 건너 저택 앞에 다다랐다. 좀 더 가까운 곳에서 집을 보니 엘리자베스는 다아시를 만나게 되지나 않을까 하는 두려움이 되살아났다. 그녀는 여관 하녀의 정보가 정확하기를 바랐다. 그들은 현관으로 안내되었다. 방문객들을 안

내할 가정부를 기다리며 엘리자베스는 다시 한번 자신이 펨벌리에 와 있다는 사실을 깨닫고 새삼 놀랐다.

이윽고 가정부가 왔다. 엘리자베스가 생각했던 것보다 예의 바르고 잘생긴 중년 부인이었다. 일행은 부인을 따라 응접실로 들어갔다. 균형이 잘 잡히고 훌륭하게 꾸며진 큰 방이었다. 엘리자베스는 가볍게 방을 둘러본 후 창으로 가서 창밖 경치를 즐겼다. 그들이 조금 전 내려온 숲이 무성한 언덕을 멀리서 바라보니 더욱 아름다웠으며, 정원의 모든 배치도 훌륭했다. 다른 방들에 들를 때마다 그 경치들은 제 위치를 바꿨지만, 어디서든 아름다운 경치를 감상할 수 있었다. 방들은 모두 고상했으며, 가구들은 주인의 격에 어울리는 것들이었다. 엘리자베스는 펨벌리의 가구가 촌스럽게 번질번질하거나 쓸데없이 화려하지 않으며, 로징스의 가구보다 더 우아한 것을 보고 다아시의 취미에 감탄했다.

엘리자베스는 생각했다.

'나는 이곳의 안주인이 될 뻔도 했어. 손님으로 이 방을 구경하는 대신, 이 방들이 내 것인 양 기뻐하고 삼촌 내외분을 손님으로 이 방을 안내했을 수도 있었겠지. 아냐, 그럴 리 없어. 두 분을 초대하는 허락은 받지 못했을 거야.'

다아시와 결혼했더라면 숙모와 교제가 허락되지 않았을 것이라고 생각하니 그의 제안을 거절하길 잘했다는 생각이 들어 위안이 되었다. 엘리자베스는 가정부에게 정말 주인이 없느냐고 물어보고 싶었으나 차마 그럴 용기가 없었다. 그러나 가디너가 이 질문을 했고, 레이놀즈 부인은 없다고 대답하고는 이렇게 덧붙였다.

"그러나 내일 오십니다. 친구분들과 성대한 파티가 있을 예정이죠."

엘리자베스는 여행이 하루 연기되지 않은 것을 얼마나 다행스럽게 여겼는지 모른다. 가디너 부인이 엘리자베스를 불러 어떤 그림을 보라고 했다. 엘리자베스가 가까이 가서 보니 그것은 위컴의 초상화였다. 레이놀즈 부인은 그것은 돌아가신 주인의 재산 관리인이었던 사람의 아들이라고 말했다.

"지금은 군대에 갔죠. 하지만 몹시 방탕했다는 소문이 있어요."

가디너 부인은 엘리자베스를 쳐다보며 웃었으나 엘리자베스는 웃을 수 없었다. 레이놀즈 부인은 또 다른 그림을 가리키면서 말을 이었다.

"이분이 바로 지금 주인이십니다."

"주인 되시는 분의 인품에 대해선 많이 들어 알고 있습니다. 훌륭한 분이시더군요. 어디, 리지는 저 그림이 닮았는지 안 닮았는지 알 수 있겠구나."

가디너 부인이 그림을 보면서 말하자 레이놀즈 부인이 물었다.

"다아시 도련님을 아세요?"

엘리자베스는 얼굴을 붉히며 말했다.

"네, 조금."

"잘생긴 분이라고 생각하지 않으세요?"

"네, 아주 미남이에요."

"정말 그렇게 훌륭한 분은 또 없어요. 이층 화실에 가시면 이보다 더 큰 초상화를 보실 수 있습니다. 이 방은 돌아가신 주인어른께서 좋아하시던 방이었죠. 이 그림들은 그분이 살아 계실 때 걸렸던 그대로예요."

레이놀즈 부인은 이어서 다아시 양의 여덟 살 때 초상화를 보면서 말했다. 그러자 가디너가 물었다.

"다아시 양도 아름다운가요?"

"그럼요. 제가 본 분들 중 가장 예쁜 아가씨죠. 재주도 아주 좋답니다. 피아노를 치시며 노래를 아주 잘 부르시지요. 다음 방에 가면 도련님이 아가씨에게 선물하신 새 피아노가 있습니다. 아가씨도 내일 도련님과 함께 오십니다."

가디너는 태도가 솔직하고 쾌활해서 질문과 논평으로 레이놀즈 부인의 수다를 거들었다. 부인은 자만심에서인지 또는 주인에 대한 애착심에서인지 다아시와 그 여동생에 대해 이야기할 때 진심으로 기뻐하며 말했다.

"다아시 씨께서는 일 년 중 펨벌리에 계시는 날이 많은가요?"

"제가 원하는 만큼 오래 계시지는 않아요. 하지만 아마 절반은 여기서 지내실걸요. 아가씨는 여름이면 언제나 내려오십니다."

'램즈게이트에 갈 때는 제외하고겠지.'

엘리자베스는 생각했다.

"주인께서 결혼하시면 자주 뵙게 되겠습니다."

"그렇죠, 하지만 언제 하시게 될지 모르겠어요. 그분께 어울리는 적당한 배필이 누군지 알 수 있어야죠."

가디너 부부는 미소를 지었다. 그러나 엘리자베스는 이렇게 말하지 않을 수 없었다.

"부인께서 그렇게 말씀하시는 걸 보니 아주 훌륭한 분이신가 보네요."

"저는 있는 그대로 그분을 평가할 뿐입니다. 모든 사람이 그분이 훌륭하다고 공통되게 평가하죠."

엘리자베스는 이건 좀 지나친 칭찬이라고 생각했다. 그러나 더욱 놀라운 말을 듣게 되었다.

"도련님이 네 살 되던 때부터 쭉 모셔 왔지만 저는 지금까지 도련님이 화내시는 걸 한 번도 본 적이 없습니다."

이 말은 엘리자베스의 생각을 아주 빗나가는 칭찬이었다. 엘리자베스는 다아시가 상냥한 사람이 아니라고 굳게 믿었다.

"그만한 분도 드물죠. 훌륭한 주인을 모시고 있어서 좋겠습니다."

"그렇죠. 저도 그렇게 생각합니다. 제 평생 더 좋은 분을 만날 수는 없을 겁니다. 도련님은 세상에서 제일 상냥하고 마음씨 좋은 소년이었습니다."

엘리자베스는 눈을 둥그렇게 뜨고 가정부를 쳐다보았다. 그리고 다아시 씨가 이럴 수가 있었을까? 하고 생각했다.

"부친도 훌륭한 분이었다죠?"

가디너 부인이 물었다.

"네, 정말 훌륭하신 분이었죠. 도련님도 꼭 아버님을 닮아서 가난한 사람들에게 너그러우십니다."

엘리자베스는 들을수록 놀라움을 금치 못했다. 그녀는 다아시에 대해 더 듣고 싶었으나 레이놀즈 부인은 초상화들과 방들의 크기, 가구들을 이야기했다. 하지만 일행이 큰 층계를 올라갈 때 가정부는 다시 다아시의 장점에 대해 칭찬을 늘어놓았다.

"도련님은 이 세상에서 가장 훌륭한 주인이고 지주이십니다. 자기밖에 모르는 요즘 젊은 사람들과 다르죠. 소작인이나 하인들치고 도련님을 칭찬하지 않는 사람이 없답니다. 어떤 사람들은 도련님을 오만하다고도 하는데 저는 거기에 동의하지 않습니다. 제 생각으로는 도련님이 다른 청년들처럼 수다를 떨지 않기 때문에 그런 오해를 사는 것 같습니다."

'그렇게 말하니까, 다아시 씨는 정말 훌륭한 사람으로 들리는군.' 엘리자베스는 생각했다.

"다아시 씨에 대한 이런 평가는 위컴 씨 말과 아주 대조적인데?" 숙모가 걸어가면서 말했다.

"지금 우리가 속고 있는지도 모르죠."

"아냐, 그런 것 같지는 않아. 늘 옆에서 모시는 믿을 만한 사람의 말이니까 근거 있는 평가지."

이층의 넓은 복도에 이르자 일행은 아래층 방보다 더 우아하고 말쑥하게 꾸며진 아름다운 거실로 안내되었다. 레이놀즈 부인은 그 거실이 다아시 양이 제일 좋아하는 공간인데 다아시가 최근 동생을 기쁘게 해주려고 새로 꾸몄다고 설명했다.

"확실히 좋은 오빠로군요."

창문으로 다가가면서 엘리자베스가 이렇게 말했다. 레이놀즈 부인은 내일 도착할 다아시 양이 이 방에 들어서면서 기뻐하는 모습을 상상하고 있다고 덧붙였다.

"도련님이 하시는 일은 늘 이렇습니다. 아가씨를 기쁘게 할 수 있는 것이면 무엇이든 순식간에 하시거든요. 아가씨를 위해서는 안 하시는 일이 없어요."

이제 남은 것은 화랑과 침실 두서너 개뿐이었다. 미술품 진열대에는 훌륭한 그림이 많았으나 엘리자베스는 미술에는 문외한이었으므로 다아시 양이 크레용으로 그린 몇 가지 그림만 흥미롭게 보았다. 다아시 양의 그림 제목은 대개 재미있었고 또 이해하기도 쉬웠다.

화랑에는 가족과 조상들의 초상화가 많았지만 주의를 많이 끌수는 없었다. 엘리자베스는 알고 있는 사람의 얼굴만을 찾았다.

드디어 한 그림이 엘리자베스의 발길을 멈추게 했다. 다아시의 초상화로 다정한 미소를 머금고 있는 그림이었는데, 엘리자베스는 깊은 생각에 잠겨 그 앞에 몇 분 동안 서 있었다. 엘리자베스의 마음속에는 그들이 한창 만날 때 느낀 것보다 다정한 감정이 솟아났다.

레이놀즈 부인의 칭찬은 결코 하찮은 것이 아니었다. 총명한 하인의 칭찬보다 더 가치 있는 칭찬이 있겠는가? 그가 얼마나 많은 사람의 행복을 쥐고 있는지를 생각해 보았다. 오빠로서, 지주로서, 주인으로서 그는 많은 이에게 중요한 존재였다. 얼마나 많은 선행이나 비행을 그가 수행하는 것일까? 물론 가정부가 말한 바에 따르면 비행은 없고 선행만 있을 뿐이다. 엘리자베스는 일찍이 느껴 본 적이 없었던 깊은 감사의 마음으로 그의 초상화를 바라보았다. 그리고 그의 고백을 떠올렸다. 당시에는 부적당한 표현에 불쾌했지만 이제는 그 부적당함도 너그럽게 이해되었다.

그들은 일반 방문객에게 허락된 공간을 모두 구경한 뒤 아래층으로 내려왔다. 안내해 준 레이놀즈 부인에게 작별을 고하고, 현관문 앞에서 정원사의 안내를 받아 내려왔다. 엘리자베스는 다시 한번 집을 보려고 돌아섰고 가디너 부부도 걸음을 멈췄다. 엘리자베스가 그 건물이 언제 지어졌을지를 생각하던 바로 그때, 저택 뒤 마구간으로 통하는 골목에서 다아시가 나타났다. 둘 사이의 거리는 20미터도 되지 않았고, 너무 갑작스러워 그의 시야를 피하는 것은 불가능한 일이었다. 곧 두 사람의 눈이 마주쳤고, 이내 둘의 뺨이 붉게 물들었다. 다아시는 매우 놀라 한동안 움직이지 못했으나 이내 침착하게 다가와 정중한 말로 엘리자베스에게 말을 건넸다. 엘리자베스는 처음에는 본능적으로 돌아섰으나, 다아시가 다가오는 바람에 당황스러움을 억제하지 못한 채 그의 인사를 받았다.

가디너 부부와 정원사는 두 사람이 인사하는 동안 약간 떨어져 있었다. 엘리자베스는 놀라고 당황해서 거의 눈도 들지 못했으며, 다아시가 가족의 안부를 묻는 말에 어떻게 대답해야 할지 몰랐다. 자기가 그곳에 와 있는 것이 부당하다는 생각이 자꾸 떠올라서 다아시와 같이 서 있는 몇 분 동안이 엘리자베스에게는 일생에서 가장 불편한 순간이었다. 다아시도 아주 태연하지는 못했다. 말에는 평소의 침착성이 없었다. 롱본은 언제 출발했는가, 더 비셔에는 얼마나 머무는가 하는 따위의 질문을 자꾸 되풀이하는 것이 그도 많이 당황하고 있음을 말해주었다. 그리고 나중에는 아무 생각도 나지 않는지 말 한마디 없이 몇 분 동안을 그대로 서 있었다. 그러다 갑자기 정신을 차렸는지 다아시는 작별 인사를 하고 자리를 떠났다. 가디너 부부는 엘리자베스와 함께 걸으면서 다아시의 사람됨을 칭찬했으나 엘리자베스는 한마디도 들리지 않았다. 그녀는 수치심을 느끼고 괴로움에 빠져 있었다.

'내가 펨벌리에 오다니, 세상에서 가장 주책없는 일이었어. 그에게 얼마나 이상하게 보였을까? 그다지도 자존심이 센 남자에게 이 얼마나 창피한 노릇인가! 일부러 자기 앞에 나타난 것처럼 생각하겠지? 아! 내가 왜 왔을까? 그는 무엇 때문에 예정보다 하루 앞당겨 왔을까? 십 분만 일찍 나왔어도 마주치지 않았을 텐데.'

엘리자베스는 몇 번이고 이 심술궂은 재회에 얼굴을 붉혔다. 그런데 돌변한 그의 태도는 무엇을 뜻하는 것일까? 그가 말을 건네는 것부터가 이상했다. 더구나 그렇게 정중하게 가족의 안부까지 묻다니! 로징스 정원에서 편지를 주며 했던 그의 마지막 말과 얼마나 대조적이란 말인가! 엘리자베스는 어떻게 생각하면 좋을지 갈피를 잡을 수 없었다.

개울가의 아름다운 산책길로 들어선 일행은 언덕의 비탈길을 넘어 넓은 숲으로 향했다. 엘리자베스는 무심히 걸으며 가디너 부부의 질문에 기계적으로 대답만 할 뿐이었다. 그녀 생각은 둘이 만난 순간 그의 마음속에 무슨 생각이 스쳤으며, 자신을 어떻게 생각했으며, 아직도 그가 호감을 갖고 있을지 몹시 궁금했다.

'그는 냉정하니까 정중할 수 있었을 것이다. 그래도 그의 목소리에는 무엇인가 침착하지 못한 부분이 있었어.'

결국 가디너 부부는 엘리자베스에게 왜 그렇게 얼이 빠져 있냐고 물었고, 그제야 엘리자베스는 정신을 차려야겠다고 생각했다. 일행은 숲으로 들어서서 잠시 개울을 구경한 뒤 더 높은 지대로 올라갔다. 그들은 나뭇가지 사이로 점점이 보이는 계곡의 매혹적인 경치들과 울창한 숲이 길게 뻗친 맞은편 동산들을 구경했다. 가디너는 공원을 모두 돌아보고 싶다고 했으나 도저히 걸어서는 갈 수 없는 거리라며 안타까워했다. 정원사는 가디너의 말이 떨어지기가 무섭게 16킬로미터나 되니 걷는 것은 무리라고 자랑스럽게 말했다.

그들은 숲을 계속 걸어 계곡에 이르렀다. 엘리자베스는 그 계곡의 굽이굽이를 모두 답사해 보고 싶었으나 무리라는 것을 알았다. 또 가디너 부인이 다리가 아파 더는 갈 수 없다고 주저앉더니 될 수 있는 대로 빨리 마차로 돌아가자고 했다. 엘리자베스는 따르는 수밖에 없었다.

마침내 그들은 가장 가까운 길을 택해 저택으로 발길을 돌렸다. 낚시를 좋아하는 가디너는 가끔 물 위로 뛰어오르는 송어를 보더니 정원사와 낚시 이야기를 하느라 정신이 팔려 있었다. 그래서 걷는 속도가 자연히 느려졌는데 다아시가 그리 멀지 않은 곳에서 그들에게 다가오는 것이 보였다. 일행은 의아해했다. 엘리자베스는 조금 전과 마찬가지로 깜짝 놀랐다. 가까이 다가온 다아시는 여전히 정중한 태도를 잃지 않고 있었다. 그래서 엘리자베스도 좀 더 침착한 태도로 자연스럽게 그를 대하리라 마음먹었다.

엘리자베스는 다아시에게 펨벌리가 아름답다고 말했다. 그러나 자기가 펨벌리를 칭찬하는 것이 어쩌면 나쁜 의미로 받아들여질지도 모른다는 불길한 생각이 떠오르자 그 이상의 칭찬은 하지 않았다.

가디너 부인은 조금 뒤에 서 있었다. 다아시는 엘리자베스에게 일행을 소개해 주지 않겠느냐고 말했다. 이는 엘리자베스가 전혀 예기치 않았던 날벼락 같은 친절이었다. 사랑을 고백할 때 자신의 높은 지위에 어울리지 않는 친척들이라고 폄하했던 바로 그 주인공들을 소개해 달라니!

'그들이 누군지를 알게 되면 깜짝 놀랄걸. 아마 상류사회 사람들인 줄로 아는 모양이지?'

어쨌든 엘리자베스는 곧 소개를 했다. 가디너 부부와 인척관계라고 말하면서 엘리자베스는 다아시의 표정을 살폈다. 다아시는 확실히 놀라는 것 같았지만 이내 침착하게 인사를 했다. 그리고 그들을 피해 달아나기는커녕 가디너와 대화하기 시작했다. 엘리자베스는 한편으로 기뻐하면서 두 사람 대화에 귀를 기울였다.

그리고 삼촌의 정중한 태도와 어조에 만족하며 미소를 지었다.

화제는 곧 낚시로 옮겨 갔다. 다아시는 고기가 가장 많이 있는 개울을 가리키면서 낚시 도구를 드릴 테니 머무는 동안 언제든 낚시를 하러 오라고 초대했다. 엘리자베스와 팔을 낀 채 걷던 가 디너 부인은 엘리자베스에게 놀란 표정을 지어 보였다. 엘리자베 스는 아무 말도 안 했지만 그 친절이 꼭 자기 때문인 것 같아서 기뻤다. 하지만 한편으로는 놀라움도 컸다.

'그가 이렇게 변한 이유는 무엇일까? 아냐, 나 때문일 리가 없 어. 그의 행동이 이렇게 부드러워진 것은 나와 무관할 거야. 그가 아직도 나를 사랑할 리 없어.'

두 여자는 앞서고, 두 남자는 뒤서서 얼마 동안 걸어갔다. 그런 데 너무 많이 걸어 피곤해진 가디너 부인은 남편의 부축이 필요 했다. 그래서 자연스럽게 다아시는 엘리자베스와 나란히 걷게 되 었다. 잠시 침묵이 이어진 끝에 엘리자베스는 다아시에게 그가 부 재중인 줄 알고 여기에 왔다는 말을 했다.

"가정부도 내일이나 돼야 오실 거라고 말하더군요. 그래서 여기 서 뵙게 되리라고는 정말 생각지도 못했어요."

다아시는 사실 내일 도착할 예정이었으나 식품 조달인과 일이 있어서 일행보다 하루 먼저 왔다고 말했다.

"나머지 사람들은 내일 아침 일찍 여기 올 겁니다. 그 속에는 엘리자베스 양이 잘 아시는 빙리와 여동생들도 포함되어 있죠."

엘리자베스는 대답 대신 약간 고개를 숙였다. 그러나 빙리라는 이름을 듣는 순간 그녀의 머릿속은 과거로 줄달음질쳤다.

"일행 중에는 특히 엘리자베스 양을 만나고 싶어 하는 사람이 있습니다. 엘리자베스 양이 이곳에 머무시는 동안 제 동생을 소개해 드리고 싶은데 너무 무리한 요구일까요?"

이 제의에 엘리자베스는 얼마나 놀랐는지 무슨 대답을 해야 할지 몰랐다. 자신을 만나고 싶어 하는 다아시 양의 바람은 어쨌든 다아시로 기인한 것이 분명했기 때문이다. 생각이 여기에 미치자 엘리자베스는 자신이 그렇게 비난했는데도 다아시가 이런 친절을 베풀어 기뻤다. 정말로 자신을 나쁘게 생각하지는 않는다는 증거였기 때문이다.

두 사람은 깊은 생각에 잠긴 채 아무 말 없이 걸었다. 그러다 이내 가디너 부부를 앞질렀고, 마차에 도달했을 때 가디너 부부는 다소 뒤떨어져 있었다. 그래서 다아시는 엘리자베스에게 집으로 들어가 기다리자고 했으나 엘리자베스가 피곤하지 않다고 하는 바람에 두 사람은 잔디 위에 그냥 서 있었다. 마침내 가디너 부부가 당도하자 다아시는 집으로 들어가서 다과를 약간 들자고 청했다. 그러나 일행은 굳이 사양하고 공손히 인사를 나눈 후 헤어졌다. 다아시는 부인과 엘리자베스가 마차에 오르는 것을 부축해 주었다. 마차가 떠날 때 엘리자베스는 다아시가 집 쪽으로 천천히 걸어가는 것을 보았다.

가디너 부부는 그들이 본 것을 이야기하기 시작했다. 그들은 이구동성으로 다아시가 예상했던 것보다 훨씬 훌륭한 사람이라고 칭찬했다.

가디너가 말했다.

"몸가짐이 아주 훌륭하고, 예절 바르고, 겸손하던데."

이 말을 가디너 부인이 받았다.

"그 사람은 확실히 뭔가 어마어마한 데가 있어요. 이건 용모뿐만 아니라 모든 점이 그래요. 이젠 나도 가정부처럼 '어떤 사람들은 그를 오만하다고들 하지만 저는 그렇게 생각하지 않아요'라고 말할 수 있을 것 같아요."

"나는 우리를 대하는 그의 태도에 아주 놀랐어. 예의 이상으로 아주 친절했거든. 그런데 아무리 생각해도 이해가 안 돼. 그럴만한 이유가 없잖아. 엘리자베스와 아는 사이라지만 그건 사소한 이유밖에 안 돼."

"리지야, 다아시는 위컴에 견줄 인물이 아닌 것 같구나. 더할 나위 없이 훌륭한 사람이야. 그런데 넌 어째서 그 사람이 비위에 안 맞는다고 했니?"

엘리자베스는 이런저런 변명을 하면서 그가 오늘 아침처럼 상냥한 것은 처음 보았다고 말했다.

"그런데 그의 언행에는 어딘가 좀 걷잡을 수 없는 데가 있어. 지위가 높은 사람들이란 그렇거든. 그래서 낚시하러 오라는 그의 말을 그대로 믿진 않겠어. 언제고 또 마음이 변해서 나를 몰아낼지도 모르니까 말이야."

가디너가 말하자 가디너 부인이 말을 받았다.

"우리가 본 대로라면 위컴에게 그런 잔인한 짓을 할 사람처럼 보이지는 않아. 전혀 그렇게 보이지 않아. 오히려 말할 때면 입가에 뭔가 붙임성이 있어. 또 그의 용모도 나쁜 인상을 주지 않는 품위가 있어. 하지만 가정부의 말은 확실히 지나친 데가 있기는 해. 나는 어떤 때는 웃음을 참을 수 없더라고. 하지만 좋은 주인이긴 한 모양이야."

엘리자베스는 위컴에 대한 다아시의 소행을 변호하는 무슨 말을 좀 해야겠다고 생각했다. 그래서 아주 조심성 있는 말투로 켄트에서 그의 친척에게 들어보니 그의 행동에는 상당히 색다른 해석을 붙일 여지가 많다는 것과 하트퍼드셔에서 생각하는 것처럼 다아시의 인격이 그렇게 비난할 만한 것이 결코 아니라고 말했다. 또 위컴도 생각과 다른 면이 많다며, 믿을 만한 사람에게 들은 이야기라면서 두 사람이 얽힌 금전 문제를 말해 주었다.

가디너 부인은 한편 놀라고 걱정하는 빛이었으나, 마차 밖 경치에 정신이 팔려 다른 것은 생각할 틈이 없었다. 그리고 아침 내내 걸어서 피곤했는데도 점심을 마치자마자 옛날 친구들을 찾아 나섰다.

44

엘리자베스는 다아시가 그의 동생이 펨벌리에 도착한 다음 날
에나 여관으로 찾아오겠거니 생각했다. 그러나 이런 그녀의 생각
은 빗나가고 말았다. 다아시 양이 도착한 바로 그날 아침에 남매
가 찾아왔기 때문이다.

여관 주위를 산책하고 나서 아침 식사를 하려고 옷을 갈아입
으러 막 여관에 돌아왔을 때 밖에서 마차 소리가 났다. 엘리자베
스는 남녀가 이륜마차로 오는 것을 보고 즉각 누구인지 알아차렸
다. 그리고 놀란 가슴을 진정하려 가디너 부부에게 말하니 그들
역시 무척 놀랐다. 다아시와 엘리자베스의 교제에 보통 이상의 의
미가 있다는 것을 가디너 부부는 비로소 알게 되었다. 그전에는
조금도 눈치채지 못했으나 다아시의 여러 가지 친절은 달리 생각

하거나 해석할 길이 이젠 없었다. 이런 새로운 생각이 가디너 부부의 머리를 채우는 동안 엘리자베스는 더욱 안절부절못했다.

마침내 다아시 양과 그 오빠가 나타나서 소개했다. 생각과 달리 다아시 양은 매우 수줍어했다. 말도 몇 마디 하지 않았고, 그나마도 너무 작은 소리여서 잘 들리지 않았다. 나이는 어렸지만 엘리자베스보다 키가 크고 몸집도 컸다. 외모는 세련되어 있었고 여자답고 정숙했다. 인물은 오빠인 다아시보다 못했으나 아주 공손하고 얌전했다. 다아시와 비슷할 것이라고 생각했던 엘리자베스는 전혀 다른 다아시 양을 보고 마음이 놓였다.

다아시는 얼마 후 빙리도 엘리자베스를 만나러 올 것이라고 했다. 엘리자베스가 가까스로 감사하다고 했을 때 빠른 발소리가 들렸고 이내 빙리가 안으로 들어섰다. 빙리에 대한 엘리자베스의 노여움은 이미 없어진 지 오래되었지만, 설령 좀 남아 있었다고 해도 빙리의 공손한 태도에는 반감을 품을 수 없었다. 그는 늘 하던 식으로 다정하게 엘리자베스 가족의 안부를 묻고 명랑한 기분으로 엘리자베스와 마주 보며 이야기를 나누었다. 가디너 부부에게도 빙리는 흥미를 끄는 인물이었다. 그들은 오랫동안 빙리를 보고 싶어 했다. 사실, 그들 앞에 있는 세 사람은 모두 부부의 호기심을 자극했다. 부부는 신중히 다아시와 엘리자베스를 관찰했다. 엘리자베스의 감정이 어떤지는 확신할 수 없었으나 다아시의 태도에는 확신을 주는 무엇이 있었다. 엘리자베스를 대하는 다아시의 태도에는 사랑이 넘쳤다. 빙리를 보자 엘리자베스의 마음은 자연스럽게 제인에게로 쏠렸다. 빙리의 마음이 어떤지 엘리자베스는 몹시 궁금했다. 그러나 무엇이든 그녀의 상상에 불과한 것이었다. 다만 다아시 양에 대한 빙리의 태도는 분명했다. 어느 쪽의 표정에도 특별한 호의를 나타내는 눈치가 없었고, 빙리 양의 소원을 정당화할 만한 일은 없는 것이 확실했다. 이에 엘리자베스는 어떻게든 제인 이야기를 꺼내고 싶었다. 그런데 놀랍게도 빙리가 먼저 제인 이야기를 했다. 그는 아주 유감스럽다는 목소리로 엘리자베스에게 무척 오랫동안 제인을 보지 못했노라고 말했다. 그리고 엘리자베스가 미처 대답하기도 전에 말을 계속했다.

"8개월이 넘는군요. 네더필드에서 함께 춤을 춘 12월 26일 이후 한 번도 만나지 못했으니까요."

엘리자베스는 빙리의 기억력이 매우 정확한 것에 기뻤다. 이어 빙리는 다른 사람들이 눈치채지 않는 틈을 타서 엘리자베스에게 자매들이 모두 롱본에 있느냐고 조용히 묻기도 했다. 엘리자베스는 다아시에게 자주 눈을 돌리지는 않았으나 흘끗 볼 때마다 그가 온화하고 친절한 표정으로 말하는 것을 볼 수 있었다. 수개월 전만 하더라도 교제를 하게 되면 무슨 치욕이나 되는 듯 여기던 사람들과 어울려 대화하는 그의 모습이 놀라울 뿐이었다. 헌스퍼드 목사관에서 마지막으로 만난 일을 떠올려 볼 때 그 변화는 너무도 컸다. 더구나 지금 다아시가 보여주는 태도는 가까운 친구들이나 로징스의 고귀한 인척들과 있을 때 보여준 태도와도 사뭇 달랐다. 엘리자베스는 일찍이 그가 이렇게 다정하고 호의적인 태도를 보이는 것을 본 적이 없었다.

그들은 반 시간 이상 머물다 일어섰다. 다아시는 동생에게 가디너 부부와 엘리자베스가 이곳을 떠나기 전에 펨벌리의 만찬에 초대하자고 말했다. 다른 곳에서 초대의 말을 할 때는 수줍어하지 않았던 다아시 양은 다소 수줍어하면서 선뜻 오빠의 말을 따랐다. 가디너 부인은 이 초대의 핵심 인물인 엘리자베스를 보았으나, 엘리자베스는 고개를 돌려 버렸다. 이런 고의적 회피는 그 초대가 싫다기보다는 순간 당황한 것이라고 생각한 가디너 부인은 기꺼이 초대에 응하겠다고 했다. 빙리는 엘리자베스에게 아직 할 말이 많고, 하트퍼드셔에 있는 모든 친구의 안부도 묻고 싶으니 다시 만나기를 고대한다고 말했다. 엘리자베스는 이런 빙리의 말을 제인 이야기를 듣고 싶다는 뜻으로 해석하고 기뻐했다.

엘리자베스는 다아시 일행이 떠난 뒤 만족감을 느꼈다. 그리고 숙모 내외가 어떤 질문을 할지 두려워 이내 방으로 갔다. 그러나 엘리자베스가 가디너 부부의 호기심을 두려워할 이유는 전혀 없었다. 그들은 엘리자베스의 교제를 억압하려 하지 않았다. 다아시가 엘리자베스를 사랑한다는 것은 명백한 사실이었다. 그들은 알고 싶은 것이 많았으나 엘리자베스에게 물어볼 수는 없었다.

가디너 부부는 이제 다아시를 완전히 좋은 사람으로 생각하게 되었다. 그 어떤 결점도 발견할 수 없었고, 그의 공손함에 감동하지 않을 수 없었다. 물론 아무리 자신들이 그렇게 느끼고, 가정부의 말이 이를 증명해 준다고 하더라도 하트퍼드셔의 사람들은 인정하지 않을 것이다. 그러나 어려서부터 다아시를 보아 온 가정부의 말은 그렇게 쉽게 무시할 만한 것이 아니었다. 또 다아시 친구들의 말에서도 그가 관대한 사람이며, 가난한 사람에게 자선을 많이 베풀었다는 것은 이미 인정되었다.

반면 위컴은 이곳에서 존경받고 있지 않다는 것을 알게 되었다. 위컴과 다아시 사이에 있었던 사건이 완벽하게는 아니지만 어느 정도 알려져 있었다. 또 위컴이 더비셔를 떠날 때 부채가 많았는데 다아시가 나중에 다 갚아 주었다는 이야기도 사람들 사이에 회자되었다.

엘리자베스의 머릿속은 지난 저녁보다 더 펨벌리 생각으로 가득 차 있었다. 밤이 긴 것처럼 느껴졌으나 다아시에 대한 자기감정을 결정짓기에는 모자랐다. 다아시에 대한 증오는 이미 사라진 지 오래였다. 혐오라는 이름을 붙일 만한 감정을 가졌던 것을 오래전부터 부끄러워하던 터였다. 다아시에게 매우 유리하고 또 그의 성격을 좋은 뜻으로 해석하는 어제의 증언으로 말미암아 엘리자베스의 감정은 이제 뭔가 호의적인 것 이상으로 발전했다. 그러나 무엇보다 가장 크게 차지하는 감정은 감사였다. 한때 자기를 사랑했다는 데 대한 감사뿐만 아니라, 그의 사랑을 거절할 때 자신이 보여준 거만하고 신랄한 태도, 또 그 거부에 따르는 모든 부당한 비난을 용서하고, 아직도 자기에게 호의를 표시한다는 것에 대한 감사였다. 그렇게도 오만하던 사람의 이러한 변화는 놀라운 감정뿐 아니라 감사한 마음을 갖게 했다. 엘리자베스는 다아시의 그러한 호의에 진심으로 감사했으며, 그의 행복을 생각했다. 그리고 그의 행복에 자신은 어느 정도 관여할지 궁금했다. 또 그가 다시 자신에게 청혼할 수도 있다는 생각에 이르자 그것이 과연 두 사람을 어느 정도 행복하게 만들지도 궁금했다.

그날 저녁 가디너 부부와 엘리자베스는 펨벌리에 도착하자마자 자신들을 방문한 다아시 양의 친절함에 마땅히 답례해야 한다고 의견을 모았다. 그래서 다음 날 아침, 펨벌리로 다아시 양을 방문하자고 결정했다. 엘리자베스는 정확히 무엇 때문이라고 말할 수는 없었으나 다시 펨벌리에 가게 된 것이 기뻤다.

45

빙리 양이 자기를 싫어한 것은 질투 때문이었다는 확신이 들자 엘리자베스는 펨벌리에 가면 빙리 양이 자기를 얼마나 반갑지 않게 대할지를 생각했다.

펨벌리 저택에 도착한 그들은 현관을 지나 큰 홀로 안내되었는데, 그곳에서 다아시 양의 영접을 받았다. 다아시 양은 허스트 부인, 빙리 양, 또 런던에서 같이 살았던 앤슬리라는 부인과 함께 앉아 있었다. 그녀는 아주 공손하게 그들을 환영했다. 수줍고 매우 조심성 있는 태도로 엘리자베스를 맞이했는데 열등감을 느끼는 사람들에게는 조지아나의 그런 태도가 오만하게 비춰질 수도 있었다. 물론 가디너 부인과 엘리자베스는 그녀의 성격을 잘 알았기 때문에 동정했다.

자리에 앉아 얼마 동안 침묵이 흘렀으나 품위 있고 명랑한 앤슬리 부인이 침묵을 깨뜨렸다. 그녀는 무슨 화제를 꺼내려고 노력했으며, 가디너 부인과 때때로 엘리자베스의 도움을 받으며 대화를 이어갔다. 다아시 양은 대화에 끼어들고 싶은 표정이었으나 아주 소극적으로 짧은 말만 했다.

엘리자베스는 빙리 양이 자기를 찬찬히 뜯어보고 있다는 것을 알았다. 특히 다아시 양에게 말을 건넬 때면 귀를 곤두세우고 듣는 것을 알 수 있었다. 엘리자베스는 순간순간 누구든지 남자가 이 방에 들어왔으면 하고 바랐다. 엘리자베스는 이 집의 주인이 자기들과 한자리에 있기를 바라면서도 동시에 그것이 두려웠다. 어느 편이 더 컸는지 엘리자베스로서는 알 길이 없었다. 이렇게 생각에 빠져 있을 때 빙리 양이 가족의 안부를 물었고, 엘리자베스는 빙리 양과 똑같이 냉담하고 간결한 말로 대답했다. 이후 빙리 양은 더 말을 하지 않았다.

얼마 후 하인들이 케이크와 과일들을 들고 들어와서 먹고 있는데 다아시가 들어왔다. 엘리자베스는 마음속으로 그가 나타나기를 바랐다고 생각했는데 그가 등장하자 이내 그것을 바란 것을 후회했다. 다아시가 나타나자 엘리자베스는 슬기롭고 아주 태연하려고 마음먹었다. 그러나 마음대로 되지 않았다. 엘리자베스는 모두가 자기와 다아시의 관계를 의심한다는 사실 그래서 다아시의 행동을 모두 주시하고 있다는 것을 알았기 때문이다. 다아시가 말할 때마다 빙리 양은 미소를 지었으나 그녀는 강한 호기심을 드러내며 그를 주의 깊게 관찰했다. 그녀는 아직 절망하지 않고 질투했으며, 여전히 다아시에게 호감이 있었다. 조지아나는 오빠가 들어오자 말을 더하려고 했다. 엘리자베스는 다아시가 조지아나와 자기가 친하게 지내기를 갈망한다는 것과 어느 쪽에나 될 수 있는 대로 많은 대화를 하려고 노력하고 있음을 알게 되었다. 빙리 양 또한 이 모든 것을 알아차리고 냉소적인 태도로 말을 꺼냈다.

"엘리자베스 양, 군대가 메리튼에서 이동했다죠? 댁의 가정에는 타격이 컸겠군요."

다아시 앞이라 엘리자베스는 위컴 이름을 입 밖에 내려 하지 않았지만 위컴 생각이 머릿속을 지배했고, 그와 관련된 여러 가지 기억 때문에 일순간 마음이 괴로웠다. 그러나 엘리자베스는 이 심술궂은 공격을 물리치려고 용기를 내어 빙리 양의 물음에 태연한 목소리로 대답했다. 다아시는 상기된 얼굴로 엘리자베스를 유심히 바라보았고 조지아나는 겁에 질려 눈도 똑바로 뜨지 못했다. 빙리 양은 엘리자베스를 곤란에 빠뜨리려고 질문했으나 반대로 자기가 사랑하는 두 사람을 괴롭힐 뿐이었다.

엘리자베스의 침착한 행동이 다아시의 감정을 가라앉혀 주었다. 그녀의 대답에 다아시는 만족했고, 오히려 더욱 관심을 집중하게 되었다. 이에 실망한 빙리 양은 위컴 이야기를 더 꺼내지 않았다. 조지아나도 오빠의 눈과 마주칠까 봐 두려워했으나 곧 진정이 되었다.

가디너 부인과 엘리자베스의 방문은 이렇게 마무리되었다. 다아시가 마차까지 두 사람을 배웅하는 동안, 빙리 양은 엘리자베스의 사람됨과 몸가짐, 옷에 대해 비판했다. 그러나 조지아나는 빙리 양의 말에 동의하지 않았다. 엘리자베스에 대한 다아시의 칭찬은 조지아나에게 호감을 불러일으키기에 충분했고, 조지아나는 오빠의 판단을 전적으로 신뢰했다.

다아시가 두 사람을 배웅하고 돌아왔을 때 빙리 양은 조지아나에게 한 이야기를 되풀이했다.

"다아시 씨, 엘리자베스 양의 오늘 아침 몰골이 얼마나 꼴불견이었는지 모르겠어요. 지난겨울 이후 그렇게 변하다니. 그런 사람은 난생처음 보았어요. 아주 그을고 거칠어졌더군요. 루이자와 저는 엘리자베스를 만나지 않는 것이 좋았을 거라고 말했답니다."

다아시는 대꾸하기 싫었으나 엘리자베스가 여름에 여행하는 사람으로는 그리 이상할 것도 없는, 다소 햇볕에 그을렸다는 것 말고는 별로 변한 것을 모르겠다고 냉정히 대답했다.

"저는 엘리자베스에게서 아무런 아름다움을 못 느끼겠어요. 얼굴은 너무 여위었고 생기가 없어요. 용모도 잘생긴 데라고는 없고요. 코는 품위가 없고, 콧날도 오뚝하지 못해요. 이는 꽤 가지런하지만 그것도 특출한 것은 못 되고, 눈은 아름답다고 하는 사람들이 가끔 있는 모양인데 제가 보기에는 그렇지도 않아요. 날카롭고 수다스러운 눈매여서 전 아주 질색이에요. 몸매도 기품이 없는 것이 차마 볼 수 없을 지경이에요."

이러한 비난이 자기를 추켜세우는 데 좋은 방법은 아니었다. 화난 사람은 언제나 슬기롭지 못한 법이다. 그러나 빙리 양은 다아시가 마침내 약간 짜증 내는 것 같은 기색을 느끼고는 자기가 생각한 대로 성공을 거두었다고 믿었다.

"하트퍼드셔에서 엘리자베스를 만났을 때 다아시 씨는 그녀가 아름답다고 말씀하셨어요. 그리고 그 후 그녀가 다아시 씨에게 호감을 갖는 것 같더군요. 어때요? 아직도 그녀가 아름답다고 생각하시나요?"

다아시는 더 참지 못하고 대꾸했다.

"네, 그래요. 지금도 엘리자베스 양이 무척 아름답다고 생각합니다. 그리고 그렇게 생각한 지가 벌써 몇 개월이나 되었습니다."

다아시는 이 말을 하고서 나가 버렸다.

가디너 부인과 엘리자베스는 여관으로 돌아오면서 방문하는 동안 만난 사람들과 음식 등 모든 것에 대해 대화를 나누었다. 그러나 가디너 부인은 다아시에 관해서는 아무 말도 하지 않았다. 몹시 궁금했지만 엘리자베스가 먼저 그 얘기를 꺼내기를 기다렸다. 엘리자베스 역시 가디너 부인이 다아시를 어떻게 생각하는지 몹시 궁금했지만 먼저 묻지 않았다.

46

램튼에 도착했을 때 엘리자베스는 제인에게서 편지가 오지 않는 것이 몹시 실망스러웠다. 그러나 드디어 사흘째 되는 날 제인에게서 편지가 두 통 날아들었다. 그중 한 편지에는 다른 곳으로 배송되었다가 왔다는 꼬리표가 붙어 있어 제인에 대한 서운함이 한번에 사라졌다.

편지가 도착했을 때 일행은 산책하려던 참이었다. 그래서 가디너 부부는 엘리자베스에게 혼자 조용히 편지를 읽으라면서 둘이서만 나갔다. 엘리자베스는 잘못 전달되었던 편지를 먼저 뜯었다. 편지에는 편지지가 두 장 들어 있었다. 그것은 닷새 전에 쓴 것이었는데 한 편지는 작은 파티들과 초대 등 마을에서 흔히 있을 수 있는 소식들을 담고 있었다.

하지만 다른 편지 한 장은 뜻밖의 소식을 전하고 있었다.

사랑하는 리지, 어제 편지를 쓴 후 아주 뜻밖의 일이 일어나서 이렇게 또 편지를 쓴다. 놀라게 해서 안됐지만 우리는 다 괜찮으니까 일단 안심하고 들으렴. 내가 지금부터 말하려는 건 가엾은 리디아 이야기야. 어젯밤 12시쯤, 우리가 막 잠이 들었는데 포스터 대령님에게서 속달우편이 왔단다. 그런데 글쎄 리디아가 장교 한 사람, 바로 위컴 씨와 스코틀랜드로 도망했다는구나. 우리가 얼마나 놀랐을지 한번 상상해 보렴. 키티만은 뜻밖이 아니라는 눈치였지만…… 얼마나 안됐는지 모르겠어. 어쩌면 둘 다 그렇게 경솔할까? 하지만 잘되겠지. 위컴 씨의 인격에 대해서는 우리가 오해하는 부분이 있었는지도 몰라. 난 위컴 씨를 무조건 믿으려고 해. 그런다고 해로울 거야 없지 않니? 리지야, 우리 기뻐하자. 적어도 위컴 씨가 재산에는 무관심했던 것으로 보이니 말이야. 아버지가 리디아에게 아무것도 물려줄 수 없다는 걸 그도 확실히 알고 있으니까.

아버지는 그래도 무던히 견디시는 편이지만 가엾은 어머니는 몹시도 슬퍼하셔. 그래도 우리가 위컴 씨에 대해 알고 있는 것들을 다른 사람들한테 알리지 않은 게 얼마나 다행한 일이니. 우리도 그 일은 아예 잊어버리자. 두 사람은 토요일 밤 12시쯤 떠났을 거라고 추측하고들 있지만 어제 아침 8시까지도 몰랐다는구나. 지금쯤 두 사람은 여기서 16킬로미터는 벗어났을 거야. 리디아가 떠나면서 대령 부인에게 자기들 계획을 몇 줄 적어놓고 간 모양인데, 그래서 포스터 대령이 곧 롱본으로 오신대. 그만 써야겠다. 가엾은 어머니를 혼자 오래 둘 수 있어야 말이지. 이것으론 뭐가 뭔지 하나도 모르겠지만, 나도 무얼 썼는지 잘 모르겠어.

　엘리자베스는 머릿속이 하얘져 아무 생각도 할 수 없었다. 그
녀는 몹시 초조한 마음으로 다른 편지를 뜯었다.

　친애하는 리지, 지금쯤은 지난번 편지를 받아 보았겠구나. 이 편지는 좀 더
자세한 내용이기를 바라지만 어찌나 혼란스럽고 어리둥절한지 제대로 쓸
수 있을지 모르겠다. 사랑하는 리지, 무슨 말부터 해야 할지 갈피를 잡을
수 없다. 우리는 리디아와 위컴 씨가 경솔한 짓을 저지르긴 했어도 지금쯤은
둘이 결혼식을 올렸다는 소식이 오길 기다리고 있어. 왜냐하면 두 사람이 스
코틀랜드로 가지 않았을 가능성이 크기 때문이야. 포스터 대령님은 그제 브
라이튼을 출발했는데 어제 여기에 도착하셨어. 리디아가 포스터 대령 부인
에게 남기고 간 편지를 보면 그레이트나 그린으로 갈 것처럼 생각됐지만,
위컴 씨 동료인 데니 씨가 그러는데 위컴 씨는 그곳에 갈 꿈도 꾸지 않았
다는 거야. 또 리디아와 결혼할 의사가 조금도 없다고 했단다. 이 말에 놀
란 포스터 대령님은 두 사람을 쫓을 생각으로 브라이튼을 출발해서 클래펌
까지 가셨는데 거기서 더 갈 수 없으셨대. 두 사람이 타고 온 이륜마차를
클래펌에서 버리고 삯마차로 바꿔 탔기 때문에 추적이 불가능했다는 거야.
그리고 누군가가 그들이 런던으로 가는 것을 보았다고 했대.
　난 어떻게 생각해야 할지 도무지 모르겠어. 포스터 대령님은 런던으로 온
갖 수소문을 해보시고, 하트퍼드셔까지 가시면서 여관을 모조리 수소문해 보
셨지만 헛수고였대. 누구도 그런 사람이 지나가는 것을 보지 못했다는 거야.

그래서 큰 걱정을 하시면서 롱본으로 오셨어. 대령님 내외분을 생각하면 내 마음도 슬퍼. 그분들 탓이라고 어떻게 나무랄 수 있겠니? 사랑하는 리지, 우리의 슬픔도 무척 크단다. 아버지와 어머니께선 최악의 경우까지 생각하시지만, 나는 위컴 씨가 그렇게 나쁜 사람이라고는 생각하지 않을 거야. 두 사람이 처음 계획을 따르지 않고 런던에서 비밀리에 결혼했다고 생각하는 편이 더 옳은 것 같아. 하지만 포스터 대령님은 두 사람이 결혼했을 가능성은 없다고 말씀하시는구나. 대령님은 위컴이란 사람이 믿을 만한 인물이 못 된다는 거야.

어머니는 많이 편찮으셔서 방에만 누워 계셔. 기운을 내면 좀 나아지시련만 막무가내야. 아버지도 지금처럼 괴로워하시는 건 처음 뵈었어. 그런데도 키티는 두 사람이 그들의 애정을 자기에게 숨겼다고 화만 내고 있어. 하기야 이건 비밀이니까 이상하게 생각할 것도 없지.

리지야, 그나마 네가 이런 슬픈 광경을 직접 목격하지 않은 것이 얼마나 다행한 일이니. 그래도 먼저 보낸 편지로 지금쯤 어느 정도 충격이 가라앉았을 테니 이제 집으로 돌아오지 않겠니? 물론 네가 내키지 않는다면 강요하지는 않겠어. 하지만 네가 몹시도 그립구나. 숙모님 내외분은 안녕하시겠지. 할 말이 많지만 삼촌께는 특히 한 가지 부탁드리고 싶은 게 있어. 그것은 아버지께서 포스터 대령님과 함께 리디아를 찾으러 곧 런던으로 가실 거라는데 너무 경황이 없으신 나머지 어떻게 하는 게 최선인지 모르신다는 거야. 또 대령님도 내일 저녁까지는 브라이튼으로 꼭 가셔야 한다는구나. 그러니 이런 위급한 때 삼촌이 현명한 충고를 해주셨으면 해. 아마 큰 도움이 될 거야.

엘리자베스는 편지를 다 읽고 나서 가디너를 찾았다.

"아! 삼촌 어디 계세요?"

그녀는 자리에서 벌떡 일어나 현관문으로 가며 소리쳤다. 그러나 그때 마침 다아시가 안으로 들어섰다. 그는 엘리자베스의 창백한 얼굴과 허둥대는 태도를 보고는 많이 놀랐다. 그가 채 입을 열기도 전에 리디아에게 정신을 모두 빼앗긴 엘리자베스가 급히 외쳤다.

"용서하세요. 지금 곧 가서 삼촌을 뵈어야겠어요. 잠시도 지체할 수 없는 일이 생겼어요. 우물쭈물할 시간이 없어요."

"아니, 대체 무슨 일이십니까?"

다아시는 공손하면서도 조급한 마음으로 물었다. 그리고는 곧 차분한 태도로 말을 이었다.

"일 분이라도 붙잡지는 않겠습니다만 하인을 시키는 게 어떨까요? 어디 불편하신 모양인데 이대로 혼자서는 못 가시겠습니다."

엘리자베스는 다리가 마구 떨렸다. 그리고 자기가 가디너 부부를 찾으러 나가는 것이 그다지 현명하지 못한 일임을 알았다. 그래서 하인을 불러 숨 가쁜 목소리로 가디너 부부를 빨리 모셔오라고 했다.

하인이 나가자 엘리자베스는 몸을 가누지 못하고 주저앉았다. 그 모습이 어찌나 애처로워 보였던지 다아시는 엘리자베스 곁을 떠날 수 없었다. 그는 부드럽고 걱정스러운 목소리로 이렇게 말했다.

"하녀를 부를까요? 포도주라도 드시면 좀 나아질 것 같은데요.

아주 불편해 보이십니다."

엘리자베스는 진정하려고 애쓰면서 대답했다.

"아뇨, 괜찮습니다. 저는 괜찮아요. 단지 지금 롱본에서 온 편지가 너무 충격적이어서 좀 괴로울 뿐이에요."

이 말을 하면서 엘리자베스는 결국 울음을 터뜨리고 말았다. 그러고는 한동안 한마디도 더 하지 못했다. 다아시는 그저 불안한 마음에 사로잡혀 자기 걱정을 이야기하고 물끄러미 엘리자베스를 바라볼 수밖에 없었다. 엘리자베스가 말을 이었다.

"지금 언니에게서 아주 놀라운 편지를 받았어요. 누구에게도 숨길 수 없는 일이에요. 막냇동생이 가족과 친구들을 모두 버리고 도망했대요. 위컴 씨와 브라이튼에서 도망했다는군요. 다아시 씨야 위컴 씨를 잘 아시니까 그 나머지는 의심치 않으시겠죠. 리디아는 돈도 없고, 그렇다고 훌륭한 친척이 있는 것도 아니어서 위컴 씨를 유혹할 만한 것은 아무것도 없어요. 이제는 리디아를 구할 길이 없어요."

다아시는 놀라서 어안이 벙벙해졌다. 엘리자베스는 더욱 떨리는 목소리로 말했다.

"제가 조금만 현명하게 처신했다면 그런 일이 일어나지 않았을 수도 있다는 생각을 하면 가슴이 미어져요. 저는 위컴 씨의 사람 됨을 알고 있었는데……. 제가 알고 있는 것을 일부나마 가족에게 말했더라면 이런 일은 없었을 거예요. 그러나 모든 것은 끝났어요. 이젠 너무 늦었어요."

"정말 슬프고 놀라운 일입니다. 하지만 지금 말씀하신 내용이 정말 확실한 일인가요?"

"네, 확실합니다. 일요일 밤에 둘이 브라이튼을 떠났대요. 런던까지 수소문해 보았답니다. 그 이상은 못 하고요. 스코틀랜드로는 가지 않았을 거래요."

"그렇다면 리디아 양을 찾기 위해 어떤 일을 했나요? 무슨 계획이 있습니까?"

"아버지께서 런던으로 가신대요. 언니는 삼촌께 도움을 요청하고 있어요. 그래서 저도 곧 여기를 떠날 거예요. 하지만 아무 소용이 없다는 걸 잘 알아요. 위컴 같은 사람의 마음을 어떻게 돌릴 수 있겠어요? 두 사람을 찾을 수 있을까요? 아, 끔찍한 일이에요."

다아시는 말 없이 고개만 흔들었다.

"제 눈은 그 사람 속을 빤히 보고 있었는데, 용기를 내서라도 제가 해야 할 일을 알았더라면 얼마나 좋았을까요? 그러나 전 이렇게 되리라고는 전혀 생각지 못했어요."

다아시는 대꾸하지 않았다. 그는 이마를 찌푸리고 우울한 얼굴로 깊은 생각에 잠겨 방을 왔다 갔다 했다. 엘리자베스는 그가 자기 말을 귀담아듣지 않는 것을 보고 바로 그의 마음을 알아차릴 수 있었다. 엘리자베스는 맥이 풀렸다. 이러한 가정의 결함과 깊은 치욕이 드러난 지금, 엘리자베스는 다아시에게 더는 매력을 줄 수 없었다. 엘리자베스는 그를 비난할 수도 없었다. 그의 이러한 행동이 당연하다고 생각했다. 그리고 그가 자신을 깨끗이 단념할 수 있게 되어 오히려 잘된 일이라고 생각했다. 그러나 아무런 위로가 되지 않았다. 반대로 엘리자베스는 자신이 무엇을 원하는지 확실히 깨닫게 되었다. 모든 사랑이 사라지게 된 지금처럼 다아시에 대한 사랑을 절실히 느껴본 적은 없었다.

하지만 이런 생각도 잠시, 리디아가 그들에게 가져다준 치욕과 비극은 금세 엘리자베스의 모든 사사로운 걱정을 삼켜버리고 말았다. 몇 분간 침묵이 흘렀다. 손수건으로 얼굴을 가린 채 리디아 생각만 하던 엘리자베스는 다아시의 목소리에 겨우 정신을 차렸다. 다아시는 침착하나 걱정스러운 태도로 이렇게 말했다.

"아까부터 제가 돌아가길 바라셨겠지만, 저도 비록 쓸데없는 걱정이긴 해도 정말 걱정된다는 것밖에는 제가 머물러 있는 까닭을 변명할 길이 없습니다. 저로서는 무슨 위로가 될 말씀이나 도움을 드릴 수 있으면 좋겠습니다만, 부질없는 걱정으로 당신을 괴롭히진 않겠습니다. 일부러 치사를 받고 싶어 하는 것 같아서요. 오늘 펨벌리에는 못 오시겠군요?"

"네, 동생에게 대신 사과의 말씀 드려주세요. 급한 일로 집으로 돌아가게 되었다고요. 그리고 이 일은 될 수 있는 대로 비밀로 해주세요. 물론 오래가진 못할 테지만요."

다아시는 비밀을 지키겠다고 약속했다. 그리고 엘리자베스의 슬픔에 다시 한번 애도의 뜻을 표하고 현재 예상하는 것보다 나은 결과이기를 바란다고 말했다. 끝으로 그의 가족에게 자기 안부를 전해 줄 것을 빌고, 눈으로 작별을 고한 후 방을 나갔다.

다아시가 가자 엘리자베스는 그들이 더비셔에서 몇 번 만났을 때와 같은 마음으로 재회한 것이 꿈만 같았다. 그녀는 굴곡이 많았던 과거를 회상해 보았다. 그리고 전에는 그와의 교제가 끊어지기를 바랐으나 지금은 계속되기를 바라는 자기감정 변화에 한숨을 지었다.

다아시가 간 뒤 엘리자베스는 리디아의 스캔들이 빚어낼 불운에 더욱 큰 괴로움을 느꼈다. 제인의 두 번째 편지를 읽은 이래 엘리자베스는 위컴이 리디아와 결혼할 것이라는 희망은 조금도 갖지 않았다. 처음 편지를 읽고는 너무 놀라고 당황해 도대체 왜 위컴이 리디아와 도망쳤는지, 리디아는 어떻게 위컴과 같은 사람을 사랑하게 되었는지 이해할 수 없었으나 이제는 충분히 그럴 수도 있는 일이라고 생각했다. 리디아의 됨됨이로 보면 위컴이 결혼할 의사를 보이지 않았더라도 충분히 그를 따라나섰을 것이다.

군대가 하트퍼드셔에 주둔하는 동안 리디아가 위컴을 좋아하고 있다는 것을 엘리자베스는 전혀 몰랐다. 그러나 리디아는 누군가 호감을 보이기만 하면 상대방을 쉽게 좋아했다. 때로는 이 장교, 때로는 저 장교가 리디아의 애인이 되었다. 그녀의 애정은 일정한 대상도 없이 이리저리 마구 흔들렸다. 엘리자베스는 이러한 리디아를 그대로 방치한 것을 뼈저리게 후회했다.

엘리자베스는 너무나 집에 가고 싶었다. 아버지도 안 계시는데 누워 계신 어머니를 돌봐드릴, 또 그 외의 모든 일을 혼자서 도맡아 처리할 제인을 떠올리니 가슴이 미어졌다. 어서 빨리 언니를 만나 걱정을 함께 나누고 싶었다. 이제 리디아에 대해서는 어쩔 수 없다고 생각하면서도, 삼촌이 속히 와 주길 기다렸다.

가디너 부부는 하인의 말을 듣고는 엘리자베스에게 병이 난 것으로 생각했다. 급히 달려온 그들에게 엘리자베스는 편지 두 장을 소리 내어 읽어 주었다. 특히 마지막 제인의 부탁을 힘주어 읽었다. 가디너 부부는 리디아를 좋아하진 않았으나 깊은 충격을 받았다. 리디아 한 사람뿐 아니라 전 가족과 인척이 관련된 일이었기 때문이다. 가디너는 놀라움과 두려움을 나타낸 다음, 자기힘이 닿는 한 최선을 다해 돕겠다고 약속했다. 엘리자베스는 당연히 그러리라 생각했지만 삼촌의 친절에 눈물을 흘리며 감사했다. 세 사람은 서둘러 떠나기로 했다. 갑자기 가디너 부인이 외쳤다.

"그러나 펨벌리에는 어떻게 한담? 존이 그러는데 우리를 부르러 온 사이에 다아시가 왔었다지? 정말이냐?"

"네, 그에게 약속을 지킬 수 없게 되었다고 말했어요. 그 문제는 해결됐어요."

"뭐? 그새 사실을 털어놓을 만한 사이가 됐니? 그와 너의 관계가 정말 무엇인지 알고 싶구나."

가디너 부인은 짐을 꾸리려고 방으로 달려가면서 중얼거렸다. 엘리자베스는 참담한 심정이었으나 그러한 감상에 빠져 있을 틈이 없었다. 그녀는 램튼에 있는 친구들에게 갑자기 떠나게 된 이유를 거짓 변명하는 편지를 써야 했다. 모든 준비는 한 시간 남짓 걸렸다. 그들은 마침내 마차에 올라 롱본으로 달렸다.

47

마차를 타고 마을을 빠져나올 때 가디너가 말했다.

"엘리자베스, 여러 번 생각해 봤는데 아무래도 내 생각보다는 제인 생각이 더 그럴 법하다고 느껴져. 보호자가 뻔히 있는, 더구나 자기 부대장 집에 묵고 있는 소녀와 함께 도망할 때는 결혼할 마음이 있었을 거야. 제정신이 아니고야 그럴 마음도 없이 도망했겠니? 리디아의 가족이 가만히 있을 거라고 생각했을까? 또 대령의 얼굴을 어떻게 보고 다시 군대로 돌아가겠니? 아무리 생각해도 리디아와 결혼할 것이라고 낙관하고 싶구나."

"정말 그럴까요?"

엘리자베스는 순간 마음이 가라앉았다. 이 말을 가디너 부인이 받았다.

"나도 같은 생각이 들기 시작해. 위컴이 정말 그런 죄를 지었다면, 그의 신분과 명예와 이익을 한꺼번에 망쳐 버리고 마는 것이 돼. 난 위컴을 그렇게 나쁜 사람이라고는 생각할 수 없어. 리지, 넌 어때? 위컴이 그런 일을 저지를 수 있다고 믿니?"

"아마 자기 자신의 이익은 소홀히 하지 않겠죠. 그러나 그 외의 모든 것은 능히 무시할 만한 사람이라고 믿어요. 하지만 정말 그렇다면 그들은 왜 스코틀랜드로 가지 않았을까요?"

"스코틀랜드로 가지 않았다는 확실한 증거는 없는 거 아닌가?"

가디너가 반문했다.

"그렇지만, 그들이 이륜마차를 삯마차로 바꿔 탔다는 것만은 거의 확실하거든요. 더구나 바네트로 가는 길을 모조리 수소문해 보았지만 없었다잖아요?"

"그래? 그럼 런던으로 갔다고 가정해 두자. 거기 있을 수도 있지. 숨으려는 뜻에서였는지는 모르지만 그리 비난할 만한 이유도 없어. 필시 두 사람은 돈이 넉넉하지 못할 거야. 그렇다면 스코틀랜드에서 결혼하는 것보다 런던에서 하는 것이 더 경제적이라고 생각했을지도 모르잖아?"

"그러나 무엇 때문에 몰래 하는 거죠? 왜 알아낼까 봐 겁을 내요? 두 사람의 결혼이 비밀이어야 하는 이유는 뭐예요? 아, 아니에요. 그럴 리가 없어요. 위컴의 친구가 그랬다잖아요. 리디아와 결혼할 생각은 조금도 없다고. 위컴은 돈 없는 여자와 결혼할 사람이 아니에요. 자기가 돈이 없거든요. 리디아가 젊고 건강하고

340

명랑하다는 것 이외에는 리디아에게 위컴이 멋진 결혼을 포기할 만한 무슨 특별한 매력이 있다고 생각하세요? 부대원들에게 면목이 없음을 우려하는 그의 수치 관념이 얼마만큼 리디아와 도망한 것에 제재를 가할지 저로서는 알 수 없어요. 저는 그것이 초래할 결과밖에는 아는 게 없거든요. 삼촌의 이의에 대해서도 의문이에요. 리디아에게는 그런 일에 간섭할 오빠들이 없어요. 아마 그간 아버지의 태도로 미루어 그런 일에 그다지 크게 간섭하지 않을 거라고 생각했을 거예요."

"하지만 리디아가 결혼도 하지 않고 그와 동거하는 데 동의했다고 생각할 수 있니?"

엘리자베스는 눈물을 글썽거리며 대답했다.

"이런 일에 대한 동생의 도덕관념을 언니로서 의심해야 한다는 건 정말이지 무엇보다도 괴로운 일이에요. 무어라 말씀드려야 좋을지 모르겠군요. 제가 리디아를 잘못 알고 있는지도 모르지만, 리디아는 아직 어려서 중대한 일을 어떻게 처리해야 하는지 배운 적이 없어요. 그리고 지난 반년 동안 아니, 일 년 동안 리디아는 환락과 허영밖에 배운 게 없어요. 군대가 메리튼에 처음 주둔한 이래 그 애 머릿속에는 연애라든가, 유희라든가, 장교 외에는 없었어요. 무엇이고 제멋대로 생각하고 지껄였어요. 그런 데다 위컴이 여자를 사로잡을 만한 매력과 수완이 있다는 건 우리도 잘 아는 사실이고요."

"그러나 제인은 위컴이 그런 일을 저지를 정도로 나쁜 사람은 아니라고 생각하는 것 같은데."

가디너 부인이 말했다.

"언니가 남을 나쁘게 생각하거나 말한 적이 있었어요? 그 사람의 과거 소행이 어떻든지 간에 그 사람의 비행이 드러나기 전에는 누구도 나쁘게 생각하지 않아요. 실은 제인도 저와 마찬가지로 위컴이 어떤 사람인지 알아요. 어느 모로 보든 바람둥이라는 것, 성실성은 물론 염치도 없다는 것, 아첨을 좋아하고 거짓되고 사람을 잘 속인다는 것 등을 우리 둘은 알고 있었단 말이에요."

"아니, 정말 알고 있었단 말이야?"

엘리자베스는 정색을 하고 대답했다.

"그럼요. 요 전날, 다아시 씨에 대한 그의 파렴치한 행동을 제가 말씀드렸죠. 그리고 지난번 롱본에 오셨을 때, 그가 자기에게 은혜와 후대를 베푼 사람을 어떻게 말하는지 아주머니도 들으셨죠. 말할 가치도 없지만 제 마음대로 말할 수 없는 일들이 또 있어요. 어떻든 펨벌리에 대해 그가 늘어놓은 거짓말이 끝이 없답니다. 그가 조지아나 양에 대해 한 말을 듣고 저는 조지아나 양이 오만하고 불손하고 까다로운 여자인 줄만 알았죠. 그 사람은 전혀 반대로 알았나 봐요. 우리가 보다시피, 다아시 양이 사랑스럽고 겸손하다는 것을 그는 알았어야 했어요."

"그런데 리디아는 그걸 몰랐니? 너와 제인이 이렇게도 잘 아는 것을 리디아는 몰랐다는 게 말이 되니?"

"아, 그게 무엇보다 저의 가장 큰 잘못이에요. 저도 켄트에서

다아시 씨와 피츠윌엄 대령을 만난 후에야 모든 것을 알게 되었어요. 그런데 집에 돌아오니까 군대는 얼마 후 메리튼을 떠나게 되어 있더군요. 그래서 언니와 저는 구태여 그 사실을 공개할 필요가 없다고 생각했죠. 리디아가 포스터 부인을 따라가게 되었을 때도 굳이 그 사실을 말하지 않았어요. 리디아가 위컴과 엮이리라고는 생각도 못 했으니까요. 이젠 쉽사리 이해가 가시겠지만, 정말이지 이런 일이 일어날 줄은 꿈에도 생각하지 못했죠."

"군대가 브라이튼으로 이동했을 땐 두 사람이 서로 좋아한다고 믿을 만한 이유가 없었단 말이지?"

"조금도 없었죠. 어느 쪽에도 애정이라고는 없었으니까요. 만약 그런 기미가 조금이라도 보였다면 집에서 몰랐을 리가 있겠어요? 위컴이 입대하자 리디아는 곧 그를 칭찬했지만, 그건 우리 모두 그랬던걸. 메리튼과 그 인근의 처녀들이 처음 두 달 동안은 모두 그에게 넋을 잃었거든요. 그렇다고 그가 리디아에게만 특별한 호의를 보인 것도 아니고요. 그래서 리디아의 관심은 자연스럽게 사라졌고, 이내 다른 장교들이 리디아의 관심사가 되었죠."

그들은 될 수 있는 대로 빨리 달렸다. 그래서 노상에서 하룻밤을 지내고 이튿날 오찬 시간에 롱본에 도착했다.

가디너 부부의 자녀들은 마차가 도착하자 함성을 지르고 기뻐했다. 엘리자베스는 마차에서 뛰어내려 아이들에게 얼른 입을 맞춘 다음 현관으로 달려갔다. 여기서 베넷 부인의 방에서 아래층으로 뛰어 내려온 제인과 마주쳤다.

둘은 얼싸안고 눈물을 흘렸다. 엘리자베스는 그 후 별다른 소식을 못 들었느냐고 급히 물었다.

"아직 없어. 하지만 삼촌이 오셨으니까 모든 일이 잘되겠지."

"아버지께선 런던에 계셔?"

"응, 요전에 편지한 대로 화요일에 가셨어."

"그럼, 아버지한테서 자주 소식 들어?"

"한 번. 수요일에 짤막한 편지를 보내셨는데, 무사히 도착하셨다는 것과 내가 특히 부탁을 드린 일인데 내게 지시하신 사연이 있어. 그리고 이젠 꼭 말해야 할 중요한 일이 생기기 전에는 편지를 안 하시겠대."

"어머니는 좀 어떠셔? 또 동생들은?"

"꽤 나아지셨어. 충격을 상당히 받으셨지만 괜찮아. 지금 이층에 계셔. 널 보면 무척 좋아하실 거야. 아직 침실 밖으로 못 나오셔. 메리와 키티는 다행히 아주 건강하고."

"언니는 좀 어때? 안색이 창백한데?"

그러나 제인은 아주 건강하다고 대답했다. 가디너 부부가 자기 아이들과 이야기하는 동안 진행되었던 둘의 대화는 그들이 다가오자 중단되었다.

제인은 외숙모 내외에게 달려가서 환영하고 감사 인사를 했다. 모두 응접실에 가서 앉자 가디너 부부는 엘리자베스가 이미 한 질문을 되풀이했다. 제인은 새로운 소식은 없다고 말하며 아직 희망을 버리지 않고 있다고 했다. 그녀는 아직도 모든 일이 잘될 거라고 믿었고, 매일 아침, 리디아나 아버지로부터 두 사람의 결혼을 알리는 편지가 오기를 기다렸다.

그들은 몇 분간 이야기를 나눈 후 베넷 부인의 방으로 갔다. 부인은 예상했던 대로 탄식과 후회의 눈물을 흘리면서 위컴의 야비한 행동에 독설을 퍼붓고 불평을 늘어놓으면서 그들을 맞았다. 부인은 자신의 그릇된 판단에 따른 방임이 딸의 과오를 초래한 근본 원인인데도 자기 이외의 모든 사람을 비난했다. 그녀는 말했다.

"가족이 전부 브라이튼에 가려는 내 계획대로 했더라면 이런 일은 없었을 텐데. 리디아는 가엾게도 아무도 돌봐줄 사람이 없었어. 도대체 포스터 댁은 왜 리디아를 가게 내버려 두었을까? 확실히 등한시했어. 리디아는 누가 잘 돌봐주기만 하면 절대로 그런 일을 저지를 애가 아니거든. 포스터 댁이 리디아를 맡는 걸 나는 항상 못마땅하게 여겼지만 어쩔 수 없었지. 가여운 리디아. 그이가 런던으로 갔는데 어디서든 위컴을 만나기만 하면 아마도 결투를 신청할 거야. 그러면 그이는 죽을지도 몰라. 그러면 우리는 어떻게 되지? 그이의 몸이 무덤에서 식기도 전에 콜린스가 우리를 내쫓을 거야. 그때 동생마저 우리한테 불친절하면 우린 어떡해?"

모두 이 무시무시한 말에 크게 반대했다. 가디너는 베넷 부인과 전 가족에 대한 자기의 애정을 확증한 다음, 이튿날 런던으로 가서 베넷을 도와 리디아를 찾는 데 모든 노력을 기울이겠노라고 말하고 이렇게 덧붙였다.

"너무 쓸데없는 염려는 하지 마세요. 최악의 경우까지도 대비하는 게 옳긴 하겠지만 그렇게까지 생각할 필요는 없습니다. 두 사람이 브라이튼을 떠난 지 일주일도 안 되었잖아요. 며칠 더 있으면 무슨 소식이 있을 겁니다. 그러니 두 사람이 결혼하지 않는다거나 결혼할 의사가 없다는 것을 확인하기까지는 가망이 없다고 단념하지 맙시다. 런던에 도착하는 즉시 매형을 찾아가 그레이스 처치가의 집으로 모시고 가겠습니다. 거기서 앞으로 할 일을 의논해 보죠."

"아, 그랬으면 오죽이나 좋겠어? 런던에 가거든 걔들이 어디 있든지 간에 꼭 찾아봐. 아직도 결혼을 안 했거든 결혼을 시키고, 웨딩드레스 때문에 결혼을 지체하지는 말라고 해. 결혼식이 끝난 후에라도 그 애가 원하는 드레스를 사줄 테니 우선 결혼식을 먼저 하라고 말이야. 그리고 무엇보다도 그이가 결투를 하지 못하게 해줘. 내가 얼마나 비참한 지경에 빠져 있는지를 말하고 말이야. 놀라서 넋이 다 빠지고, 어찌나 머리가 아프고 가슴이 뛰는지. 밤이고 낮이고 한시도 편할 날이 없다고 말해줘. 리디아에게는 내가 가기 전까지 드레스를 주문하지 말라고 해. 그 애는 어느 상점이 제일 좋은지 모르니까 말이야. 동생은 자상하니 모든 걸 잘해줄 거라 믿어."

가디너는 최선의 노력을 다할 것을 새삼 약속했지만, 누님이 바라는 것이나 두려워하는 것이나 모두 중용을 취하라고 권하지 않을 수 없었다. 저녁상이 차려질 때까지 이런 이야기를 주고받다가 가정부에게 시중을 들라고 지시하고 모두 나왔다. 식당에서 그들은 메리와 키티를 만났는데, 둘은 각기 제 방에서 자기 일에 너무 열중한 나머지 늦게 나타났다. 한 애는 책을 보다가 나왔고, 또 한 애는 화장하다가 나왔다. 두 아이의 얼굴은 매우 평온했고, 평상시와 별반 다르지 않았다. 모두가 식탁에 둘러앉자마자 메리가 엄숙한 얼굴로 태연하게 엘리자베스에게 이렇게 속삭였다.

"몹시 불행한 일이야. 이러고저러고 말이 많을 거야. 그러나 우리는 마땅히 이 악의 조류를 거슬러 올라가서 서로의 상한 가슴에다 언니다운 위로의 향유를 부어 주어야만 해."

엘리자베스가 대꾸할 생각도 안 하는 것을 보고 메리는 말을 이었다.

"리디아에게는 분명 불행한 사건이지만, 우리는 여기에서 다음과 같은 유익한 교훈을 얻을 수 있지. 첫째, 여자는 일단 도덕을 상실하면 회복할 수 없다는 것. 둘째, 한 발을 잘못 디디면 이것이 그 사람을 영원한 파멸로 이끈다는 것. 셋째, 여자의 명예는 귀중한 만큼 동시에 부서지기 쉽다는 것. 넷째, 여성이란 무가치한 남성에 대해 몸가짐을 아주 조심해야 한다는 것."

엘리자베스는 놀라서 눈을 쳐들었으나 너무 기가 막혀 말을 하지 못했다. 그러나 메리는 불행한 사건으로부터 그러한 도덕적 교훈을 얻었다는 것에 의기양양한 모습이었다.

오후에야 제인과 엘리자베스는 약 반 시간 정도 둘만의 시간을 가질 수 있었다. 엘리자베스는 기회를 놓치지 않고 제인에게 질문을 던졌다.

"내가 아직 듣지 않은 것들을 모조리 얘기해 줘. 좀 더 상세한 전말을 들려줘. 포스터 대령님은 뭐라고 해? 둘이 도망가기 전에 뭐 눈치챈 거 없었대? 늘 같이 있었을 텐데."

"특히 리디아 쪽에 호의가 좀 있는 것 같다고 가끔 의심은 했지만 경계할 정도는 아니었대. 그분껜 참 죄송스러운 일이야. 그분의 행동이야 더할 수 없이 정중하고 친절하셨지. 두 사람이 스코틀랜드로 가지 않았다는 생각이 들기 전에 그분도 걱정하고 계시다는 것을 인식시키려고 여길 오셨어. 그런데 걱정이 커지니까 서두르셨지."

"데니라는 장교는 위컴이 결혼하지 않을 것을 정말 확신한대? 그 사람은 둘이 도망할 것을 알고 있었나? 대령님도 그분을 직접 보셨어?"

"응, 그런데 대령님이 물으시니까 아무것도 모른다고 잡아떼고 사실을 말하려 들지 않더래."

"그러니까 결국 포스터 대령님이 오실 때까지 두 사람이 정말 결혼했느냐 하는 데 의심을 품어 본 사람이 아무도 없었단 말이지?"

"어떻게 그런 생각을 할 수 있었겠니? 위컴 씨의 행동이 언제나 옳지는 않았다는 것을 나는 알았기 때문에 그 사람과 결혼한다는 리디아의 결심에 다소 불안하고 걱정스러웠어. 부모님은 그 사실은 전혀 모르시고 그저 이 결혼이 얼마나 경솔한 것인지를 느끼셨을 뿐이지. 그제야 키티가 우리보다 아는 게 더 많다고 기고만장해서 고백했는데, 리디아가 마지막 편지에서 자기 계획을 예고했다더라. 키티만은 두 사람이 몇 주일 전부터 연애하고 있다는 사실을 알았던 모양이야."

"그럼 리디아가 브라이튼에 가기 전에는 몰랐대?"

"몰랐을 거야."

"포스터 대령님도 위컴을 좋지 않게 생각하셨지? 대령님도 그의 본성을 알고 계셔?"

"대령님도 위컴 씨를 전같이 그리 좋게 말씀하지는 않으셨어. 위컴은 지각없고 건방지다고 믿고 계시지. 그리고 이런 일이 일어난 후 그가 빚을 잔뜩 진 채 메리튼을 떠났다는 말이 돌아. 난 사실이 아니길 빌어."

"언니, 우리가 위컴 씨에 대해 알고 있는 걸 숨기지 않고 얘기했더라면 이런 일은 안 일어났을 거야."

"아마 결과가 좀 더 좋긴 했겠지."

"하지만 그땐 과거를 폭로하는 게 도리에 어긋난다고 생각했지."

"의도야 좋았지."

"리디아가 포스터 대령 부인에게 남긴 편지 내용은 정확히 뭐야?"

제인은 가방에서 편지를 꺼내 엘리자베스에게 주었다. 사연은 다음과 같았다.

제가 어디로 가는지 아시게 되면 비웃으시겠지만, 저도 내일 아침 제가 사라진 다음에 아주머님이 놀라실 생각을 하니까 웃지 않을 수 없군요. 전 그레이트나 그린으로 가요. 누구와 같이 가는지 짐작 못 하신다면 아주머니는 바보예요. 제가 사랑하는 사람은 이 세상에서 단 하나, 천사와 같은 사람이에요. 그이가 없으면 전 행복할 수 없어요. 그래서 둘이 도망하는 걸 조금도 불행하다고 생각하지 않아요. 마음 내키지 않으시면 제가 없어졌다고 롱본에 편지하지 않으셔도 좋아요. 리디아 위컴이라고 사인해서 제가 편지를 보내면 더욱 놀랄 테니까요. 얼마나 재미있어요? 웃음이 나와서 견딜 수 없군요. 프랫에게 오늘 밤 약속을 못 지키게 되었다고 대신 사과해 주세요. 나중에 모든 일을 알게 되면 나를 용서해 주시겠죠. 대령님에게 안부 전해 주시고, 저희의 행복한 여행을 축복해 주세요.

편지를 다 읽고 나서 엘리자베스는 큰 소리로 말했다.

"정말 리디안 철도 없어. 그 틈에 이런 편지를 쓰다니, 이게 뭐람! 그런데 이 편지를 보면 적어도 리디아는 자기 여행 문제에 대해선 신중했던 모양이야. 나중에 위컴이 무슨 설득을 했는지는 모르지만, 이 파렴치한 계획을 리디아 쪽에서 하지는 않은 것 같아. 아버지도 이걸 아셔야 할 텐데."

"아버지가 지금처럼 충격을 받으신 걸 나는 여태껏 보질 못했어. 꼬박 십 분간을 한마디 말씀도 못 하셨으니까. 어머니는 곧 병이 나시고. 그래서 온 집안이 이렇게 뒤숭숭하지 뭐니?"

"어머니 시중드느라고 너무 고생했어. 안색이 좋지 않아. 내가 언니와 함께 있었더라면 좋았을 텐데 걱정이란 걱정은 혼자 도맡고 있었으니."

"메리와 키티도 친절했어. 자질구레한 일은 무엇이든 하려고 들었지만, 걔들에겐 일이 맞지 않는 것 같아. 키티는 너무 가냘프고, 메리는 어찌나 공부를 열심히 하는지 쉬는 시간마저 침범할 수 있어야지. 필립스 이모가 화요일에 아버지가 떠나시자 오셔서 고맙게도 목요일까지 계셨지. 많은 도움과 위안이 되었단다. 루카스 경 부인도 매우 친절하셨어. 수요일 아침에 우릴 위로하러 오셔서는 많이 도와주셨지. 필요하다면 따님들을 보내 주시겠대."

"호의야 고맙지만 자기 집에 가만히 있는 게 좋아. 이웃 사람이 이런 불상사를 당했을 때는 되도록 찾아보지 않는 게 좋아."

그리고 엘리자베스는 아버지가 런던에서 어떤 방법으로 리디아를 찾으려 하는지를 물었다.

"내 생각으로는 두 사람이 마차를 바꿔 탄 곳에 가셔서 마부들을 만나보고, 무슨 단서를 얻으려고 하시는 것 같아. 주목적은 클래펌에서 두 사람을 태우고 간 삯마차의 번호를 알아내는 것일 거야. 어찌어찌해서 그 전에 마부가 손님을 내린 곳을 알게 되면 거기서 수소문해 볼 작정이시지. 그게 아주 불가능한 일도 아니래. 아무튼 너무 급히 가시는 바람에 더 여쭤볼 수도 없었어."

48

이튿날 아침 온 식구가 베넷으로부터 편지가 오기를 기다렸으나 배달부는 단 한 줄의 편지도 전하지 않았다. 그들은 베넷이 대개 편지를 잘 안 하고 등한시하는 성격임을 알긴 했지만, 상황이 상황인 만큼 그의 편지를 기다렸다. 그래서 그들은 그가 편지를 보낼 만한 좋은 소식이 없는 것이라고 단정했으나 그나마도 속 시원하게 알려줬으면 오죽이나 좋겠냐고 생각했다. 가디너도 출발에 앞서 그의 편지만 기다렸다.

가디너는 떠나면서 베넷을 설득해 될 수 있는 한 빨리 롱본으로 돌려보내겠다고 약속했다. 베넷 부인은 그것만이 자기 남편을 결투에서 구하는 유일한 길로 여기고 몹시 기뻐했다. 가디너 부인은 자기가 있는 것이 질녀들에게 도움이 될지도 모른다고 여기고,

아이들과 함께 하트퍼드셔에 며칠간 더 머물기로 했다. 그녀는 조카들과 함께 베넷 부인의 시중을 들었는데, 조카들에게 큰 위로가 되었다. 필립스 이모는 자주 그들을 방문했다. 올 때마다 위컴이 방종했던 비행 사례를 새로이 들려주어 베넷 식구들을 낙담시켰으나 언제나 위로하려는 것이라는 변명을 늘어놓았다.

석 달 전만 하더라도 광명의 천사였던 위컴을 온 메리튼이 비방하는 듯했다. 메리튼의 모든 상인에게 그가 빚을 졌다는 사실이 밝혀졌고, 그가 어느 상가의 딸들과도 관계했다는 말이 나돌았다. 누구나가 위컴은 세상에서 가장 못된 청년이라고 했다. 엘리자베스는 이런 소문의 반 이상을 믿지 않았지만, 리디아가 영영 신세를 망치게 되었다는 불안감은 점점 더 현실이 되고 있었다. 제인마저도 절망적으로 되었다.

가디너는 일요일에 롱본을 떠났다. 화요일에 베넷 부인은 가디너로부터 편지를 받았는데, 런던에 도착하자마자 베넷을 찾아가 그레이스 처치로 모시고 왔다는 것, 자기가 런던에 도착하기 전에 베넷은 아무런 만족할 만한 정보를 얻지 못했다는 내용을 전했다. 또 베넷이 두 사람이 런던에 와서 하숙을 구하기 전에 호텔에 들렀을 거라며 호텔을 수소문해 보자고 해서 그럴 예정이라고 했다. 물론 자신은 별 성과가 없을 거라고 생각하지만 베넷이 그렇게 하길 바라기 때문에 그를 도울 수밖에 없다고 덧붙였다. 그리고 현재는 베넷이 런던을 떠날 생각이 전혀 없으니 나중에 또 편지하겠다고 했다. 마지막에는 다음과 같은 사연의 추신이 있었다.

포스터 대령에게, 만약 가능하면 부대에서 위컴과 친했던 사람에게, 위컴이 지금 숨어 있는 곳을 알 만한 친척이 있는지 알아달라는 편지를 보냈습니다. 만약 우리가 이용할 만한 그런 단서를 가지고 있는 사람이 있다면, 중요한 수확이 될 것입니다. 현재로서는 어떻게 손을 써야 할지 모르겠군요. 포스터 대령은 최선을 다하리라고 믿습니다. 그렇지만 그보다도 위컴의 친척이 누구인지는 리지가 누구보다도 잘 알 것 같다는 생각이 듭니다.

엘리자베스는 삼촌이 무슨 근거로 이런 말을 했는지 정확히 간파했으나 보답할 만한 어떠한 정보도 제공할 수 없었다. 그녀는 위컴에게 이미 죽은 지 수년이나 되는 양친 외에는 어떠한 친척도 없다는 말을 들었기 때문이다. 그러나 부대에 있는 그의 친구가 더 상세한 정보를 제공할 수 있다는 것은 가능한 일이었다. 엘리자베스는 비록 이것을 그렇게 낙관하지는 않았으나 기대해 봄 직한 일이라고 생각했다. 롱본에서는 하루하루를 걱정으로 보냈다. 그중에서도 가장 불안스러운 때는 편지가 오기 직전이었다. 편지는 매일 아침 그들을 초조하게 만드는 첫 대상이었다. 소식이야 좋든 나쁘든 간에 그것은 편지로만 전해졌고, 그래서 그들은 매일 내일을 기다렸다.

그러나 가디너에게 다시 편지가 오기 전에 전혀 엉뚱하게도 콜린스로부터 베넷에게 편지가 한 장 왔다. 제인은 아버지 부재중에 오는 편지를 뜯어보라는 지시를 받았으므로 그 편지를 읽었다. 엘리자베스도 콜린스의 편지가 항상 얼마나 진지했던지 알고 있었기 때문에 같이 읽었다. 사연은 다음과 같았다.

안녕하십니까. 저는 현재 당하고 계신 슬픈 고뇌에 위로의 말씀을 드리는 것이 마땅한 제 도리라고 생각해서 붓을 들었습니다. 저희는 어제 하트퍼드셔로부터 편지를 받고 이 일을 알았습니다. 제 처와 저는 존경하는 가족에게 심심한 위로를 표합니다. 무슨 말로 위로를 드려야 할지 모르겠으나 이 사건에 비하면 따님의 죽음이 오히려 더 다행스러운 일이 아닐까 합니다. 그리고 제 처의 말대로 따님의 방탕한 행동의 원인이 부모의 그릇되고 관대한 방임에 있었음을 더욱 통탄해야 할 일이 아닌가 합니다. 그러나 저는 따님의 성품이 선천적으로 나빴다고 생각하지는 않습니다. 또 아직 어린 나이이니 그만한 일에는 죄를 물을 수 없다고 생각합니다. 여하튼 간에 저는 심심한 동정의 뜻을 표합니다. 이는 제 처뿐만이 아니라 레이디 캐서린과 그 따님께서도 동감합니다. 이분들께 저는 그 일의 전모를 말씀드렸습니다. 그분들은 따님 한 분의 잘못이 다른 따님들의 운명에도 큰 해를 끼칠 것이라는 제 의견에 동의했습니다. 레이디 캐서린께서는 누가 그런 가정과 인척 관계를 맺겠느냐고 말씀하셨습니다. 이에 저는 작년의 일을 생각하고 한없이 기뻤습니다. 그때 제가 엘리자베스 양과 결혼했더라면 현재 당하시는 슬픔과 치욕 속에 저도 포함되었을 것이기 때문입니다. 그래서 저는 가능하시다면, 아버님으로서의 애정으로부터 무가치한 따님을 떼어 버리시고, 따님으로 하여금 자신이 뿌린 극악한 죄의 열매를 거두도록 하시기를 삼가 권합니다.

가디너는 포스터 대령으로부터 답장을 받은 후에야 롱본에 편지를 했으나 반가운 소식이 아니었다. 위컴과 인척 관계를 맺고 있는 친척은 단 한 사람도 없으며, 그의 옛날 친구들은 많았지만 그가 입대한 이후로는 누구와도 친하게 지내지 않았으므로 도움을 줄 사람은 아무도 없다는 것이었다. 특히 파산 상태에 이른 그의 재정이 그가 도망한 가장 큰 이유라고 했다. 노름을 해서 상당한 빚을 졌는데, 포스터 대령이 아는 바로는 브라이튼에서 진 그의 빚을 다 청산하려면 적어도 1천 파운드 이상이 들 거라고 했다. 단, 이것은 증서가 있는 액수에 한한 것이고 실제로는 더 큰 빚이 있음이 확실하다고 했다.

가디너는 이 모든 일을 숨김없이 롱본에 전했다. 제인은 이 소름 끼치는 글을 읽고 소리쳤다.

"도박꾼이로군. 그런 줄은 전혀 몰랐지. 꿈에도 생각하지 못했어."

가디너는 베넷이 다음 날인 토요일쯤 집에 돌아갈 것이라고 했다. 베넷은 모든 노력이 실패로 돌아가자 크게 낙담해 뒤처리를 맡기고 집에 돌아가라는 가디너의 설득에 응하기로 했다고 했다.

이 말을 들은 베넷 부인은 기뻐하지 않았다. 남편의 생명을 걱정하던 얼마 전과 전혀 다른 반응을 보였다.

"뭐라고? 리디아도 안 데리고 돌아온다고? 그들을 찾기 전엔 런던을 떠나시면 안 될 텐데. 그 양반이 와 버리면 누가 위컴과 싸워서 리디아와 결혼시키지?"

집으로 돌아가고 싶었던 가디너 부인은 먼저 마차를 타고 런던으로 갔고, 그 마차를 타고 베넷이 롱본으로 돌아왔다. 가디너 부인은 엘리자베스와 다아시의 관계에 대해 속 시원히 듣지 못한 채 롱본을 떠나고 말았다. 엘리자베스는 먼저 다아시의 이름을 입에 올리지 않았고, 집에 돌아오면 곧 그의 편지가 도착할 것이라는 가디너 부인의 막연한 기대도 물거품으로 돌아가고 말았기 때문 이다. 엘리자베스는 펨벌리로부터 아무런 편지도 받지 못했다.

마침내 베넷이 돌아왔다. 그는 여전히 평소의 냉정한 태도를 잃지 않았다. 그는 평상시와 같이 말수가 적었고, 런던에 갔다 온 일에 대해 한마디도 하지 않았다. 어느 정도 시간이 지난 뒤에야 딸들이 용기를 내서 말을 꺼낼 수 있었다. 오후가 되어 베넷이 딸 들과 차를 마실 때, 엘리자베스가 용감하게 화제를 꺼냈다. 아버 지가 겪었을 고생에 대해 짤막한 말로 위로의 뜻을 표하자 그가 대답했다.

"그 이야긴 꺼내지 마라. 내가 당한 일을 짐작이나 하겠니? 여 하튼 모든 것이 다 내 잘못이다. 모든 것이 다 내 책임이야."

"너무 그렇게 자신을 책망하시지 마세요."

"지나친 자책은 나쁘다고 경고해 주는 건 좋지만, 인간이란 그 런 함정에 빠지기 아주 쉽다. 리지야, 내가 얼마나 많은 비난을 받 아야 할 사람인지를, 내 일생에서 이번 한 번만이라도 통감하게 내버려 두렴. 난 이런 감정에 압도당하는 것을 두려워하지 않는 다. 이내 지나가 버릴 테니까."

"아버진 리디아와 위컴이 런던에 있다고 생각하세요?"

"응, 다른 데서는 그렇게 감쪽같이 숨어 있을 수 없을 거다."

"리디아는 항상 런던에 가고 싶어 했어요."

키티가 덧붙였다.

"행복하겠구나, 그럼. 거기서 꽤 오래 살겠는데."

베넷은 쌀쌀맞게 대답했다. 그러고는 잠깐 침묵을 지킨 뒤 말을 이었다.

"리지야, 난 네가 지난 오월에 내게 해준 충고가 옳았다고 생각한다. 지금의 사태로 미루어 보면, 그 충고는 아주 적절한 것이었어."

제인이 베넷 부인의 찻잔을 가져오면서 잠시 말을 멈춘 베넷은 곧 말을 이었다.

"불행치고는 멋진 일이야. 나도 한번 그런 호사를 누려봐야겠어. 나이트캡과 가운을 입고 서재에 앉아서 줄곧 걱정만 해야지. 어디, 키티가 도망할 때까지 기다려 볼까?"

"난 도망가지 않아요, 아버지. 내가 만약 브라이튼에 가는 일이 있다면 리디아보다는 얌전하게 굴걸요."

키티가 삐쭉해서 대꾸했다.

"네가 브라이튼엘 간다고? 오십 파운드를 주고 이스트본까지만 간다고 해도 허락하지 않겠어. 키티, 아버지는 신중해야 한다는 걸 알았단다. 내가 나중에 장교를 다시 내 집안에 들일 것 같니? 동네 어귀도 못 지나가게 할 테다. 무도회엔 언니들과 함께 가거라. 그렇지 않으면 절대로 못 갈 줄 알아. 매일 십 분씩이라도 올바른 정신으로 산다는 걸 증명해 보이기 전에는 문밖에도 못 나가."

키티는 이 모든 위협을 사실로 알고 울음을 터뜨렸다.

49

베넷이 돌아온 지 이틀 후 제인과 엘리자베스가 집 뒤 관목길을 걸을 때 가정부가 그들에게로 다가오는 것이 보였다. 또 어머니가 부르는 줄 알고 둘이 가정부 쪽으로 걸어가자 뜻밖에도 가정부는 제인에게 이렇게 말했다.

"방해해서 죄송합니다만, 런던에서 무슨 좋은 소식을 들으셨을 것 같아서 실례를 무릅쓰고 좀 여쭤보려고 왔습니다."

"무슨 말이에요, 힐? 런던에선 아무런 소식도 없어요."

힐 부인이 깜짝 놀라며 말했다.

"그럼 가디너 씨로부터 아버님에게 속달이 온 것을 모르시겠군요. 삼십 분 전에 우체부가 다녀갔어요."

두 사람은 정신없이 뛰어갔다. 현관을 지나 식당으로, 식당에

서 다시 서재로 가 보았으나 아버지는 없었다. 어머니와 같이 계신가 하고 이층으로 가려는데 하인과 마주쳤다.

"아버님을 찾으세요? 저 작은 숲 쪽으로 걸어가고 계십니다."

이 말을 듣고 그들은 다시 현관을 지나 잔디밭을 가로질렀다. 아버지는 목장 한쪽에 있는 작은 숲으로 유유히 걸어가고 있었다. 엘리자베스만큼 가볍지도 못하고, 또 그다지 뛰어본 적이 없는 제인은 뒤로 처졌다. 엘리자베스는 숨을 헐떡이며 아버지에게로 뛰어가서 말했다.

"아버지, 무슨 소식이에요? 삼촌에게서 편지 왔어요?"

"응, 속달우편으로 왔더구나."

"그래요? 좋은 소식이에요, 나쁜 소식이에요?"

"무슨 좋은 소식이 있겠니? 하여튼 읽어 보고 싶겠지."

엘리자베스는 조바심을 내며 편지를 받아들었다. 제인도 다가왔다.

"큰 소리로 읽어 보거라. 나는 도통 무슨 소린지 모르겠다."

존경하는 매형께

마침내 리디아에 관해 얼마간 소식을 보내드릴 수 있게 되었습니다. 대체로 만족하실 만한 소식이리라 믿습니다. 토요일에 매형께서 떠나신 직후, 다행히도 두 사람이 런던의 어느 곳에 있는지 알게 되었습니다. 상세한 말씀은 만나 뵌 후로 미루겠습니다만, 그들을 찾았다는 것만은 알고 계시기 바랍니다. 저는 두 사람을 만나 보았습니다.

"내가 생각했던 대로야. 결혼했군."
제인이 말했고 엘리자베스는 계속 읽었다.

저는 두 사람을 만나 보았습니다. 둘은 아직 결혼하지 않았고, 결혼할 의사
가 있는 것 같지도 않았습니다. 그러나 만약 매형께서 제가 매형 측 처
지에 서서 대담하게 맺어 버린 계약을 이행하실 의향만 있으시다면, 오
래지 않아 두 사람의 결혼이 이루어지리라 믿습니다.
매형께서 하실 일은, 매형과 누님이 돌아가시면 자녀들에게 주실 유산 중
5천 파운드를 리디아에게 주겠다고 확약하시는 것, 또 매형 생전에 매년
연금을 1백 파운드 지불한다는 계약을 체결하시는 일입니다. 모든 것을 고려
해 본 후 저는 매형을 대신해서 제 권한이 미치는 한 이 조건에 응할 것
을 주저하지 않았습니다. 매형의 대답을 곧 들어야 하겠기에 편지를 속달
로 보냅니다.
이러한 사실로 미루어 보아 위컴 군의 재정 형편이 세간에 떠도는 것처럼
절망적이지는 않은 것 같습니다. 다행히 그의 부채를 다 갚고 난 뒤에도 리
디아의 재산에 보탤 돈이 약간 있는 모양입니다.
이 모든 사항에 동의하시고, 모든 일을 대행할 전권을 저에게 주신다면 저
는 곧 변호사에게 지시하겠습니다. 그러면 매형께서는 다시 상경하실 필요
가 없을 것입니다. 집에서 편히 쉬시면서 모든 일은 제 역량에 맡겨 주시
기 바랍니다. 가능한 한 속히 회답을 주시기 바랍니다. 저희는 리디아가 저

희 집에서 결혼하는 것이 가장 좋으리라고 생각했는데, 매형께서도 이에 찬성하실 줄로 믿습니다. 리디아는 오늘 저희 집으로 올 예정입니다. 더 결정되는 일이 있는 대로 다시 편지 드리겠습니다.

"이럴 수가 있을까? 위컴이 리디아와 결혼한다는 게 정말 사실일 수 있을까?"

편지를 다 읽고 난 엘리자베스가 말했다.

"그것 봐, 위컴은 우리가 생각한 것처럼 그렇게 형편없는 사람은 아니라니까. 아버지, 잘됐어요."

제인이 말했다.

"답장하셨나요, 아버지?"

엘리자베스가 물었다.

"아니, 곧 쓰긴 해야 할 텐데."

엘리자베스는 더 지체하지 말고 답장을 쓰시라고 간곡히 말했다.

"아버지, 빨리 집으로 가서 답장을 쓰세요. 이런 때 일분일초가 얼마나 중요한지 생각해 보세요."

"귀찮으시면 제가 대신 쓸게요."

제인이 말했다

"내키지 않아도 쓰긴 써야지."

이렇게 말하면서 그는 돌아서서 집 쪽으로 걸음을 옮겼다.

"아마 그 조건은 들어 주어야 하지 않겠어요?"

엘리자베스가 물었다.

"들어 준다뿐이냐. 다만 왜 겨우 그것만 청구했는지 이상할 뿐이다."

"하여튼 결혼은 해야죠."

"그렇지, 결혼해야지. 다른 도리가 없잖니. 그러나 내가 꼭 알고 싶은 게 두 가지가 있어. 하나는 이 결혼을 위해서 네 외숙이 돈을 얼마나 썼느냐 하는 것이고, 또 하나는 내가 그 돈을 언제 갚게 되느냐 하는 거야."

"삼촌이 돈을 쓰다니요? 무슨 말씀이세요?"

제인이 물었다.

"정신이 제대로 박힌 사람이라면 이런 조건을 제시했겠니? 연금 겨우 백 파운드에, 유산 오천 파운드라…… 이런 조건에 끌려서 리디아와 결혼할 사람이 있겠느냔 말이다."

"그렇군요. 미처 그 생각을 못 했어요. 빚을 다 청산하고도 남는다니 말이 돼요? 모두 삼촌이 하신 일이군요. 정말 고마우신 분이에요. 적은 돈이 아닐 텐데 어려운 지경에 처하시지는 않을지 걱정이에요."

엘리자베스가 말했다.

"위컴이란 녀석은 일만 파운드에서 한 푼만 모자라도 안 받을걸. 앞으로 사위가 될 사람을 이렇게 말하는 건 안됐다만."

"일만 파운드라고요? 맙소사! 그 절반도 갚을 수 없잖아요?"

베넷은 대답하지 않았다. 그들은 제각각 깊은 생각에 잠긴 채 집까지 묵묵히 걸었다. 베넷은 편지를 쓰려고 서재로 들어갔고,

제인과 엘리자베스는 식당으로 들어갔다.

엘리자베스가 입을 열었다.

"그래, 둘이 정말 결혼하게 됐군! 일이 참 이상하게 됐어. 그래도 우린 고맙게 생각해야겠지? 행복할 가능성이 이렇게 적고, 남자의 인격은 걸레 조각 같은데도 결혼하다니! 그걸 또 우리는 억지로 기뻐해야 하다니!"

"난 그래도 위컴이 리디아에게 마음이 있기 때문에 결혼을 결심했다고 생각할래. 고마운 삼촌이 위컴의 빚을 갚아 주려고 무슨 일을 하신 모양이지만, 일만 파운드 정도까지 치르셨을 거라고는 생각하지 않아. 어떻게 일만 파운드를 쓸 수 있겠니?"

"위컴의 빚이 모두 얼마고, 또 그가 리디아에게 얹어 주는 돈이 얼마인지 알 수 있다면 삼촌이 얼마를 쓰셨는지 정확히 알 수 있을 텐데. 위컴은 자기 돈이라곤 한 푼도 없을 테니까 말이야. 삼촌 내외분의 은혜를 어떻게 갚아야 할지. 리디아를 찾아서 집에 데려가시고, 친히 돌봐주시고, 또 잘못도 묵인해 주시고…… 평생 감사해도 모자랄 것 같아. 지금쯤 삼촌 댁에 도착했을 텐데, 두 분 친절에 부끄러움을 느끼지 않는다면 리디아는 행복해질 자격조차 없어. 숙모님을 처음 뵈었을 때 무슨 생각이 들었을까?"

"우리는 두 사람에게 있었던 일을 모두 잊으려고 노력해야 해. 나는 아직 그들이 행복할 것을 바라고 또 믿어. 그가 리디아와 결혼에 동의한 것은 내 생각으로는 그가 올바른 사고방식으로 돌아왔다는 증거야. 상호 애정이 두 사람을 착실하게 만들 거야. 나는 그렇게 믿겠어. 그들은 곧 자신들의 경솔한 행동을 잊고, 조용히 또 올바르게 살 거라고."

"그들의 행동은 언니나 나, 또 그 누구도 결코 잊을 수 없는 그런 짓이야."

이때 두 사람의 머리에 어머니가 떠올랐다. 그래서 그들은 서재로 가서 어머니에게 이 일을 알려도 좋으냐고 아버지에게 물었다. 편지를 쓰던 베넷은 고개를 들지 않은 채 냉담하게 말했다.

"마음대로들 하렴."

"이 편지 가지고 가서 어머니에게 읽어 드려도 괜찮아요?"

"뭐든지 가지고 나가라니까."

엘리자베스는 아버지 책상에서 편지를 집어 들고, 제인과 이층으로 올라갔다. 메리와 키티도 어머니와 같이 있어서 그들의 수고는 한 번으로 끝나면 되었다. 좋은 소식이 있다는 것을 먼저 잠깐 비친 다음, 제인이 큰 소리로 편지를 읽었다. 베넷 부인은 거의 입을 다물지 못했다. 리디아가 곧 결혼할 거라고 생각한다는 대목을 읽자 부인의 기쁨은 폭발했고, 편지를 읽어 갈수록 그 기쁨은 더해 갔다. 그녀는 너무 기뻐서 어찌할 바를 몰랐다. 리디아가 결혼하게 되었다는 내용만으로 충분했다. 리디아가 앞으로 행복할지, 또 지금 무슨 잘못을 저질렀는지는 안중에 없었다.

"내 귀여운 리디아! 정말 기쁘구나, 걔가 결혼하다니! 열여섯에 결혼하게 되다니. 고맙고 친절한 동생! 내 이럴 줄 알았지. 모든 게 잘 처리될 줄 알았어. 리디아가 얼마나 보고 싶은지……. 물론 위컴도 말이야. 예복을 어떻게 한담. 곧 외숙모에게 편지를 해야겠구나. 리지야, 아버지에게 좀 가 봐. 가서 리디아에게 돈을 얼마나 주실지 여쭤 보고 오렴. 아니, 여기 있어, 내가 가야겠다. 키티, 종을 울려서 힐을 좀 불러라. 옷을 입어야겠다. 오, 내 귀여운 리디아! 만나게 되면 얼마나 반가울까?"

부인의 야단법석에 제인이 말했다.

"모든 게 다 삼촌 덕택이에요. 당신 돈을 들여서 위컴을 도우신 게 확실해요."

"그래? 그거야 당연하지. 삼촌이 아니면 누가 한단 말이냐? 만약 삼촌에게 아이들이 없었다면, 그 재산은 나와 너희가 차지했을 거야. 몇 가지 선물 이외에 삼촌이 우리에게 무얼 해주는 것은 이번이 처음이잖니? 어쨌든 난 기쁘다. 얼마 안 있으면 딸을 하나 결혼시키게 됐으니 말이다. 미시즈 위컴이라! 근사하군. 지난 유월에 열여섯 살이 됐는데. 제인, 너무 가슴이 두근거려서 편지를 못 쓸 것 같다. 내가 부를 테니 받아 적으렴. 돈에 대해서는 나중에 아버지와 결정을 보겠지만, 당장에 예복만은 주문해야겠어."

부인은 캘리코를 비롯해 모슬린이며 흰 리넨 따위를 말하기 시작했다. 제인이 아버지에게 물어본 다음에 결정하자고 설득하지 않았다면 주문은 상당한 액수에 달했을 것이다. 제인은 하루쯤 늦는 것을 그리 대수롭게 생각하지 않았고, 부인도 기쁨에 넘친 나머지 보통 때와 같은 고집을 부리지 않았다. 그러자 이내 다른 생각이 떠올랐는지 부인은 이렇게 말했다.

"옷을 입는 대로 메리튼에 가서 필립스에게 이 좋은 소식을 전해 줘야지. 그리고 오는 길엔 루카스 경 부인과 롱 부인 댁에도 들러야겠다. 키티, 내려가서 마차를 불러라. 바람을 쐬면 좋을 것 같다. 아, 힐이 오는군. 힐, 좋은 소식 들었어? 우리 리디아가 결혼할 거야. 결혼 축하로 펀치를 대접해야겠어."

힐 부인은 자기도 기쁘다고 했다.

엘리자베스는 이 모든 어리석은 짓에 염증이 나서 방으로 가버렸다. 아무리 생각해도 리디아의 처지는 딱하기 그지없었다. 그러나 불행하지는 않다고 생각하고 감사해야 할 수밖에 없었다. 편지를 받기 전의 절망적 상황에 비하면 현재 수확에 만족을 느껴야 했다.

50

베넷은 아내와 딸들의 미래를 위해 수입을 허비하지 않고 매년 저축하는 것이 좋다고 생각해 왔다. 그러나 저축의 필요성을 이렇게까지 통감하고 절실히 느낀 적은 없었다. 만약 저축에 좀 더 신경 썼더라면 구태여 가디너에게 폐를 끼치지 않고도 문제를 해결할 수 있을 터였다. 베넷은 처남이 혼자서 모든 비용을 충당했다는 사실을 아주 중대하게 생각했다. 그리고 가능하면 가디너가 사용한 액수가 얼마나 되는지를 알아보고, 될 수 있는 한 빨리 빚을 갚기로 마음먹었다.

처음에 베넷이 결혼할 때는 응당 아들을 낳을 것을 예상했기 때문에, 경제 문제에 대해서는 전혀 걱정할 필요가 없었다. 아들에게 모든 재산이 상속될 테고, 그러면 부인과 딸들의 생활이 보장될 것이었기 때문이다. 딸만 잇따라 다섯이나 낳았을 때도 아직 아들에 대한 꿈을 접지 않았고, 리디아를 낳은 후로도 수년 동안 베넷 부인은 아들을 낳을 수 있다고 장담했다. 그러나 결국 이런 희망은 물거품으로 돌아갔고, 저축은 때가 늦은 뒤였다. 게다가 부인은 절약에는 소질이 없었다. 수입 초과를 방지해 온 것은 그나마 베넷 때문이었다.

결혼 계약서에는 오천 파운드가 부인과 자녀의 상속 재산으로 약정되어 있었으나, 자녀들에게 어떤 비율로 분배하느냐 하는 것은 부모의 뜻에 달려 있었다. 바로 이 점이 최소한 리디아에 관해서 결정지어야 할 문제였다. 베넷은 처남의 제안을 수락하는 데 주저할 수 없었다. 그는 우선 처남의 친절한 조치에 감사한다는 말을 적은 다음 아주 간결한 말로 모든 조치에 전적으로 동의하고, 체결된 모든 계약을 기꺼이 이행하겠다는 말을 썼다.

베넷은 위컴을 리디아와 결혼하도록 설득하는 데 이처럼 적은 비용이 들 것이라고는 상상도 못 했다. 리디아에게 매년 1백 파운드를 주게 되더라도 그의 수입에는 아무 지장이 없을 터였다. 왜냐하면 리디아에게 들어가는 한 해 용돈, 식비, 기타 비용을 합치면 거의 그 정도 돈이 되었기 때문이다.

베넷의 또 한 가지 큰 즐거움은 자기는 아주 적은 노력으로 이일을 해결한다는 것이었다. 현재 그의 가장 큰 희망은 될 수 있는 한 이 사건에서 빨리 해방되는 것이었다. 처음의 격한 분노가 사라지자 그는 본래의 나태함으로 되돌아갔다. 그는 서둘러 편지를 부쳤다. 그는 일을 결정하는 데는 느렸으나 집행하는 데는 빨랐다.

리디아가 결혼한다는 소식은 아주 빠른 속도로 이웃에까지 알려졌다. 이웃들은 리디아의 결혼에 대해 수군거렸다. 전보다는 나은 상황이었으나 그런 남자와 결혼해 보았자 불행할 것은 뻔한 일이라고 떠들었다.

베넷 부인은 다시 예전처럼 아래층 식당의 자기 자리에 앉았다. 기분은 말할 수 없이 좋았고, 어떤 수치심도 그녀의 양양한 의기를 손상하지 않았다. 그녀가 늘 바랐던 딸의 결혼이 이제 이루어지려는 단계에 있었던 것이다. 그녀의 머리는 오로지 우아한 결혼식의 참석자들과 아름다운 모슬린 옷과 새 마차들과 하인들로 꽉 차 있었다. 그녀는 온 마을을 쏘다니면서 리디아에게 알맞은 신혼 주택을 물색하기에 바빴다. 두 사람의 수입이 얼마나 될지는 생각하지도 않고, 집이 작다느니 쓸모가 없다느니 하면서 트집만 잡았다.

"굴딩에만 간다면 헤이파크도 괜찮고, 그렇잖으면 스토크에 있는 집도 응접실만 좀 크면 쓸 만하겠어. 애시워스는 너무 멀고, 여기서 16킬로미터 이상 떨어진 곳은 안 돼. 팔비스 로지는 다락방이 음침해서 싫어."

베넷은 하인들이 옆에 있는 동안은 마음대로 지껄이게 내버려두었으나, 하인들이 물러가자 부인에게 말했다.

"여보, 걔들에게 그중 어느 집을 사주든지, 모두 다 사주든지 간에 우선 정신 좀 차리고 생각해 봅시다. 어느 집이든 이 동네에

는 개들을 안 들여놓을 거요. 개들을 롱본에 들여 또 망신당하는 일은 하지 않겠소."

이 말 때문에 오랫동안 논쟁이 벌어졌지만 베넷은 끄떡도 안 했다. 거기에다 베넷 부인은 남편이 리디아가 옷을 살 돈을 한 푼도 주려고 하지 않는다는 것을 알고는 기겁했다. 베넷은 부인에게 리디아는 어떤 경우든 자기로부터 애정의 표시는 받지 못할 것이라고 못 박았다. 부인은 이 말을 도무지 이해할 수 없었다. 남편의 노여움이 왜 그렇게 큰지 부인은 아무래도 믿을 수 없었다. 부인은 리디아가 위컴과 도망하고 결혼식도 올리기 전에 2주일이나 동거했다는 데 대한 수치심보다는 딸이 옷이 없어서 망신당하지나 않을까 하는 우려가 더 컸다.

엘리자베스는 전에 일시적 괴로움을 이기지 못하고 다아시에게 리디아 일을 알린 것을 가장 뼈아프게 후회했다. 왜냐하면 리디아의 결혼이 모든 일을 해결해 줄 것이었기 때문에 굳이 알리지 않고도 지나갈 수 있었다는 생각에서였다.

다아시를 거쳐 소문이 더 퍼지는 것을 엘리자베스는 두려워하지 않았다. 하지만 이제 다아시와 자신 사이에는 건널 수 없는 심연이 가로놓인 것만 같았다. 설령 리디아의 결혼이 훌륭한 조건 위에서 성립된다 하더라도 다아시가 그렇게 경멸하던 위컴이지 않은가. 따라서 위컴과 가장 가까운 친척 관계를 맺는 자기 가정과 다아시가 또 인척 관계를 맺으리라고는 생각되지 않았다.

엘리자베스는 맥이 풀렸고 슬펐다. 이제 그의 호의의 덕을 바랄 수 없게 되었다고 생각하자 아쉬웠다. 또 이제 다시는 둘이 만날 일이 없을 것 같다는 생각이 들자 오히려 그와 더불어 행복할 수 있었다는 생각이 슬며시 고개를 내밀었다.

자기가 불과 4개월 전에 단호히 거절해 버린 그의 청혼을 지금이라면 감사하고 기쁜 마음으로 받아들일 거라는 걸 그가 안다면, 그는 얼마나 우쭐해할 것인가. 그가 남성 중에서도 가장 관대한 남자임을 엘리자베스는 의심치 않았으나 그도 역시 인간인 이상 승리감은 있을 것이다.

엘리자베스는 이제야 다아시가 성품과 재능에서 자기에게 가장 알맞은 사람이라고 생각했다. 그의 이해력과 기질은 비록 엘리자베스와는 비슷하지 않았으나 엘리자베스가 바라는 모든 것에 합치되었다.

가디너는 베넷에게 다시 또 편지를 했다. 그는 누구든 자기 가문의 사람이라면, 그의 행복을 위해 열심히 노력하겠노라고 확언했다. 또 베넷의 감사에 간단히 답례한 다음 자기가 돈을 썼느니 어쨌느니 하는 이야기는 다시 꺼내지 말아달라고 했다. 이번 편지의 중요한 요지는 위컴이 지금 군대에서 제대하기로 결심했다는 것을 그들에게 알리는 것이었다. 가디너는 다음과 같이 덧붙였다.

위컴 군의 결혼이 확정되는 대로 그가 제대하는 것은 제가 무척 바라는 일입니다. 저는 매형께서도 이 일이 위컴 군이나 리디아를 위해서 최선이라는 데 동의하실 줄 믿습니다. 위컴은 정규군에 입대하려 하는데 그의 옛 친구들 중 이 일을 기꺼이 도와줄 사람이 몇몇 있는 것 같습니다. 그는 현재 북방에 주둔하는 어떤 장군의 부대 기수직을 맡기로 되어 있습니다. 주둔지가 여기서 멀리 떨어져 있다는 것은 오히려 다행한 일이라 생각됩니다. 위컴 군도 동의하는데, 다른 사람들 틈에 가서 살면 각자가 갖출 만한 인격을 지니게 될지도 모르는 일이며, 또 두 사람 모두 좀 더 신중해지리라 믿습니다. 저는 포스터 대령에게 저희의 현재 처사를 알리고, 브라이튼 인근에 있는 위컴의 모든 채권자에게 일간 부채를 속히 청산하겠다는 보증을 서달라는 편지를 보냈습니다. 이 청산에는 제가 서약했습니다. 그러니 메리튼에 있는 위컴 군의 채권자들에게 매형께서도 같은 보증을 서주시지 않으시겠습니까? 채권자 명단은 위컴 군에게 알아봐서 첨부하겠습니다. 위컴 군은 그의 전 채무 건수를 제출한 바 있습니다. 적어도 이 점은 우리를 속이지 않으리라 믿습니다. 해거스톤 변호사가 우리의 지시를 받고 있는데 일주일이면 모든 일을 처리할 것입니다. 그다음엔 롱본에서 먼저 두 사람을 초대하지 않으신다면 두 사람은 그 북부의 군대를 따라갈 것입니다. 제 아내에게 듣기로는 리디아가 남부를 떠나기 전 롱본의 가족을 몹시 보고 싶어 한다고 합니다. 리디아는 매형과 누님께서 부모의 도리로 자기를 잊지 않고 기억해 주기를 바랍니다.

베넷과 그 딸들은 가디너와 마찬가지로, 위컴이 의용군에서 정규군으로 전입한다는 것을 기뻐했으나, 베넷 부인만은 그리 만족해하지 않았다. 부인은 두 사람을 하트퍼드셔에 정착시키려는 계획을 결코 포기하지 않았던 참이라 리디아가 북방에 정착하게 되었다는 사실은 부인에게 큰 실망을 주었다. 게다가 모든 사람이 리디아를 알고 있고, 리디아가 좋아하는 군인들이 많은 부대를 떠나야 한다는 것은 몹시도 가여운 일이라고 했다.

"포스터 부인을 몹시도 좋아하던 개를 그렇게 멀리 떠나보내다니 정말 기가 막혀. 또 개가 무척 따르던 청년도 몇몇 있었는데, 그 장군 부대의 장교들은 그리 유쾌하지 못할 거야."

리디아가 북부로 출발하기 전에 집에 다녀가게 하자는 딸들의 제안을 베넷은 처음에는 단호히 거절했다. 그러나 리디아의 감정과 장래의 지위를 위해 초대해야 한다는 제인과 엘리자베스의 설득으로 나중에는 마음대로 하라고 허락하고 말았다. 베넷 부인은 출가한 딸이 북부로 가 버리기 전에 이웃 사람들에게 보여줄 수 있게 되었음을 매우 만족해했고, 베넷은 두 사람이 롱본에 오도록 승낙한다는 편지를 가디너에게 보냈다. 이렇게 해서 결혼식이 끝나는 대로 두 사람은 롱본으로 오게끔 일이 진행되었다. 그러면서도 엘리자베스는 위컴이 롱본으로 오라는 제안을 수락했다는데 놀랐다.

51

드디어 리디아의 결혼식 날이 왔다. 제인과 엘리자베스가 리디아를 맞는 감회는 리디아가 집에 돌아오는 감회보다 더 컸다. 제인과 엘리자베스는 그들의 도착을 두려워했다. 특히 제인은 만약자신이 리디아라면 충분히 갖고 있을 죄의식을 리디아가 갖고 수치심을 느낄 생각을 하고는 그녀를 가엾게 생각했다.

마침내 사건의 두 주인공이 도착했다. 온 가족은 그들을 맞으러 식당에 모여 앉아 있었다. 마차가 대문에 다다르자 베넷 부인의 얼굴에는 웃음이 감돌았다. 부인은 창문으로 내다보며 기쁨을 감추지 못했다. 하지만 베넷은 딱딱하게 굳은 표정을 지었고, 딸들은 불안해하며 안절부절못했다.

현관에서 리디아의 목소리가 들렸다. 문이 열리더니 리디아가

안으로 뛰어 들어왔다. 베넷 부인이 앞으로 달려 나가 그녀를 껴안으며 아주 열광적으로 환영했다. 그리고 리디아를 뒤따라 온 위컴에게 다정한 미소를 지어 보이며 손을 내밀었다. 위컴은 그들의 행복을 의심 없이 보여주는 쾌활한 태도로 모녀가 오래간만에 재회해서 기쁘시겠다는 인사를 했다.

그리고 두 사람은 베넷에게로 돌아섰다. 베넷은 그들을 진심으로 반기지 않았다. 오히려 그의 얼굴은 더욱 굳었고 거의 입을 열지 않았다. 아무렇지도 않은 듯 태연한 태도를 보이는 두 사람의 뻔뻔스러움이 그를 화나게 하기에 충분했던 것이다. 엘리자베스도 비위가 틀렸고 제인마저 깜짝 놀랐다. 리디아는 아직도 리디아였다. 부끄러움을 모르고 야생적이고 수다스럽고 철이 없었다. 그녀는 이 언니에서 저 언니에게 연신 돌아다니며 축하해 달라고 졸랐다. 모두가 자리에 앉자 리디아는 방 안을 열심히 둘러보고 웃으면서 여기 와 본 지도 정말 오래되었다고 지껄였다.

위컴은 리디아보다 더 당당했다. 당황하는 빛이 조금도 없었다. 그의 태도가 보통 때처럼 어�찌나 유쾌했던지 그의 인격이나 결혼 방법에 아무 문제가 없었다면 그의 미소와 여유 있는 솜씨는 모두를 즐겁게 해주었을 것이다. 엘리자베스도 그가 이처럼 뻔뻔스러우리라고는 미처 예상하지 못했다. 엘리자베스는 앉아서, 앞으로 뻔뻔스러움에는 한계선을 긋지 않겠다고 속으로 다짐했다. 엘리자베스는 얼굴이 뜨거웠다. 제인도 낯을 붉혔다. 그러나 정작 이러한 사건을 일으킨 장본인들의 뺨은 미지근하지도 않은 듯 안

색이 조금도 변화하지 없었다.

"내가 집을 떠난 지 벌써 석 달이 됐다는 생각을 하니 정말 이상해. 얼마 안 된 것 같은데 말이야. 하긴 그동안에 많은 일이 있었지. 집을 떠날 때는 결혼해서 오리라는 생각은 꿈에도 하지 않았어. 내가 결혼한다면 무척 재미있을 거라고 생각은 했지만."

베넷이 두 눈을 쳐들었다. 제인은 당황하고 엘리자베스는 리디아를 쏘아보았으나 리디아는 여전히 즐거운 듯 지껄여 댔다.

"엄마, 마을 사람들이 제가 오늘 결혼한 줄을 아나요? 아마 모를 거야. 참, 오다가 윌리엄 굴딩 씨 마차를 앞지르게 됐는데, 굴딩 씨에게 내가 결혼한 것을 알려야겠다는 생각이 들었어. 그래서 마차가 옆에 왔을 때 장갑을 벗은 뒤 손을 내밀었지. 내 반지 좀 보라고 말이야. 그리고 인사를 하고 씩 웃어 줬어."

엘리자베스는 더 참을 수 없었다. 그녀는 일어나서 방을 뛰어나와 버리고 말았다. 그러고는 그들이 복도를 지나 응접실로 가는 소리를 듣고서야 다시 돌아왔다. 얼마 안 있어 엘리자베스는 리디아가 아주 뽐내면서 어머니 오른편으로 다가가 제인에게 이렇게 말하는 것을 들었다.

"큰언니, 이젠 내가 언니 자리를 차지해야겠어. 난 이제 결혼한 부인이거든."

리디아는 여유 있고 유쾌한 기분으로 점점 기고만장해졌다. 그녀는 필립스 부인과 루카스네 가족과 다른 이웃 사람들을 몹시 보고 싶어 했고, 그들이 자기를 위컴 부인이라고 불러 주길 고대했다. 식사를 마친 리디아는 힐 부인과 두 하녀에게 반지를 보이며 자랑하기도 했다. 리디아는 가족이 다시 식당으로 돌아오자 떠들었다.

"그런데 엄마는 위컴을 어떻게 생각하우? 매력 있는 남자죠? 언니들은 확실히 나를 부러워할 거야. 내 반만큼이라도 행운이 있었으면 좋겠어. 언니들도 브라이튼에 가야만 해. 내가 남편감을 고른 곳이 바로 브라이튼이잖아. 왜들 여름에 전부 안 갔는지 모르겠어. 아주 유감이야. 그렇지, 엄마?"

"그럼, 물론이지. 내 말대로만 했어도 모두 가는 거였는데. 근데 리디아, 나는 네가 아주 멀리 가 버리는 게 정말 싫구나. 안 그러냐?"

"아이, 괜찮아요. 그런 건 아무것도 아니에요. 그래도 엄마랑 아버지랑 언니들이랑 모두 우릴 보러 와야 해. 우린 겨우내 뉴캐슬에 있을 거예요. 아마 무도회도 있을 거야. 언니들에게 멋있는 파트너를 골라 줄게."

"그래, 좋은 아이디어다."

"엄마가 다녀가실 때, 언니 하나둘은 두고 가세요. 겨울이 다 가기 전에 신랑들을 얻어 줄게요."

그러자 엘리자베스가 말했다.

"호의는 고맙지만, 네 방식으로 남편을 얻고 싶지는 않아."

두 사람의 체류는 열흘을 넘지 못했다. 위컴이 런던을 떠나기 전 2주일 안으로 부대에 부임하게 되어 있었다. 베넷 부인을 제외하고는 누구도 섭섭해하지 않았다.

리디아에 대한 위컴의 애정은 엘리자베스가 예상했던 대로 리디아의 애정과 동등하지 않았다. 그들의 도피는 위컴의 사랑보다 리디아의 사랑으로 저질러졌을 가능성이 컸다. 위컴은 당시 도망할 수밖에 없는 곤경에 처해 있었고, 이 도망에 함께할 동반자가 생겼으니 기회를 놓치지 않은 것이다. 하지만 리디아를 사랑하지도 않으면서 왜 함께했는지는 의문이었다.

리디아는 위컴을 매우 좋아했다. 어떤 경우든 위컴은 리디아의 사랑스러운 위컴이었다. 무슨 경쟁을 하든 누구도 위컴을 따를 사람이 없으며, 그가 무엇이든 세상에서 최고였다.

그들이 도착한 지 얼마 안 되는 어느 날 아침, 리디아가 엘리자베스에게 이렇게 말했다.

"리지 언니, 언니에겐 내가 결혼식 얘기를 안 했지? 엄마랑 다른 식구들에게 얘기할 때 언니는 옆에 없었어. 어떻게 됐는지 듣고 싶지 않아?"

"아니, 그 얘긴 가능한 한 듣지 않는 게 좋다고 생각해."

"어머! 언닌 정말 이상해. 하지만 난 얘기해야겠어. 언니도 알다시피 우린 교회에서 결혼했어. 위컴 씨 숙소가 그 교구에 있었거든. 우린 열한 시까지 모두 그 교회에 모이기로 돼 있었지. 삼촌과 숙모님이 나와 같이 가기로 했고 다른 사람들은 교회에서 만나기로 되어 있었어. 난 얼마나 걱정했는지 몰라. 무슨 일이 일어나서 결혼이 연기될까 봐. 옷을 입는 동안 숙모님께서 내내 옆에서 한바탕 설교하셨지만, 나는 열 마디 중 한마디밖에 안 들렸어. 왜냐하면 난 줄곧 위컴 씨만 생각했으니까. 위컴 씨가 얼마나 멋있을지만 생각했거든. 그리고 언니도 차차 알게 되겠지만, 삼촌 댁에 있는 동안 난 두 분이 아주 못마땅했어. 언니는 안 믿을지 모르지만 보름 동안 한 번도 밖에 나가보지를 못했다니까. 파티 한 번 없었고 외출도 없었어. 그건 그렇고, 우리를 태우고 갈 마차가 대문까지 왔는데, 글쎄 그 지긋지긋한 스톤 씨가 볼일이 있다고 삼촌을 불러내는 거야. 난 어찌나 놀랐던지 어쩔 줄을 몰랐지. 삼촌이 나를 식장에서 위컴 씨에게 넘겨주는 들러리 역을 맡으셨거든. 제시간에 못 가면 그날 결혼할 수 없으니 내가 얼마나 걱정했겠어. 하지만 다행히 십 분 만에 돌아오셔서 셋이서 출발했지. 그리고 나중에 안 일이지만 제시간에 가지 못했더라도 결혼식을 연기할 필요는 없었어. 다아시 씨가 다 해결해 주셨을 테니까 말이야."

"다아시 씨가?"

엘리자베스가 말을 되받았다.

"그럼. 위컴 씨와 같이 오시기로 되어 있었거든. 이런! 깜박 잊었네. 그 얘긴 절대 꺼내서는 안 되는 건데. 그렇게 단단히 약속하고도! 위컴 씨가 뭐라고 하실까? 이건 정말 비밀이었는데……."

"그게 그렇게 비밀이라면 이제 그 얘긴 그만해 둬. 더 캐묻지 않을 테니까."

제인이 대꾸했다. 엘리자베스는 잔뜩 호기심이 생겼지만 이렇게 말했다.

"그럼, 아무것도 묻지 않을게."

"고마워, 언니들이 캐물으면 난 모든 것을 다 얘기하고 말 거야. 그러면 위컴 씨가 몹시 화낼걸."

엘리자베스는 캐묻고 싶은 충동을 억누르려고 자리에서 일어났다.

'다아시가 리디아 결혼식에 왔었다니! 가관이었겠군. 자기와는 아무 관계도 없고, 가고 싶지도 않았을 곳에 그가 가다니!'

그가 리디아의 결혼식에 참석한 의미에 관한 여러 가지 추측이 엘리자베스의 머리에 떠올랐으나 그 어떤 것도 마땅한 답이 되지 못했다. 그의 고결한 인격 탓으로 돌리는 것이 가장 그럴듯했지만 동시에 이는 가장 허황한 추측이었다. 엘리자베스는 이런 의혹을 참지 못하고 급히 종이 한 장을 꺼내서 가디너 부인에게 짤막한 편지를 썼다.

숙모님께서는 우리와는 아무런 관계도 없는 사람이, 비유적으로 말씀드리면 우리 일가가 아닌 남이 어떻게 하필 그런 때에 오게 되었는가 하는 것을 알고 싶어 하는 제 호기심을 이해하실 거예요. 부디 곧 답장을 주셔서 제 궁금증을 해결해 주세요. 만약 리디아가 말하는 것같이, 그냥 비밀로 남겨두는 게 좋다고 생각하신다면 그땐 더 여쭤보지 않겠어요.

여기서 엘리자베스는 혼잣말을 하며 편지의 끝을 맺었다.

'아니에요. 만일 숙모님께서 순순히 말씀해 주지 않으시면, 저는 무슨 수단과 방법을 써서라도 알아내고 말겠어요.'

52

엘리자베스는 그녀가 기대할 수 있는 가장 빠른 회답을 받았다. 그 답장을 손에 들자마자 엘리자베스는 누구도 방해하지 않는 조그만 숲으로 급히 달려갔다. 편지 두께로 보아 외숙모가 사실대로 설명해 주셨음을 확신할 수 있었다.

사랑하는 일라이자.

방금 네 편지를 받았다. 답장하려면 아침나절이 꼬박 걸릴 거야. 간단히 써서는 할 말을 다 하지 못할 테니까 말이야. 난 네 편지를 받고 무척 놀랐단다. 네게서 그런 편지가 올 줄은 미처 예상을 못 했거든. 외숙께서도 나만큼이나 놀라셨단다.

네가 그 일에 대해 어느 정도 알고 있으리라 생각했기 때문에, 또 관여

했으리라 생각했기 때문에 무척 놀라신 거란다. 하지만 네가 정말 아무것
도 모른다면 내가 좀 더 솔직해져야겠구나.

내가 롱본에서 집으로 돌아오던 바로 그날, 뜻밖의 손님 한 분이 삼촌을 찾아
오셨단다. 바로 다아시 씨가 찾아와서 삼촌과 몇 시간이나 은밀한 대화를
나눈 거지. 모든 일은 내가 도착하기 전에 끝나 있었다. 다아시 씨는 삼촌께
그가 리디아와 위컴이 있는 곳을 알아냈을 뿐 아니라 리디아와는 한 번, 위
컴과는 여러 번 만나서 이야기를 나누었다고 했단다. 내가 들은 바로는, 다
아시 씨는 우리가 더비셔를 떠난 바로 그 이튿날 거기를 떠나서 두 사람을
찾으려고 런던에 왔다더라. 표면상 이유는 위컴의 무가치함을 세상에 알리
지 않은 것은 순전히 자기 책임이라는 확신 때문이라나. 그는 순순히 모든 것
을 자신의 그릇된 자존심 탓으로 돌리고 있었고, 위컴의 개인적 행동을 세상
에 폭로하는 것은 수치스러운 일이라고 생각해 왔다고 고백했어. 그래서 자
기 때문에 초래된 불행을 구제하는 것이 자기 의무라고. 또 다른 이유가 있
었더라도, 결코 그를 욕되게 하진 않았을 거야. 다아시 씨는 런던에 며칠간
머문 뒤 두 사람을 찾을 수 있었는데, 자기대로 어떤 방법이 있었나 봐.

얼마 전에 조지아나의 가정교사로 있다가 다아시 씨가 무엇이라고 말은 하
지 않지만 무슨 비난할 만한 이유로 해고된 영이라는 부인이 있다더라. 그
런데 이 부인이 위컴과 친하게 지냈고, 에드워드에 큰 저택이 있어서 하숙
을 쳤기 때문에 위컴이 이 부인을 찾아올 것이라고 예상했단다. 그러나 2,
3일이 지난 후에야 겨우 원하는 정보를 얻을 수 있었다. 내 생각에는 그녀
가 뇌물을 받지 않고는 비밀을 누설하려 들지 않았던 모양이야. 위컴은 런던
에 처음 도착하자마자 그 부인에게 갔다. 어쨌든 다아시 씨는 원하는 정

보를 얻어 두 사람이 있는 곳으로 가서 먼저 리디아를 만났다더구나. 다아시 씨 말에 따르면 리디아를 설득하기 위해서였다. 집으로 돌아가도록 말이야. 그런데 리디아는 전혀 돌아갈 생각이 없었고, 다아시의 도움도 바라지 않더라. 위컴을 떠나라는 이야기는 들으려고도 하지 않았다나. 당장에는 아니지만 언제든 결혼할 것을 확신했고, 그 시기는 그리 문제가 안 된다고. 그래서 다아시 씨는 무조건 빨리 결혼하는 것이 최선이라고 생각해서 위컴을 만났단다. 그런데 위컴은 결혼할 의사가 조금도 없었다는구나. 위컴은 자기가 부대를 떠날 수밖에 없었던 것은 증서 없는 빚 독촉 때문이라고 고백했대. 그리고 도망으로 일어난 모든 후환을 리디아 한 사람의 소행으로 돌리는 것을 주저하지 않더란다. 장교로 곧 예편할 생각이었는데 리디아 때문에 망쳤다고.

다아시는 위컴에게 베넷 씨가 큰 부자라고는 생각되지 않지만 결혼하면 지금보다는 상황이 훨씬 나아질 테고, 또 그 결혼을 위해서라면 자기가 적극 돕겠다고 했단다. 결혼으로 한몫 잡을 작정을 하던 위컴은 결국 당장의 위기에서 벗어나게 해준다는 유혹을 뿌리치지 못하고 그의 제안을 수락했지. 이후 두 사람은 이런저런 문제로 여러 번 만난 모양이다. 위컴은 자기가 얻을 수 있는 것 이상을 바랐지만 결국 합리적인 선에서 타협했단다.

다아시 씨는 이 사실을 바로 삼촌에게 알리려고 우리 집을 찾았는데 그날은 내가 도착하기 전날이었다. 마침 삼촌이 집에 안 계셔서 만나지 못했는데, 네 아버님은 집에 계셨지. 하지만 다아시 씨는 네 아버님을 적절한 상담자라고 생각하지 않은 모양이다. 하인에게 물어 다음 날 떠나신다는 말을 듣고는 그냥 돌아갔으니 말이다. 그래서 삼촌은 누가 사업 때문에 찾아왔던 것으로만 생각하셨지. 다아시 씨는 다음 날인 토요일에 다시 찾아왔고 일요일에도 또 들렀지. 그때는 나도 집에 있어서 다아시 씨를 보았단다. 모든 문제는 월요일에야 해결되었어. 그래서 곧 롱본으로 편지를 보냈지. 다아시 씨는 몹시 고집이 세더구나. 모든 일을 삼촌이 한 것으로 해야 한다는 거야. 이 문제로 두 사람은 한참 다퉜는데 결국 삼촌이 지고 마셨단다. 결국 삼촌은 실제로 리디아를 위해서는 아무 일도 못 했으면서도 감사 인사를 받아야만 했다. 이런 일은 삼촌 성미에는 결코 맞지 않았지. 그래서 오늘 아침 네 편지를 보고 삼촌은 오히려 기뻐하셨을지 모른다. 너에게 설명함으로써 사실을 밝힐 수 있으니 말이다. 그러나 이러한 사실은 너만 알아야 한다. 아니, 제인까지만 알리고 다른 사람에게는 알리면 안 돼.

두 사람을 위해 다아시가 무슨 일을 했는지는 너도 충분히 짐작하리라 믿는다. 위컴의 빚을 갚아 주기로 했는데, 내 생각엔 일천 파운드가 훨씬 넘을 거야. 그 외에 리디아가 집에서 물려받는 재산에 일천 파운드를 더 보태주고, 위컴에게 장교직을 얻어 주었단다. 왜 다아시 씨가 혼자서 이런 일들을 했느냐 하는 이유는 내가 위에서 말한 바와 같다. 모든 것이 위컴의 실체를 사실대로 밝히지 않은 자기 탓이라는 거지. 물론 우리는 구실에 불과하다고 생각한단다. 다른 이해관계가 있기 때문이라고 믿고, 또 그렇게 생각하기에 삼촌이 끝까지 고집을 부리지 않고 다아시 씨 말에 따르신 거지.

모든 일이 결정되자 다아시 씨는 친구들이 머물고 있는 펨벌리로 돌아갔단다. 그러나 결혼식이 거행될 때 다시 돌아오기로 했는데 모든 금전 관계는 그때 청산하기로 했기 때문이었지.

내가 전할 말은 여기까지다. 아주 놀라운 이야기지? 그러나 최소한 네게 불쾌감은 주지 않을 거야.

위컴은 내가 하트퍼드셔에서 알고 있던 위컴 꼭 그대로더구나. 지난 수요일 제인의 편지를 보고 리디아가 집에 가서도 여기 있을 때와 똑같다는 것을 들었다. 그래서 말이지만 리디아와 함께 있는 동안 내가 그 애 때문에 얼마나 속을 끓였는지 충분히 짐작하리라 생각한다. 난 몇 번이나 아주 진지하게 리디아가 저지른 잘못을 지적하면서 그 애가 가문에 초래한 모든 불행을 말해 주었단다. 하지만 도무지 내 말에는 귀를 기울이지 않더구나. 어떤 땐 정말 화가 나더라. 그러나 그때마다 우리 귀여운 엘리자베스와 제인을 생각하고 꾹 참았단다.

다아시 씨는 약속대로 결혼식에 참석했지. 그리고 이튿날 우리와 같이 저녁을 먹었는데, 수요일이나 목요일쯤 런던을 떠난다고 했어. 리지야, 이번 기회에 내가 다아시 씨를 무척 좋아하게 되었다고 말한다면 넌 화를 내겠니? 다아시 씨의 행동은 우리가 더비셔에 있을 때처럼 모든 점에서 훌륭했어. 그의 이해심과 생각은 모두 우리를 기쁘게 했고, 그에게 더 바라고 싶은 것이 있다면 조금만 더 명랑했으면 하는 것뿐이야. 그러나 이것은 그가 신중히 결혼한다면 부인이 가르쳐 줄 수도 있는 것이지. 내 생각에 다아시 씨는 좀 엉큼한 면도 있는 것 같다. 네 이름은 입 밖에도 안 내더구나.

내가 너무 주제넘었다면 용서해 다오. 용서 못 하겠더라도 나를 펨벌리 공원에서 추방하는 벌만은 주지 않기를 바란다. 나는 공원을 다시 한번 꼼꼼히 둘러보고 싶거든. 예쁜 망아지 한 쌍이 끄는 낮은 네 바퀴 마차를 타고서 말이야.

그만 써야겠구나. 한참이나 아이들을 돌보지 못했어.

편지 내용은 엘리자베스의 가슴을 몹시 두근거리게 했으나 그것이 즐거움 때문인지 괴로움 때문인지는 명확하지 않았다. 혹시나 했던 의심이 사실로 드러났다. 다아시는 일부러 그들을 쫓아 런던으로 갔던 것이다. 그는 두 사람을 찾는 데 따르는 수고와 굴욕을 참았다. 증오하는 여자를 만나 협상했고 경멸하는 남자를 만나 설득하고 권유하고 나중에는 돈까지 지불해야 했다. 그것도 호의가 가거나 존경할 수 없는 아가씨를 위해서.

엘리자베스는 낯이 뜨거웠다. 그녀는 자기 때문이 아니라고 생각하려 했으나 자신의 평화를 위해 그가 애썼으리라는 생각을 떨칠 수 없었다. 그러나 은혜를 갚을 수 없는 사람에게 은혜를 입었다는 것은 아주 괴로운 일이었다. 엘리자베스는 자신이 다아시에게 한 모든 거만스러웠던 말을 얼마나 후회했는지 모른다. 그녀는 자기를 낮추고 다아시를 높였다. 그리고 숙모가 다아시를 칭찬한 대목을 몇 번이나 읽었다. 그가 한 일에 비해 칭찬은 턱없이 부족했으나 엘리자베스를 즐겁게 했다. 엘리자베스는 외숙 내외가 다아시와 자기 사이에 애정과 비밀이 있다고 믿는 것에 유감 섞인 착잡한 기쁨을 느끼기조차 했다.

누군가가 다가오는 기척에 엘리자베스는 의자에서 일어났다. 엘리자베스가 미처 다른 길로 접어들기 전에 위컴이 뒤따라왔다. 엘리자베스에게 다가서면서 위컴이 말했다.

"혼자 즐기시는 산책을 제가 방해했나 보군요?"

엘리자베스는 웃으면서 대답했다.

"그런 것 같아요. 하지만 방해가 반드시 성가신 것은 아니죠."

"방해되었다면 정말 죄송합니다. 우린 좋은 친구였죠. 지금은 친구 이상입니다."

"그래요. 다른 사람들도 나오나요?"

"모르겠습니다. 장모님과 아내는 마차로 메리튼에 갈 모양입니다. 그런데 외숙부님 내외분께 듣자니까 엘리자베스 양께서도 직접 펨벌리에 가 보셨다고요?"

엘리자베스는 그렇다고 대답했다.

"엘리자베스 양의 기쁨이 부럽군요. 늙은 가정부도 보셨겠군요. 가엾은 레이놀즈 부인, 저를 끔찍이 좋아했답니다. 하지만 제 이름은 입 밖에 내지 않았겠죠?"

"아뇨. 말하던데요."

"그래요? 뭐라고 그러던가요?"

"위컴 씨께서 입대하셨다고요. 그런데 잘되신 것 같지 않다고 염려하더군요. 그러나 그런 먼 거리에 있으면 종종 터무니없는 소문이 돌기가 일쑤죠."

"그렇긴 하죠."

위컴은 입술을 지그시 깨물면서 대답했다. 엘리자베스는 이것으로 위컴의 입이 닫히기를 바랐으나, 잠시 후 위컴은 다시 말했다.

"지난날에 런던에서 다아시를 만나 깜짝 놀랐습니다. 서로 몇 번이나 지나쳤죠. 런던에서 무슨 일을 하는지 모르겠어요."

"아마도 버그 양과 결혼을 준비하고 있겠죠. 이런 때 런던에 가신 건 필시 무슨 특별한 일이 있을 거예요."

"그럴 겁니다. 램튼에 계실 때 다아시를 보셨어요? 외숙부님 댁에서 듣기로는 보셨다고 하는 것 같던데."

"네, 봤습니다. 동생도 소개해 주더군요."

"조지아나 양을 좋아하십니까?"

"네, 아주 좋아해요."

"요즘 1, 2년 사이에 많이 나아졌다고 하더군요. 제가 마지막으로 조지아나를 보았을 때는 별로였습니다. 조지아나를 좋아하신다니 반갑군요. 잘되길 바랍니다."

"아마 잘되겠죠. 가장 시련이 많은 나이는 이제 지났으니까요."

"킴튼이라는 마을을 지나가셨습니까?"

"그런 기억이 없는데요."

"제가 이런 말씀을 드리는 이유는 그 킴튼이 제가 목사의 녹으로 받아야 했던 곳이기 때문입니다. 아주 아늑한 곳이죠. 목사관도 훌륭하고요. 어느 모로 보든 제게 꼭 알맞았을 곳이었습니다."

"어떻게 해서 설교하는 걸 좋아하게 되셨나요?"

"원래부터 무척 좋아했답니다. 제 의무라고까지 느꼈으니까요. 그런데 그 노력이 곧 물거품으로 돌아갈 줄이야 누가 알았겠습니까? 불평해서는 안 되겠지만 확실히 제게 적당한 직책이었을 겁니다. 조용한 은퇴 생활은 제 행복을 만족시켜 주었을 것입니다. 그런데 그게 바라던 대로 안됐죠. 켄트에 계실 때 다아시가 그런 얘길 하던가요?"

"근거 있는 소식통에 따르면, 목사직은 단지 조건부였고, 후원자 의사에 달려 있었다고 하더군요. 믿을 수 있는 말이라고 생각해요."

"알고 있으셨군요. 다소 그런 의미도 있었죠. 처음부터 제가 그렇게 말씀드린 것을 기억하실 텐데요."

"또 이런 말도 들었어요. 한때는 지금처럼, 설교하시는 것이 취미에 맞지 않는 때도 있었다고요. 그리고 성직에는 절대 취임하지 않겠다는 결심을 표명하셨다고요. 그래서 거기에 따라 모든 일이 결정되었다고요."

"그래요? 전혀 근거 없는 말도 아니군요. 그 점에 관해서는 저희가 처음 그 이야기를 할 때 제가 무어라고 말씀드렸는지 기억하실 텐데요."

말하는 사이에 두 사람은 벌써 집 앞에 와 있었다. 그것은 엘리자베스가 위컴을 피하고 싶어서 빨리 걸었기 때문이다. 그러나 리디아를 생각해서 위컴을 화나게 하는 것이 좋지 않을 것 같아 엘리자베스는 웃으면서 이렇게 대답했다.

"자, 위컴 씨. 위컴 씨도 아시다시피 우린 이제 가족이에요. 그러니까 지나간 일을 가지고 다투지 말기로 해요. 앞으로는 우리가 언제나 한마음이기를 빌어요."

엘리자베스는 손을 내밀었다. 위컴은 어떤 인사를 해야 할지 몰랐으나, 다정하고 정중하게 그녀 손에 입을 맞췄다. 그리고 두 사람은 집으로 들어갔다.

53

위컴은 엘리자베스와 나눈 대화에 아주 흡족해했다. 그래서 이후 다시 그 화제를 꺼내 엘리자베스의 신경을 건드리지 않았다. 위컴과 리디아가 떠날 날이 다가왔다. 베넷 부인은 또 자기 방에 드러눕지 않으면 안 되었는데, 이유는 베넷이 올겨울에 모두 뉴캐슬에 가자는 부인의 계획에 찬성하지 않았기 때문이다.

"얘, 리디아. 언제 다시 만나지?"

"저도 모르겠어요. 아마 2, 3년은 못 볼 것 같아요."

"편지나 자주 하렴."

"될 수 있는 한 자주 하겠어요. 하지만 결혼한 부인은 편지 쓸 시간이 그리 많지 않다는 건 엄마도 잘 아시죠. 아무것도 할 일이 없는 언니들이 자주 해야죠."

위컴의 작별 인사는 리디아보다 훨씬 더 다정스러웠다. 그는 시종 미소를 지으면서 멋들어진 말을 많이 했다.

그들이 떠나자마자 베넷은 이렇게 말했다.

"내 생전에 위컴처럼 멋진 친구는 처음 봤군. 언제나 싱글싱글하고 능글능글하고 추근추근하고. 우리 집의 자랑거리야. 윌리엄 루카스 경에게 어디 위컴보다 더 훌륭한 사윗감이 있나 찾아보라고 할까."

리디아가 가자 베넷 부인은 며칠 동안 매우 우울해했다.

"세상에 사랑하는 가족과 헤어지는 것처럼 불행한 일은 없다고 생각해. 아주 고독하구나."

그러자 엘리자베스가 말했다.

"딸을 결혼시키면 다 그런 거예요. 그럼 어머닌 나머지 네 딸이 독신으로 늙어야 좋아하시겠군요."

"그런 뜻이 아냐. 리디아는 결혼했다고 해서 나를 떠난 게 아니거든. 남편의 부대가 먼 곳에 있으니까 가게 됐지. 만약 부대가 좀 가까이 있었더라면 그렇게 빨리 가 버리진 않았을 거 아니냐?"

그러나 베넷 부인은 이 사건으로 인한 우울함에서 얼마 안 가서 벗어날 수 있었다. 한 가지 소식이 부인에게 희망을 주었기 때문이다. 그것은 바로 빙리가 사냥하려고 며칠간 네더필드에 머문다는 소식이었다. 베넷 부인은 가만히 있지 못했다.

베넷 부인이 필립스 부인에게 물었다.

"뭐, 빙리가 또 온다고? 거참 잘되었군. 그렇다고 뭐 내가 그 일에 큰 관심이 있는 건 아니지만. 잘 알다시피 빙리는 우리와 아무 관계도 없거든. 그리고 사실 다시는 그 사람을 보고 싶지 않아. 하지만 빙리가 마음이 내켜서 오는 거라면 어쨌든 아주 반가운 일이지. 무슨 일이 일어날지 누가 알아? 물론 그건 우리와 상관없는 일이지만. 우리가 벌써 오래전에 그런 얘기는 다시 꺼내지 않기로 한 것을 알고 있지? 그런데 빙리가 온다는 건 정말 확실해?"

필립스 부인이 대답했다.

"틀림없다니까요. 니콜스 부인이 지난밤에 메리튼에 왔었으니까요. 그녀가 지나가는 것을 보고 밖에 나가서 물어봤더니 사실이래요. 십중팔구는 수요일에, 아니면 늦어도 목요일에는 온대요. 그날 쓸 고기를 주문하러 고깃간에 가는 길이라고 말하더군요."

제인은 빙리가 온다는 말을 듣자 얼굴을 붉히지 않을 수 없었다. 수개월 동안 제인은 엘리자베스에게 빙리 이름을 꺼내지 않았으나 두 사람만 함께 있게 되자 제인이 입을 열었다.

"이모가 오늘 빙리 씨 얘기를 하실 때 너는 내 얼굴을 바라보더구나. 물론 내가 당황한 건 사실이지만 걱정하지는 마. 빙리 씨가 오면 아무래도 안 만날 수 없을 것 같은 생각이 들어서 잠깐 어리둥절했을 뿐이야. 난 정말이지 그 소식을 듣고 기쁘지도 괴롭지도 않았어. 하지만 빙리 씨가 혼자 온다는 한 가지 사실만은 반가운 일이야. 그만큼 빙리 씨를 만나는 경우가 적을 테니까 말이야. 나 자신이 두려운 게 아니라 다른 사람들의 주목을 받는 것이 싫어."

엘리자베스는 빙리의 방문을 어떻게 생각해야 할지 몰랐다. 만약 엘리자베스가 더비셔에서 그를 보지 않았다면, 엘리자베스는 빙리가 다른 사람들 말대로 사냥할 목적으로 올 수도 있다고 생각했을지 모른다. 그러나 엘리자베스는 빙리가 아직도 제인에게 애정을 품고 있다고 생각했다. 단지 빙리가 다아시의 동의를 얻은 후 방문하는지, 아니면 다아시에게 물어보지도 않고 혼자 용감히 오는지는 알 수 없었다.

제인이 빙리의 방문 소식에 아무렇지 않다고 말했음에도 엘리자베스는 제인이 동요하는 것을 쉽게 알아챌 수 있었다. 제인은 어느 때보다 불안해하고 안절부절못했다.

약 1년 전 베넷과 베넷 부인 사이에 그렇게도 격렬한 논쟁을 불러일으켰던 화제가 또다시 두 사람 사이에서 재연되었다.

베넷 부인은 말했다.

"물론 빙리가 오는 대로 한번 찾아가 보시겠죠?"

"천만에! 당신은 작년에도 억지로 가 보라고 했잖소? 그리고 내가 한번 찾아가 보기만 하면 빙리 군이 우리 딸 중 한 명과 결혼할 거라고 했지? 그러나 허탕만 치지 않았소? 그런 바보 같은 심부름은 다시는 안 하겠소."

베넷 부인은 네더필드로 돌아오는 빙리에게 그만한 인사를 차리는 것은 아주 필요한 일이라고 주장했다.

"그런 것은 내가 멸시하는 겉치레요. 빙리 군이 우리와 사귀고 싶다면, 그 사람더러 우리를 찾아오라고 해요. 그는 우리가 사는 곳을 알지 않소? 나는 내 시간을 동네 사람들이 어디를 가고 올

적마다 그 뒤를 쫓아다니는 데 허비하고 싶진 않소."

"그래요? 나는 당신이 찾아가지 않는다는 건 아주 무례한 일이라고 생각해요. 물론 그렇다고 빙리를 만찬에 초대하지 못할 것은 없어요. 꼭 초대해야지."

베넷 부인은 남편이 사교상 의무를 거절했으므로 자기들보다 앞서서 다른 동네 사람들이 빙리 씨를 만날 거라는 생각에 분해했다. 하지만 빙리를 초대하겠다는 결심에 위안을 얻고 잘 참아냈다.

빙리가 도착하는 날이 가까워오자 제인이 엘리자베스에게 말했다.

"난 이제 빙리 씨가 온다는 게 언짢아지기 시작해. 별일도 아니니까 무관심하게 대할 수 있어. 그런데도 왜 그 문제를 가지고 저렇게 노상 말씀을 하시는지 난 차마 들을 수 없어. 물론 어머니는 좋은 뜻으로 하는 말씀이지만 내가 그 말에 얼마나 괴로운지는 모르실 거야. 이건 어머니뿐만 아니라 그 누구도 몰라. 빙리 씨의 네더필드 체류가 하루빨리 끝났으면 좋겠어."

이 말에 엘리자베스가 대답했다.

"뭐든지 언니를 좀 위로할 말이 있었으면 좋겠어. 하지만 내 힘으론 어쩔 수 없어. 그건 언니도 알아주어야 해. 수난자에게 인내를 설교함으로써 흔히 만족하는 방법을 난 싫어하거든. 언니는 늘 잘도 참았으니까."

마침내 빙리가 도착했다. 베넷 부인은 하인들의 도움으로 그 소식을 제일 먼저 들었기 때문에 불안과 초조로 보내는 기간이 더 길어졌다. 부인은 빙리를 초대할 수 있을 때까지 날짜를 헤아려 보고, 그전에는 그를 만날 생각을 안 했다. 그러나 그가 도착한 지 사흘째 되는 날 아침, 말을 탄 빙리가 목장에 들어서서 집 쪽으로 오는 것을 부인은 창문을 통해 보았다. 부인은 기쁨을 나누려고 성화같이 딸들을 불렀다. 제인은 식탁 앞에 그대로 앉아 있었으나 엘리자베스는 어머니를 기쁘게 해주려고 창가로 다가갔다. 그러나 다아시가 빙리와 함께 오는 것을 보고는 돌아와서 제인 옆에 앉았다.

"엄마, 빙리 씨와 또 한 사람이 같이 오는데, 누굴까요?"

키티가 말했다.

"아마 친구나 누구 아는 사람쯤 되겠지. 누군지 모르겠는데."

"엄마, 늘 빙리 씨와 붙어 다니던 사람 같아요. 이름이 뭐라더라? 그 왜 키가 크고 건방진 사람 말이에요."

"이런, 다아시로군. 내 그럴 줄 알았다니까. 좋아, 빙리 씨 친구라면 언제나 누구든 대환영이야. 사실 다아시가 빙리 친구만 아니라면 꼴도 보기 싫지만 말이야."

제인은 놀라움과 염려가 섞인 표정으로 엘리자베스를 돌아보았다. 제인은 다아시와 엘리자베스가 다비에서 만난 일에 관해서는 아주 조금밖에 몰랐으나 다아시의 장황한 편지를 받은 이후 거의 처음으로 만나다시피 하는 엘리자베스에게는 있기 마련인 어색함을 염려했다. 제인도 엘리자베스도 불안해했다. 두 사람은 서로를 위해서 염려해 주었고, 물론 자신들을 위해서도 염려했다.

부인은 두 딸의 이야기는 들어보지도 않고 자기는 다아시를 싫어한다느니, 단지 빙리의 친구로만 대접한다느니 하는 말들을 계속 지껄였다.

엘리자베스에게는 제인이 상상할 수 없는 불안의 근원이 있었다. 아직 엘리자베스는 제인에게 가디너 부인의 편지를 보일 용기가 나지 않았고, 다아시에 대한 자신의 감정 변화를 말하지 않았다. 제인에게는 다아시가 엘리자베스에게 청혼했다가 거절당한 사람일 뿐이었지만 엘리자베스에게는 자기 가정이 처음으로 재정적 은혜를 입은 사람이요, 비록 반할 정도까지는 아니나 호감이 있는 사람이었다. 그래서 다아시가 자발적으로 찾아오는 것을 본 엘리자베스의 놀라움은 더비셔에서 그의 돌변한 태도를 보고 놀랐을 때처럼 컸다.

엘리자베스의 얼굴에서 사라졌던 홍조가 되살아났다. 다아시의 애정과 희망이 아직 흔들리지 않을지도 모른다고 생각하니 얼굴에 미소가 번졌다. 엘리자베스는 속으로 중얼거렸다.

'우선 어떻게 하나 두고 봐야지. 속단은 금물이야.'

엘리자베스는 침착한 태도를 보이려고 애쓰면서, 일에 몰두하며 앉아 있었다. 하인이 문을 열어주는 소리가 들렸다. 제인의 얼굴은 여느 때보다 창백해 보였으나 엘리자베스가 예상했던 것보다는 침착했다. 두 손님이 방에 들어서자 엘리자베스의 홍조는 더욱 짙어졌으나 그래도 꽤 침착한 태도로 그들을 맞았다.

엘리자베스는 될 수 있는 대로 말을 적게 했다. 그리고 일에 몰두한 채 그들을 보지 않으려고 애썼다. 꼭 한 번 용기를 내어 다아시를 바라보았을 뿐이다. 그는 여느 때처럼 딱딱한 표정이었는데, 하트퍼드셔에서는 다른 곳에서보다 더욱 무거운 표정인 것 같았다. 엘리자베스는 그가 삼촌과 숙모를 대하는 것처럼 어머니를 대하지는 않을 것이라고 생각했다. 이 생각은 괴로운 것이었으나 있음 직한 추측이었다.

엘리자베스는 또 빙리를 얼마 동안 보았다. 빙리는 기쁨과 당황함이 교차된 표정을 하고 있었다. 베넷 부인은 딸들이 부끄러울 지경으로 빙리에게 친절히 대했다. 이는 냉정하고 형식적으로 다아시를 대하는 태도와 극명하게 비교되어 더욱 부끄럽게 만들었다.

다아시가 리디아를 면할 수 없는 오점에서 구해 주었다는 사실을 아는 엘리자베스는 이러한 잘못된 차별 대우를 볼 때 고통스러울 만큼 가슴이 아프고 괴로웠다.

다아시는 엘리자베스에게 가디너 부부의 안부를 묻고는 입을 봉했다. 그는 엘리자베스 옆에 앉지 않았다. 아마 이것이 그가 침묵한 원인이었는지도 모른다. 아니, 더비셔에서는 엘리자베스와 말할 수 없을 때는 가디너 부부와 대화했다. 그러나 여기에서는 굳게 침묵을 지킬 뿐이었다. 엘리자베스는 실망했다. 그리고 실망한 데 대해 스스로 화를 냈다. 그녀는 혼자 속으로 이렇게 중얼거렸다.

'내가 무엇을 기대할 수 있으랴고. 그런데 도대체 여기는 왜 왔

을까?'

엘리자베스는 다아시하고 둘이서만 이야기하고 싶었으나, 다아시에게는 말을 건넬 용기가 없었다. 겨우 조지아나의 안부를 물어본 다음에는 한마디도 더 하지 못했다.

"빙리 씨, 여길 떠나신 지 꽤 오래됐죠?"

베넷 부인의 말이었다. 빙리는 그렇다고 대답했다.

"사람들은 빙리 씨가 미카엘 축제 때 네더필드를 아주 떠나 버릴 작정이었다고들 말했지만 난 믿지 않았죠. 빙리 씨가 안 계신 기간에 많은 일이 벌어졌다오. 루카스 양이 결혼해서 살림을 차렸고, 내 딸도 하나 결혼했죠. 아마 신문에서 보셨겠죠? 제대로 나지는 않았지만 〈타임스〉와 〈쿠리어〉 신문에 났죠. 그저 '최근 조지 위컴 씨가 리디아 베넷 양과 결혼함'이라고만 났어요. 리디아의 아버지라든가 사는 곳은 한 글자도 없었죠. 내 동생 가디너가 기사를 작성한 모양인데, 왜 그렇게 서투르게 했는지 모르겠군요. 그 기사 보셨나요?"

빙리는 읽었다고 대답하고 축하의 인사를 했다. 엘리자베스는 고개를 감히 들지 못했기 때문에 그때 다아시의 표정이 어땠는지는 알 수 없었다.

베넷 부인은 말을 이었다.

"딸을 제대로 시집보낸다는 건 확실히 즐거운 일이죠. 그러나 그 딸이 멀리 떨어져 산다는 것은 괴로운 일이라우. 두 사람은 뉴캐슬로 갔는데 꽤 북쪽이라나 봐요. 거기서 얼마간 살지는 나도 모르죠. 위컴의 부대가 거기 있기 때문이에요. 참 위컴이 전에 있던 데를 나와서 정규군에 입대했다는 말은 들으셨겠죠? 고마운 일이에요. 위컴에게 내세울 만한 친구는 많이 없어도 그래도 꽤 친구가 있더군요."

다아시를 겨냥한 말임을 알고 있는 엘리자베스는 어쩌나 큰 수치심을 느꼈는지 앉아 있기 힘들 지경이었다. 그러나 이것은 오히려 엘리자베스에게 말할 수 있는 용기를 내게 했다. 엘리자베스는 빙리에게 네더필드에는 얼마나 있을 예정이냐고 물었다. 이에 빙리는 몇 주일쯤 될 거라고 대답했다.

베넷 부인이 또 거들었다.

"빙리 씨, 필요하시다면 롱본으로 와서 우리 양반의 소유지를 마음대로 사용해도 좋아요. 바깥어른께서도 빙리 씨에게 호의를 베푸는 것을 무척 좋아하실 거예요."

엘리자베스의 슬픔은 이러한 어머니의 불필요하고 무의미한 친절 때문에 더욱 커졌다. 그러나 제인을 향한 빙리의 애정이 다시 샘솟는 것을 보고는 슬픔이 어느 정도 완화되었다. 빙리는 처음에 제인에게 말을 조금밖에 하지 않았으나 시간이 흐를수록 관심을 쏟았다.

빙리는 제인이 작년과 마찬가지로 아름다운 모습을 보았다. 말수는 적었으나 그녀는 여전히 아름다웠다. 제인은 침착한 태도를 보이려고 노력했다.

두 사람이 가려고 일어서자 베넷 부인은 의도했던 계획을 잊지 않고 그들을 오찬에 초대했다. 두 사람은 2, 3일 후 롱본에 와서 오찬에 참석하기로 약속했다. 그런데 베넷 부인이 또 덧붙였다.

"빙리 씨, 나에게 빚진 것이 아직도 하나 있어요. 지난겨울에 런던으로 가면서 약속하시기를, 돌아오는 즉시 우리와 저녁을 들기로 하셨죠? 난 아직 잊지 않고 있어요. 내가 얼마나 실망했다고요."

이 말에 빙리는 잠깐 멍한 표정이었으나 그럴 수밖에 없는 사정이 있었다며 사과한 뒤 돌아갔다.

54

두 사람이 간 뒤 엘리자베스는 기분을 전환하려고 밖으로 나
갔다. 다아시의 태도는 엘리자베스를 놀라게 하고 괴롭혔다.

'도대체 벙어리처럼 아무 말 없이 앉아 있을 바에는 무엇 때문
에 왔을까?'

그녀는 이것을 자기 마음에 들도록 해석해 볼 길이 없었다.

'런던에 있을 때 삼촌 내외분께는 상냥하고 유쾌했으면서 왜
내게는 그러지 않는 것일까? 나를 두려워한다고 하자. 그럼 왜 여
기를 왔으며, 이제는 나를 더 좋아하지 않는다고 하자, 그럼 도대
체 왜 꿀 먹은 벙어리 모양 앉아 있었을까? 아, 생각을 말아야지.'

이 각오는 제인이 다가오는 바람에 본의 아니게 잠시 중단되었
다. 제인은 즐거운 표정으로 엘리자베스 곁에 와 앉았다.

"이제 만나고 나니까 난 아무렇지도 않은 것 같아. 나는 이젠 내 담력이 어느 정도인지 확실히 알겠어. 빙리 씨가 또 오시더라도 절대로 당황하지 않을 거야. 화요일 오찬에 오신다니 반가워. 이제는 다른 사람들도 우리가 특별한 관계가 아닌 친구로 만난다는 것을 알게 될 테니까 말이야."

그러자 엘리자베스가 웃으면서 말했다.

"아무렴, 아무런 관계도 없고말고. 하지만 언니, 조심해."

"리지, 내가 위험한 지경에 빠질 만큼 약하다고 생각선 안 돼."

"내 생각엔 언니가 지금 빙리 씨를 어느 때보다 더 언니와의 사랑에 빠뜨릴 위험성이 아주 큰 것 같아."

화요일에 롱본에서는 기다리던 파티가 열렸다. 그들이 가장 간절히 기다린 두 사람은 약속 시간에 정확히 맞추어 도착했다. 엘리자베스는 빙리가 과거의 파티 때마다 그랬듯이 제인 옆자리로 가는지를 열심히 주시했다. 베넷 부인도 같은 생각을 하고, 제인 옆에 앉으라고 권하고 싶은 마음을 꾹 참고 어떻게 하나 보았다.

빙리는 잠시 망설이는 듯했다. 그러나 제인이 주위를 우연히 돌아보다가 생긋 웃자 빙리는 아주 자연스럽게 제인 옆에 가서 앉았다.

식사하는 동안 빙리는 예전보다 주시하는 사람들이 훨씬 많았음에도 전혀 신경 쓰지 않고 제인에게 애정을 드러냈다. 엘리자베스는 빙리가 다시 제인에게 청혼하리라는 기대를 하지 않았음에도 흐뭇했다. 그러나 이것도 잠시, 엘리자베스는 전혀 즐겁지 않았다. 그녀는 다아시와 멀리 떨어져 있었는데 마침 다아시 옆에는 베넷 부인이 앉아 있었다. 엘리자베스는 두 사람 모두에게 얼마나 고역일지 잘 알고 있었다. 자리가 떨어져 있어 그들의 대화를 들을 수는 없었으나 간혹 이야기를 주고받는 두 사람의 태도가 얼마나 냉랭하고 형식적인지는 충분히 짐작할 수 있었다.

다아시에 대한 어머니의 불친절한 태도는 그들이 다아시에게 어떤 은혜를 입었는지 잘 알고 있는 엘리자베스의 마음을 더욱 아프게 했다. 때때로 엘리자베스는 다아시에게 그의 친절은 다른 가족이 알지도 못하고, 또 짐작도 하지 못한다고 말하고 싶은 충동을 느꼈다.

엘리자베스는 다아시와 단둘이 이야기할 기회가 오기를 바랐다. 그래서 파티가 거의 끝나갈 무렵 응접실에 초조하게 앉아 있었다.

'다아시 씨가 만약 내게로 오지 않으면 그를 영원히 단념할 테야.'

그러나 기회는 좀처럼 찾아오지 않았다. 주변에 어찌나 많은 여자가 모여 있는지 엘리자베스 옆에는 의자를 하나 둘 만큼의 여유도 없었다. 더구나 한 아가씨가 엘리자베스 옆에 찰싹 붙어서는 귀엣말로 속삭였다.

"남자들이 와서 우리를 갈라놓지 못하게 할 테야. 남자들은 필요 없어. 그렇지?"

다아시는 더욱 먼 쪽으로 걸어가 버렸다. 엘리자베스는 눈으로 그의 뒤를 쫓으면서 그가 말을 건네는 모든 사람을 부러워한 나머지 사람들에게 차를 권하는 일마저 잊어버리고 말았다. 그러나 다음 순간 자신의 멍청한 행동에 화가 치밀었다.

'거절했던 사람에게서 다시 사랑을 기대하다니? 도대체 어떤 남자가 같은 여자에게 두 번이나 구혼하겠는가? 그렇게 모욕적인 일을 당하고도 또 하겠느냔 말이다.'

그러나 다아시가 찻잔을 돌려주러 오는 바람에 엘리자베스의 기분은 다소 누그러졌다. 엘리자베스는 이 틈을 놓치지 않고 말을 걸었다.

"동생께서는 지금도 펨벌리에 계셔요?"

"네, 크리스마스 때까지 있을 예정입니다."

"혼자서요? 친구들은 다 갔나요?"

"앤슬리 부인과 같이 있죠. 다른 분들은 이번 3주일 동안 스카버러에 가 있습니다."

엘리자베스는 더 할 말이 없었다. 만약 다아시가 더 원했더라면 대화가 계속되었겠지만 그는 엘리자베스 곁에 선 채 얼마 동안 입을 다물고 있었다. 그러다가 결국 문제의 아가씨가 엘리자베스에게 또 다가와서 귀엣말을 하자 다아시는 가 버리고 말았다.

카드 테이블을 갖다 놓자 여자들이 모두 일어섰다. 엘리자베스는 다시금 다아시와 자리를 같이할 마음이 있었으나, 그때 다아시가 휘스트 놀이 할 사람을 모으던 어머니에게 붙들려 함께 자리에 앉는 것을 보고 낙담했다. 엘리자베스와 다아시는 저녁 내내 서로 다른 탁자에 앉아 있었다. 엘리자베스는 다아시가 자주 자신을 바라본다는 사실을 알았지만 그것이 허한 마음을 채워

주지는 못했다.

　베넷 부인은 빙리와 다아시 두 사람을 저녁때까지 붙들어 둘 계획이었으나 불행하게도 두 사람은 다른 사람들보다 먼저 마차를 불렀다. 베넷 부인은 그들을 만류할 기회가 없었다. 모든 사람이 가고 가족끼리만 남게 되자 베넷 부인은 이렇게 말했다.

　"그런데 얘들아, 오늘 어땠니? 내 생각엔 모든 것이 아주 기막히게 잘됐어. 음식은 내가 차린 중에서도 가장 훌륭했어. 사슴고기도 아주 알맞게 구워졌고. 다들 그러는데 그렇게 살진 사슴의 허리 고기는 처음 먹어 보았다는 거야. 수프도 지난주에 루카스 네서 먹은 것보다 오십 배나 더 맛있었고. 다아시 씨까지도 자고새 요리가 참 잘되었다고 칭찬하더라. 내 생각엔 다아시 씨가 프랑스 요리사를 적어도 두세 사람은 데리고 있을 텐데 말이야. 그리고 제인아, 난 네가 그렇게 예쁜 걸 처음 봤다. 롱 댁도 그러더라. 내가 너 예쁘지 않느냐고 물어봤거든. 롱 댁이 또 뭐랬는지 아니? '베넷 부인, 결국 제인이 네더필드로 시집가게 됐군요.' 정말 그랬단다. 롱 댁은 세상에서도 가장 착한 사람이지. 그 조카딸들은 아주 얌전한 처녀들이야. 조금도 예쁘진 않지만 난 그래도 아주 좋더라."

　베넷 부인은 기분이 매우 좋았다. 제인에 대한 빙리의 확실한 태도를 보고 제인이 드디어 빙리를 사로잡았다고 믿었다. 빙리를 사위로 맞으면, 자기 가정에 돌아오는 이익도 많을 것이라는 이성을 초월한 기대가 무척 컸다. 하지만 바로 그 이튿날 빙리가 다시

와서 청혼하지 않자 부인의 낙담은 상당히 컸다.

제인은 엘리자베스에게 이렇게 말했다.

"꽤 유쾌한 날이었어. 사람들도 잘 선택해서 초청했고. 피차에 아주 어울리는 파티였어."

엘리자베스는 웃기만 했다.

"리지, 그러면 못써. 날 의심해선 안 돼. 의심하면 억울해. 난 빙리 씨가 명랑하고 지각 있는 청년이라서 그분과 대화를 즐기는 것뿐이야. 나는 그분 태도에서 그분이 내 애정을 끌려고 하는 뜻이 전혀 없다는 것을 알고 더할 나위 없이 만족했어. 그것은 단지 빙리 씨가 다른 어떤 사람들보다 더 부드러운 말씨에다가 매사에 즐거워하려는 강한 욕망이 있기 때문이야."

"언니는 심술궂단 말이야. 날 보고 웃지 말라면서 자꾸 웃게 만드니까."

"경우에 따라서는 남이 나를 이해해 주기를 바란다는 것이 얼마나 어려운 일이라고."

"또 어떤 경우에는 아주 불가능하기도 하지."

"넌 왜 내가 입으로 말하는 것 이상으로 그 사람을 사랑하고 있다고 자꾸 설득하려 드는 거지?"

"바로 그게 내가 어떻게 말해야 할지 모르는 문제기는 해. 하지만 그렇다고 해서 내 생각을 바꾸지는 않을 거야. 미안해. 그래도 계속 관심 없다고 고집을 부리고 싶으면 이제부턴 날 믿지 못할 동생으로 생각해도 좋아."

55

며칠 후 빙리는 또 롱본에 혼자 들렀다. 다아시는 그날 아침 런
던으로 떠났는데 열흘 지나서 돌아올 예정이라고 했다. 빙리는
한 시간 이상을 앉아 있었으며, 무척 기분이 좋아 보였다. 베넷 부
인이 같이 식사하자고 청했으나, 빙리는 여러 가지 걱정스러운 다
른 약속이 있다고 말했다.

"요다음 오실 때는 우리에게 좀 더 기쁨을 베푸셔야 해요."

부인이 말했다.

빙리는 아무 때고 가장 이른 기회를 타서 그들을 방문하고 싶
었다.

"내일 오시겠어요?"

빙리는 명랑한 태도로 부인의 초대를 수락했다.

이튿날 빙리가 왔다. 그런데 어찌나 이른 시간에 왔던지, 여자들이 옷을 입기도 전이었다. 베넷 부인은 머리도 반쯤 빗다 말고 제인에게 뛰어가서 소리쳤다.

"제인, 빨리빨리 하고 어서 내려가 봐. 왔다, 빙리 씨가 왔어. 정말이야. 빨리빨리. 사라, 이런 때에는 좀 이리 와서 제인 아씨가 옷 입는 걸 도와주렴. 리지 머리는 내버려 둬."

그러자 제인이 말했다.

"되는대로 곧 내려가겠어요. 하지만 키티가 우리보다도 빠를 텐데요."

"걔가 무얼 아니? 자, 빨리빨리. 허리띠는 어디 있니?"

그러나 어머니가 자리를 떠나자 제인은 동생들 중 누구든 같이 가지 않으면 내려가려 하지 않았다.

빙리와 제인을 단둘만 있도록 하려는 부인의 바람은 저녁에 노골적으로 드러났다. 차를 마신 후 베넷은 습관대로 서재로 들어가 버리고 메리는 피아노가 있는 이층으로 올라가 버렸다. 그러자 부인은 엘리자베스와 키티를 바라보며 눈짓을 보냈으나, 두 사람은 아무런 반응도 없었다. 엘리자베스는 일부러 모른 체했고, 키티는 나중에야 눈치채고 아주 천진스럽게 말했다.

"무슨 일이에요, 엄마? 왜 자꾸만 저를 보고 눈을 깜박거리세요? 어떻게 하라는 거예요?"

"아냐, 아무것도 아냐. 네게 눈짓하지 않았단다."

베넷 부인은 5분을 그냥 더 앉아 있었다. 그러나 절호의 기회를 놓칠 수 없다고 생각했는지 갑자기 일어나 키티에게 말했다.

"이리 온. 키티, 얘기할 게 있어."

그러면서 부인은 키티를 방 밖으로 데리고 나갔다. 제인은 즉시 엘리자베스를 돌아보았다. 어머니의 의도를 다 파악하고 당황한 눈치였고, 엘리자베스에게 눈짓으로 제발 나가지 말아 달라고 애원했다.

몇 분이 지나서 부인은 방문을 반쯤 열더니 엘리자베스마저 불러냈다.

"리지야, 너에게도 얘기하고 싶은 게 있어."

엘리자베스는 안 일어날 수 없었다. 복도로 나가자마자 어머니가 속삭였다.

"둘만 남겨두어야 하잖니? 키티와 나는 이층에 가서 앉아 있겠어."

엘리자베스는 어머니 말씀을 거역하려 하지 않았다. 그녀는 어머니와 키티가 보이지 않을 때까지 복도에 그대로 잠자코 서 있다가 객실로 돌아와 버렸다.

빙리의 여유 있고 명랑한 기질은 그날 저녁 모임을 매우 즐겁게 했다. 그는 베넷 부인의 지각없는 간섭과 참견을 꿋꿋이 참았다. 부인의 모든 어리석은 말을 듣고도 불쾌한 기색을 나타내지 않았으며, 가소롭다는 표정도 짓지 않았다. 제인에게는 이것이 여간 고마운 일이 아니었다.

빙리는 이튿날 아침 베넷과 사냥을 하러 오겠다는 약속을 하고 돌아갔다.

이날 이후 제인과 엘리자베스는 빙리 이야기를 꺼내지 않았다. 그러나 엘리자베스는 다아시가 약속한 날짜보다 일찍 돌아오지만 않는다면 두 사람 사이가 급속도로 발전할지도 모른다는 기대를 하며 잠자리에 들었다. 하지만 모든 것은 결국 다아시의 동의가 있어야만 가능하다는 사실을 엘리자베스는 인정하지 않으면 안 되었다.

이튿날, 빙리는 약속 시간에 정확히 도착했다. 베넷과 두 사람은 함께 사냥하며 아침나절을 보냈는데 베넷은 아주 유쾌해했다. 빙리에게는 베넷의 비위를 상하게 해서 그를 침묵 속에 몰아넣을 만한 위선이나 어리석음이 없었으므로 베넷은 더없이 즐거웠다.

빙리는 베넷과 같이 돌아와서 오찬에 참석했다. 저녁이 되자 베넷 부인은 또다시 다른 가족을 빙리와 제인으로부터 떼어놓으려고 했다. 엘리자베스는 차를 마신 다음 써야 할 편지가 있었으므로 어머니 계획에 방해되지 않았다. 그러나 편지를 다 쓰고 응접실로 돌아온 엘리자베스는 어머니가 자신은 도저히 따라가지 못할 만큼 지혜로웠음을 깨달았다. 응접실 문을 열었을 때, 빙리와 제인은 벽난로 앞에 서서 대화를 나누고 있었는데 엘리자베스를 보자 무척 당황해했다. 그래서 엘리자베스는 두 사람 사이에 틀림없이 무슨 일이 있었다고 생각했다. 거북해진 엘리자베스는 다시 문을 닫고 나가려고 했다. 그러자 빙리가 제인에게 몇 마디 귀엣말을 하고는 갑자기 방을 뛰쳐나갔다.

제인은 엘리자베스에게 아무것도 숨길 것이 없었다. 제인은 즉시 엘리자베스를 껴안으며 무척 흥분된 감정으로 자기는 세상에서 가장 행복한 사람이라고 말했다.

"내겐 과분해. 내가 너무 기울어. 내겐 그만한 가치가 없는데. 아아, 어째서 다들 나처럼 행복하지 못한 것일까?"

엘리자베스는 진심으로 축하했다. 동생의 축하 말은 제인에게 더 큰 기쁨을 가져다주었다. 그러나 제인은 엘리자베스와 같이 있으려 하지 않았다. 더 이야기하지 않은 채 제인은 이렇게 말했다.

"곧 어머니를 뵈어야겠어. 나는 이 얘기를 꼭 내가 직접 들려드리고 싶어. 빙리 씨는 이미 아버지께 말씀드리러 가셨어. 오, 리지, 내가 하는 이야기가 온 식구에게 얼마만큼 기쁨을 줄지 생각하면 가슴이 뛴다. 내가 어떻게 이 벅찬 행복을 감당할 수 있을까?"

그리고 제인은 어머니에게로 달려갔다. 베넷 부인은 키티와 함께 이층으로 가서 앉아 있었다.

혼자 남은 엘리자베스는 과거 수 개월간 그들에게 놀라움과 괴로움을 주어 온 일이 결국 이렇게 빨리, 또 쉽사리 해결된 것을 생각하고는 미소를 지었다.

"결국 이것이 다아시 씨가 염려하고 주의하던 일의 결말이로군. 또 빙리 양이 저지른 거짓과 농간의 결말이기도 하고. 아, 얼마나 행복하고 슬기롭고 타당한 결말이야!"

몇 분이 지나자 빙리가 들어왔다. 그와 베넷의 의논은 짧고 핵심적이었다. 문을 열어 보더니 빙리가 다급하게 물었다.

"제인 양은 어디 있습니까?"

"이층 어머니에게 갔어요. 아마 곧 돌아올 거예요."

그러자 빙리는 문을 닫고 엘리자베스에게로 다가와서 제인의 승낙을 기뻐해 달라고 했다. 엘리자베스는 서로가 친척의 인연을 맺게 되는 것을 진심으로 기뻐한다고 말했다. 그리고 두 사람은 아주 다정스럽게 악수했다. 그 후 빙리는 제인이 돌아올 때까지 자기는 행복한 남자라는 둥 제인은 흠이 없는 여자라는 둥 하는 이야기를 늘어놓았다.

그날 저녁은 모두에게 유난히 기쁜 시간이었다. 제인의 만족스러운 마음은 그녀의 얼굴에 생기와 홍조를 주어 그녀를 어느 때보다 더 아름답게 보이게 했다. 키티도 생글생글 웃으면서 곧 자기 차례도 돌아올 것이라고 했다. 베넷 부인은 빙리와 반 시간 동안이나 이야기했으면서도 두 사람의 사랑을 응낙한다는 말을 하는 데 충분히 부드러운 말을 하지 못했다고 느꼈다. 베넷의 목소리와 태도도 그가 얼마나 기뻐하는지를 역력히 나타내 주었다. 그러나 빙리가 작별할 때까지도 결혼과 관련한 말은 한마디도 하지 않았다. 빙리가 돌아간 다음에야 제인에게 말을 꺼냈다.

"제인, 축하한다. 너는 아주 행복한 여자가 될 거야."

제인은 곧 아버지에게로 달려가 입을 맞추고 감사하다는 인사를 했다.

"넌 착한 아이야. 난 너희가 행복하게 살 것을 의심하지 않아. 그렇지만 너희 둘의 성격은 비슷한 데가 너무 많다. 둘 다 서로 요구에 응하려 하므로 아무것도 결정되는 게 없을 거고. 마음이 너무 좋아서 하인들이 속이려 들지도 몰라. 또 씀씀이가 헤퍼서 언제나 수입을 초과해서 쓰게 될 거야."

"아버지, 그렇지 않을 거예요. 금전 문제에 대해 경솔하거나 지각없는 일은 전 용서 못 해요."

베넷 부인은 다음과 같이 말했다.

"수입을 초과한다고요? 여보, 도대체 무슨 말씀을 하시는 거예요? 빙리는 연 수입이 4, 5천 파운드나 된다는 걸 모르시우? 아니, 그보다 훨씬 더 많을 거예요."

그러더니 제인에게는 이렇게 말했다.

"애, 제인아. 정말 기쁘구나. 오늘 밤은 한숨도 못 잘 것 같다. 나야 이렇게 될 줄 이미 알았지. 결국 이렇게 되고 만다고 내가 늘 그랬잖니. 예쁘게 태어난 보람이 있지 뭐냐. 작년에 빙리가 처음 하트퍼드셔에 왔을 때, 난 빙리를 보자마자 너희 둘이 결합하면 얼마나 근사할지 생각했단다. 지금도 기억하지. 빙리는 내가 본 중 최고 미남이야."

베넷 부인은 리디아와 위컴을 모두 잊었다. 지금은 제인만이 그녀의 둘도 없는 사랑스러운 딸이었다. 메리와 키티는 제인이 가까운 장래에 자기들에게 줄 행복을 얻으려고 제인에게 더 친근하게 굴었다. 메리는 네더필드의 서재를 이용할 수 있게 해달라고 간청했고, 키티는 겨울마다 무도회를 몇 번 열어달라고 간청했다.

빙리는 이때부터 매일 롱본을 드나들었다. 어느 속 모르는 밉살스러운 이웃 친구가 빙리를 오찬에 초대하지 않는 한 그는 매일 찾아왔다. 대개는 아침 식사 시간 전에 왔다가 저녁 늦게야 돌아 갔다.

엘리자베스는 이제 제인과 같이 이야기할 시간이 조금밖에 없었다. 제인이 빙리 이외의 사람에게는 주의를 돌릴 틈이 조금도 없었기 때문이다. 그러나 엘리자베스는 때때로 두 사람이 서로 떨어져 있는 시간이면 자기가 그들에게 상당히 도움이 되는 존재임을 깨달았다. 제인이 없을 때 빙리는 언제나 엘리자베스에게 다가와서 즐거운 듯 이야기를 했고, 반대로 빙리가 가면 제인도 언제나 같은 방법으로 위안을 얻었다.

어느 날 저녁 제인은 엘리자베스에게 이렇게 말했다.

"지난봄에 내가 런던에 가 있었던 일을 빙리 씨는 정말 모르더라. 난 그 얘기를 듣고 얼마나 기뻤는지 몰라. 지금까지 그렇지 않다고 생각했거든."

"나도 그렇게 생각했어. 그런데 왜 몰랐대?"

"아마 빙리 씨 누이들 때문이겠지. 그들은 내가 빙리 씨와 가깝게 지내는 걸 못마땅히 여겼던 모양이야. 물론 그럴 수밖에 없지. 빙리 씨는 어느 모로 보나 나보다 나은 배우자를 고를 수 있으니까 말이야. 그러나 빙리 씨가 나와 더불어 행복하다는 것을 알게 되면 만족할 거야. 난 그러리라 믿어. 그러면 다시 우리 사이가 좋아지겠지. 비록 그 전처럼 될 수 없겠지만 말이야."

엘리자베스는 다아시가 그들 일에 간섭했다는 것을 빙리가 말하지 않았음을 알고 기뻤다. 왜냐하면 비록 제인이 마음씨가 너

그렇다고 해도 다아시에 대해 편견을 가질 수밖에 없는 일이라고 생각했기 때문이다.

"나는 정말 이 세상에서 가장 행복한 사람이야. 아, 리지, 식구들을 뒤로하고 나 혼자 이렇게 큰 축복을 받아도 될까? 너도 나처럼 행복한 것을 볼 수 있다면! 네게도 빙리 씨 같은 남자가 한 사람 있었으면 좋으련만."

"언니, 그런 사람 마흔 명을 준대도 난 언니만큼 행복할 수 없을 거야. 언니 같은 아름다운 마음씨를 지니기 전엔 언니처럼 행복할 수 없어. 없고말고. 나는 나대로 그럭저럭 살아갈 테니 걱정하지 마. 그러다가 재수가 좋으면 콜린스 씨 같은 사람을 또 하나 만날지 누가 알아?"

베넷 집안의 경사스러운 비밀은 오래 지켜지지 못했다. 베넷 부인이 필립스 부인의 귀에 속삭인 것이 메리튼 인근으로 파다하게 만들었다. 그래서 겨우 일주일 전만 하더라도 리디아의 일로 불행한 집이라고 일컬어지던 베넷 집안은 세상에서 가장 운이 좋은 집이 되었다.

56

빙리와 제인이 약혼한 지 일주일쯤 지난 어느 아침, 빙리와 다른 여자 식구들이 식당에 모여 있을 때 마차 소리가 들렸다. 모두 창으로 시선을 돌려 사두마차가 달려오는 것을 보았다. 방문객이 찾기에는 너무 이른 시간이었다. 그뿐 아니라 그 마차는 인근 사람들의 마차와 달랐으며 하인의 복장도 낯설었다.

그러나 누가 오는 것이 틀림없었으므로 빙리는 방문객의 거북스러운 구속을 피해 관목 길로 같이 나가자고 얼른 제인에게 말했다. 두 사람이 나가 버린 뒤 남아 있는 세 사람은 여러 가지로 추측해 보았으나 방문객이 누군지 도대체 짐작이 가지 않았다.

그런데 갑자기 문이 활짝 열리고 방문객이 들어왔다. 그것은 레이디 캐서린 드 버그였다. 그들은 물론 신나는 일로 놀라고 싶었

으나 그 순간의 놀라움은 그것과는 다른 것이었다. 베넷 부인과 키티는 레이디 캐서린을 알지 못했으니 엘리자베스보다는 덜 놀랐다.

유난히 불손한 태도로 방에 들어선 그 여자는 엘리자베스가 인사해도 고개만 까딱하고 아무 말도 없이 앉았다. 엘리자베스는 그 여자가 들어올 때 정식으로 소개하지는 않았지만 어머니에게 누구라고는 슬쩍 말했다. 베넷 부인은 이렇게 대단한 손님을 맞은 것이 기뻤으나 너무도 놀라 아주 공손히 그녀를 맞이했다. 레이디 캐서린은 잠시 묵묵히 앉아 있다가 몹시 딱딱하게 엘리자베스에게 말했다.

"베넷 양, 무고하겠지. 이분이 어머니신가?"

엘리자베스는 그렇다고 했다.

"그리고 저 아가씨는 동생이오?"

"예, 그렇습니다."

베넷 부인은 레이디 캐서린과 이야기가 하고 싶어서 얼른 끼어 들었다.

"그 애는 끝에서 둘째 애랍니다. 막내는 얼마 전에 결혼했어요. 그리고 맏딸은 정원 어디에 있을 거예요. 청년과 산책하고 있지요. 그 사람도 곧 한식구가 된답니다."

"댁의 정원은 좁군요."

레이디 캐서린은 잠시 묵묵히 있다가 말했다.

"로징스 댁에 비하면 비교가 안 되죠. 하지만 윌리엄 루카스 경 댁보다는 큽니다."

"창이 모두 서향이라 여름 저녁엔 이 거실을 쓸 수 없겠군요."

베넷 부인은 저녁을 먹은 후에는 이 거실을 사용하지 않는다고 강조한 뒤 덧붙여 말했다.

"콜린스 씨 내외분도 다 안녕하십니까?"

"네. 그저께 밤에 만났죠."

엘리자베스는 샬럿이 자기에게 쓴 편지를 레이디 캐서린이 가지고 와서 꺼내 놓을 것으로 생각되었다. 이 부인이 여기를 찾아온 목적은 오직 그것인 것 같았다. 그러나 편지를 내놓지 않았기에 엘리자베스는 어쩔 줄 몰랐다.

베넷 부인은 아주 정중한 태도로 레이디 캐서린에게 다과라도 들라고 권했다. 그러나 그녀는 단호하게 공손하지 않은 말투로 아무것도 먹지 않겠다고 했다. 그러고는 일어나며 엘리자베스에게 말했다.

"베넷 양, 잔디밭 저쪽에 아담한 숲이 있는 것 같던데 나와 같이 거닐어 주겠어요? 돌아보고 싶군요."

"얘, 가거라."

어머니가 말했다.

"부인께 여기저기 길을 안내해 드려. 정자를 보시면 좋아하실 거다."

엘리자베스는 그러겠다고 대답하고는 자기 방으로 뛰어가 양산을 들고 나왔다. 복도를 지나면서 레이디 캐서린은 식당과 응접실 문을 열고 잠깐 훑어본 다음 아담한 방이라고 말하면서 나갔다.

그녀의 마차는 문 앞에 있었다. 그들은 묵묵히 조그만 숲으로 잇닿은 자갈길을 걸어갔다. 엘리자베스는 유난스럽게 오만하고 불쾌한 여자에게 애써 말을 걸지 않기로 작정했다.

숲으로 들어서자 레이디 캐서린이 말을 꺼냈다.

"베넷 양, 내가 여기 온 이유는 알겠지? 왜 내가 왔는지 마음속으로 생각해 보고 양심에 물어보면 알 거야."

엘리자베스는 적이 놀라며 그녀를 보았다.

"그렇지 않습니다. 저는 이렇게 오시리라는 생각은 한 번도 해본 적이 없습니다."

"베넷 양."

부인은 노여운 어조로 말했다.

"날 놀리면 못써요. 성의가 있건 없건 좋을 대로 하면 되지만, 나는 그렇지 않아. 내 성격은 성실하고 솔직한 것으로 알려져 있어요. 그리고 이런 중대한 일에서는 더군다나 성실하고 솔직해야 해. 이틀 전에 아주 놀라운 소식을 접했지. 당신 언니가 아주 유리한 결혼을 하게 되어 있을 뿐 아니라, 당신 엘리자베스 베넷도 같은 조건으로 쉽게 내 조카와 결합한다는 얘기였소. 바로 내 조카 다아시하고. 하긴 당치 않은 헛소문이라는 걸 나는 알지만 그런 헛소문을 조카에게 물어 괴롭히고 싶지 않아서 당장 이곳으로 올 결심을 한 거요. 당신을 만나야 되겠기에 말이오."

"그것이 사실일 수 없다고 생각하셨다면 여기까지 무엇 하러 오셨죠? 그럼 어떡하시겠다는 말씀이세요?"

엘리자베스는 멸시에 놀라 얼굴을 붉히며 말했다.

"그따위 말은 당치 않은 것이오."

"저와 제 가족을 보시러 롱본까지 오신 것은 오히려 그 소문을 확인해 주시는 것에 지나지 않을 거예요. 만일 정말로 그런 소문이 있다면 말이에요."

엘리자베스는 냉정하게 말했다.

"만일이라고? 소문을 모르는 척하는 건가? 당신들이 열심히 만들어 퍼뜨리는 소문을? 그리고 그 소문이 널리 퍼지고 있다는 걸 모른단 말이오?"

"저는 들어 보지 못했습니다."

"그럼 아무 근거 없는 얘기라고 단언할 수 있소?"

"저는 부인과 같은 솔직한 성격을 지닌 척하지는 않겠습니다. 질문은 하실 수 있겠지만, 제가 반드시 대답해야 하는 건 아니죠."

"이건 참을 수 없는데. 난 알아야만 하겠소. 내 조카가 결혼하자고 했나?"

"그건 안 되는 일이라고 지금 그러시지 않았습니까."

"그야 물론이지. 그 애가 이성이 있다면 안 되고말고. 하지만 당신이 유혹한다면 자신은 물론 가족 생각을 잊을 수도 있지. 넘어갈 수도 있단 말이야."

"만일 제가 그렇게 했다면 절대로 자백하지는 않을 겁니다."

"베넷 양, 내가 누군지 잊었나? 나는 그런 식의 말은 별로 들어 본 적이 없소. 나는 그 애의 가장 가까운 친척이니 그 애에게 관계되는 일은 알 권한이 있소."

"하지만 저에게까지 그런 권한을 행사하실 순 없으시죠. 그런 태도로는 저에게 아무 말도 듣지 못하실 거예요."

"잘 들어요. 결혼이 무척 하고 싶은 모양이지만 절대로 안 될 소리요. 안 되지. 절대로 안 돼. 다아시는 내 딸과 약혼했으니까. 그래, 할 말 있소?"

"한 가지 있죠. 그렇게 되어 있다면 그분이 저에게 청혼했을 거라고 생각하실 이유가 결코 없을 텐데요."

레이디 캐서린은 잠시 망설이다 대답했다.

"그 애들의 약혼은 좀 색다른 것이오. 어렸을 때부터 피차에 그렇게 하기로 약속되어 있었지. 나는 말할 것도 없고 다아시 어머니도 그게 소원이었어. 그 애들이 요람 속에 있을 때부터 짝지어줄 것을 계획했소. 그런데 드디어 우리 두 사람의 소원이 이루어지려는 순간, 가문으로 보나 사회적 지위로 보나 보잘것없는 여자가 나타나 방해가 되고 있으니. 당신은 다아시 가족의 소원을 무시하는 거요? 양쪽 가문에서 묵인된 약혼엔 관심이 없소? 옳고 그른 것을 분간하는 능력마저 잃어버렸소? 다아시가 어릴 때부터 내 딸과 짝이 되기로 약속되어 있다고 한 내 얘기를 잊은 거요?"

"네, 기억하고 있어요. 하지만 그것이 저와 무슨 상관이에요? 다아시 씨의 어머니와 부인이 이미 예전에 결혼 약속을 했다고 해서 제가 물러날 이유는 조금도 없어요. 두 분께서 결혼 계획을 하신 것까지는 좋았으나, 그 완성은 다른 사람에게 달렸죠. 다아시 씨가 명예라든지 애정으로 드 버그 양과 결혼할 마음이 없다면 다른 여자를 선택할 수도 있는 거예요. 또 제가 바로 그 상대라면 그분을 받아들이지 말아야 할 이유가 없지 않습니까?"

"안 되지. 명예, 예의, 지각, 남의 이목이 그런 짓은 용납 못 해. 베넷 양, 다른 사람의 뜻을 일부러 거스르는 행동을 하면 다아시의 가족이나 친구들에게 인정받지 못할 거요. 다아시와 관계가 있는 사람이면 당신을 비난하고 모욕하고 업신여길 거요. 그런 결혼은 불명예지. 누구도 당신 이름을 입 밖에 내지 않을 거야."

"엄청난 불행이군요. 하지만 다아시 씨 아내 되는 사람은 응당 자기 지위에 따르는 특별한 행복을 누리게 될 거예요. 그러니 그런 모욕은 감수해야 하지 않겠어요?"

엘리자베스는 대답했다.

"어쩌면 그렇게 고집이 셀까! 정말 부끄러운 일이군. 이것이 지난봄에 내가 베푼 친절에 대한 답례요? 은혜를 원수로 갚는 셈이지. 자, 앉읍시다. 나는 목적을 이행할 결심을 하고 왔다는 걸 알아야 해요. 절대로 단념하지는 않을 테니까. 나는 남의 지각없는 생각을 받아들인 적이 한 번도 없소. 실망을 참고 견뎌본 일도 없고."

"그러시다면 부인 처지는 더 가련해지실 거예요. 저에게는 하등 효과를 내지 못할 테니까요."

"잠자코 내 말을 들으란 말이오. 내 딸과 조카는 천생연분이야. 그 애들은 외가 쪽으로 같은 귀족 혈통을 받고 있고 친가 쪽은 작위는 못 받았지만 점잖고 존경할 만한 훌륭한 가문이지. 양쪽 모두 재산도 상당해. 친척 모두 두 사람의 결혼을 원하고 있고. 그런데 무엇이 그들을 갈라놓으려는지 아오? 바로 이렇다 할 가족과 친척도 없고 돈도 없는 어린 여자요. 될 법이나 한 소리요? 어림도 없지. 모름지기 사람은 자기 신분을 망각하면 안 되는 것이오."

"조카님하고 결혼해도 그런 신분을 버렸다고는 생각하지 않겠어요. 그분은 신사이고 전 신사의 딸이니까 우리는 동등합니다."

"그래, 신사의 딸이긴 하지. 그런데 어머니는 어떻지? 또 외숙 내외는 어떤 사람들이지? 그들 신분을 내가 모르는 줄 아오?"

"제 친척들이 어떻든 간에 조카님께서 그분들에게 이의가 없다면 부인께서 무슨 상관이시죠?"

"여러 말 할 것 없이 그 애와 약혼했소?"

엘리자베스는 다만 레이디 캐서린의 궁금증을 풀어 주기 위해서라면 이 물음에 대답하기 싫었으나 잠시 생각한 뒤 아니라고 말하지 않을 수 없었다.

레이디 캐서린은 기뻐하는 것 같았다.

"앞으로도 그런 약혼을 안 하겠다고 약속해 주시오."

"그런 약속은 못 하겠어요."

"베넷 양, 정말 놀랍소. 좀 더 옳고 그름을 아는 여자인 줄 알았소. 내가 손을 뗄 거라고 생각하면 안 되지. 내가 요구하는 확증을 주지 않는다면 물러서지 않겠소."

"하지만 전 그렇게 못 하겠는데요. 위협하신다고 해서 이치에 닿지 않는 일을 할 수는 없어요. 부인께서는 다아시 씨를 따님하고 결혼시키고 싶으시죠? 원하시는 약속을 제가 한다고 해서 그분들 결혼이 성사될까요? 다아시 씨가 저에게 애정을 느낀다면 제가 그분을 거절했다고 해서 따님에게 구혼하게 될까요? 이런 말씀을 드려 죄송합니다만, 이런 이론의 적용은 맞지 않는 천박한 것입니다. 이러한 설득에 제가 넘어갈 거라고 생각하신다면 오판하신 거예요. 조카님께서 부인의 간섭을 어느 정도 용납하실지 모르지만, 제 일에는 그러실 권한이 없으십니다. 그러니까 이 문제로 절 괴롭히지 말아 주세요."

"아직 끝나지 않았으니까 서두를 건 없어요. 또 한 가지 이유가 있소. 나는 당신 막냇동생이 수치스럽게 도망친 일을 다 알고 있어요. 그 청년이 당신 동생하고 결혼한 것은 당신 부친과 외숙이 손을 썼기 때문이지. 그런데 그 청년과 다아시가 동서지간이 된다고? 그 청년은 돌아가신 다아시 어른의 청지기 아들이오. 도대체 어떻게 생각하는 거요? 그들이 이런 식으로 더럽혀져야 되겠소?"

"이젠 할 말씀 다 하셨죠? 갖은 방법으로 저를 모욕하시는군요. 그만 집으로 돌아가시죠."

엘리자베스는 분개하며 대답했다. 레이디 캐서린도 일어나서 마차가 있는 곳으로 향했다. 부인은 몹시 화가 났다.

"그럼, 내 조카의 명예나 신용은 아무래도 좋단 말이군! 매정하고 이기적인 여자야! 당신과의 인연이 다아시를 불명예스럽게 만들 것이라는 걸 모르오?"

"더 드릴 말씀이 없습니다."

"그럼 기어코 그 애를 차지하겠단 말이오?"

"전 그렇게 말한 적 없습니다. 저는 제가 행복을 이루는 방법으로 행동하기로 결심한 것뿐입니다. 그러니 부인이 상관할 일도 없고, 그 누구도 제가 상관할 필요가 없어요."

"좋소. 그럼 내 말은 안 듣겠다는 거지. 의무와 명예와 감사에 순종하지 않겠다는 거군. 친구들 입에 오르내리게 해서 다아시를 망치려는 거지. 세상의 웃음거리로 만들려는 거야."

"의무니 명예니 감사니 하는 것은 지금 저와 아무런 상관이 없습니다. 다아시 씨하고 결혼한다고 해서 그런 것들이 유린당하는 것도 아니고요. 만일 그분이 저하고 결혼한다고 해서 가족이 원한을 품더라도 저는 눈도 깜짝하지 않겠어요. 그리고 세상도 지각이 있으니까 저를 욕하는 데 가담하지는 않을 거예요."

"그게 진심이로군. 최종적 결심이야. 좋소. 나는 나대로 손을 쓰는 수밖에. 그런 야심이 이루어지리라고 기대하지 마시오. 사실은 어떻게 생각하는지 보려고 온 것이오."

이런 식으로 레이디 캐서린은 말을 계속하면서 마차 앞까지 왔다. 그녀는 재빠르게 돌아서며 덧붙여 말했다.

"베넷 양, 작별 인사도 그만두겠소. 어머님께도 인사 말씀 못 드리오. 그런 친절을 받을 자격이 없으니까. 정말이지 불쾌하기 짝이 없소."

엘리자베스는 대답하지 않았다. 그리고 부인에게 안으로 들어가자는 말도 하지 않고 혼자 조용히 걸어 들어갔다.

베넷 부인은 궁금해서 화장실 문 앞에서 딸을 붙잡고 레이디 캐서린이 왜 들어와서 쉬지 않고 가느냐고 물었다.

"마음이 내키지 않는 모양이죠. 가겠다고 그러더군요."

"잘생긴 여자더구나. 여기까지 찾아오다니 얼마나 고마운 일이냐. 콜린스 내외가 잘 있다는 소식을 알려주러 왔으니 말이야. 어디 또 다른 데로 가는 길일 거야. 그래서 메리튼을 지나는 길에 너를 만나 보려고 한 거지. 뭐 특별히 너에게 할 얘기라도 있었니?"

엘리자베스는 거짓말을 하지 않을 수 없었다. 레이디 캐서린과 주고받은 이야기를 알릴 수는 없었기 때문이다.

57

　이 뜻밖의 방문이 던져 준 불안으로부터 엘리자베스는 쉽사리 벗어날 수 없었다. 레이디 캐서린은 자신과 다아시 사이에 내정된 약혼을 깨뜨리려는 한 가지 목적으로 롱본까지 오는 수고를 한 것 같았다. 이것은 확실히 그럴싸한 추측이었다. 그러나 도대체 어디서 약혼 말이 새어 나왔는지 생각해 보았으나 엘리자베스는 갈피를 잡을 수 없었다. 그러다가 한 쌍의 결혼이 얘기되면 모든 사람이 또 한 쌍의 결혼을 열망하게 된다는 생각이 떠올랐다. 다아시는 빙리의 친한 친구요, 또 자기는 제인의 동생이라는 사실이 그런 추측을 하게 만들었을 거라고 생각했다. 엘리자베스도 언니와 빙리의 결혼이 자기와 다아시를 더욱 가깝게 또 자주 만나게 해줄 것이라고 믿었기 때문이다.

결국 이웃의 루카스 로지 사람들도 엘리자베스가 가까운 장래에 결혼하기를 희망하고 또 다 된 일로 생각한 것이다. 그래서 콜린스에게 이 말이 들어가고, 마침내 레이디 캐서린의 귀에까지 들어간 것이라고 엘리자베스는 결론을 내렸다.

그러나 레이디 캐서린의 말을 곰곰이 생각해 볼 때, 엘리자베스는 그녀가 다아시에게도 권유할 것이 확실하다고 생각했다. 다아시가 자기와 결혼하면 그에 따르는 여러 가지 해로움이 많다는 부인 이야기를 어떻게 들을지, 엘리자베스는 판단을 내리고 싶지 않았다.

엘리자베스는 부인에 대한 다아시의 애정이 어느 정도이고, 또 다아시가 부인의 판단에 의존하는 정도를 정확히 몰랐으나, 자신이 생각하는 것보다 부인을 훨씬 더 높이 평가할 거라는 짐작은 했다. 아울러 레이디 캐서린이 하찮은 근친밖에 없는 자신과 결혼하면 얼마나 불행할지를 다아시에게 어떻게 말할지 충분히 상상이 갔다. 품위를 중요하게 생각하는 다아시는 엘리자베스라면 가소롭게 생각할 말들에도 충분한 의미가 있다고 느낄 수도 있었다. 또 만일 다아시가 청혼할 의사가 있는데 망설인다면 레이디 캐서린의 충고와 간청은 그러한 망설임을 일시에 사라지게 해서 엘리자베스를 단념하게 만들지도 모르는 일이었다. 그렇다면 그는 두 번 다시 네더필드에 돌아오지 않을 것이다. 열흘 만에 네더필드로 돌아오겠다고 빙리에게 한 약속을 취소하고 말겠지! 엘리자베스의 생각은 꼬리에 꼬리를 물었다.

'그래서 만약 열흘 안에 빙리 씨에게 다아시 씨로부터 약속을 못 지켜서 미안하다는 사과 편지가 오면, 그땐 나도 그것을 어떻게 해석해야 할지를 알게 돼. 그러면 나도 그의 지조에 대한 기대와 희망을 모두 포기해야지. 그리고 만약 내 애정과 구애를 얻을 수도 있는 지금, 나를 포기하고 겨우 아까운 여자라고만 생각한다면 나도 그에 대한 미련은 조금도 갖지 않을 거야.'

이튿날 아침, 엘리자베스가 아래층으로 내려올 때 편지 한 장을 손에 들고 서재에서 나온 아버지를 만났다. 베넷은 이렇게 말했다.

"리지, 찾고 있었다. 내 방으로 들어오너라."

엘리자베스는 아버지를 따라 들어갔다. 아버지가 무슨 말씀을 하실지 궁금하던 엘리자베스는 손에 쥐고 있는 편지와 무슨 관련이 있을 것이라고 추측하고 더욱 조바심을 냈다. 하지만 이내 레이디 캐서린에게서 온 것이 아닐까 하는 생각이 들었다.

"오늘 아침 편지 한 장을 받고 아주 놀랐어. 주로 너에 관한 일이었기에 그 내용을 너도 알아야 할 거라고 생각해서 불렀다. 난 딸들이 한번에 둘씩이나 결혼하게 될지 몰랐구나. 너는 아주 상당한 남자의 사랑을 얻었더구나, 축하한다."

엘리자베스는 즉각 편지가 다아시에게서 온 것임을 확신하고 뺨이 달아올랐다. 그녀는 그가 직접 편지한 것을 기뻐해야 할지, 아니면 자신에게 직접 편지하지 않은 것에 화를 내야 할지 망설였는데 베넷이 말을 이었다.

"넌 참 생각이 깊어 보여. 하기야 젊은 여자들이란 이런 때 투철한 힘이 있는 법이지만, 그래도 어디 네 슬기로움을 찬미하는 남자의 이름이 무엇인지 한번 맞추어 보겠니? 이 편지는 콜린스에게서 온 거야."

"콜린스 씨에게서요? 무슨 할 말이 있었을까요?"

"물론 있지. 요령 있게 꽤 많이 썼어. 곧 있을 제인의 결혼을 축하한다는 말로 시작했는데, 아마도 수다스러운 루카스네 식구 중 한 사람에게 들은 모양이야. 너에 관한 사연은 다음과 같다."

베넷은 조용히 편지를 읽었다.

이 경사에 대해 제 처와 저는 심심한 축하를 드리오며, 아울러 또 다른 건에 관해서 잠깐 암시를 드릴까 합니다. 우리는 그것을 동일한 소식통에게서 들었습니다. 그것은 다름이 아니오라 따님 되시는 엘리자베스 양도 맏따님과 마찬가지로 얼마 후 다른 성을 사용하게 되시리라는 점입니다. 엘리자베스 양이 선택한 반려자는 이 나라에서도 저명한 명사 중 한 분으로 존경을 받아 마땅한 분입니다.

"리지, 누구 얘길 하는지 짐작할 수 있겠니?"

이 젊은 신사는 만인이 부러워하는 부유한 재산가이며, 명문의 혈통으로 기타 모든 것의 축복을 받은 사람입니다. 물론 족숙께서는 이분의 청혼을 당연히 허락하실 텐데, 저는 그렇게 함으로써 발생하는 재난을 언급하고자 합니다.

"리지, 누군지 생각이 안 나니? 그러나 이제 나온다."

제가 이렇게 주의를 여쭙는 동기는 다음과 같습니다. 즉 저희는 그분의 아주 머니 되시는 캐서린 드 버그 부인께서 이 결혼을 호의적인 눈으로 보시지 않는다고 추측했기 때문입니다. 거기에는 그럴만한 충분한 이유가 있습니다.

"이제 알았지? 바로 다아시란다. 자, 리지야, 놀랐지? 모든 여자를 흠잡고, 또 너쯤은 거들떠볼 것 같지도 않던 다아시가 아니냐? 정말 감탄할 일이구나."

엘리자베스는 되도록 아버지 익살에 장단을 맞추려고 했으나, 겨우 내키지 않는 웃음밖에 나오지 않았다. 아버지의 재치가 엘리자베스를 지금처럼 불쾌하게 하는 방향으로 흐른 적은 없었다.

"재미없니?"

"아뇨, 재미있어요. 그다음을 읽어주세요."

지난밤, 부인께 이 결혼의 가능성을 물었는데 부인께서는 곧 이에 관한 견해를 말씀하셨습니다. 부인은 엘리자베스 양 가정의 몇 가지 결함을 이유로 결코 이 치욕적인 결혼을 승낙할 수 없다고 하셨습니다. 그래서 저는 이 사실을 가장 빨리 엘리자베스 양에게 전하는 것이 도리라고 생각했습니다. 인정받지 못할 결혼은 서두르지 않는 것이 옳다는 생각에서 이렇게 편지를 드립니다.

"콜린스는 또 이런 말도 덧붙였단다."

리디아 양의 슬픈 사건이 아주 잘 해결된 것을 진심으로 기뻐하는 바이며, 지금은 두 사람이 결혼하기 전에 동거했다는 사실이 너무 멀리 퍼질까 봐 걱정하고 있습니다. 하지만 저는 두 사람의 결혼을 즉시 받아들이고 인정하셨다는 말을 듣고 놀라지 않을 수 없었습니다. 만약 제가 롱본의 교구 목사였더라면, 저는 끝까지 반대했을 것입니다. 기독교인으로서 마땅히 용서는 해주어야 하지만 그들을 눈앞에 들인다거나 그들 이름을 귀에 들리게 해서는 안 된다고 생각합니다.

"흥, 이게 이른바 기독교인의 용서관이라는 거로군. 이 나머지는 샬럿이 임신 중인데 아들이기를 바란다는 사연뿐이다. 그런데 리지, 넌 기쁘지 않은 것 같아 보인다? 숙녀인 척 새침을 떼고 헛소문에 모욕당한 척해선 안 돼. 때로는 이웃 사람을 위해서 재미난 이야깃거리를 만들고, 그다음엔 또 우리가 이웃들을 놀려 주어야 사는 재미가 있지 않겠니?"

"아버지, 전 아주 재미있어요. 하지만 너무나 이상한걸요."

"그렇지. 바로 그게 일을 즐겁게 만드는 것이란다. 다아시의 완벽한 무관심과 너의 명백한 증오…… 이것이 일을 더욱 재미있게 만드는 거지. 나는 편지 쓰길 죽기보다 싫어하지만, 무슨 일이 있더라도 콜린스에게는 답장을 써야겠구나. 위컴의 도도함과 위선적인 면을 높이 평가하긴 하지만 콜린스도 그에 못지않은걸? 그런데 리지야, 이 소문에 대해 레이디 캐서린은 뭐라고 하더냐? 승낙하지 않겠다고 하더냐?"

이 질문에 엘리자베스는 다만 웃음으로 대답했다.

일찍이 엘리자베스는 지금처럼 자기감정과 정반대되는 기분을 나타내야 하는 곤경에 빠져본 적이 없었다. 울고 싶을 때 엘리자베스는 웃어야 했다. 다아시가 완벽하게 무관심하다는 아버지의 말에 엘리자베스는 더없이 슬프고 억울했다. 엘리자베스는 아버지가 어째서 이렇게도 관찰력이 없는지를 이상하게 생각할 수밖에 없었다. 그러다 혹은 아버지가 관찰력이 부족한 것이 아니라 아마도 자기 상상이 너무 지나쳤던 것은 아닌지 걱정이 되었다.

58

레이디 캐서린이 다녀간 지 며칠 지나지 않아 빙리는 다아시를
데리고 롱본으로 왔다. 그들은 아침 일찍 도착했는데 빙리는 도
착하자마자 산책을 가자고 제안했다. 어머니가 레이디 캐서린 이
야기를 꺼낼까 싶어 불안해하던 엘리자베스는 얼른 그 제안에 찬
성했다. 그래서 메리와 베넷 부인을 제외한 다섯 명이 산책에 나
섰다.

산책길에 나서자마자 빙리와 제인은 곧 멀찌감치 뒤떨어지게
되었다. 엘리자베스는 키티와 다아시에게 뒤처져 천천히 걷고 있
었다. 다아시가 말을 걸까 두려워서였다. 그러나 얼마 후 세 사람
은 나란히 걷게 되었는데 엘리자베스는 마음속으로 아주 중요한
결정을 내리고 있었다.

그들은 키티가 마리아를 만나고 싶다고 했으므로 루카스 집으로 향했다. 키티가 마리아를 만나려고 집으로 들어가자 엘리자베스와 다아시 둘만 남게 되었다. 이제 자신의 결심을 실천에 옮길 때가 온 것이다. 그래서 엘리자베스는 용기가 사라지기 전에 얼른 말을 꺼냈다.

"다아시 씨, 저는 정말 욕심이 많은 사람이에요. 제 괴로운 마음을 위로하려고 당신 감정에 얼마든지 상처를 입힐 수 있어요. 당신이 제 동생에게 베푼 보기 드문 친절에 정말 감사드려요. 그 사실을 들은 뒤 어떻게 말씀드려야 좋을지 많이 고민했어요. 만일 식구 모두가 그 사실을 알았다면 모두 당신께 감사한다고 말할 거예요."

"미안합니다. 그 일에 대해 알게 되시리라곤 전혀 예상하지 않았습니다. 어찌 되었든 간에 언짢은 내용을 들으시게 해서 미안합니다. 가디너 부인을 믿었는데 말입니다."

다아시는 다소 놀란 어조로 말했다.

"숙모님을 탓하진 마세요. 당신이 그 사건과 관련이 있다는 말을 처음으로 한 사람은 조심성 없는 리디아였으니까요. 우리 집안을 대표해서 당신께 거듭 감사의 말씀을 드려야겠어요. 그들을 찾으시느라 얼마나 많은 수고와 고생을 하셨을지 충분히 짐작합니다. 정말 고맙게 생각합니다."

"감사의 말은 당신 혼자만으로 충분합니다. 당신을 행복하게 만들고 싶은 제 마음이 다른 곳까지 참견하게 만들었다는 사실을 부인하지는 않겠습니다. 그러니 당신 가족이 저에게 감사해야할 이유는 없습니다. 저는 그분들을 존경은 하지만, 사랑하는 것은 당신 한 사람이니까요."

엘리자베스는 너무 당황해서 한마디도 할 수 없었다. 잠시 후다아시는 말을 덧붙였다.

"당신은 저를 나무라지 않을 정도로 마음이 넓으신 분입니다. 만약 저에 대한 당신의 감정이 지난 4월과 조금도 변함이 없으시다면 그렇게 말씀해 주십시오. 제 사랑과 소원은 전혀 변하지 않았지만 당신이 여전히 그때와 같은 마음이라면 저는 이제 단념하려고 합니다."

다른 때와 달리 어색하고 초조해 보인 다아시 때문에 엘리자베스는 대답하지 않을 수 없었다. 그래서 매끄럽지는 않았지만, 그동안 자기감정이 실질적 변화를 겪었다는 말을 그가 알아들을수 있을 정도로 했다. 다아시의 변함없는 사랑에 감사하고 기쁘게 생각한다는 말도 덧붙였다.

엘리자베스의 대답에 다아시는 지금껏 느끼지 못한 크나큰 행복을 느꼈다. 그는 열렬히 사랑하는 사람들이 하는 식으로 열정적으로 자기 심정을 차근차근 말했다. 만약에 엘리자베스가 다아시의 눈을 바라보았다면, 그가 얼마나 큰 기쁨에 겨워 말하는지를 볼 수 있었을 것이다. 그러나 엘리자베스는 차마 눈을 들어 마주 보지 못했다. 다만 그의 기쁨에 넘치는 말을 듣기만 했다. 다아시는 엘리자베스가 자신에게 얼마나 중요한 사람인지를 거듭 말하며 사랑을 고백했다.

그들은 목적지도 없이 무턱대고 걸었다. 다른 것들을 생각할 틈도 없을 만큼 그들은 할 말이 많았다. 엘리자베스는 이 모든 것이 레이디 캐서린 덕택임을 알게 되었다. 레이디 캐서린은 집으로 돌아가는 길에 런던에 가서 다아시를 만났고, 그에게 롱본에 갔다는 이야기와 엘리자베스를 만나서 한 이야기를 모두 한 것이다. 부인은 엘리자베스의 표정을 낱낱이 다 설명했고, 자기 생각에는 엘리자베스가 꽤 염치없는 사람같이 보이더라는 말까지 했다. 물론 부인은 두 사람을 훼방하려고 한 말이었으나 불행히도 정반대 결과를 초래하고 말았다.

"그런 말을 듣고 저는 지난날에는 가망이 없다고 생각했던 일에 기대를 품게 되었습니다. 저는 당신이 확실히 그럴 마음이 없다면 솔직히 아주머니께 털어놓았을 거라고 생각했습니다. 당신 성격을 잘 아니까요."

"제가 얼마나 솔직한 성격인지 잘 아시는군요. 다아시 씨 앞에서도 지독한 비난을 퍼부었으니 부인 앞이라고 못할 건 없죠."

엘리자베스는 얼굴이 빨개져서 웃으며 말했다.

"비록 예전 당신의 비난이 근거가 없는 것이고 또 오해였다고 해도 확실히 그때 내 태도는 그런 말을 들을 만했습니다. 정말 용서받지 못할 짓을 했죠. 지금도 그때 생각을 하면 부끄럽기 짝이 없습니다."

"그때 일에 대해서는 누구 잘못을 따질 필요도 없어요. 사실

엄격하게 말하면 서로에게 잘못이 있으니까요. 하지만 그 후 둘 다 예의를 좀 차릴 줄 알게 되었죠."

"저는 그렇게 쉽게 잊을 수는 없습니다. 그때 제가 한 말, 표정 등을 떠올리면 지금도 괴롭습니다. 당신의 비난은 아주 적절했습니다. 아마 '신사다운 행동을 취했더라면'이라고 하셨던 것 같은데, 이 말이 저를 얼마나 괴롭혔는지 모릅니다. 상상도 못 하실 겁니다. 하긴 그 말이 옳았다는 것을 깨달은 것은 훨씬 나중의 일이었지만요."

"저는 그 말이 그렇게 심한 충격을 주리라고는 생각하지 못했고 또 그렇게 느끼실 줄은 꿈에도 몰랐어요."

"그러실 겁니다. 그때 당신은 저를 올바른 감성을 지니지 못한 사람이라고 생각하셨지요. 당신이 청혼할 줄도 모르는 사람이라고 말씀하셨을 때 그 표정을 잊을 수 없습니다."

"그때 제가 한 말은 이제 잊으세요. 그런 지나간 일을 들추어 보았댔자 아무 소용 없어요. 전 오래전부터 그런 말을 한 저 자신을 정말로 부끄럽게 생각하고 있었어요."

다아시는 자신이 쓴 편지 이야기를 꺼냈다.

"그 편지가 저에 대한 나쁜 감정을 곧 풀어 주었습니까? 그걸 읽고 제 참뜻을 알아주셨어요?"

엘리자베스는 그 편지가 어떤 효과를 주었는지 설명했다. 그리고 점차 자기가 전에 가졌던 편견이 사라져 가기 시작했다고 말했다.

"저는 그 편지가 당신에게 괴로움을 줄 것을 잘 알고 있었습니

449

다. 하지만 그런 편지를 쓰지 않을 수 없었어요. 그 편지들을 다 없애 버리셨기를 바랍니다. 당신으로 하여금 저를 증오하도록 만든 구절들을 저는 아직도 기억할 수 있습니다. 그 편지를 쓸 때 저 자신이 아주 침착하고 냉정한 마음으로 쓰고 있다고 생각했지요. 그러나 얼마 후 알게 되었습니다. 그 편지를 쓸 때 몹시 감정이 상했었다는 것을요."

"아마 그런 감정으로 편지를 쓰셨을 거예요. 하지만 마지막 부분은 그렇지도 않더군요. 마지막 인사말에는 애정이 담겨 있었어요. 어쨌든 그 편지에 대해서는 이제 그만 생각해요. 그 편지를 쓴 사람이나 받은 사람의 감정이 이제는 예전과 같지 않으니까요. 당신도 제 철학을 배우셔야 해요. 기쁨을 주는 과거만 회상하라는 제 철학이요."

"그런 철학은 그다지 훌륭하다고 말할 수 없는데요. 당신의 과거는 대체로 가책할 만한 것이 없으니 지난날을 떠올리고 만족을 느끼는 것은 당연한 일일 겁니다. 하지만 저는 그렇지 않습니다. 쫓아버릴 수 없고, 아니 쫓아버려서는 안 될 괴로운 추억이 저를 침범해요. 저는 어려서부터 생각은 그렇지 않았는지 모르지만, 실제로는 아주 욕심쟁이였죠. 어렸을 때 저는 무엇이 올바른 것인지 배웠습니다. 하지만 제 성격을 바로잡지는 못했습니다. 저는 훌륭한 원칙을 배웠으나 오만과 자부심으로 똘똘 뭉쳐 있었습니다. 불행히도 외아들로 태어나, 동생이 태어난 것은 아주 나중이거든요. 여하튼 그래서 부모님께서 너무 오냐오냐 키우셨습니다.

450

두 분 모두 자상하고 아주 친절하신 분들이셨기에 제 이기적이고 오만한 행동도 너그럽게 받아주셨던 것입니다. 우리 집안사람들 외에는 간섭도 하지 않고 다른 사람들을 다 천하게 생각하고 적어도 그들의 지각과 가치가 저에 비하면 천하다고 생각하게끔 말입니다. 여덟 살 때부터 스물여덟이 된 오늘날까지 당신이 아니었다면 아마 지금도 이러한 사실을 깨닫지 못했을 것입니다. 그러니 당신이야말로 저에게 큰 교훈을 주신 분입니다. 처음에는 받아들이기 어려웠지만 그 무엇보다 가장 유익한 교훈을 말입니다. 당신 덕분에 저는 겸손해졌습니다. 저는 당신이 제 청혼을 당연히 기쁘게 생각하리라고 여겼습니다. 그런데 당신은 제 모든 겉치레가 얼마나 우스운 것인지 깨닫게 해주었습니다."

"그때 당신은 제가 그 청혼을 당연히 받아들일 거라고 생각하셨죠?"

"물론이죠. 그때 저는 당신이 제 청혼을 원하고 기다리고 있다고 생각했습니다."

"제 태도는 옳지 못했어요. 그러나 일부러 그런 것은 아니에요. 저는 결코 당신을 속일 생각은 없었어요. 하지만 제 마음은 곧잘 비뚤어지곤 하죠. 그날 저녁부터 당신이 얼마나 저를 미워했을까요?"

"미워했다고요? 처음에는 좀 화가 났죠. 그러나 곧 침착하게 감정이 흐르기 시작했습니다."

"펨벌리에서 만났을 때 어떤 생각이 드셨을지 물어볼 수도 없었어요. 저를 속으로 나무라셨죠?"

"아닙니다. 다만 놀랐을 뿐입니다."

"당신이 저를 친절하게 대해 주시는 걸 보고 저는 당신 이상으로 놀랐어요. 저는 양심상 그런 접대를 받을 자격이 없다고 생각했어요. 그리고 제 분수에 넘치는 환대를 받을 생각은 꿈에도 하지 않았어요."

"그때 저는 가능한 모든 면에서 예의를 차려 제가 지난 일에 원한을 품는 비열한 사람이 아니라는 것을 보여주고 싶었습니다. 그리고 당신에게 용서를 구한 뒤 나쁜 감정을 없애고, 당신이 나무랐던 점을 고쳤다는 것을 알게 만들고 싶었습니다."

이어 다아시는 조지아나가 엘리자베스를 알게 된 것을 아주 기뻐하며, 아쉽게 헤어져 무척 실망했다고 말했다. 그리고 엘리자베스는 그의 말에서 다아시가 리디아를 찾으러 가겠다는 생각을 그녀가 제인의 편지를 받고 그에게 말한 직후 하게 되었다는 것을 알게 되었다. 그는 엘리자베스가 묵고 있는 숙소를 나서기 전부터 그럴 결심을 한 것이었다. 엘리자베스는 다시 고맙다는 말을 했다. 그러나 그 이야기는 피차 더 꺼낼 필요가 없는 괴로운 것이었다.

이렇게 끊임없이 대화를 주고받으며 그들은 몇 킬로미터나 걸었다. 비로소 시계를 들여다보고 나서야 두 사람은 집으로 향했다.

다아시는 빙리와 제인의 약혼을 기뻐했는데 빙리가 그 소식을 전해 주었다고 했다.

"놀라셨어요?"

엘리자베스가 물었다.

"천만에요. 제가 떠나 있을 때 머지않아 그렇게 될 줄 알았습니다."

"말하자면 허락하셨다는 건가요? 저도 그러리라 짐작은 했어요."

다아시는 허락이라는 말에 당치 않다고 했으나 엘리자베스는 그의 말에서 그것이 사실임을 알아차렸다.

"런던으로 떠나기 전날 밤에 빙리에게 고백했죠. 그동안 일어났던 일을 전부 얘기했습니다. 제가 그 친구 일에 간섭한 것이 어리석고 주제넘었다는 걸 말입니다. 빙리는 여간 놀라지 않더군요. 그런 줄은 전혀 모르고 있었으니까요. 저는 제인 양이 빙리에게 애정이 없었다고 생각한 건 오판이었다고 말했습니다. 또 제인 양에 대한 빙리의 애정이 전혀 변하지 않았음을 쉽게 알 수 있었죠. 그래서 두 사람의 행복은 전혀 문제가 없다고 생각했습니다."

엘리자베스는 다아시가 친구를 생각하는 마음이 순수한 것을 보고 미소를 지었다.

"직접 관찰해 보고 말씀하신 건가요? 언니가 그분을 사랑한다고 말씀하셨다니 말이에요. 지난봄에 제가 말씀드린 것만 들으시고 그렇게 하신 것 아니에요?"

엘리자베스가 물었다.

"제 눈으로 보고 알았죠. 최근에 제인 양을 두 번이나 만나지 않았습니까. 그때 유심히 관찰했습니다. 빙리에 대한 제인 양의 애정은 틀림없었습니다."

"그럼, 그렇게 확신하셨으면 빙리 씨도 그렇게 믿고 계셨겠군요."

"그렇죠. 빙리는 꾸미는 데가 없고 겸손합니다. 다만 수줍음을 잘 타서 그런 일에서는 자기 판단을 신뢰하지 못하지만 제 말은 전적으로 신뢰하지요. 하지만 그 친구를 화나게 만든 일이 한 가지 있는데 제인 양이 석 달이나 런던에서 지낸 일에 관한 것입니다. 그 사실을 숨긴 것을 고백하자 빙리는 크게 화를 내더군요. 물론 그 노여움은 그리 오래가지는 않았습니다. 이제는 그 친구도 제 잘못을 다 용서한 셈이죠."

엘리자베스는 빙리가 남의 말을 잘 듣기 때문에 조언하기 쉬우며, 그는 아주 귀한 존재를 친구로 두었다고 말하고 싶었으나 그만두었다. 다아시가 이런 농담에는 익숙하지 않으며, 아직 이런 말을 주고받기에는 이르다고 생각했기 때문이다. 다아시는 빙리가 자기보다는 못할지언정 행복하게 살 거라면서 집에 도착할 때까지 이야기를 계속했다. 그리고 두 사람은 현관에서 헤어져 따로 들어갔다.

59

엘리자베스는 안으로 들어서자마자 제인으로부터 질문을 받았다.

"리지야, 어디 갔었니?"

다른 식구들도 함께 있었으므로 엘리자베스는 걷다 보니까 자기도 모르게 멀리까지 갔다고 대답했다. 말할 때 그녀는 얼굴을 붉혔다.

그날 밤은 특별한 일 없이 조용히 지나갔다. 이미 인정받은 연인들은 함께 말하며 웃었지만 아직 공인을 못 받은 연인들은 조용했다. 다아시는 행복감에 넘쳐 희열을 나타내는 사람은 아니었다. 엘리자베스는 행복감을 느꼈지만 곧이어 벌어질 다른 일들이 걱정되었다. 식구들이 어떻게 나올지 짐작할 수 있었기 때문이다.

제인을 제외하고는 누구도 다아시를 좋아하지 않았다.

아울러 다아시의 재산과 사회적 지위가 어느 정도 손상을 입을지 모른다고 생각하니 불안하기도 했다.

저녁에 엘리자베스는 제인에게 마음을 털어놓았다. 대체로 제인은 남을 믿고 의심하지 않는 성격이었지만, 엘리자베스의 말은 쉽게 믿지 못했다.

"농담이겠지. 리지, 그게 어디 될 소리야? 다아시 씨와 약혼이라고? 괜히 날 속이지 마. 불가능한 일이야."

"그렇게 말하지 마, 언니. 난 언니만 믿고 있었어. 언니가 내 말을 믿지 않는다면 누가 날 믿어 준단 말이야. 정말 사실이야. 거짓말을 왜 하겠어? 그분은 아직도 나를 사랑해. 우린 결혼하기로 했어."

제인은 그녀를 의심에 찬 눈으로 보았다.

"아니, 리지야, 안 될 소리야. 넌 그분을 얼마나 싫어했니?"

"모르는 소리야. 싫어한 건 옛날얘기야. 과거야 지금보다는 덜 사랑했겠지. 하지만 이런 경우, 지나간 일을 일일이 기억하는 건 좋지 않아. 이번을 마지막으로 다시는 지난 일을 떠올리지 않을 거야."

제인은 여전히 어리둥절해 보였다. 이에 엘리자베스는 심각하게 진실임을 확인시켰다.

"맙소사. 정말 어떻게 그럴 수 있어? 하지만 네 말을 믿을 수밖에. 리지, 정말 축하해. 그런데 이렇게 물어서 미안하지만 정말 그분하고 행복할 수 있을 것 같아?"

"문제없어. 이 세상에서 가장 금실 좋은 부부가 되자고 둘이 얘기했어. 언니는 기뻐? 어때? 그분이 동생 남편으로 괜찮아?"

"좋다뿐이겠니. 빙리 씨와 나에게 이보다 기쁜 일은 없을 거야. 사실 얼마 전에 두 사람은 이제 더는 가망이 없을 거라는 얘기를 했단다. 그래, 정말 너는 그분을 사랑하니? 리지야, 애정없는 결혼은 아예 할 게 아니야. 정말 자신이 있어?"

"그야 물론이지. 나는 빙리 씨보다 다아시 씨를 더 사랑해. 언니가 화를 낼지도 모르지만 말이야."

"제발 농담 좀 하지 마. 지금이 농담할 상황이니? 나는 진심을 듣고 싶어. 궁금하니까 어서 다 얘기해 줘. 언제부터 그분을 사랑한 거야?"

"서서히 그렇게 된 거라서 정확히 언제 시작되었는지는 모르겠어. 아마도 펨벌리에서 그분의 아름다운 정원을 보고 난 다음부터인 거 같아."

그러나 또 한 번 진지하게 이야기하라는 제인의 요구에 엘리자베스는 자신의 애정을 엄숙하게 확언함으로써 언니의 궁금증을 해결해 주었다. 그러자 제인은 더 바랄 것이 없다는 듯 말했다.

"이젠 안심이야. 나와 마찬가지로 너도 행복하게 될 테니까. 난항상 그분을 높이 평가해 왔어. 그분이 너를 사랑하지 않는다고 해도 나는 그분을 존경했을 거야. 하지만 이제는 빙리의 친구이자 네 남편이 될 사람이니 나에게는 두 사람만큼 중요하게 되었구나. 하지만 리지, 정말 앙큼하지 뭐니? 한마디도 하지 않았으니 말이야. 나한테는 펨벌리와 램튼에서 일어난 일에 대해 별로 얘기한 게 없어! 모두 다른 사람한테서 들은 것뿐이야."

엘리자베스는 비밀로 하게 된 동기를 제인에게 이야기했다. 그녀는 빙리 이야기를 하고 싶지 않았고, 불안한 상태에 있는 자기 감정이 역시 다아시 이름을 피하게 만들었다고 했다. 리디아의 결혼에서 다아시의 공로를 숨김없이 말했고, 제인은 모든 것을 인정했다.

다음 날 아침, 창 앞에 서서 베넷 부인이 외쳤다.

"맙소사! 제발 저 기분 나쁜 다아시가 우리 빙리하고 같이 오지 말았으면 좋겠어. 왜 밤낮 같이 오는지. 성가신 일이야. 제발 사냥이건 뭣이건 좋으니까 밖으로 나가서 우리 옆에 붙어 있지 않았으면 좋겠다. 거북하기가 이루 말할 수 없거든. 리지야, 네가 같이 나가거라. 빙리에게 방해되지 않도록 말이야."

엘리자베스는 어머니가 이런 좋은 기회를 만들어 주는 것이 우스웠으나 한편으로는 늘 다아시를 못마땅하게 말하는 것이 괴로웠다.

빙리와 다아시가 들어서자마자 빙리는 베넷 부인을 의미심장하게 보았다. 그리고 힘차게 악수했다. 그것은 좋은 소식을 가져왔다는 표시였다. 빙리는 얼마 안 있다가 큰 소리로 말했다.

"베넷 부인, 이 근처에 엘리자베스 양이 또 길을 잃을 만한 좁은 길이 있습니까?"

"다아시 씨와 리지, 그리고 키티는 말이야. 오늘 아침에는 오캄

459

산으로 산보 가는 게 어떨까? 산책길로는 아주 걸을 만하죠. 다
아시 씨는 처음 보실걸요?"

베넷 부인이 말했다.

"두 분께는 좋을지 모르지만 키티 양에게는 고단할걸요?"

빙리가 말하자 키티는 차라리 집에 있겠다고 말했다. 다아시는
산에서 경치를 내려다보고 싶다고 말했고, 엘리자베스는 그 말에
동의했다. 그리고 준비를 하려고 이층으로 올라가자 베넷 부인도
따라가며 말했다.

"리지야, 너에게는 안된 일이다. 저 기분 나쁜 사람을 네가 억지
로 맡아야 하니 말이야. 하지만 괜찮겠지? 다 제인을 위해서 하는
일이니까 말이야. 구태여 다아시에게 말을 걸려고 애쓸 필요도 없
다. 이따금 몇 마디 걸면 돼. 그러니 너무 어렵게 생각하지는 마라."

엘리자베스와 다아시는 산책하는 동안 그날 저녁 안으로 베넷
에게 동의를 구하기로 했다. 어머니에게는 엘리자베스가 말하기
로 했다. 그녀는 어머니가 어떻게 생각할지 예상할 수 없었다. 다
아시의 재산과 위엄이 그에 대한 어머니의 증오를 사라지게 할지
도 생각해 보았다. 그러나 어머니가 찬성할지 반대할지를 떠나 걱
정되는 한 가지는 어머니가 세련되지 못한 태도로 나올 것이라는
점이었다.

저녁에 베넷이 서재로 들어간 후 얼마 안 되어 다아시도 일어
나서 따라갔다. 엘리자베스는 그 모습을 보며 가슴이 두근거렸다.
아버지의 반대를 두려워하지는 않았으나 아버지가 어떻게 생각할

지 궁금했다. 또 귀여운 딸을 떠나보내야 하는 아버지의 마음이 슬프지는 않을지 걱정되었다. 그러나 잠시 후 다아시가 미소를 머금고 나타나자 엘리자베스는 다소 마음이 놓였다. 다아시는 키티와 같이 앉아 있는 엘리자베스의 테이블로 다가왔다. 그러고는 그녀의 뜨개질 솜씨를 칭찬하는 척하면서 속삭이듯 말했다.

"아버님께 가보세요. 서재에서 부르십니다."

엘리자베스가 서재로 가자 아버지는 걱정스러운 표정으로 방안을 왔다 갔다 하고 있었다.

"리지야, 어떻게 된 일이냐? 그 사람을 받아들이다니. 넌 늘 그 사람을 미워하지 않았니?"

엘리자베스는 예전의 자기 생각이 이치에 합당하고 온당한 것이었더라면 얼마나 좋았을까 생각했다. 그렇다면 이렇게 어색한 해명과 고백을 하지 않아도 될 것 아닌가. 그러나 지금은 해명이 필요했다. 그래서 엘리자베스는 다소 장황하게 자기도 다아시를 사랑한다고 했다.

"바꾸어 말하면 그 사람을 붙잡기로 했단 말이지? 그 사람은 부자이니 너는 네 언니보다 좋은 옷도 많이 입을 테고, 멋진 마차도 갖게 될 거다. 그렇지만 그런 것으로 행복하겠니?"

"제가 애정이 없다고 생각하세요? 아니면 그것 말고 다른 뜻이 있으세요?"

엘리자베스가 물었다.

"다른 건 없다. 우리는 모두 그가 오만하고 불쾌한 부류의 사람이라는 걸 알지 않니? 하지만 네가 정말로 그 사람을 사랑한다면 그런 것은 문제가 아니다."

"저는 그 사람이 좋아요. 그를 사랑해요. 사실 그 사람은 옳지 않은 거만을 떠는 사람이 아니에요. 아주 인자해요. 아버지는 그가 정말 어떤 사람인지 잘 모르세요. 그러니까 그 사람을 나쁘게 말씀하셔서 저를 괴롭히지 말아 주세요."

엘리자베스는 눈물을 머금고 대답했다.

"리지야, 나는 이미 그 사람에게 승낙했다. 겸손하게 청해서 차마 거절할 수 없게 만들더라. 네가 정말로 그 사람하고 결혼하기로 마음먹었다면 그러렴. 그러나 좀 더 잘 생각해 보는 게 좋을 것 같다. 난 너를 잘 안다. 너는 남편을 진정으로 사랑하지 않으면 행복해질 수 없을 거야. 네가 우러러볼 수 있는 사람이라야 한다. 넌 재주가 많아서 맞지 않는 결혼을 하면 위험할 수 있어. 그랬다간 불명예와 비참함에서 빠져나오지 못해. 제발 네 슬픔을 이 아비가 보지 않도록 해다오. 넌 네가 어떤 결심을 한 건지 잘 몰라."

엘리자베스는 아버지 말에 감동해 다시 한번 진심을 담아 말했다. 다아시가 정말 자신이 원하는 남편이며, 다아시를 존경하는 마음이 사랑으로 발전했다고 했다. 또 다아시에 대한 애정은 하루아침에 생긴 것이 아니라 여러 달 동안 서서히 자리 잡았다고 말했다. 그리고 다아시의 장점을 끈기 있게 늘어놓음으로써 아버지가 의심을 접게 했다.

베넷은 드디어 그들의 결혼에 찬성하게 되었다.

"알았다. 더 할 말도 없다. 사정이 그렇다면 네게 아주 알맞은 배필이지. 사실 너보다 못한 자리로 너를 보낼 수는 없었어."

엘리자베스는 다아시의 좋은 인상을 더 강하게 하려고 다아시가 자진해서 리디아에게 베푼 친절에 대해 아버지에게 설명했다. 아버지는 놀라며 딸의 말을 들었다.

"이거 정말 굉장한 밤이로구나. 그래, 모든 걸 다아시가 했단 말이지? 결혼하게 하고, 친구의 빚을 갚아 주고, 장교로 만들어 주고. 아주 잘됐다. 한꺼번에 다른 걱정거리도 사라지게 되었구나. 네 외숙이 돈을 치렀다면 갚아야 하고, 사실 갚으려고 했지. 일단 다아시에게 내일 그 돈을 갚아야겠다고 말해야겠다. 그럼 그 친구는 너를 사랑하노라고 한바탕 연극을 할 테지. 그러면 일은 그걸로 끝나는 거란 말이야."

베넷은 며칠 전 콜린스의 편지를 읽을 때 엘리자베스가 당황해하던 기억을 더듬었다. 그리고 잠깐 딸을 보고 웃은 다음 그만 가라고 했다. 딸이 방을 나갈 때 그는 이렇게 말했다.

"어떤 청년이고 메리나 키티를 달라고 찾아오거든 들여보내렴. 아주 한가하니 말이야."

엘리자베스는 이제 무거운 짐에서 벗어나 아주 홀가분했다.

그녀는 방에서 약 30분 동안 조용히 명상한 뒤 침착한 태도로 다른 식구들과 합석할 수 있었다.

베넷 부인이 저녁에 화장실로 올라갈 때 엘리자베스가 뒤쫓아가서 중요한 이야기를 했다. 그 효과는 대단했다. 부인은 딸의 말을 듣고는 한동안 아무 말도 하지 못했다. 그러나 자기가 들은 것을 이해하는 데 그다지 많은 시간이 걸리지는 않았다. 앞으로 자기 가족이 얻게 될 이익을 모를 정도로 둔하지 않았다. 마침내 부인은 마음을 가라앉히기 시작했으나 의자에 가만히 있지 못하고 일어났다 앉았다 하면서 경탄했다. 부인은 가슴에 성호를 그리며 신의 축복을 빌었다.

"맙소사! 어쩌면! 생각해 보렴! 아니, 다아시 씨라고! 누가 그런 상상이나 했겠니? 그런데 정말이라고? 얘, 리지야, 넌 돈더미 위에 올라앉게 되었구나! 돈이다, 보석이다, 마차다, 제인은 댈 바도 아니다. 비교가 안 돼. 정말 기쁘다. 리지, 정말 행복해. 얼마나 멋있는 남자냐 말이야! 잘생긴 데다 키도 늘씬하고. 리지야, 내가 너무 차갑게 대해서 미안하다고 전해 주렴. 물론 그 사람은 그런 건 문제도 삼지 않겠지. 귀여운 리지! 시내에 집을 갖게 되고! 얼마나 멋있니! 딸 셋이 결혼이라! 일 년에 일만 파운드야! 아이고, 난 어떻게 된다지? 정신을 못 차리겠구나."

베넷 부인의 말은 그녀가 두 사람 결혼을 찬성한다는 뜻 이상을 담고 있었다. 엘리자베스는 어머니의 이런 말들을 자기 혼자 들은 것을 기뻐하며 얼마 안 있다가 방을 나갔다. 그러나 엘리자베스가 방으로 들어온 지 10분도 안 돼서 어머니가 따라왔다.

"얘야, 다른 건 생각할 여지도 없구나. 일 년에 만 파운드가 얼마냐. 더 될지도 모르지. 희한하지 뭐냐! 특별면허야, 넌 특별면허 결혼을 하는 거야! 얘, 그런데 다아시 씨가 무슨 음식을 좋아하니? 내일 만들어야겠다."

베넷 부인은 흥분해서 외쳤다.

이것은 그 신사에 대한 어머니의 처신을 걱정하게 만드는 슬픈 전조였다. 엘리자베스는 다행히 다아시의 열렬한 애정 속에 있었고 부모 동의도 틀림없었으나 그것만 가지고는 불안했다. 그러나 다음 날은 예상보다 유쾌하게 지나갔다. 베넷 부인은 근엄한 예비 사윗감이 어려워 제대로 말도 걸지 못했다. 부인은 친절을 베풀고, 상대방 의견에 경의를 표할 뿐 이렇다 할 호들갑은 떨지 않았다.

엘리자베스는 아버지가 다아시와 친해지려고 애쓰는 것을 보고 마음이 놓였다. 얼마 안 되어 베넷은 다아시가 볼수록 훌륭한 사람이라고 엘리자베스에게 말했다.

"사위란 사위가 모두 훌륭하구나. 위컴도 괜찮지만 제인의 남편감과 마찬가지로 네 남편감도 아주 좋아질 것 같다."

60

엘리자베스는 아주 밝고 명랑해졌다. 그녀는 다아시가 처음에 자신을 사랑하게 된 이야기를 듣고 싶어졌다.

"어떻게 시작됐어요? 무엇이 그렇게 하도록 만들었을까요?"

엘리자베스가 물었다.

"시작의 토대가 된 시간이라든지 장소, 얼굴 표정, 말 이런 건 확실히 모르겠습니다. 벌써 오래된 일이니까요. 한참 만에야 내가 그랬구나 하는 걸 알았죠."

"처음에는 제 미모에 좀처럼 안 넘어오셨죠. 그리고 제 태도로 말하면, 특히 당신에게는 버릇이 없었죠. 당신에게 얘기할 때는 일부러 고통을 주려고 했거든요. 이건 농담이 아니에요. 혹시 내가 무례했기 때문에 관심을 가지셨나요?"

"당신의 명랑함이 그렇게 만들었죠."

"그걸 무례함이라고 해도 무방할 거예요. 사실, 당신은 점잖은 체하는 것에 싫증이 났고, 순종이 싫었고, 지나친 친절을 싫어하셨어요. 당신은 당신 마음에 들려고 애쓰는 여자들이 싫었던 거죠. 그런데 마침 내가 당신 흥미를 끈 거죠. 난 그런 여자들과는 아주 다르니까요. 당신이 정말 인자하지 않았다면 아마 그런 이유로 나를 미워했을 거예요. 그러나 아무리 감추고 있다고 해도 당신의 감정은 늘 고상하고 올바르셨죠. 당신 대신 내가 설명을 다 했군요. 사실 어떤 면으로 보나 이치에 어긋나는 해석은 아닌 것 같아요. 당신은 아직 정말 내 장점이 무엇인지 모르실 거예요. 사랑이라는 감정이 정확한 판단을 못 하게 가로막으니까요."

"제인 양이 네더필드에서 앓고 있을 때 그분에 대한 당신의 애정 어린 행동에는 장점이 없었나요?"

"누군들 언니에게 그만큼 못 하겠어요? 하지만 어쨌든 장점이라고 해두죠. 지금 당신의 감정은 무조건 저를 옹호하실 테니까요. 그리고 제 장점을 더 과장되게 평가하셔도 좋아요. 저는 이따금 당신을 약 올려 주고 싸울 기회를 만들 테니까요. 자, 그럼 이런 질문으로 시작하겠어요. 당신은 무엇 때문에 마지막에 와서 망설이셨죠? 당신이 여기에 빙리 씨와 함께 찾아오셔서 식사하실 때 말이에요. 그때 왜 저는 안중에도 없는 것처럼 행동하셨어요?"

"당신이 너무 정중했고 말이 없었고 또 나에게 용기를 주지 않았으니까."

"하지만 전 어떻게 해야 좋을지 몰랐어요."

"나도 그랬죠."

"만찬에 오셨을 때는 더 말씀하실 수 있지 않았어요?"

"감정이 모자라는 사람이라면 그럴 수 있었겠죠."

"당신은 이치에 맞는 대답만 하시고, 난 또 그것을 이치에 맞는 것으로 받아들여야 하다니 안타깝네요. 그러면 언제까지 말씀을 안 하실 작정이셨나요? 내가 묻지 않았다면 언제 말씀하셨을지 의문이에요. 리디아에게 베푼 친절에 대한 감사 인사가 굉장한 효과를 가져왔죠."

"레이디 캐서린의 도리에 맞지 않는 노력은 결과적으로 모든 내 의문을 풀어 주는 역할을 했습니다. 그분이 전하는 말이 나에게 희망을 주었거든요. 그래서 난 당장 모든 걸 알아보기로 결정지었죠."

"레이디 캐서린이 우리에게 아주 유익한 일을 많이 해주신 셈이군요. 그걸로 그분은 행복하실 테죠. 남에게 도움이 되기를 좋아하시니까요. 그런데 네더필드에는 무엇 때문에 오셨어요? 무슨 중요한 일 때문에 오신 거예요?"

"진정한 목적은 당신을 만나기 위해서였죠. 그리고 될 수만 있다면 당신이 나를 사랑하게 만들 수 있을지 없을지 판단해 보기 위해서였습니다. 내 공공연한 목적은, 물론 혼자 마음먹은 것인데 제인 양이 아직도 빙리를 연모하는지 알아보는 것이었습니다. 그렇다면 빙리에게 말하려고요. 사실 후에 말하긴 했죠."

"레이디 캐서린에게 무슨 일이 일어났는지 말씀하실 용기가 있으세요?"

"용기보다는 시간이 필요할 것 같군요. 그러나 결국 알려드려야죠. 편지지 한 장만 주면 당장 쓰리다."

"다른 일이 없다면 당신 옆에 앉아서 전에 또 한 여자가 그랬던 것처럼 당신이 글씨를 잘 쓴다고 칭찬이나 해야겠군요. 그러나 저한테도 숙모님이 계세요. 오랫동안 편지를 안 드리면 야단나죠."

엘리자베스는 가디너 부인의 긴 편지에 회답하지 않았었다. 마땅히 대답할 말이 없었기 때문이었는데 이제는 환영받을 소식이 있었기에 편지를 쓸 생각이 들었다. 답장이 늦어진 것이 죄송할 따름이었다.

숙모님, 일전에 여러 가지 자세한 편지 주셔서 감사합니다. 진작 글을 올렸어야 했는데, 어떻게 말씀드려야 좋을지 몰라 이렇게 늦어졌습니다. 숙모님이 사실 이상으로 상상하셨기 때문에 고민했는데 이제는 마음대로 상상하셔도 좋아요. 상상의 나래를 펴시고 무한히 나셔도 좋습니다. 제가 벌써 결혼했다는 상상만 하지 않으신다면 무엇을 상상하셔도 틀리지는 않으리라 생각됩니다. 지체 마시고 다시 편지 주시고, 지난번에 하신 것보다도 훨씬 그를 칭찬해 주세요.

호수 지방으로 가지 않은 것 거듭 감사드려요. 그렇게 가고 싶어 하다니 저도 어리석었죠. 저는 누구보다도 행복한 여자예요. 언니보다 더 행복해요. 언니는 미소 짓지만 저는 큰 소리로 웃거든요. 다아시 씨가 저한테 주고도 넘치는 사랑

을 숙모님 내외분께 보내드린대요. 크리스마스에는 펨벌리로 모두 오셔야 해요.

레디 캐서린에게 보내는 다아시의 편지는 스타일이 달랐다. 그리고 베넷이 콜린스에게 쓴 회답은 엘리자베스와 다아시의 편지와는 또 스타일이 달랐다.

친애하는 콜린스 씨께

축하를 받기 위해 한 번 더 폐를 끼쳐야 되겠소이다. 엘리자베스는 머지않아 다아시 군의 아내가 될 것이외다. 귀하께서 레이디 캐서린을 위로하시기 바랍니다. 그러나 만약 내가 귀하의 처지라면 다아시 편을 들겠소이다. 그는 어느 점으로 보든지 출중한 인물이오.

오빠의 결혼에 대한 빙리 양의 축하는 애정에 넘치기는 했으나 성의가 없었다. 그녀는 제인에게 결혼을 정말로 기쁘게 생각한다는 편지를 하고 말뿐인 인사치레를 늘어놓았다. 제인은 이런 것에 진심으로 감동하지는 않았으나 고마워했다. 그리고 분에 넘치는 친절을 담아 답장을 보냈다.

다아시의 결혼 소식을 들은 다아시 양의 기쁨은 자기 오빠만큼이나 진지했고, 편지 역시 그러했다. 자기의 모든 기쁨과 또 엘리자베스에게 사랑을 받고 싶다는 강렬한 희망을 다 적기에는 편지지 넉 장도 모자랐다.

롱본 가족들은 콜린스 내외가 루카스 로지에 왔다는 소식을 들었다. 왜 이렇게 갑작스럽게 오게 되었는지는 곧 명백해졌다. 레이디 캐서린은 조카의 편지 내용을 보고 불같이 화를 냈는데 결혼 소식이 기쁘기만 한 샬럿이 당분간 그곳을 떠나 있고 싶다고 했기 때문이다. 이러한 때 친구를 만난다는 것은 엘리자베스에게 정말 기쁜 일이었다. 그러나 콜린스가 다아시에게 아첨하는 듯한 태도를 보이자 엘리자베스는 씁쓸한 기분이 들었다. 물론 다아시는 콜린스의 태도를 침착하게 잘 참아냈다. 윌리엄 경은 다아시가 이 고장의 가장 빛나는 보물을 데려가게 된 데 대해 칭찬을 아끼지 않았다. 그리고 굉장히 점잖을 떨면서 세인트 제임스 궁전에서 자주 만나길 바란다는 희망을 표시했다.

필립스 부인의 예의 없는 태도가 가장 거슬렸는데 부인은 빙리와 허물없이 이야기했지만 다아시에게는 조금 예의를 차렸다. 하지만 간혹 말할 때면 너무 경망스러워 엘리자베스의 얼굴이 뜨거워질 지경이었다. 다아시에 대한 존경심으로 조심하기는 했으나 전혀 품위 있게 보이지 않았다. 그래서 엘리자베스는 다아시가 부인을 보지 못하도록 그의 주의를 분산시켰다. 가급적 그가 자신과 말하도록 애썼으며 식구 중 대화하기 좋은 상대에게 시선을 돌리도록 했다. 엘리자베스는 이러한 점 때문에 신경이 쓰였으나 오히려 미래에 대한 희망으로 가슴이 뛰었다. 그녀는 이렇게 불쾌한 사람들과 헤어져 펨벌리의 편안하고 훌륭한 가족 파티에 갈 날을 즐거운 마음으로 기다렸다.

61

가장 소중한 두 딸이 출가하던 날, 베넷 부인은 딸을 떠나보내는 어머니로서 섭섭함보다는 기쁨이 더 컸다. 빙리 부인이 된 맏딸을 방문할 때 얼마나 기쁘고 자랑스러울지, 다아시 부인이 된 둘째 딸 얘기를 할 때도 얼마나 만족스럽고 행복할지 부인은 생각만 해도 기뻤다. 그토록 딸들의 결혼을 바란 부인은 딸들이 더없이 훌륭한 남자와 결혼하게 되자 행동도 조심하게 되었다. 부인은 갑자기 지각 있고, 인자하고, 교양 있는 사람으로 변했다. 하지만 베넷은 아내가 때때로 신경질을 부리고, 전과 마찬가지로 어리석은 짓을 하는 편이 차라리 속 편할지도 모르겠다고 생각했다.

베넷은 둘째 딸 것이 보고 싶어 했다. 둘째 딸에 대한 애정에 못 이겨 가끔 집을 나와 갑작스레 펨벌리를 찾기도 했다. 빙리와 제인은 네더필드에 1년밖에 머무르지 않았다. 천사표인 제인이라도 친정 식구들과 메리튼의 친척들이 너무 가까이 있는 곳에서는 살고 싶어 하지 않았다. 빙리는 동생들 소원대로 더비셔와 인접한 주에 땅을 샀다. 그래서 제인과 엘리자베스는 48킬로미터 정도 거리를 두고 살게 되었다.

키티는 두 언니네 집에서 지내며 시간을 아주 유용하게 보냈다. 처음 접하는 고상한 상류사회에서 키티는 대단한 발전을 보였다. 리디아처럼 멋대로가 아니었으므로 그녀는 제어하기가 쉬웠다. 또 리디아와 같은 잘못을 하지 않으려고 스스로 노력했다. 키티는 신경질이 줄고 많이 유식해졌으며, 외모도 아름답게 변해 갔다. 리디아가 때때로 무도회니 젊은 남자들이니 하면서 초대해도 키티는 가지 않았다. 아니 아버지가 절대 허락해 주지 않았다.

메리는 대체로 집에서 혼자 지내고 싶어 했지만 베넷 부인이 이리저리 끌어냈으므로 사람들과 어울리지 않으면 안 되었다. 그래서 차츰 집을 방문하는 손님들과도 잘 어울리게 되었고, 언니의 아름다움과 자기를 비교해서 스스로 괴롭히는 일도 하지 않았다. 베넷은 이러한 변화를 아주 발전적인 것으로 생각하며 기뻐했다.

위컴과 리디아만 여전했다. 위컴은 다아시와 결혼한 엘리자베스가 자기 실체를 다 알게 되었으리라 생각했지만 여전히 다아시가 자신을 도와주도록 엘리자베스가 설득할 거라는 기대를 버리지 않았다. 리디아가 엘리자베스에게 보낸 축하편지에도 이러한 점이 잘 드러나 있었다.

그리운 언니에게

결혼을 진심으로 축하해. 만약 언니가 내가 위컴을 사랑하는 절반만큼만 형
부를 사랑하면 언니는 정말 행복할 거야. 언니가 그렇게 부잣집에 시집간
것을 생각하면 정말 기뻐. 그리고 간간이 우리 생각도 해주길 바라. 위컴은
궁중에 취직하기를 원해. 자리는 어떤 거라도 상관없어. 우리는 도움을 받지
않고는 살아갈 수 없거든. 1년에 3, 4백 파운드 정도만 받을 수 있는 자리면
충분해. 하지만 언니가 형부에게 부탁하고 싶지 않다면 어쩔 수 없지.

엘리자베스는 다아시에게 말하지 않는 편이 좋겠다고 생각했
으므로 그런 것을 부탁하거나 바라지 말라고 답장을 보냈다. 그러
나 엘리자베스는 자기 지출을 줄여서 할 수 있는 데까지 리디아
에게 경제적으로 도움을 주었다. 엘리자베스는 동생 내외가 뭐든
사길 좋아하고 장래를 생각하지 않았으므로 그 수입으로는 도저
히 생활해 나갈 수 없다는 사실을 잘 알고 있었다. 또 리디아는
남편의 근무지를 따라 숙소를 옮길 때마다 집세를 치르는 데 보
태달라는 청구서를 보냈다. 리디아에 대한 위컴의 애정은 곧 무관
심으로 변해 버렸다. 리디아의 사랑도 그보다 약간 더 오래 지속
되었을 뿐 마찬가지였다.

다아시는 위컴을 펨벌리에 오지 못하게 했지만, 엘리자베스를
위해 그의 직업을 얻어 주는 데 힘을 많이 써주었다. 리디아는 때

때로 남편이 혼자서 런던이나 바이스에 놀러 가면 펨벌리를 방문했다. 그리고 빙리 집에는 리디아 부부가 너무 자주 가서는 늦게까지 머물렀으므로 결국 빙리도 그들을 반기지 않게 되었다.

빙리 양은 다아시의 결혼 소식에 몹시 화를 냈다. 그러나 펨벌리를 방문하는 권리를 포기하고 싶지는 않았으므로 전보다 더 조지아나에게 호감을 표했고, 다아시에게 친절했으며, 엘리자베스에게는 예의를 갖추었다.

펨벌리는 이제 조지아나의 집이 되었다. 다아시가 바라던 대로 시누이와 올케는 서로 진심으로 아끼고 사랑했다. 조지아나는 엘리자베스를 전보다 더욱 높이 평가하고 좋아하게 되었다. 처음에는 오빠에게 짓궂게 농담하는 엘리자베스를 보고 놀라기도 했지만 차츰 익숙해졌다. 자기에게는 한참 나이 많은 어려운 오빠지만 엘리자베스에게는 남편이기에 충분히 그럴 수 있다는 사실도 알게 되었다. 이 외에 조지아나는 엘리자베스를 통해 새롭고 다양한 지식을 많이 얻을 수 있었다.

레이디 캐서린은 조카의 결혼을 아주 못마땅하게 생각했다. 다아시가 결혼 소식을 전한 편지에 대한 답장에서 심한 욕, 특히 엘리자베스를 심하게 욕했으므로 다아시는 한동안 부인과 교제를 끊어 버렸다. 그러나 엘리자베스의 권유로 얼마 후 다시 화해하게 되었다. 레이디 캐서린은 처음에 좀 고집을 부리더니 조카에 대한 애착심에서인지 아니면 엘리자베스가 어떻게 처신하고 있는지 보고 싶어서인지 황송하게도 그들을 보려고 펨벌리까지 방문했다.

천한 안주인을 맞아들였을 뿐 아니라 그 친척들까지 다녀가 더럽혀졌다고 말한 펨벌리를 직접 방문하는 수고를 보인 것이다.

엘리자베스와 다아시는 가디너 부부와 가장 가까이 지냈다. 다아시는 엘리자베스와 마찬가지로 그들을 진심으로 아꼈다. 두 사람은 엘리자베스를 더비셔에 데려옴으로써 인연을 맺게 해준 가디너 부부에게 진심으로 감사했다.

제인 오스틴 연보

1775년 12월 16일 햄프셔에서 8남매 중 일곱째이자 둘째 딸로 태어남

1783년 언니 커샌드라와 함께 리딩수도원 여자기숙학교에서 간헐적인
기숙학교 생활

1793년 『레이디 수잔(Lady Susan)』 집필

1795년 『엘리너와 메리앤(Elinor and Marianne)』 집필

1795년 『첫인상(First Impressions)』 집필. 런던의 한 출판사에 가져갔
으나 거절당함

1797년 『엘리너와 메리앤』을 『이성과 감성(Sense and Sensibility)』으
로 개작

1801년 어머니, 언니와 함께 서머싯주 바스로 이사

1802년 해리스 비그위더의 청혼을 수락했다가 번복

1805년 아버지 조지 오스틴 사망

1806년 바스를 떠나 약 3년 동안 형제, 친척, 친구 집을 돌아다님

1811년 『이성과 감성(Sense and Sensibility)』 출판. 『맨스필드 공원
(Mansfield Park)』 집필 시작

1811년 『첫인상』을 『오만과 편견(Pride and Prejudice)』으로 개작

1813년 『오만과 편견』 출판. 소설 『맨스필드 파크』 완성

1814년 『맨스필드 파크』 출판

1815년 『에마』 출판. 『설득(Persuasion)』 집필 시작

1816년 『설득(Persuasion)』 완성

1817년 7월 18일 영면(향년 41세). 12월 『설득』 출판

1884년 『제인 오스틴의 편지』(전 2권) 출판

1922년 『사랑과 우정』(제인 오스틴의 습작 중 제2권) 출판

1923년 채프먼이 편집한 『제인 오스틴 소설 전집』(전 5권) 옥스퍼드대
학교에서 출판

1925년 채프먼이 편집한 소설 『샌디턴』과 『레이디 수전』 출판

1926년 채프먼이 편집한 『설득』의 마지막 두 장과 다양한 기록에서 추
정되는 소설 계획서 출판

1932년 채프먼이 편집한 『제인 오스틴이 언니 커샌드라와 다른 사람들
에게 보낸 편지』(전 2권) 출판

1933년 채프먼이 편집한 『습작』 1권 출판

1940년 제인의 『세 편의 저녁 기도』 출판

1951년 채프먼이 편집한 『습작』 2권 출판

1954년 전집에서 제외된 작품들을 모아 옥스퍼드 전집의 제6권으로
출판

1975년 탄생 200주년을 맞아 소설 『샌디턴(Sanditon)』 원고 출판

1980년 『찰스 그랜디슨 경』 출판

1995년 『제인 오스틴의 편지』 3판

1996년 『제인 오스틴: 시 전집과 오스틴 가족의 시』 출판

2017년 서거 200주기, 10파운드 지폐 도안 인물로 선정

오만과 편견

초판 1쇄 발행 2024년 11월 25일

지은이 제인 오스틴
옮긴이 김이랑
그린이 최경락
펴낸이 최훈일

펴낸곳 시간과공간사
출판등록 제2015-000085호
등록연월일 2009년 11월 27일
주소 (10594) 경기도 고양시 덕양구 통일로 140 삼송테크노밸리 A동 351호
전화번호 (02) 325-8144(代)
팩스번호 (02) 325-8143
이메일 pyongdan@daum.net

ISBN 979-11-90818-31-5 (03840)